사랑하는 습관

TO ROOM NINETEEN

by Doris Lessing
Copyright © 1994 by Jonathan Clowes Limited
All rights reserved.

No part of this book may be used or reproduced in any manner whatsoever without permission except in the case of brief quotations embodied in critical articles or reviews.

Korean Translation Copyright © 2018 by Moonye Publishing Co., Ltd.
Korean edition is published by arrangement with Jonathan Clowes Ltd.
through Imprima Korea Agency

이 책의 한국어판 저작권은 Imprima Korea Agency를 통해
Jonathan Clowes Ltd.와의 독점 계약으로 ㈜문예출판사에 있습니다. 저작권법에 의해 한국 내에서 보호를 받는 저작물이므로 무단전재와 무단복제를 금합니다.

도리스 레싱
단편선

도리스 레싱 | 김승욱 옮김

사랑하는 습관

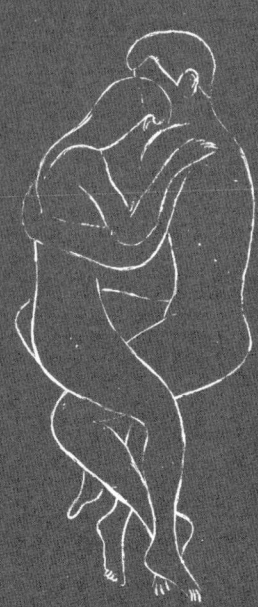

문예출판사

일러두기

- 이 책은 1994년 출간된 도리스 레싱의 단편집 *To Room Nineteen: Collected Stories Volume One* (Jonathan Clowes Limited)에 수록된 작품 20편 가운데 9편을 담은 것입니다. 나머지 11편은 레싱의 또 다른 단편선인 《19호실로 가다》에 수록되어 있습니다.
- 옮긴이 주는 [ ]로 표시하였습니다.

· 차례

7 —— 서문

13   사랑하는 습관
57   그 여자
79   동굴을 지나서
97   즐거움
125 스탈린이 죽은 날
147 와인
159 그 남자
173 다른 여자
275 낙원에 뜬 신의 눈

371 —— 작품 해설
     도리스 레싱의 1950년대 단편소설(민경숙)

379 —— 도리스 레싱 연보

서문

 이 책에 실린 작품들은 모두 그동안 역동적이고 독자적인 삶을 경험했다. 내가 처음 이 작품들을 쓴 뒤 영어를 비롯한 여러 언어로 많이 소개된 덕분이다. 그중에서도 〈동굴을 지나서〉만큼 여러 선집에 포함된 작품은 없다. 특히 주로 어린이들을 위한 책에 많이 실렸다. 그 덕분에 이 작품과 관련된 어린이들의 편지가 자주 날아온다. 청소년들의 편지도 많다. 바닷속 바위 아래에서 헤엄을 치는 무서운 장면이 아이들에게는 남의 일처럼 여겨지지 않는 모양이다. 아니면 일종의 통과의례처럼 여겨지는 것 같기도 하다. 내가 이 작품을 쓴 것은 남프랑스에서 지켜본 아홉 살 영국 소년 때문이었다. 그 아이는 자기보다 나이 많은 프랑스 아이들의 무리에 무척 끼고 싶어 했지만 거절당한 뒤, 그들과 어울

◦ '서문'에서 언급한 〈최종 후보명단에서 하나 빼기〉, 〈19호실로 가다〉, 〈영국 대 영국〉, 〈남자와 남자 사이〉, 〈옥상 위의 여자〉, 〈내가 마침내 심장을 잃은 사연〉, 〈두 도공〉, 〈방〉은 또 다른 단편선《19호실로 가다》에 수록되어 있습니다.

리는 사람이 되기 위해 스스로 도전과제를 설정하고 정복해나갔다. 그런데 며칠 뒤 프랑스 아이들 무리가 다시 나타났을 때, 그 영국 소년은 자신에게 그들이 필요하지 않다는 사실을 스스로 만족할 만큼 증명하고 난 뒤였다. 나는 원래 어린이들을 위한 이야기를 쓸 생각이 없었지만, 이 작품 덕분에 특히 어린이들을 위한 작품을 쓰는 일에 대해 많은 생각을 하게 되었다. 어린이들이 좋아하는 또 다른 작품은 《다섯째 아이》다. 이탈리아 전역의 학교에서 선발된 청소년들이 세계 여러 나라의 작품들 중에서 이 작품을 골라 상을 주었다. 이렇게 우울한 이야기가 아이들의 눈에 띌 줄 누가 알았을까?

〈사랑하는 습관〉은 에릭 포트먼이 출연한 훌륭한 한 시간짜리 텔레비전 영화로 만들어졌다. 이 작품을 쓴 것은 당시 마흔 살 즈음이던 내가 잘생긴 청년을 사랑하게 된 한편, 유명하고 나이가 지긋한 배우에게서 동시에 사랑을 받고 있었기 때문이다. 성별과 상황을 바꿔 작품을 쓰다 보면, 심리적인 추리를 즐기는 사람들을 위한 흥미로운 과제물 같은 것이 만들어진다.

〈최종 후보명단에서 하나 빼기〉는 여자들에게서 사랑을 받았지만, 남자들 또한 좋아했다는 점이 흥미롭다. 나는 이 작품을 생각하면, 이것을 쓰던 1960년대가 생각난다. 그 시대가 성적인 관습의 코미디 같은 시기였다는 생각이 점점 강해지고 있기 때문이다. 당시에는 예의 바른 행동이 무엇인지 누구도 알지 못했다. 규칙 같은 것도 전혀 없었다. 이런 적이 역사상 처음인가? 이 작품을 쓸 때 나는 화가 나 있었지만, 지금은 그때의 추억을 돌아 보며 웃음을 터뜨린다. 바버라 콜스는 자신을 유혹하는 그레이엄에게 이렇게 말한다. 당신은 내게 매력을 느끼지도 않잖아요. 이 말은 그녀가 처한 상황뿐만 아니라 많은 의미를 내포하고 있다. 성적인 관계는 대부분 상대보다 한발 앞서서 상대를 지배하려는 권력 게임이기 때문이다. 매력과는 아무런 상관이 없다. 사랑, 다정한 사랑은 말할 것도 없다.

〈19호실로 가다〉 역시 많이 번역된 작품이다. 최근 홍콩의 대학에서 이 작품을 가르치던 교수가 내게 이 작품의 요점을 학생들에게(그리고 분명히 교수 자신에게도) 설명해달라고 부탁했다. 그는 이 작품을 개인의 공간을 너무나 원한 나머지 목숨까지 거는 여자의 이야기로 이해하고 있었다. 그는 개인적인 공간에 대한 욕구가 중국 문화권에서는 낯선 개념이라고 말했다(하지만 곧 상황이 바뀔지도 모르겠다. 최근 베이징의 한 여성이 버지니아 울프의 《자기만의 방》에서 영감을 받은 소설을 써서 많은 찬사를 받았다). 교수와 나의 대화에서 저 유명한 문화적 차이는 메울 수 없는 것으로 판명되었다. 사실 나도 〈19호실로 가다〉를 이해하지 못한다. 수전 롤링스가 자신이 무엇을 원하는지 단 한순간만이라도 알고 있었을 것 같지 않다. 그녀는 어딘가로 몰리고 있었다. 하지만 무엇이 그녀를 몰아붙였을까? 그녀가 죽음을 사랑한 것만은 확실하다. 하지만 이성적인 사람이 원하는 모든 것을 가진 그녀가 왜? 베를린에서 독일 학생 두 명이 내게 물었다. 지적이고 사회적으로 책임을 질 줄 아는 이 사람들이 왜 가정문제 상담가를 찾아가지 않는 거냐고. 작가인 나의 대답. 그랬다가는 독자들뿐만 아니라 내가 보기에도 경박한 이야기는 존재할 수 없게 될 겁니다. 그렇다. 그 학생들은 본인들의 지식을 뛰어넘는 근본적인 차원에서 문학적 의문을 제기하고 있었다. 그러나 그 이야기는 나 자신뿐만 아니라 우리 시대 많은 여성의 마음속에 숨겨져 있는 장소에서 흘러나온 것이다. 그렇지 않고서야 그 작품이 여성들에게 그토록 인기를 얻었을 리가 없다. 나는 하디의 작품에 등장하는 여주인공 수 브라이드헤드를 이 작품과 함께 떠올린다. 그녀는 사람들이 살아가지 않는 편을 선택할 때가 올 거라고 말한 인물이다. 올리브 슈라이너의 여주인공도 있다. 그녀는 이렇게 말했다. "난 이제 아주 질렸어. 아직 오지 않은 미래도 지긋지긋해." 일종의 도덕적 피로다. 내가 보기에 우리는 이런 감정의 파도가 밀려오는 이유를 생각만큼 잘 이해하지 못한다. 때로 나는 우리의 영리한 피임방법들이 남녀 모두의 자신감에 깊은 타격을 입힌 것이 아닌가, 달콤한 이성이 흔쾌히 받아들일 수 있는 수준보다 훨씬 더 깊고 원시적인 부분을 건드린 것이 아닌가 하는 생각이 든다.

〈낙원에 뜬 신의 눈〉은 제2차 세계대전 이후 유럽의 슬프고 겁에 질린 분위기로 가득 차 있다. 당시 나는 독일에서 이 이야기에서 등장하는 사람들과 장소들을 실제로 보고 경험했다. 이 작품에서 내가 묘사한 것과 같은 정신병원에도 가본 적이 있다. 그곳의 한 병동은 나중에 《다섯째 아이》의 한 장면이 되기도 했다. 하지만 이 작품의 배경이 독일이라는 사실은 전혀 중요하지 않다. 이 작품은 유럽 영혼의 이면, 전쟁과 살육과 타락을 배양해내는 어두운 면을 다루고 있다.

〈영국 대 영국〉은 외국의 잡지와 선집에 자주 실린다. 외국인들은 우리를 보면서, 내가 이 작품을 쓸 때 본 것과 같은 것, 즉 우리 계급 시스템의 파괴적인 면을 본다. 예전에 돈커스터 근처의 광산촌에서 광부 가족의 집에 일주일 동안 머무른 적이 있는데, 그때 이 작품에 묘사한 광경들을 많이 보았다.

〈남자와 남자 사이〉는 아주 재미있는 30분짜리 텔레비전 영화로 만들어졌다. 예전에는 텔레비전 방송국들이 지금보다 더 모험을 하곤 했다.

〈옥상 위의 여자〉는 젊은 사람들에게 인기가 좋다. 이 작품도 30분짜리 영화로 만들기에 알맞다. 실제로 만들어질 뻔하기도 했다.

〈스탈린이 죽은 날〉은 옛 공산당원들이 좋아하는 작품이다. 내가 이 작품을 썼을 때, 공산당 고위인사들이 웃음을 터뜨렸다고 들었다. 그러나 공개적인 자리에서는 그들도 이 작품을 싫어하는 척해야 했다. 이 작품의 어조가 문제였다. 심각한 문제를 가볍게 다룬다는 것.

〈내가 마침내 심장을 잃은 사연〉은 내가 좋아하는 작품 중 하나지만, 다른 사람들도 반드시 좋아한다고 할 수는 없다.

〈두 도공〉은 한 번도 인기를 끈 적이 없다. 하지만 작가들은 자기가 좋아하는 작품이 독자의 사랑을 받지 않을 수도 있다는 사실을 체념하고 받아들여야 한다. 장편소설인《어둠이 오기 전의 여름》도 이 작품처럼 연쇄적인 꿈을 바탕으로 삼았는데, 두 작품 모두 우리의 숨은 일면들을 보여준다는 점에서 내게는 매력적이고 호기심을 불러일으키는 존재다. 나는 흙먼지 날리는 광활한 벌판, 금방 쓰러질 것 같은 진흙 집, 늙은 도공이 등장하는 꿈을 10여 년 동안 계속 꾸었는데, 그 꿈들은 많은 사랑을 받은 오래된 이야기만큼이나 흥미로웠다. 본인이 아주 잘 아는 나라를 다시 찾았을 때만큼이나 흥미로웠다고 표현할 수도 있다.

〈방〉은 우리가 낮에 보는 세상 못지않게 생생한 세상을 보여준다. 내게는 그렇다. 이 세상에서는 시간이 미끄러지듯 움직이고, 한 번도 만난 적 없는 사람들이 오랜 친구만큼이나 친숙하다.

아주 짧은 이야기인 〈와인〉은 4년짜리 연애의 증류과정을 보여준다.

〈그 남자〉는 때로 여성주의자들에게서 비난을 받는다. 하지만 나는 이 작품이 많은 여자들이 남자들에게 품고 있는 진짜 감정을 보여준다고 생각한다.

1994년
도리스 레싱

사랑하는
습관

1947년 조지는 마이러에게 다시 편지를 썼다. 전쟁도 다 끝났으니 고향으로 돌아와 결혼하자는 내용이었다. 마이러는 오스트레일리아에서 답장을 보내왔다. 그녀는 친척이 있는 그곳에서 1943년부터 두 아이와 함께 살고 있었다. 편지에서 마이러는 자신과 조지의 사이가 시나브로 멀어진 것 같다면서, 이제는 자신이 조지와의 결혼을 원한다는 확신이 없다고 말했다. 조지는 그대로 무너지지 않았다. 마이러에게 비행기 값을 부쳐주고는, 그녀에게 자신을 만나러 오라고 말했다. 그녀는 아이들을 오랫동안 내버려둘 수 없었기 때문에 2주 동안만 영국에 머무르면서, 오스트레일리아와 그곳의 날씨가 마음에 든다고 말했다. 영국의 날씨는 이제 싫다는 것이었다. 영국은 이제 한물간 것 같다면서, 오스트레일리아에서 런던을 그리워하는 편이 익숙하다고 말했다. 조지 탤벗을 그리워하는 일에도 익숙해진 듯했다.

  조지에게 그 2주는 몹시 고통스러운 시간이었다. 마이러에게도 고통스러울 것 같았다. 두 사람은 1938년에 처음 만나서 5년 동안 함께 살았으며, 그 뒤 4년 동안은 운명적으로 헤어진 연인이 되어 편지를 주고받았다. 마이러는 조지에게 틀림없이 필생의 사랑이었다. 그녀 역시 자신을 그렇게 생각할 것이라고 그는 지금까지 믿고 있었다. 그렇지 않아도 매력적이었지만 오스트레일리아의 태양과 해변 덕분에 더욱 아름다워진 마이러는 공항에서 작별인사를 했다. 눈에는 눈물이 가득했다.

공항을 떠나오는 조지의 눈은 보송보송했다. 한 사람이 누군가를 온 마음으로 사랑했다면, 서로 떨어질 수 없는 그 두 사람 중 한 명이 눈물 어린 작별인사와 함께 돌아섰을 때 사랑 외에도 많은 것이 무너지게 마련이다. 조지는 택시에서 일찍 내려 세인트 제임스 공원을 걸었다. 그러나 그 공원이 너무 작은 것 같아서 그린 공원으로 갔다. 그다음에는 하이드 공원과 켄싱턴 공원도 걸었다. 어둠이 내리고 공원 문이 닫히자 그는 택시를 타고 집으로 향했다. 그는 마블 아치 근처의 아파트 단지에 살고 있었다. 마이러도 5년 동안 이곳에서 그와 함께 살았다. 그가 그녀와 다시 살게 될 것이라고 기대했던 곳도 바로 이곳이었다. 그는 곧 코번트 공원 근처의 새 아파트로 집을 옮겼다. 그리고 마이러에게 몹시 고통스러운 편지를 보냈다. 생각해보니 자신은 그런 편지를 자주 받았지만, 보낸 적은 없는 것 같았다. 자신이 살아오면서 남들에게 가한 고통을 완전히 과소평가한 것 같았다. 하지만 마이러는 분별 있는 답장을 보내왔고, 조지 탤벗은 이제 마이러에 대한 생각을 완전히 그만두어야 한다고 속으로 되뇌었다.

따라서 그는 예술 애호가 수준에 머물러 있던 최근의 상태를 벗어나 좀 더 열심히 일을 하기로 하고, 친구가 대본을 쓴 새 연극을 제작하는 일을 받아들였다. 조지 탤벗은 연극계의 사람이었다. 연기를 한 것은 아주 오래전의 일이었지만, 기사를 쓰고 가끔 연극을 제작하기도 하고 중요한 행사에서 연설도 했다. 그를 모르는 사람이 없을 정도였다. 그가 식당에 들어가면 사람들은 그와 눈을 마주치려고 애썼다. 전혀 모르는 사람이 그렇게 다가올 때도 많았다. 마이러가 떠난 뒤 4년 동안 조지는 연극계 주변의 젊은 여성들과 여러 번 사귀었다. 외로움을 이길 수 없었기 때문이다. 그는 마이러에게 보내는 편지에도 이런 일들을 아주 솔직하게 밝혔다. 하지만 마이러는 답장에서 그 이야기를 언급한 적이 한 번도 없었다. 요즘 그는 몇 달째 몹시 바빠서 집에 잘 들어오지 않았다. 돈을 많이 벌었으며, 여자들과도 몇 번 사귀었다. 여자들은 그와 함께 사람들 앞에 나서는 것을 아주 좋아했다. 조지는 마이러 생각을 많이 했지만 다시 편지를 보내지는 않았다. 마이러도 마찬가지였다. 헤어지면서 앞으로도 좋은 친구로 남자고 서로 약속했는데도 그랬다.

어느 날 저녁, 극장 로비에서 조지는 항상 우러러보던 옛 친구를 보았다. 그리고 동행한 여성에게 그 친구가 그의 세대에서는 가장 매력적인 남성이었다고 말해주었다. 어떤 여성도 그의 매력에 저항하지 못했다고. 그와 동행한 여성은 잠시 로비 저편의 그 노신사를 바라본 뒤 이렇게 말했다. "설마, 진짜요?"

조지 탤벗은 그날 밤 집에 혼자 돌아와 거울 속 자신의 모습을 정직한 마음으로 바라보았다. 그는 예순 살이었지만 그 나이로 보이지 않았다. 과거 여자들이 그에게 매력을 느낀 것은 그의 외모 때문이 아니었다. 지금도 그의 외모는 그리 변하지 않았다. 약간 살이 찐 듯한 몸매, 꼿꼿한 자세, 세심하게 빗은 흰머리, 좋은 옷. 그는 오래전 배우로 활동하던 시절 이후로는 자신의 얼굴에 별로 신경을 쓰지 않았다. 하지만 지금은 그답지 않게 외모를 꾸미고 싶은 충동이 들었다. 마이러가 그의 입술에 감탄했던 것도 기억났다. 반면 그의 아내는 그의 눈을 사랑했다. 조지는 극장 로비나 식당 등에서 거울이 눈에 띄면 힐끔힐끔 자신의 모습을 비춰보는 습관이 생겼다. 그의 눈에는 자신이 하나도 변하지 않은 것처럼 보였다. 하지만 그 기분 좋은 외양과 자신의 상태가 일치하지만은 않는다는 사실을 의식하게 되었다. 갈비뼈 속에 들어 있는 그의 심장은 탄탄한 힘을 잃고 부어올랐으며, 통증도 있었다. 감정을 다스리는 그 기관이 거대하게 커져서, 젊은 시절 그의 모습을 지워가고 있었다. 사람들의 우스갯소리에 웃을 수 없을 때도 많았다. 가볍고 암시적이고 건조한 그의 말투도 변했음이 분명했다. 옛 친구들이 혹시 요즘 우울하냐고 물어본 적이 한두 번이 아니었다. 친구들은 조지가 들려주는 이야기에 예전처럼 공감한다는 듯 미소를 짓지 않았다. 조지는 자신이 이제 함께 이야기를 나누기에 좋은 상대가 아닌 것 같다고 추측했다. 혹시 병이 든 것이 아닐까 싶어서 그는 병원에 갔다. 의사는 심장에 아무런 이상이 없다고 말했다. 아직 30년은 거뜬하다고. 그리고 의사는 존경을 담은 표정으로 영국 연극계를 위해 다행한 일이라는 말을 덧붙였다.

이제 생각해보니, '가슴이 아프다'는 말은 사람이 아픈 심장을 품고도 밤낮으로 돌아다닐 수 있다는 뜻인 것 같았다. 그는 지금 몇 달째, 아니 1년 가까이 그렇게 돌아다니는 중이었다. 가슴이 너무 아파서 밤에 자다가 깰 때도 있었다. 아침에는 슬픔의 무게에 짓눌린 채로 잠에서 깨어났다. 슬픔에는 끝이 없는 것 같았다. 이 생각에 화들짝 놀란 그는 두 가지 행동을 했다. 첫 번째는 마이러에게 조심스럽게 말을 고른 부드러운 편지를 써 보낸 것이었다. 몇 년에 걸친 사랑의 기억을 떠올린 이 편지의 답으로 조지 역시 조심스럽고 부드러운 편지를 받았다. 두 번째 행동은 아내를 만나러 간 것이었다. 두 사람은 오래전부터 좋은 친구 사이였다. 서로 자주 만났지만, 요즘은 아이들이 자라서 성인이 되었기 때문에 예전처럼 자주 만나지는 않았다. 1년에 한두 번쯤. 이제는 말다툼도 하지 않았다.

조지의 아내는 이혼 뒤 재혼했지만 지금은 남편과 사별하고 혼자 살고 있었다. 그녀의 두 번째 남편은 국회의원이었고, 그녀는 노동당에서 일했다. 병원 자문위원회와 진보적인 학교의 이사회 위원이기도 했다. 이제 쉰 살이 되었지만 그 나이로 보이지 않았다. 조지가 그녀를 만난 그날 오후에 그녀는 호리호리한 회색 정장과 회색 구두 차림이었다. 반백의 머리 앞쪽에 흰머리가 한 줄 구불구불하게 나 있어서 눈에 잘 띄었다. 그녀는 활기가 넘쳤으며, 조지를 무척 반가워했다. 그녀는 병원 자문위원회 위원 중에 아무짝에도 쓸모없는 인간들이 있는데, 이런저런 개혁 문제를 두고 그들이 진보적인 소수와 의견이 엇갈리고 있다는 이야기를 했다. 조지와 아내는 항상 정치적인 견해가 일치했다. 노동당에서 중도좌파에 속한다고 보면 되었다. 아내는 조지가 제1차 세계대전 때 평화주의를 따른 것에 공감했다. 그는 당시 그 때문에 한동안 감옥에 수감된 적도 있었다. 한편 조지는 그녀의 호전적인 여성주의에 공감했다. 두 사람 모두 1926년의 총파업을 도왔다. 두 사람이 이혼한 뒤인 1930년대에는 조지가 실업수당으로 생활하는 사람들을 위해 셰익스피어 극단과 함께 순회공연을 떠나거나 실업자들과 함께 시위에 참가할 때 아내가 비용을 도와주었다.

마이러는 정치에 전혀 관심이 없었다. 오로지 아이들에게만. 물론 조지에게도 관심이 있었다.

조지는 아내에게 다시 결혼하자고 말했다. 아내는 너무 놀란 나머지 설탕집게를 떨어뜨려 접시를 깨뜨리고 말았다. 그녀가 마이러에 대해 묻자 조지는 이렇게 말했다. "마이러는 오스트레일리아에서 지내는 동안 날 잊어버린 것 같아. 어쨌든, 지금은 날 원하지 않소." 그는 자신의 귀로 이 말을 들으면서 자신이 좀 불쌍해 보인다는 생각을 했다. 무서웠다. 여자에게 이런 식으로 호소한 적은 한 번도 없는 것 같은데. 마이러만 빼고.

아내는 그를 유심히 살핀 뒤 활기차게 말했다. "당신 외로워서 그래요, 조지. 뭐, 세월을 되돌릴 수 있는 사람은 없으니까."

"나랑 같이 살면 당신도 좀 덜 외로워질 것 같다고 생각하지 않소?"

아내는 의자에서 일어나 그에게 등을 돌린 채 모종의 일을 처리했다. 그리고 곧 재혼할 생각이라고 말했다. 그녀보다 상당히 나이가 어린 의사가 그녀의 상대였다. 그녀의 병원에서 진보적인 소수에 속한 사람이라고 했다. 조지는 그녀의 목소리를 듣고 그녀가 이 결혼에 대해 자부심과 창피함을 동시에 느끼고 있음을 알아차렸다. 그래서 그녀가 그를 외면한 채 얼굴을 보여주지 않는 거였다. 조지는 축하의 인사를 건넨 뒤, 혹시 자신에게 아직 기회가 남아 있느냐고 물었다. "우리 함께 살 때 행복했잖소, 안 그래? 우리 결혼이 어쩌다 그렇게 끝났는지 난 지금도 솔직히 이해할 수가 없어요. 이혼을 원한 건 당신이었지."

"지금 와서 그 옛날 일을 들먹일 필요가 뭐 있겠어요." 아내가 단호하게 말하고는 다시 조지의 맞은편 자리로 돌아왔다. 그는 그녀가 몹시 부러웠다. 일부러 대담하게 흰색으로 염색한 머리카락 한 다발을 이고 있는 그녀의 분홍빛 얼굴에는 주름이 거의 없어서 나이보다 젊어 보였다.

"그래도 난 듣고 싶소. 지금은 말해줘도 상관없잖소? 난 항상 궁금했어……. 자주 생각해봤는데도 이유를 알 수 없었지." 조지는 자신의 목소리가 불쌍하게 들린다는 사실을 다시 알아챘지만, 어떻게 해야 목소리를 바꿀 수 있는지 알 수 없었다.

"마이러한테 정신을 쏟고 있을 때는 궁금하다는 생각도 없었겠죠." 아내가 말했다.

"하지만 우리가 이혼할 때는 내가 마이러를 알기 전이었어."

"필리파, 조지나, 재닛과는 이미 아는 사이였죠. 또 어떤 여자랑 아는 사이였는지 누가 알까."

"그 여자들에게는 진심이 아니었어."

아내는 유능한 양손을 무릎에 포개고 앉아 있었다. 얼굴의 표정은 그가 기억하기로 그녀가 이혼하고 싶다고 말했을 때와 같은 표정이었다. 상처투성이의 쓸쓸한 얼굴. "당신은 나한테도 진심이 아니었어요."

"그래도 우린 행복했잖소. 어쨌든 나는 행복했어요……." 조지는 말을 흐렸다. 여자들을 그렇게 잘 아는데도 또 불쌍해진 것 같았다. 오래전부터 난봉꾼으로 살아온 그의 심장이 그에게 말하고 있었다. 틀림없이 지금 이 상황에 딱 맞는 말과 말투가 있을 텐데, 그걸 도무지 찾을 수가 없다고. 무슨 말을 하든 모든 희망을 잃어버린 노인 같은 목소리가 나왔다. 이런 목소리로는 씩씩한 협객 같은 젊은 의사를 결코 이길 수 없었다. "난 당신한테 진심이었소. 때로는 당신이 내 인생의 유일한 여자라는 생각이 들 정도로."

이 말을 듣고 아내는 웃음을 터뜨렸다. "세상에, 조지, 이제 와서 감상적으로 굴지 말아요."

"그래, 내가 마이러를 만난 건 사실이지. 하지만 당신이 날 버렸으니 마이러를 만날 수밖에. 그렇지 않소? 내 인생에 여자는 둘이었소. 당신과 마이러. 나는 우리가 아주 행복하게 살았던 것 같은데 당신이 왜 그걸 모두 깨버렸는지 지금도 이해할 수가 없어요."

"당신은 나한테 진심이 아니었어요." 아내가 다시 말했다. "진심이었다면 필리파, 조지나, 재닛 **등등**을 만나고 집에 돌아와서,

마치 그런 일이 내게 아무런 문제도 되지 않는다는 듯이 차분한 목소리로 브라이튼인지 어딘지에서 그 여자들과 함께 있다가 왔다고 말하지 않았겠죠."

"내가 그 여자들한테 진심이었다면, 그런 얘기를 당신한테 했을 리가 없지."

아내는 믿을 수 없다는 표정으로 조지를 바라보았다. 얼굴이 붉게 상기되어 있었다. 왜? 화가 났나? 조지는 이유를 알 수 없었다.

그가 불쌍한 목소리로 말했다. "우리가 이 결혼이라는 문제와 관련된 다른 문제들을 모두 해결했다고 내가 몹시 자랑스러워하던 것을 지금도 기억하고 있소. 우리 결혼생활이 워낙 좋았으니 그렇게 조금 노는 거야 전혀 문제가 되지 않았지. 그리고 난 언제나 사실대로 말할 수 있는 일만 해야 한다고 생각했소. 그래서 당신한테 항상 사실대로 말한 거고. 그렇지 않소?"

"정말 로맨틱하네요, 사랑스러운 조지." 아내가 건조한 목소리로 말했다. 조지는 곧 자리에서 일어나 그녀의 뺨에 다정하게 입을 맞추고 자리를 떴다.

그는 허리를 꼿꼿이 세우고 뒷짐을 진 채 여러 공원들을 한참 동안 걸어다녔다. 심장이 부풀어서 고통스러웠다. 공원 문이 닫히자 그는 가로등이 밝혀진 거리를 걸었다. 그가 50년 동안 살고 있는 거리였다. 마이러와 아내 몰리의 기억이 떠올랐다. 마치 두 사람이 한 여자 같았다. 두 사람이 서로에게 녹아들어가 따뜻하고 편안하고 친밀한 어떤 것, 행복의 형태 그 자체가 되어 그와 나란히 걷고 있는 것 같았다. 조지는 잘 아는 작은 식당에 들어갔다. 거기에 어떤 아가씨가 앉아 있다가 예전에 영국 연극계의 현황에 대한 그의 강연을 들었다며 알은척했다. 조지는 그 아가씨의 얼굴에서 마이러와 몰리를 찾아보려고 열심히 애썼지만 성공하지 못했다. 그는 자신과 그녀의 커피 값을 치르고 혼자서 집으로 돌아왔다. 하지만 텅 빈 아파트를 참을 수가 없어서 다시 밖으로 나와 지칠 때까지 두어 시간 동안 템스 강변을 걸었다. 생각보다 바람이 차가웠는지, 다음 날 일어나니 가슴이 아팠다. 그것은 상심해서 가슴이 아픈 것과는 다른 통증이었다.

독감에 걸려 심한 기침을 하며 그는 혼자 침대에 누워 있었다. 의사를 부른 것은 나흘째 되던 날, 현기증이 일었을 때였다. 의사는 당장 병원에 입원해야 한다고 말했다.

하지만 그는 병원에 가고 싶지 않았다. 그러자 의사는 밤낮으로 간병해주는 간호사를 두어야 한다고 말했다. 이 말에는 그도 굴복했지만, 냉랭하고 친절한 간호사들의 모습을 보니 참을 수 없을 만큼 슬퍼져서 의사에게 부탁해 아내에게 연락을 취했다. 아내라면 그에게 연민을 느껴 그를 돌볼 사람을 구해줄 것 같았다. 그는 몰리가 직접 간병하러 와주지 않을까 기대했지만, 정작 그녀가 찾아왔을 때 그는 그 말을 꺼내지 않았다. 그녀가 재혼 준비로 바빴기 때문이었다. 그녀는 간호사 제복을 입지 않고 간병하면서 쾌활한 분위기를 만들어줄 사람을 찾아보겠다고 약속했다. 두 사람에게는 당연히 공통의 친구가 많았다. 몰리는 연극계에서 일하는 조지의 옛 애인 중 한 명에게 전화를 걸었다. 그녀는 비서 일을 구하는 아가씨가 한 명 있다고 말했다. 하지만 한

동안 일을 구하지 못해 곤경에 빠져 있기 때문에, 몇 주 정도라면 비서 일이 아니라도 상관없다고 했다.

그렇게 해서 보비 티펫은 간호사들을 내보내고 그의 서재에 직접 잠자리를 마련했다. 첫날 그녀는 조지의 침대 옆에 앉아 바느질을 했다. 폭이 넓은 어두운색 스커트와 손목에 짧은 프릴이 달리고 전체적으로 무늬가 있는 얌전한 블라우스 차림이었다. 조지는 바느질하는 그녀의 모습을 지켜보면서 벌써 몸이 한결 좋아진 것 같았다. 그녀는 작고 마르고 가무잡잡한 아가씨였다. 아무래도 유대계인 것 같았다. 검은 눈은 슬퍼 보였다. 그녀는 바느질거리를 무릎에 내려놓고 그 위에 양손을 힘없이 늘어뜨리곤 했다. 그 자세로 어느 한곳에만 시선을 고정하고 우울하게 생각에 잠긴 것 같은 표정을 지었다. 그럴 때 그녀는 미동도 하지 않았기 때문에 바느질하는 아가씨 모양의 작은 도자기 조각상 같았다. 조지를 돌볼 때나 그를 찾아오는 손님들을 맞아 안으로 들일 때면 서늘하다 못해 무심해 보이는 매력적인 태도를 취했다. 무정하지만 어찌나 예의가 바른지, 처음에 조지는 몸이 오싹해질 정도였지만 곧 그 겉모습을 꿰뚫어볼 수 있었다. 보비 티펫의 출신은 몰라도, 그런 예의범절에 걸맞은 계급 출신 같지는 않았다. 그녀는 자신의 신변에 대한 질문에 '네'나 '아니오'로만 대답했다. 조지는 그런 질문을 통해서 그녀의 부모가 세상을 떠났다는 것, 결혼한 언니와 가끔 만난다는 것, 10여 년간 런던 주위에서 주로 혼자 살았다는 것을 짐작할 수 있었다. 그렇게 혼자 지내는 시간이 많으면 외롭지 않느냐고 그가 묻자 그녀는 느릿

느릿 대답했다. "어머, 전혀요. 저는 혼자 있어도 아무 상관없답니다." 그래도 조지는 그녀가 작고 용감한 아이, 런던에 맞선 방랑자 같아서 가슴이 뭉클했다.

그는 연극계의 거물로 보이고 싶지 않았다. 자신에게 너무나 익숙한, 자신을 사람이 아니라 단순히 경탄의 대상으로만 보는 시선을 받고 싶지 않았다. 그래도 그는 곧 그녀에게 그녀의 직업에 대해 여러 가지를 물어보기 시작했다. 이것으로 그녀에게서 열정적인 반응을 이끌어낼 수 있다면 좋겠다는 생각이 들었다. 하지만 그녀는 작은 역할들, 임시직, 무대배경 그리기, 대역으로 대기하기 등을 전전한 경험을 실력 좋고 노련한 배우의 즐거운 목소리로 가볍게 털어놓았다. 그래서 조지는 그녀와 조금이라도 더 가까워졌다는 생각이 들지 않았다. 그래서 결국 그는 내내 피하던 일을 하고 말았다. 베개를 등에 괴고 재판관이나 총연출자처럼 앉아서 이렇게 말한 것이다. "내게 뭔가를 보여줘 봐. 네 재주를 보여줘." 그녀는 말 잘 듣는 아이처럼 옆방으로 가서 몸에 꼭 끼는 검은 바지로 갈아입고 돌아왔다. 하지만 얌전한 블라우스는 그대로였다. 그녀는 조지 앞의 카펫 위에 서서 노래하며 춤추는 연기를 시작했다. 나쁘지 않았다. 그가 지금까지 본 연기 중에는 이보다 나쁜 것이 수두룩했다. 어쨌든 그는 또 가슴이 뭉클해졌다. 이제 그의 눈에 그녀는 무엇보다도 어린 개구쟁이, 부랑아, 사내아이 같은 여자아이, 무력한 존재로 보였다. 그런 모습이 정말로 마음을 움직였다. 그녀가 말했다. "사실 이건 연기의 절반밖에 안 돼요. 항상 상대가 있었으니까요."

크고 어두운 방의 한쪽 벽을 거의 다 차지한 커다란 거울이 있었다. 조지는 거기에 비친 자신의 모습을 보았다. 베개로 등을 받친 노인이 자기 앞의 카펫 위에 선 작은 인형 같은 사람을 지켜보고 있었다. 그녀가 어두운 거울에 비친 자신의 모습을 향해 고개를 돌리고 유심히 살피다가 그 거울 속 모습과 함께 춤을 추기 시작하는 것을 그는 보았다. 마치 거울 속 자신과 솜씨를 겨루는 것 같았다. 조지의 방에서 작고 가벼운 사람 두 명이 춤을 추고 있었다. 왠지 신비스러운 광경이었다. 그녀가 노래를 부르기 시작했다. 무대에서 쓰는 런던 사투리로 된 가벼운 노래. 거울 속의 또 다른 자신도 함께 노래하기를 기대하는 것 같은 모습이었다. 그녀는 반응을 기대하는 사람처럼 거울을 향해 노래를 불렀다.

"아주 훌륭하구나." 조지가 재빨리 끼어들었다. 이유는 알 수 없지만 마음이 언짢았기 때문이다. "아주 훌륭해." 그녀가 노래를 끊고 거울에서 물러나자 그는 마음이 놓였다. 그녀의 신비로운 그림자가 사라졌다.

"내가 널 위해 자리를 주선해줄까? 내가 말을 해주면 도움이 될 게다. 연극계가 어떻게 돌아가는지는 너도 알 테지." 그가 미안한 얼굴로 말했다.

"그런 건 상관없어요." 그녀가 연기할 때 쓰던 런던 사투리로 대답했다. 순간적으로 무모하고 장난꾸러기 같은 매력적인 표정이 얼굴에 나타났다가 사라졌다. "다시 치마로 갈아입을래요." 그녀가 말했다. "그편이 간병인에게 더 어울려요."

하지만 그는 몸에 꼭 끼는 검은 바지 차림의 그녀가 더 마음에 든다고 말했다. 그래서 그녀는 이제 항상 그 바지를 입었다. 깔끔한 셔츠와 함께. 그녀는 또한 여성적인 매력을 지닌 소년 같은 태도로 돌아다니며 자신이 작은 역할을 맡아 출연했던 작품들이나 자신이 이야기를 나눠본 거물급 배우와 기획자에 대해 재잘재잘 떠들어댔다. 그들은 물론 조지의 친구이거나, 아니면 하다못해 그와 동등한 위치에 있는 인물들이었다. 조지는 베개로 등을 받치고 앉아서 그녀의 말을 들으며 그녀의 움직임을 지켜보았다. 가슴이 아팠다. 그는 필요 이상으로 오랫동안 병상을 벗어나지 않았다. 그녀가 가버리는 것이 싫어서였다. 침대를 벗어나 커다란 의자에 앉은 날, 그가 말했다. "네가 꼭 여기에만 있어야 한다고 생각할 필요는 없어. 달리 가고 싶은 곳이 있다면 말이지." 이 말에 그녀는 검은 눈을 크게 뜨며 대답했다. "여기서 저는 쉬고 있는데요. 쉬고 있어요. 달리 할 일도 없고요." 그러고 나서 곧 다시 말을 이었다. "아, 정말 **한심하죠**? 이런 소리를 하다니."

"여기 있는 게 정말로 좋은 거야? 나와 함께 있는 것이 싫지 않아?" 그가 고집스럽게 물었다.

짧은 침묵이 흐른 뒤 그녀가 말했다. "네. 이상하긴 한데, 여기 있는 게 좋아요." '이상하긴 한데'라는 말을 할 때 그녀는 순간적으로 웃음이 살짝 동반된, 거의 추파를 던지는 것 같은 시선으로 그를 흘깃 바라보았다. 그러자 조지의 가슴을 조이던 외로움이 몇 달 만에 처음으로 조금 힘을 잃었다.

이제 그는 행복해졌다. 연극계와 문단의 저명한 신사숙녀들이 그를 만나러 오면, 보비가 차분하고 매끄럽게 여주인 역할을 했기 때문이다. 그러다 손님들이 떠나면 그녀는 곧장 매력적인 개구쟁이 모습으로 돌아왔다. 그것은 그들이 친밀한 사이가 되었다는 증거였다. 가끔 그는 그녀를 데리고 식당이나 극장으로 외출했다. 그럴 때면 그녀는 세련되고 대담한 옷을 차려입고, 마네킹처럼 거만하게 굴었다. 조지는 다정한 미소를 지으며 그녀와 함께 움직였다. 검고 무모하고 자유로운 그 눈이 사람들의 찬탄을 받기 위해 가장하던 나른한 모습에서 반짝 벗어나 그와 즐겁게 시선을 교환하면서, 집으로 돌아가자마자 다시 귀여운 아가씨나 씩씩하고 매력적인 부랑아로 변신하겠다고 약속하는 순간이 기다려졌다.

그는 가끔 밤에 어둑한 방에 앉아서 그녀의 가느다란 어깨를 손으로 감쌌다. 잘 자라고 인사를 건네면서 고개를 숙여 그녀에게 입을 맞출 때도 있었다. 그러면 그녀는 고개를 숙여 그의 입술이 이마에 닿게 했다. 그녀의 이마는 그의 입술을 기꺼이 얌전하게 받아들였다.

조지는 그녀가 아직 깨닫지 못한 탓이라고 혼자 되뇌었다. 과거에 이 말은 몇 번이나 따뜻한 애정의 전조가 되었다. 그는 그녀가 스스로를 잘 모른다고 속으로 되뇌었다. 그녀는 결혼한 경험이 있는 것 같았다. 연극계와 관련된 일화를 이야기하던 중에 그녀가 이 정보를 언뜻 내놓은 적이 있었다. 하지만 조지는 결혼한 지 몇 년이나 됐어도 자신을 깨닫지 못한 여자들을 아주 많이 보았다. 조지는 그녀에게 청혼했다. 그러자 그녀는 깜짝 놀란 동물처럼 작고 매끈한 고개를 들고 이렇게 말했다. "왜 저랑 결혼하고 싶으신 건데요?"

"너랑 같이 있는 게 좋으니까 그렇지. 너랑 같이 있는 게 좋아."

"뭐, 저도 선생님이랑 같이 있는 게 좋아요." 마치 의문을 품은 것 같은 목소리였다. 그녀가 스스로를 의심하는 건가? "이상하죠." 그녀가 웃으면서 런던 사투리로 말했다. "이상하지만 진짜예요."

결혼식은 소규모로 치를 예정이었지만, 신문에 기사가 많이 실렸다. 최근 조지 또래의 남자들이 젊은 여자와 결혼한 사례가 여러 건 있었다. 개중에는 일흔 살에 아들을 낳은 사람도 한 명 있었다. 조지는 신문 기사들을 보고 기분이 좋아져서 보비에게 그때까지 하지 않았던 자신의 이야기를 많이 들려주었다. 예를 들어, 젊은 세대보다 자기 세대가 사랑과 섹스 면에서 훨씬 더 성공을 거둔 것 같다는 이야기. 그는 이렇게 말했다. "내 아들을 봐라. 그 나이에 나는 연애도 많이 하고 여자도 잘 알았어. 그런데 서른 살이 다 된 내 아들 녀석은 어떻지? 전에 녀석이 결혼하고 싶다는 여자랑 같이 여기 와서 지낸 적이 있다. 녀석은 그 여자랑 일주일 동안 한 침대에서 잤는데 아무 일도 없었어. 이건 내가 확실히 아는 사실이다. 그 여자한테서 들은 이야기니까. 내 눈에는 이상하기만 한데, 그 여자는 그렇게 생각하지 않더군. 지금 아들 녀석은 젊은 사내 녀석이랑 같이 살면서 그놈의 LP 레코드만 들어. 약혼한 아가씨와는 일주일에 두 번씩 데이트를 하고. 제가 무슨 사춘기 소년인 줄 아나. 내 딸은 또 어떠냐. 결혼하고 1년 뒤에 날 찾아왔는데 아주 엉망진창이더라. 정말 엉망이었어……. 내가 보기에 너희 세대는 그런 관계를 아주 무서워하는 것 같아. 이유를 모르겠다."

"왜 저희 세대라고 해요?" 그녀가 여느 때처럼 재빨리 고개를 돌려 귀를 기울이는 자세를 취하며 물었다. "저는 그 세대가 아니에요."

"그래봤자 너도 아직 아이야." 그가 다정하게 말했다.

그는 자신을 똑바로 바라보는 그 슬픈 검은 시선의 의미를 해석할 수 없었다. 그녀는 광택이 나는 검은 바지를 입고 벽난로 앞에 책상다리로 앉아 있었다. 작은 인형 같았다. 하지만 그의 마음속에서 순간적으로 경보 같은 것이 울렸기 때문에 그는 더 이상 아무 말도 하지 않았다.

"서른다섯 살, 나는 살아 있는 아이들 중 막내라네." 그녀가 노래하며 어깨 너머로 그를 재빨리 흘깃 바라보았다. 냉소적인 표정이었다. 하지만 목소리는 명랑했다.

그는 그녀 앞에서 다시는 자기 세대의 성취를 입에 담지 않았다.

결혼식을 올린 뒤 그는 그녀를 데리고 노르망디의 한 마을로 갔다. 그가 오래전 이브라는 아가씨와 함께 갔던 곳이었다. 하지만 그 이야기는 하지 않았다.

봄이라 벚꽃이 피어 있었다. 첫날 저녁 그는 저물어가는 햇빛을 받으며 하얗게 꽃을 피운 벚나무 가지 아래를 그녀와 함께 걸었다. 한 팔로 그녀의 가느다란 허리를 감싼 채. 잃어버렸던 행복의 문안으로 곧 되돌아갈 수 있을 것 같았다.

두 사람이 빌린 크고 안락한 방의 창가에 서면 벚나무가 보였다. 침대는 더블침대였다. 이 집 주인인 농부의 아내 마담 크루쇼는 이 방을 보여줄 때 약삭빠른 눈으로 두 사람을 바라보며, 신혼여행 커플을 맞이하는 것이 항상 즐겁다고 말했다.

조지는 보비와 사랑을 나눴다. 그녀는 눈을 감았고, 그는 그녀가 전혀 어색해하지 않는다는 사실을 깨달았다. 정사가 끝난 뒤 그는 그녀를 품에 안았다. 바로 그 순간 그는 믿을 수 없을 만큼 편안해진 마음으로 아주 간단하게 행복을 느꼈다. 그가 오랫동안 아주 당연하게 여기던 그 행복. 지금 보니 자신이 정말로 고마움을 몰랐다는 생각이 들었다. 그는 고분고분한 그녀의 몸을 품에 안고 생각했다. 자신이 오랫동안 혼자 지내는 건 불가능한 일이었다고. 그건 참을 수 없는 일이었다. 그는 고르게 숨 쉬는 그녀의 몸을 안고, 그녀의 등과 허벅지를 어루만졌다. 그의 손은 거의 50년 동안 익숙했던 사랑의 감정을 떠올렸다. 평생 머릿속에 기억돼 있던 감정이 그의 몸에 흘러넘치고, 심장은 지금껏 경험한 적이 없는 것 같은 기쁨으로 부풀어 올랐다. 그것은 10여 번에 걸친 사랑의 경험이 혼합된 기쁨이었다.

그가 그 기억을 완전히 자기 것으로 만들려던 바로 그 순간에 그녀가 홱 몸을 떼고 일어나 앉아서 말했다. "궐련을 피우고 싶어요. 당신은 어때요?"

"음? 그래, 좋지. 당신이 원한다면."

두 사람은 담배를 피웠다. 그러고 나서 그녀는 똑바로 누워 가슴 앞에서 팔짱을 끼고 말했다. "졸려요." 그녀는 눈을 감았다. 그녀가 확실히 잠들었음을 확인한 뒤 그는 팔꿈치를 괴고 몸을 일으켜 그녀를 지켜보았다. 벽난로의 불은 아직 타고 있고, 그녀의 뺨은 부드러운 곡선을 그렸다. 아이의 뺨 같았다. 그가 손날 부분으로 그 뺨을 만지자 그녀가 잠결에 몸을 움츠리며 피하더니 주먹을 쥐듯이 몸을 말았다. 아이의 손처럼 하얗고 미숙한 손도 베개 위에서 주먹을 쥐고 있었다.

조지는 그녀를 품에 안으려고 했지만, 그녀는 그를 피해 침대 끝까지 몸을 움직였다. 그녀의 깊은 잠을 조지는 함께 나눌 수 없었다. 이런 상황을 참을 수 없어서 그는 침대에서 일어나 봄밤의 차가운 바람을 맞으며 창가에 섰다. 하얀 달 아래에 서 있는 하얀 벚나무를 보며 그는 침대에 잠들어 있는 차가운 여자를 생각했다. 그는 동이 틀 때까지 차가운 달빛을 받으며 그렇게 서 있었다. 그리고 아침이 되었을 때 그는 심한 기침 때문에 일어날 수 없었다. 보비는 매력적이고 헌신적이고 명랑했다. "옛날이랑 똑같네요. 제가 당신을 간병하는 게." 그녀는 검은 눈동자를 일부러 한 번 굴리며 말했다. 그리고 마담 크루쇼에게 침대를 하나 더 달라고 말했다. 그녀는 그 침대를 구석에 놓았다. 조지는 그녀가 감기에 옮지 않으려고 조심하는 것이 합리적인 태도라고 생각했다. 과거에는 중병에 걸렸어도 어두운 밤을 함께 나누는 데에 아무런 장애가 되지 않았음을 그는 감히 떠올리려 하지 않았다. 그는 피곤하거나 열이 날 때, 또는 극도로 잠이 오지 않을 때 오히려 관능을 느낄 수 있음을 잊어버리기로 했다. 그러다 보니 아예 자신이 부끄러워지기 시작했다.

마담 크루쇼는 2주 동안 하루에 두 번씩 훌륭한 식사를 제공해주었다. 조지와 보비는 레드와인과 칼바도스(사과를 원료로 만든 브랜디)를 잔뜩 마시고, 마담 크루쇼와 함께 신혼여행 중에 병이 난 지금의 상황을 농담거리로 삼았다. 두 사람은 예정보다 일찍 노르망디를 떠나 집으로 돌아왔다. 그편이 조지에게 나을 것이라고 보비가 말했다. 친구들이 그를 보러 자주 들를 수 있고, 봄에 집 안에만 갇혀 있는 것도 슬픈 일이며, 두 사람이 노르망디에서 너무 많이 먹고 있다는 것이 그녀가 내세운 이유였다.

집으로 돌아온 첫날, 조지는 보비가 밤에 서재로 들어가 잠을 청하는지 지켜보았다. 하지만 그녀는 잠옷을 입고 침실로 왔다. 그는 두 번째로 그 행위를 하는 동안 그녀를 품에 안을 수 있었다. 그러고 나서 그녀는 침대에 앉아 조금 지치고 왜소해진 모습으로 담배를 피웠다. 조지는 그녀가 너무나 어리고 불쌍해 보인다고 생각했다. 그날 밤 그는 잠들지 못했다. 그녀의 잠을 방해할까 봐 감히 침대에서 일어나지도 못했다. 자신의 팔다리가 평생에 걸친 습관을 기억해내고 그녀를 찾아 움직일까 봐 잠드는 것이 두려웠다. 아침에 그녀는 미소를 지으며 깨어났다. 그는 그녀를 품에 안았지만, 그녀는 그에게 살짝 키스하고는 펄쩍 뛰듯이 침대를 벗어났다.

그날 그녀는 꼭 언니를 만나러 가야 한다고 말했다. 그 뒤로 몇 주 동안 그녀는 언니를 자주 만났다. 조지에게는 친구들을 자주 불러서 함께 지내는 편이 좋겠다는 이야기를 계속했다. 조지는 언니를 이리로 부르는 게 어떻겠느냐고 물었다. 그러자 어느 날 오후 보비의 언니가 와서 함께 차를 마셨다. 조지는 결혼식

때도 그녀를 잠깐 보고 싫은 사람이라고 생각했지만, 이번에는 처음으로 이 결혼 자체에 반감이 생겼다. 보비의 언니는 끔찍한 사람이었다. 교외에 사는 평범한 중년 여자인 그녀는 날카롭고 가무잡잡한 얼굴로 아파트 구석구석을 헤집고 다니며 가구의 가치를 가늠해보았다. 탐욕스러워 보이는 가느다란 코는 한쪽으로 휘어져 있었다. 그녀는 자신이 보일 수 있는 가장 얌전한 태도로 두 시간 동안 앉아 차를 마셨다. 군청색의 남성적인 정장에 수수한 검은색 모자를 쓴 차림이었다. 투박한 신을 신은 양발은 가지런하고 단단했다. 그녀의 가느다란 코는 조지를 빈정거리는 대화를 동생과 소리 없이 나누고 있는 것 같았다. 보비는 냉정하고 정중했으며, 손님들이 오면 항상 그렇듯이 일부러 삶에 지친 듯한 태도를 보였다. 하지만 조지는 보비가 순전히 자신에게 보여주려고 그런 태도를 보이는 것이라고 확신했다. 언니가 떠난 뒤, 조지는 그녀에 대해 불평을 늘어놓았다. 그러나 보비는 웃으면서 조지가 언니 로사를 싫어할 줄 이미 알고 있었다고 말했다. 언니가 조금 소름끼치게 생긴 건 **사실**이라면서. 하지만 애당초 언니를 초대하자고 말한 사람이 누구죠? 그래서 그 뒤로 로사가 다시 오는 일은 없었다. 보비가 밖에서 언니를 만나 영화를 보러 가거나 쇼핑을 했다. 그동안 조지는 혼자 앉아서 불편한 마음으로 보비를 생각하거나 옛 친구들을 만나러 외출했다. 노르망디에서 돌아온 지 몇 달이 되었을 때, 누군가가 조지에게 혹시 어디 아픈 것 아니냐고 물었다. 그 말을 듣고 생각해보니, 자신이 아주 건강하다고 말할 수 있는 상태는 아니라는 생각이 들었다. 잠을 잘 자지 못하는 탓이었다. 밤마다 그는 보비와 나란히 누웠다. 그녀가 명랑하고 다정하게 그를 받아들인 뒤에. 그는 그녀의 뺨이 그리는 부드러운 곡선과 길고 검은 속눈썹을 보았다. 그 아이 같은 뺨만큼, 그 속눈썹의 그림자만큼 그의 마음에 깊이 와닿은 것은 평생 하나도 없었다. 한쪽 뺨의 잔주름 하나가 그에게는 감정의 표시처럼 보였다. 윤기 나는 검은색 머리카락이 이마 위로 흘러내린 모습을 보면 눈물로 목이 꽉 메었다. 그는 애정을 마음속에 잠가둔 채 긴 밤을 지새웠다.

그러던 어느 날 그녀가 밤중에 깨서 그가 자신을 지켜보고 있음을 알아차렸다.

"무슨 일이에요?" 그녀가 화들짝 놀라 물었다. "잠이 안 와요?"

"그냥 당신을 보고 있는 거야." 그가 모든 희망을 잃어버린 사람처럼 말했다.

그녀는 몸을 둥글게 말고 그의 옆에 누워 있었다. 주먹 쥔 손은 그와 그녀 사이의 베개 위에 있었다. "왜 행복해하지 않아요?" 그녀가 불쑥 물었다. 조지가 갑자기 쓰디쓴 기분이 되어 웃음을 터뜨리자 그녀는 일어나 앉아 양팔로 무릎을 감싸고 이 문제를 현실적으로 생각해볼 준비를 했다.

"이건 결혼생활이 아니야. 이런 건 사랑이 아니야." 그가 선언하듯 말하고는 몸을 일으켜 그녀와 나란히 앉았다. 자신이 전에도 이런 말투로 그녀에게 말한 적이 있는지 알 수 없었다. 풍채 좋은 그의 늙은 얼굴이 슬픔으로 상기되고, 그는 한순간 그녀의 존재를 잊어버렸다. 지금 그는 그녀 안에서 되살아난 자신의 과

거 속에서 그 과거를 향해 말하고 있었다. 평생의 경험이 그에게 위엄을 주었다. 그의 눈빛은 묵직하게 상대를 조롱하며 비난하는 듯했다. 그녀는 그에게 몸을 바싹 붙이고는 흐릿하고 슬픈 미소를 지었다. "그럼 나한테 가르쳐주세요, 조지."

"가르쳐달라고?" 조지는 하마터면 말을 더듬을 뻔했다. "가르쳐달라고?" 하지만 그는 말 잘 듣는 아이 같은 그녀를 안았다. 뺨과 뺨이 맞닿을 정도로. 마침내 그녀가 잠들었지만, 그녀의 어깨에 닿은 그의 어깨가 지나치게 무거웠는지 그녀는 몸을 움츠리며 침대 가장자리로 도망쳤다.

아침에 그녀는 기묘한 표정으로 그를 보았다. 기묘하고, 슬프고, 약간의 존경심이 깃든 표정이었다. "있잖아요, 조지, 당신은 그저 사랑이 습관이 되었을 뿐이에요."

"그게 무슨 소리야?"

그녀는 침대에서 벗어나 일어섰다. 검은 머리가 헝클어진 채로 하얀 잠옷을 입은 모습이 거리의 부랑아 같았다. 그녀가 그에게 시선을 주며 미소를 지었다. "꼭 뭔가를 품에 안고 싶어 한다는 뜻이에요. 혼자 있을 때는 어떻게 하세요? 베개라도 안고 계세요?"

그는 아무 말도 하지 않았다. 가슴이 칼에 베인 것 같았다.

"내 남편도 그랬어요." 그녀가 명랑하게 말했다. "웃기는 건, 그 사람은 나한테 아무 관심이 없었다는 거죠." 그녀는 조롱하듯이 웃으면서 그를 내려다보았다. "이상하죠?" 그녀는 이렇게 말하고 나서 욕실로 가버렸다. 그녀가 남편을 언급한 것은 이번이 두 번째였다.

　사랑이 습관이 되었다는 표현이 조지의 마음속에서 혁명을 일으켰다. 그 말이 맞다. 그는 생각했다. 충격이 너무 커서 자신의 맨살에 누군가의 맨살이 닿는 느낌, 젖가슴이 닿는 느낌에 본능적인 반응조차 할 수 없을 정도였다. 보비가 지금껏 알던 그 사람이 아닌 것 같았다. 지금까지 사실상 그녀를 잘 모르고 있었다는 생각이 들었다. 명랑하고 작은 아가씨는 사라져버렸다. 지금 그의 눈에 보이는 것은, 그가 한 번도 자세히 생각해보지 않은 실패와 좌절 때문에 강하게 단련되어 잠시도 경계를 늦추지 않는 젊은 여자였다. 그녀의 검은 눈에 깃든 슬픔이 결코 무정하지 않다는 사실을 이제 알 수 있었다. 그녀의 매끈한 머리카락이 이제 막 하얗게 세기 시작한 것이 보였다. 통통한 곡선을 그리고 있는 뺨이 사실은 중년에 가까워지면서 말랑말랑해지기 시작했다는 사실도 알 수 있었다. 자신이 이토록 자기중심적인 사람이었다는 사실에 그는 경악했다. 이제는 진정으로 그녀를 알기 위해 노력하겠다고 그는 다짐했다. 그러면 그녀도 그를 사랑해줄 것 같았다.

　그는 완전히 잊고 있던 소년 시절의 모습이 아직 마음속에 살아 있음을 불현듯 깨달았다. 그는 지금 사춘기 시절로 돌아가 있었다. 어쩌다 그녀의 손이 닿으면 그는 몹시 기뻐했다. 그녀의 치맛자락이 휙 움직이는 모습을 보면 너무 행복해서 눈을 감았다. 질투에 찬 소년의 눈으로 그녀를 바라보니, 그녀의 과거가 궁금해지기 시작했다. 자신이 서서히 그녀를 소유하고 있다는 느낌도 들었다. 그는 그녀의 목소리에 감정이 깃들기를, 우정을 말하는 그 검은 눈 옆의 주름이 모든 것을 솔직히 고백하기를 기다렸다. 밤에는 소년답게 그녀를 숭배하다 못해 서투른 짓을 일삼았다. 조지의 몸에 깃들었던 관능은 완전히 죽어버렸다. 한 달 전에 조지는 오랫동안 이 몸을 사용한 기억이 있는, 노련하고 정력적인 남자였다. 지금은 갈망을 품은 채 이 여자 옆에 말똥말똥 누워 있기만 했다. 그가 갈망하는 것은 자신에게서 떨어져나간 과거가 아니라 미래의 꿈이었다. 질투에 찬 소년처럼 그녀를 다그치면 그녀는 그를 피했다. 그가 보기에는 꼭 처녀처럼 보이는 행동이었다. 그는 자신이 소년처럼 그녀를 숭배하면, 그녀의 억압된 처녀성이 거기에 응답해 깨어날 것이라고 믿었다.

하지만 그녀는 여전히 얼굴 앞에 주먹을 둔 채로 성채城砦 안에서 잠들었다.

그러던 어느 날 그녀가 또 밤중에 깨어났다. 그가 몸을 움직인 탓이었다. "**이번**엔 또 왜 그래요, 조지?" 그녀가 벌컥 화를 내며 물었다.

그 뒤에 이어진 침묵 속에서, 조지 안에서 부활했던 소년이 고통스러운 죽음을 맞았다.

"아무것도 아니야." 그가 말했다. "아무것도." 그는 좌절해서 그녀에게 등을 돌렸다.

침실의 커다란 침대에서 서재의 좁은 침대로 잠자리를 옮긴 사람은 그였다. 그녀는 신랄하고 슬픈 미소를 지었다. "이제 나한테 질렸나요, 조지? 뭐, 그건 나도 어쩔 수 없네요. 난 원래 다른 사람이랑 같이 자는 걸 별로 좋아하는 편이 아니라서요."

최근 일을 그만두었던 조지는 다시 연극 기획에 나서서 몹시 분주히 움직였다. 큰 신문에 연극 비평도 쓰기 시작했고, 첫 공연에는 한 번도 빠지지 않았다. 보비가 그와 동행할 때도 있었다. 놀랍도록 말쑥한 옷차림의 그녀는 유행을 주도하는 사람처럼 구는 일을 즐거워했다. 때로는 보비가 혼자 집에 남을 때도 있었다. 그녀는 아무것도 하지 않고 몇 시간 동안 혼자 있는 것을 전혀 꺼리지 않았다. 조지가 북적거리는 파티에 참석했다가 집에 돌아와 보면, 그녀는 꼭 끼는 바지를 입고 벽난로 불 앞에 책상다리로 앉아 손으로 턱을 받치고 있었다. 마치 다른 세상에 가 있는 것 같았다. 그는 그곳으로 따라가기가 무서웠다. 그녀가 그에게 조금도 감정을 느낀 적이 없음을 보여주는 차갑고 날카로운 말을 듣게 된다면 참을 수 없을 것 같았다. 그녀가 천성적으로 그런 감정을 느낄 수 없는 사람이라는 사실을 알게 될까 봐 싫었다. 그가 늦게 집으로 돌아오면 그녀는 함께 마실 차를 끓였다. 그러고 나서 두 사람은 벽난로 불 앞에 손을 잡고 앉았다. 그의 육체와 기억은 잠잠했다. 아니, 죽어버린 것 같았다. 하지만 가슴은 여전히 아팠다. 그는 가슴을 무겁게 짓누르는 외로움에 너무나 익숙해져서 오랜 친구와 잠깐 이야기를 나눌 때는 보비를 알기 이전의 조지 탤벗이 되었다. 그럴 때면 가슴을 짓누르던 무게가 사라져서 그는 화들짝 놀라 뭔가 잃어버린 사람처럼 주위를 두리번거렸다. 외로움이 주는 고통이 사라지면 거의 현기증이 날 것 같았다.

그는 보비에게 바삐 돌아다니는 자신 옆에서 별로 할 일도 없이 이렇게 몇 달을 지내는 것이 지루하지 않느냐고 물어보았다. 그녀는 지루하지 않다고, 아무것도 하지 않는 삶이 상당히 행복하다고 말했다. 혹시 옛날에 하던 일을 다시 시작하고 싶지는 않은가?

"어차피 난 그리 실력이 좋은 편이 아니었는걸요, 안 그래요?" 그녀가 말했다.

"당신이 좋아하는 일이라면, 내가 말을 해줄 수도 있어."

그녀는 벽난로를 향해 미간을 찌푸리기만 하고 아무 말도 하지 않았다. 나중에 그가 다시 그 이야기를 꺼내자 그녀는 반짝 미소를 지어내며 말했다. "뭐, 그래도 상관은 없죠……."

그래서 그는 옛 친구에게 그녀를 언급했고, 그녀는 무대로 돌아왔다. 작은 무대의 작은 역할이었다. 그녀는 자기 연기의 반쪽이 되어줄 사람을 찾았다고 말했다. 조지는 〈로미오와 줄리엣〉 공연을 기획하느라 몹시 바빠서 리허설 때 그녀를 보러 갈 수 없었지만, 〈엉뚱한 익살극〉이라는 제목의 그 공연이 처음 막을 올리던 날에는 그 자리에 참석할 수 있었다. 그래도 조금 늦게 간 탓에 그는 겉만 번지르르한 그 작은 극장의 뒤편에 서 있었다. 빈약하고 작은 의자들이 객석에 가득했다. 모든 것이 너무 작아서 옷을 잘 차려입은 관객들이 너무 커 보였다. 지나치게 큰 사람들이 상자 안에 빽빽이 들어 있는 것 같았다. 작은 무대에는 아무것도 없었다. 흑백 포스터 몇 장만 여기저기 붙어 있을 뿐이었다. 피아노도 한 대 있었다. 피아니스트는 실력 있는 젊은이였다. 검은 머리카락이 그의 얼굴로 힘없이 늘어졌다. 그는 이 모든 것을 지루해하는 사람처럼 피아노를 연주했다. 그런데도 솜씨가 좋았다. 연극계의 거물인 조지는 분위기를 파악하기 위해 첫 곡에 열심히 귀를 기울인 뒤 이렇게 생각했다. '오, 주님, 또 이런 일이.' 그 곡은 제1차 세계대전 시절의 노래였다. 조지는 그 곡을 들으면서 편안한 감정이 밀려오는 것을 참을 수가 없어서 감정을 거부했다. 그러다가 어차피 감정이 차단되어 있음을 깨달았다. 피아니스트는 〈멀고 먼 길〉이라는 그 노래를 조롱하고 있었다. 마치 손가락 연습을 하듯이 연주하면서. 그 뒤를 이은 〈화덕의 불을 꺼뜨리지 마오〉와 〈티퍼레리〉도 마찬가지였다. 마치 피아노가 지루해하고 있는 것 같았다. 사람들도 분위기를 알아차리고 키득거리기 시작했다. 1914년의 군복을 입고 콧수염을 기른 금발 청년이 무대에 등장해 노래의 일부를 따라 불렀다. 시체가 노래하는 것 같았다. 조지는 그 청년이 전쟁 때 죽은 사람을 연기하고 있음을 곧 깨달았다. 하지만 무대에 반응하는 능력이 모두 차단된 것 같았다. 처음에는 그 시대에 느꼈던 감정을 다시 허락할 수 없어서였다. 너무 고통스러웠으니까. 그다음에는 손가락 연습을 하는 것 같은 연주 스타일 때문이었다. 그 모든 고통이나 저항과 모순되는 그 연주의 뒤에 남은 것은 공허뿐이었다. 공연은 계속되었다. 1920년대의 인기곡들 일부, 대파업을 다룬 노래 하나. 그 시대에 벌어진 모든 일을 열정이라고는 없는 꼭두각시 공연으로 만들어버린 무대였다. 그다음에는 1930년대였다. 조지는 이 공연이 일종의 간략한 역사를 담고 있음을 깨달

앉다. 자신의 시대를 거짓 영웅의 시각으로 바라본 노엘 카워드〔영국의 극작가 겸 배우〕를 패러디한 작품이었다. 아니, 그런 것도 아니었다. 이 작품에는 감정이 없었다. 아무것도 없었다. 조지는 자신이 무엇을 느껴야 하는지 알 수 없었다. 궁금한 마음에 주위 사람들의 얼굴을 둘러보니 그들도 어리둥절한 표정이나 모욕을 당한 표정을 짓고 있었다. 하지만 젊은 관객들은 이 분위기를 즐기고 있었다. 아니, 분위기라니 무슨 분위기? 이것은 패러디의 패러디였다. 마침내 제2차 세계대전이 도래해서 〈로엔그린〉처럼 연주되는 〈달려라 토끼야 달려〉가 분위기를 띄우고, 당시의 군복을 입은 군인들이 죽음의 저편에서 저평가된 자신들의 영웅적 행동을 조롱하는 순간 조지는 더 이상 참을 수 없었다. 그는 아예 무대를 보지 않고 보비가 등장하기만 기다렸다. 그래야 그녀를 보았다고 나중에 그녀에게 말할 수 있을 테니까. 그동안 그는 담배를 피우며 가까이에 있는 아주 젊은 청년의 얼굴을 지켜보았다. 창백하고, 어둡고, 무기력한 얼굴이었지만 공연에 반응하고 있었다. 습관이 된 깊은 증오 때문인 것 같기는 해도, 무대에서 진행되는 모든 일에 반응하고 있었다. 그 젊은 얼굴이 갑자기 악의적인 기쁨으로 반짝 밝아졌다. 조지가 무대로 시선을 돌리자, 똑같아 보이는 부랑아 두 명이 무대에 서 있었다. 광택이 나고 몸에 꼭 끼는 검은 바지와 빳빳하게 다린 하얀 셔츠 차림이었다. 둘 다 검은 머리를 짧게 잘랐고, 작은 발을 가지런히 놓았다. 두 사람은 허리 높이에서 손을 느슨하게 교차시킨 채 음악을 기다리고 있었다. 입꼬리에 담배를 문 남자가 피아노로 몹시 감상적인 노래를 연주하기 시작했다. 하지만 연주를 뚝 끊고 빈정대는 표정으로 부랑아들을 바라보았다. 두 사람이 조금도 움직이지 않은 탓이었다. 두 부랑아는 어깨를 으쓱하고는 눈동자를 굴려 그를 바라보았다. 남자는 아주 크고 호화롭게 행진곡을 연주하기 시작했다. 부랑아들은 조금 움찔거리기만 했을 뿐 여전히 꼼짝도 하지 않았다. 그러자 피아노 선율이 갑자기 정신없는 재즈로 바뀌었다. 무대 위의 두 꼭두각시가 격렬히 움직이기 시작했다. 팔다리가 서로 부딪히고 음악과도 충돌했다. 음악이 점점 더 커지고 더 필사적으로 변해가는 가운데, 두 부랑아는 마침내 무기력하고 절망적인 포즈를 지었다. 하지만 이내 음악과 보조를 맞추려고 정신없이 빙빙 돌다가 작고 슬픈 얼굴로 서로를 바라보며 딱딱하게 고개를 끄덕하고는 빠르게 흘러가는 선율 속에서 각각 한 마디씩 포착해 노래를 부르기 시작했다. 보비는 런던 사투리로 된 가사로 노래를 불렀다. 무의미한 말들이 뒤죽박죽 뒤섞인 절망적인 노래였다. 그녀의 상대역 부랑아는 그 당시의 상류층 언어로 이루어진 나른한 노래를 불렀다. 두 사람은 서로를 마주본 채로 각자에게 자신의 가사를 내놓으며, 상대가 그것을 받아들이는지 지켜보았다. 그동안에도 무정하고 냉혹하고 상처를 주는 음악은 계속되었다. 두 부랑아가 상대에게 받아들여지지 못한 채 다시 무기력하게 늘어졌다. 조지는 상처와 분노 속에서 다시 자문했다. 나는 지금 무엇을 느끼고 있지? 내가 뭘 느껴야 하는 거야? 그 허무주의적이고 광기 어린 음악에 맞서 뭔가 반대의견을 단호히 내놓아야 할 것 같았지만, 소년과 소녀의 모습이 절반씩 섞이고 쌍둥이처럼 똑같이 생긴 두 부랑아(조지는 보비를 '그 연기의 반쪽'과 혼동하지 않으려고 열심히 주의를 기울여야 했다)는 음악에 저항할 시도조차 하지 않았다. 그렇게 한참 동안 슬프게 가만히 있다가 둘이 역할을 바꿨다. 보비가 나른하게 흐느적거리는 청년 역할을 했고, 그녀의 상대는 여자 목소리를 지독한 솜씨로 흉내 내서 가짜 런던 사투리 노래를 불렀다. 그것은 패러디의 패러디의 패러디였다. 조지는 긴장 속에서 모종의 해법을 기다렸다. 저 나른하고 슬픈 분위기를 견딜 수 없으니 저 가짜 부랑아 두 명이 일종의 반항기氣를 번득 내보여야 한다고, 한시라도 빨리 당장 그렇게 해야 한다고 그의 본성이 요구하고 있었다. 하지만 아무 일도 일어나지 않았다. 망치를 두드리는 것 같은 재즈 연주가 계속되고 극장 전체가, 그러니까 무대가, 벽이, 천장이 모두 흔들렸다. 극장 안의 사람들도 무기력하게 흔들리고 있는 것 같았다. 무대 위의 두 아이는 팔다리를 비틀어 일부러 전통적인 무대 연기를 조롱하는 듯한 자세를 취하더니 나란히 서서 손을 힘없이 늘어뜨리고 머리를 얌전히 수그리고 살짝 움찔거렸다. 그동안 음악은 최후의 불협화음을 향해 점점 솟아올랐고 불이 꺼졌다. 조지는 박수를 칠 수 없었다. 옆에서 청년이 땀에 젖은 얼굴로 정신없이 손뼉 치는 것이 보였다. 청년의 부드러운 머리카락이 얼굴을 온통 가리고 있었다. 조지와 동년배들은 모두 조지처럼 모욕을 당한 듯 당혹스러운 표정이었다.

  공연이 끝난 뒤, 조지는 보비를 데리러 무대 뒤로 갔다. 그녀는 '연기의 반쪽'과 함께 있었다. 스무 살 안팎의 잘생긴 청년인 그는 보비의 대단한 남편에게 예의 바르게 굴었다. 조지는 보비에게 말했다. "당신 연기 좋았어. 아주 좋았어." 그녀는 반쯤 비웃는 듯한 미소를 띠며 그를 바라보았지만, 그는 지금 그녀가 무엇을 비웃는 건지 알 수 없었다. 그녀의 연기가 좋은 것은 사실이었다. 하지만 그는 그 연기를 다시 보고 싶지 않았다.

공연은 성공을 거뒀다. 몇 달 동안 흥행하다가 나중에는 더 큰 극장으로 옮겨 갈 정도였다. 조지가 기획한 〈로미오와 줄리엣〉 공연도 무대에 올랐다. 비평가들은 오랜만에 본 런던 최고의 공연이었다고 말했다. 그 뒤로 여러 제의가 들어왔지만 조지는 거절했다. 한동안 돈을 벌 필요도 없었고, 보비를 자주 볼 수 없게 된 것이 마음에 걸린 탓이기도 했다.

물론 보비는 이제 일을 하고 있었다. 일주일에 몇 번씩 리허설을 하고, 저녁마다 집을 비웠다. 하지만 조지는 한 번도 그녀의 공연을 보러 가지 않았다. 그 슬픈 아이들이 잔혹한 음악에 반항하지 못하고 움찔거리는 모습을 보고 싶지 않았다.

보비는 행복한 것 같았다. 그녀가 조지 앞에서 연기했던 여러 역할들(부랑아, 냉정한 여주인, 귀여운 아이)이 모두 열심히 일하는 여자 역할 속으로 흡수되었다. 그녀는 그를 위해 요리를 하고, 그를 보살펴준 뒤 그의 뺨에 다정히 입을 맞추고는 극장으로 출근했다. 두 사람의 관계는 어느 때보다 즐겁고 다정했다. 조지는 좋은 친구이자 아내인 보비와 함께 살았고 보비는 모든 면에서 그에게 커다란 자랑거리가 되어주었다. 하지만 그는 항상 외로움으로 고통스러웠다.

어느 날 그가 채링크로스 길을 걸으며 서점 진열창들을 구경하고 있는데, 보비가 자기 '연기의 반쪽'인 재키와 맞은편 인도를 한가로이 걷고 있는 것이 보였다. 그녀는 그가 한 번도 보지 못한 표정을 짓고 있었다. 가무잡잡한 얼굴에 생기가 넘쳤다. 재키는 그 얼굴을 바라보며 웃고 있었다. 그 청년이 아주 잘생겼다는 생각이 들었다. 그의 머리카락과 눈에는 젊은이답게 따스한 윤기가 있었다. 어린 짐승처럼 움직임도 나긋나긋하고 재빨랐다.

조지는 조금도 질투를 느끼지 않았다. 그날 밤 즐겁고 쾌활한 모습으로 보비가 돌아왔을 때, 조지는 그것이 재키 덕분임을 알았지만 개의치 않았다. 오히려 그가 고맙기까지 했다. 보비가 '연기의 반쪽'에게 느끼는 따스함이 그에게까지 흘러 넘쳤다. 그 뒤로 몇 달 동안 마이러와 그의 아내가 그의 머릿속을 차지했다. 그는 그들을 보고 느꼈다. 사랑스러운 두 여자, 조지를 사랑한 그 젊은 여자들의 존재가 살아난 것은 재키와 보비 사이에 오가는 감정 덕분이었다. 그 감정이 뭔지는 모르겠지만.

〈엉뚱한 익살극〉의 공연은 거의 1년 동안 계속되었다. 공연이 막을 내린 뒤 보비와 재키는 또 다른 작품을 준비했다. 조지는 무슨 작품인지 알지 못했다. 보비에게 휴식이 필요한 것 같았지만 그녀에게 그런 말을 하고 싶지는 않았다. 얼마 전부터 보비는 피곤해했다. 밤에 집으로 돌아온 그녀의 쾌활한 겉모습 뒤에 스트레스가 숨어 있었다. 한번은 그가 밤에 자다 깼을 때 그녀가 그의 침대 옆에 서 있었다. "잠시만 날 좀 안아줘요, 조지." 그녀가 부탁했다. 그가 팔을 벌리자 그녀가 품 안으로 들어왔다. 그는 그녀를 안고 누워서 꼼짝도 하지 않았다. 그는 슬픈 부랑아를 향해 품을 열어주었지만, 지금 그에게 안겨 누워 있는 사람은 불행한 여자였다. 어깨에 닿은 그녀의 속눈썹이 움직이는 것이 느껴졌다. 어깨가 눈물로 젖어가는 것도.

그녀와 나란히 누운 것이 아주 오랜만이었다. 몇 년은 된 것 같았다. 그 뒤로 그녀가 다시 그에게 오는 일은 없었다.

"일을 너무 열심히 하는 것 아냐?" 그가 그녀의 지친 얼굴을 보며 말했다. 하지만 그녀는 씩씩하게 대답했다. "아뇨, 뭐든 할 일이 있어야 해요. 아무것도 안 하는 걸 참을 수 없어요."

비가 심하게 내리던 어느 날 밤, 종일 몸이 좋지 않았던 보비가 평소 집에 돌아오던 시간에 오지 않았다. 조지는 걱정이 돼서 택시를 타고 극장으로 가 문지기에게 그녀가 아직 안에 있느냐고 물었다. 하지만 그녀가 극장을 나선 지 조금 된 모양이었다. "몸이 좋지 않은 것 같았습니다." 묻지도 않았는데 문지기가 자진해서 말해주었다. 조지는 걱정을 가라앉히려고 애쓰면서 잠시 택시 안에 앉아 있다가 기사에게 재키의 주소를 알려주었다. 보비가 어디 있는지 아느냐고 그에게 물어볼 생각이었다. 조지는 택시 뒷좌석에 힘없이 앉아 있었다. 보비가 아프다는 생각을 하니 팔다리가 무겁게 느껴졌다.

재키의 집은 마구간을 개조한 작은 집이었다. 조지는 택시에서 내려 거친 자갈길을 걸어서 한때 마구간 출입문이던 문 앞으로 갔다. 초인종을 울리자 낯선 청년이 나와 그에게 문을 열어주었다. 재키 딕슨이 안에 있느냐는 질문에 그렇다는 답이 돌아왔다. 조지는 좁고 가파른 나무계단을 천천히 오르며 자기 몸의 무게를 실감했다. 심장이 두근거렸다. 그는 계단 꼭대기에 서서 숨을 골랐다. 어둠 속에서 캔버스와 기름과 테레빈유 냄새가 났다. 어떤 문 아래 틈새로 빛이 흘러나왔다. 조지는 그 문으로 가서 노크를 했지만 아무도 응답하지 않자 그냥 문을 열었다. 천장이 높고 아무것도 없는 스튜디오 같은 곳이었다. 조명이 형편없는 곳에 그림, 액자, 갖가지 쓰레기가 가득했다. 어둡고 반짝이는 청년 재키가 벽난로 불 앞에 책상다리로 앉아 환하게 웃으며 보비에게 뭐라고 말했다. 보비는 의자에 앉아 그를 내려다보았다. 격식을 갖춘 검은 드레스에 보석 장신구를 착용한 그녀의 팔과 목이 하얗게 드러나 있었다. 조지는 그녀가 아름다워 보인다고 생각하면서 딱 한 번 잠깐 그녀의 얼굴을 흘깃 바라본 뒤 시선을 돌렸다. 인정하고 싶지 않은 감정이 거기에 드러나 있었다. 두 사람은 곧 조지의 존재를 알아채고, 방해 받아 화가 난 짐승처럼 똑같이 유연한 동작으로 고개를 돌렸다. 그가 문간에 서 있는 것이 보였다. 두 사람의 얼굴이 그대로 얼어붙더니 보비가 재빨리 청년을 바라보았다. 두려움에 휩싸인 것 같았다. 재키는 부루퉁하고 화난 표정이었다.

"당신을 찾으러 왔어." 조지가 아내에게 말했다. "비가 내리는데 문지기 말로는 당신이 아픈 것 같다고 해서."

"정말 자상하시네요." 보비가 의자에서 일어나 재키에게 예의 바르게 손을 내밀었다. 재키는 마지못해 조지에게 고개를 끄떡했다.

택시가 어둠 속에서 비를 맞아 번들거렸다. 조지와 보비는 택시 안에 나란히 앉았다. 택시가 물을 튀기며 거리로 나갔다.

"내가 잘못한 건가?" 아무 말이 없는 보비에게 조지가 물었다.

"아뇨." 그녀가 말했다.

"정말로 당신이 아픈 줄 알았어."

그녀가 웃음을 터뜨렸다. "정말 아픈 건지도 모르죠."

"어디가 안 좋은데? 무슨 일이야? 그 친구 화를 낸 거지? 내가 와서?"

"그 사람은 당신이 질투하는 줄 알아요." 그녀가 냉랭하게 말했다.

"뭐, 그런지도 모르지."

보비는 아무 말도 하지 않았다.

"미안해. 정말이야. 당신의 일을 망칠 생각은 없었어."

"어머, **이미** 그랬으면서요." 그녀는 차갑게 화를 내고 있는 것 같았다.

"왜? 왜 그렇게 되는 건데?"

"재키는…… 남들이 자신에게 이러쿵저러쿵 요구하는 걸 싫어해요." 그녀가 말했다. 조지는 차가 집으로 향하는 동안 침묵을 지켰다.

따뜻하고 안락한 아파트에 들어선 뒤 보비는 벽난로 불 앞에 섰다. 조지는 그녀에게 마실 것을 가져다주었다. 보비는 불을 바라보며 성난 사람처럼 **뻑뻑** 담배를 피웠다.

"용서해줘." 결국 조지가 말했다. "왜 그래? 당신 그 친구를 사랑하는 거야? 나랑 헤어지고 싶어? 그런 거라면 당연히 그렇게 해야지. 젊은 사람들은 같이 있어야 하는 법이니까."

그녀가 몸을 돌려 그를 노려보았다. 그가 아주 잘 아는, 검고 이상한 시선이었다.

"조지, 난 마흔 살이 다 됐어요." 그녀가 말했다.

"그래도 아직 아이야. 적어도 나한테는 그래."

"재키는……" 그녀가 말을 이었다. "다음 달에 스물두 살이 돼요. 난 재키의 어머니라고 해도 되는 나이라고요." 그녀가 고통스럽게 웃었다. "얼마나 고통스러운지, 모성애라니…… 아니 그렇게 보이겠죠……. 하기야 내가 뭘 알겠어요?" 그녀가 맨살이 드러난 팔을 뻗어 바라보았다. 그리고 다른 손 손가락으로 피부를 손목 쪽으로 쓸었다. 점점 나이를 먹어가는 피부에 주름이 졌다. 보비는 잔을 내려놓고, 재미와 분노를 동시에 품고 꽉 다문 입술 사이로 담배를 문 채 어깨를 꿈틀거려 드레스를 벗었다. 드레스가 허리까지 흘러내리자 그녀는 젖을 먹인 적이 없는 작고 늘어진 젖가슴을 내려다보았다. "너무 고통스러워요, 조지." 그녀는 이렇게 말하고 나서 드레스를 재빨리 어깨 위로 올려, 세상 사람들 앞에 나서기 위해 격식을 갖춰 옷을 차려입은 여자의 모습으로 돌아왔다. "재키는 날 사랑하지 않아요. 전혀 사랑하지 않아요. 왜 날 사랑하겠어요?" 그녀가 노래를 시작했다.

> 그는 날 사랑하지 않아
> 진정한 사랑으로……

사랑하는 습관 51

그러고 나서 무대에서 쓰는 런던 사투리로 말했다. "다시 말하지만, 난 그 사람의 어머니뻘이에요, 알겠어요?" 그녀는 옛날처럼 조롱하듯 검은 눈동자를 굴리면서 조지를 향해 빙긋 웃었다.

조지는 이 귀여운 여자가 과거에 자신이 겪었던 고통을 겪고 있다는 생각밖에 들지 않았다. 그것을 참을 수 없었다. 그녀가 언제부터 이렇게 고통스러워한 걸까? 그 청년과 그녀가 함께 일하기 시작한 지 거의 2년이었다. 조지는 그녀와 함께 살면서도 그녀의 불행을 조금도 짐작하지 못했다. 그는 그녀에게 다가가 그녀를 품에 안았다. 그녀는 그의 어깨에 머리를 기대고 울었다. 조지는 처음으로 자신과 이 여자가 함께 있는 것 같다고 생각했다. 그날 밤 두 사람은 불 앞에 한참 동안 앉아서 술을 마시고 담배를 피웠다. 그녀가 그의 무릎을 베고 누웠을 때는 그가 그 머리를 쓰다듬어주었다. 이제야 비로소 그녀가 감정의 세계에 발을 들여놓았으니 두 사람이 진정으로 함께 살아가는 법을 배우게 될 것이라는 생각이 들었다. 조지는 자신의 팔다리를 타고 그녀를 향해 힘이 살아나는 것을 느꼈다. 그는 아직 남자였다.

다음 날 그녀는 새 작품에 출연하지 않겠다고 말했다. 재키에게도 다른 파트너를 찾으라고 말하겠다고 했다. 게다가 새 작품이 별로 좋지 않다는 말도 덧붙였다. "난 평생 작은 역할만 했어요." 그녀가 웃으면서 말했다. "그런 역할이 잘 맞을 때도 있고, 아닐 때도 있어요."

"새 작품이 뭔데? 무슨 작품이야?" 조지가 물었다.

보비는 그에게 시선을 주지 않았다. "아, 별것 아니에요. 재키가 아이디어를 낸 건데, 정말이지……" 그녀가 웃음을 터뜨렸다. "사실은 아주 좋은 작품이에요. 내 생각에는……."

"그러니까 무슨 작품이냐고."

"음, 그게……" 그는 이번에도 그녀가 자신을 보려 하지 않는다는 느낌을 받았다. "연인의 이야기예요. 우리가 조롱하는…… 실제로 보여주지 않으면 설명하기가 힘들어요."

"사랑을 조롱하는 얘기야?"

"음, 그러니까, 사람들의 태도…… 사람들이 하는 말 같은 것 있잖아요. 남자와 여자가 있고, 물론 음악도 있어요. 예상할 수 있는 모든 음악이 오프비트(비트를 벗어난다는 뜻으로, 재즈의 전형적 리듬)로 연주돼요. 우리는 지난 번 작품과 똑같은 옷을 입고 모든 동작을 그대로…… 사실 좀 웃겨요……." 그녀는 조지의 얼굴을 보고 숨이 차서 말을 흐렸다. 그러다 갑자기 아주 사나운 표정을 지으며 말을 지었다. "뭐, 그 모든 게 기똥차게 웃기지 않다면, 세상에 뭐가 웃기겠어요?" 그녀는 담배를 찾으려고 고개를 돌렸다.

"혹시 그 작업을 계속 하고 싶은 것 아니야?" 조지가 비꼬듯이 물었다.

"아뇨, 할 수 없어요. 정말로 견딜 수가 없으니까. 더 이상 견딜 수 없어요, 조지." 그녀가 말했다. 그 목소리를 듣고 조지는 그녀가 고통에 대해 그에게서 더 배울 필요가 없음을 알아차렸다.

그는 두 사람 모두 휴식이 필요하니 이탈리아에 가는 게 어떻겠느냐고 제안했다. 두 사람은 어느 한곳에서도 하루 이상 머물지 않고 여기저기를 옮겨 다니며 여행했다. 그녀가 어디든 감정이 모일 수 있는 곳에서 도망치고 있음을 조지가 알기 때문이었다. 밤이면 그는 그녀와 사랑을 나눴지만, 그녀는 그동안 눈을 꼭 감고 자기 '연기의 반쪽'을 생각했다. 조지는 그것을 알면서도 신경 쓰지 않았다. 하지만 그의 감정은 그의 늙은 몸이 감당하기에 너무 강력했다. 평생에 걸친 감정이 그의 팔다리를 타고 박동하며, 뇌 또한 고동치게 만들었다.

이번에도 두 사람은 예정보다 빨리 휴가를 끝내고 런던의 안락한 아파트로 돌아왔다.

집으로 돌아온 첫날 보비가 말했다. "조지, 당신 나이에는 이제 이런 여행을 감당할 수 없어요. 당신한테 좋지 않아요. 얼굴이 핼쑥해요."

"아니, 왜? 그렇다면 내가 아직도 살아 있는 이유가 뭔데?"

"사람들이 보면 내가 당신을 죽이고 있다고 말할 걸요." 보비가 반쯤은 재미있어하고, 반쯤은 분노한 검은 눈으로 날카롭게 그를 흘깃 보며 말했다.

"아니야, 내가 잘 알아……."

거울에 두 사람의 모습이 비쳤다. 뚱뚱하고 늙은 그는 음침하고 고집스러운 표정으로 고개를 숙이고 있고, 그녀는……. 그는 그녀의 표정을 읽을 수 없었다.

"어쩌면 **나도** 늙은 건지도?" 보비가 갑자기 말했다.

며칠 동안 그녀는 조롱하듯이 쾌활하게 굴더니 갑자기 다정해졌다. 눈빛으로 그를 놀리며 도발하다가 일부러 하품을 하며 이렇게 말하곤 했다. "난 이만 자야겠어요. 잘 자요, 조지."

"그래, 그래야지. 당신이 피곤하다면야."

어느 날 아침 보비는 생일파티를 열겠다고 선언했다. 곧 자신의 마흔 살 생일이라면서. 이 말을 하는 그녀의 표정을 보고 조지는 불안해졌다.

생일날 아침 보비가 아침식사 쟁반을 들고 그의 침대가 있는 서재로 들어왔다. 조지는 팔꿈치로 몸을 지탱하며 그녀를 바라보았다. 너무 놀라서 말이 나오지 않을 정도였다. 순간적으로 혹시 다른 여자인가 하는 생각이 들었다. 그녀는 아주 엄숙해 보이는 군청색 정장을 입고, 머리도 남자처럼 자른 모습이었다. 검은 끈으로 매게 되어 있는 구두도 묵직했다. 얼굴로 흘러내리는 머리카락은 뒤로 넘겨 핀으로 서투른 매듭처럼 고정해두었다. 갑자기 중년 여자가 되어버린 것 같았다.

"여보." 조지가 말했다. "보비, 당신 무슨 짓을 한 거야?"

"난 이제 마흔 살이에요. 철이 들 때가 됐죠."

"하지만 난 당신의 평소 모습을 아주 좋아해. 그 사랑스러운 옷을 입은 아름다운 모습을 사랑한다고."

보비는 웃음을 터뜨리더니 아침식사 쟁반을 그의 침대 옆에 놓아두고 무거운 신발로 쿵쿵거리며 밖으로 나가버렸다.

그날 아침 그녀는 부엌에서 아주 커다란 케이크 옆에 서 있었다. 그리고 그 위에 작은 분홍색 초 마흔 개를 정성 들여 꽂았다. 하지만 파티에 초대된 사람은 그녀의 언니뿐인 것 같았다. 그래서 그날 오후 세 사람이 케이크를 가운데 두고 둘러앉아 서로를 멀뚱멀뚱 바라보게 되었다. 조지는 보비의 언니인 로사, 볼품없고 두툼한 정장을 입은 그 여자와 자신이 사랑하는 보비를 바라보았다. 그녀의 우아함과 매력이 모두 무거운 트위드 정장 속으로 가라앉아 보이지 않았다. 머리를 뒤로 잡아당겨 묶고, 화장도 하지 않은 모습이었다. 두 중년 여자가 음식과 쇼핑에 대해 이야기하고 있었다.

조지는 아무 말도 하지 않았다. 상실감에 온몸이 욱신거렸다.

보기에도 끔찍한 로사가 예리한 눈빛으로 값비싼 아파트를 두리번거리다가 조지와 제 여동생을 차례로 바라보았다.

"너도 이제 포기했구나, 보비." 마침내 그녀가 말했다. 흡족한 목소리였다.

보비는 반항적인 눈으로 조지를 흘깃 보았다. "이제는 이런 허튼 짓을 할 시간이 없어요. 정말 시간이 없어요. 우리 모두 이제 늙어가고 있으니까요. 안 그래요?"

조지는 자신을 바라보는 두 여자를 보았다. 꼬치꼬치 캐묻는 듯한 냉정한 검은 눈과 날카로운 칼날 같은 코가 아주 똑 닮았다는 생각이 들었다. 말이 나오지 않았다. 혀가 굳어버린 것 같았다. 온몸을 도는 피가 두근두근 박동했다. 심장이 점점 부풀어 올라 온몸을 가득 채우는 것 같았다. 거대하고 부드럽게 자라난 고통 그 자체였다. 귓속에서 두근두근 심장이 뛰는 것 같아서 아무 소리도 들리지 않았다. 피의 박동은 눈으로도 올라왔지만, 그는 두 여자를 보고 싶지 않아서 눈을 감아버렸다.

그 여자

두 노신사가 동시에 호텔 테라스에 나타났다. 두 사람은 걸음을 멈추고, 혹시라도 뒤로 물러나고 싶은 마음이 몸짓에 드러나지 않도록 경계했다. 처음 자기도 모르게 상대를 언뜻 보았을 때는 화들짝 놀란 기색이었다. 심지어 당황한 것 같기도 했다. 하지만 지금은 일부러 한참 동안 격식을 갖춰 증오에 찬 시선을 교환하다가 신중하게 서로를 외면했다.

두 사람은 테라스를 살펴보았다. 문제가 있었다! 여전히 햇빛을 받고 있는 탁자가 딱 하나뿐이라는 것. 두 사람은 그 탁자를 향해 뻣뻣하게 진군해서 의자를 꺼내 앉았다. 그리고 곧바로 신문을 펼쳐 차단막처럼 얼굴 앞으로 들어 올렸다.

예쁜 웨이트리스가 주문을 받으려고 한가로이 다가왔다. 두 신문은 미동도 하지 않았다. 한쪽 신문 가장자리 너머에서 숄츠 씨가 살짝 고개를 내밀고 따뜻하게 데운 와인을 주문했다. 다른 신문 뒤에 피신해 있던 영국 출신의 포스터 대위는 차를 주문했다. 우유를 넣은 걸로.

웨이트리스가 주문 받은 음료를 비슷한 금속쟁반 두 개에 깔끔하게 담아서 돌아오자, 활자로 이루어진 두 벽이 아주 조금 낮아졌다. 포스터 대위는 파란 눈을 공격적으로 움직여 자신의 적을 불편하게 바라보며 기분 좋은 저녁이라는 말을 건넸다. 숄츠 씨는 이런 저녁에 저렇게 예쁜 아가씨가 자유롭게 즐거운 시간을 보낼 수 없다니 안타깝다고 따뜻한 목소리로 말했다. 숄츠 씨는 자신이 이겼다고 생각하는 것 같았다. 영국인인 상대방을 바라보는 시선이 우쭐거렸다. 하지만 웨이트리스 로사는 두 사람의 말에 모두 상냥하지만 허울뿐인 미소로 답했다. 그리고 난간으로 물러나 두 사람에게 등을 돌리고 나른하게 난간에 몸을 기댔다.

빳빳한 신문을 손에 든 채 차에 설탕을 넣고 젓거나, 와인을 마시기는 어려웠다. 먼저 숄츠 씨, 그다음에는 대위가 각각 신문을 접어 탁자 위에 놓았다. 그리고 서로의 눈을 피하며 먼 산을 바라보았다. 하지만 로사의 몸이 산을 일부 가리고 있었다.

그녀는 어깨가 많이 파인 하얀 블라우스와 검은 스커트에 작은 하얀색 앞치마를 매고, 말쑥한 빨간색 구두를 신고 있었다. 두 신사는 그녀의 어깨를 바라보다가 기침을 하며 손가락으로 탁자를 두드렸다. 눈을 가늘게 뜨고 산을 감상하듯 바라보다가 다시 로사를 보았다. 간혹 두 사람의 시선이 부딪힐 뻔한 적도 있지만, 두 사람은 재빨리 시선을 미끄러뜨렸다. 서로 싸울 수는 없었으므로, 문명인이라면 대화를 나눌 수밖에 없었다. 대화가 임박한 것 같았다.

두 사람은 일주일 전 같은 날 오전에 이곳에 도착해, 긴 복도

끝에서 서로 마주보는 두 방을 각각 배정받았다. 휴가 시즌이 거의 끝물이라 호텔은 반쯤 비어 있었다. 따라서 로사도 많은 관심을 요구하는 숄츠 씨에게 시간을 쏟을 수 있었다. 숄츠 씨는 더 커다란 수건, 다른 베개, 물 한 잔을 요구했다. 그런데 곧 복도 맞은편에서 종소리가 울렸다. 로사는 양해를 구하고 서둘러 포스터 대위의 방으로 갔다. 그도 방에 비치된 물품들이 마음에 들지 않는다고 말했다. 로사가 대위를 응대하는 중에 숄츠 씨가 또 종을 울렸다. 로사는 점심식사 때까지 포스터 대위의 독서등을 조정해주거나 숄츠 씨에게 담배와 신문을 가져다주는 등 두 사람 사이를 바삐 오가면서 싫은 기색을 단 한 번도 겉으로 드러내지 않았다.

그날 오후 포스터 대위가 아무 생각 없이 문을 열었다가 맞은편 방의 내부를 훤히 보고 말았다. 로사가 창가에서 숄츠 씨를 향해 방글방글 웃고 있는 모습이 그의 눈에는 숄츠 씨에게 매력적으로 항복하는 것처럼 보였다. 숄츠 씨는 그녀의 팔꿈치를 향해 한 손을 내밀고 있다가 손을 아래로 떨어뜨리더니 오만상을 찌푸리며 척척 걸어와서 문을 닫아버렸다. 문이 열려 있던 것이 대위의 잘못이기라도 한 것처럼……. 그와 동시에 대위의 고통스러운 질투도 사라졌다. 로사가 그 문에서 나와 완벽히 무심한 미소를 지으며 그에게 인사를 건넸기 때문이다.

그날 밤 아주 늦게 복도에서 빠른 발소리가 들렸다. 두 방의 문이 동시에 부드럽게 열렸다. 두 방 사이 중간 지점에서 로사가 숄츠 씨와 대위에게 차례로 조용한 미소를 지어 보였다. 그녀가 지나간 뒤 두 사람은 서로를 경멸의 시선으로 바라보고는, 문을 쾅 닫아버렸다.

다음 날 숄츠 씨가 로사에게 비번 날 오후에 함께 케이블카를 타러 가지 않겠느냐고 청했지만, 그녀는 안타깝게도 약속이 있다고 말했다. 그다음 날 포스터 대위도 그녀에게 같은 제안을 했다.

결국 전날의 일이 되풀이되었다. 로사가 밤늦게 자기 방으로 가느라 복도를 걷고 있으려니 두 방문이 조심스레 열리고, 다급해 보이는 두 얼굴이 나타났다. 이번에는 그녀가 걸음을 멈추고 예의 바른 미소를 지으며 안녕히 주무시라는 인사를 건넸다. 그리고 하품을 했다. 사소한 행동이었지만 타이밍이 완벽했다. 두 신사 모두 그녀가 맞은편의 라이벌 때문에 하품했을 것이라고 생각하며 자신을 위로했다. 숄츠 씨는 대위가 우스꽝스러울 정도로 서투른 놈이라고 생각한 반면, 대위는 숄츠 씨가 누가 봐도 늑의만반한 태도로 로사를 대하고 있다고 보았다. 따라서 두 사람 모두 침착한 태도로 잠자리에 들 수 있었다.

그 뒤로 숄츠 씨가 실제 나이보다 젊어 보이는 쉰 살의 여성과 대화를 나누는 모습이 포착되었다. 남편과 사별한 그녀는 건강상의 이유로 매일 밤 9시면 방으로 돌아가야 했으므로 숄츠 씨가 아무리 원해도 그와 춤을 추러 갈 수 없었다. 포스터 대위는 매일 오후 로사와 자매인가 싶은 매력적인 웨이트리스가 있는 카페에서 차를 마셨다.

두 신사는 식당에서 서로를 무시했다. 거리에서도 상대가 다가오는 것이 보이면 아예 길을 건너가버렸다. 두 사람은 스위스가 (어쨌든 시즌이 거의 끝난 이런 시기에는) 예전 같지 않다고 생각하는 듯했다.

그래도 두 사람은 여자에게 정중한 모습을 잃지 않았다. 오랜 경험으로 판정을 내릴 자격이 충분하다고 생각하는 사람들 특유의 차분하고 권위 있는 태도로, 남들이 여자에게 작업을 걸었다가 실패하거나 또는 성공을 맛보는 광경을 계속 지켜보았다. 두 사람은 비중 있는 사람들, 경제적으로도 뒤지지 않는 사람들, 상대에게서 당연한 듯 예의를 기대하는 사람들이었다.

하지만…… 지금은 저물어가는 햇빛을 받으며 한 탁자에 마주 앉아 있었다. 저 멀리 솟아오른 산은 눈이 녹는 바람에 하얀색, 갈색, 초록색으로 얼룩덜룩했고, 두 사람을 감싼 따뜻한 햇볕은 감미로우면서도 불안했다. 이러니 두 사람이 불만을 품는 게 당연했을까? 날씬하고 키가 큰 군인인 포스터 대위는 공들여 살갗을 태우고 말쑥하게 멋을 낸 미남이었다. 나이를 먹었어도 그 점은 달라지지 않았다. 덩치가 크고 통통하며 온화한 숄츠 씨는 무한하다고 해도 될 정도로 경험이 많았다. 그렇다면 확실히 남편을 잃은 쉰 살 여성과 티타임을 함께하는 친구로만 그칠 인물이 아니지 않을까?

이런 봄날 저녁에 예순 살 노인으로 존재하는 것은 부당했다. 하물며 겨우 열 걸음 떨어진 곳에서 어깨선이 깊이 파이고 자수가 놓인 블라우스 차림의 로사가 어깨를 으쓱하고 있는 지금은 더욱 그러했다.

그런데 그녀가 마치 잔인한 짓에서 즐거움을 느끼는 사람처럼 콧노래를 뚝 그치고 난간 너머로 몸을 기울였다. 그녀가 얼마나 활기차게 손을 흔들며 저 아래 거리를 향해 큰 소리로 인사를 건네던지. 저 아래에서 아주 잘생긴 청년이 함께 손을 흔들며 역시 큰 소리로 인사를 받았다. 로사는 그가 멀어지는 모습을 지켜보다가 한숨을 내쉬고는, 몽롱한 미소를 띤 얼굴로 돌아섰다.

거기에 숄츠 씨와 포스터 대위가 굶주림과 분노가 뒤섞인 시선으로 그녀를 바라보며 앉아 있었다.

로사는 화가 나서 파란 눈을 가늘게 떴다. 입술도 차갑게 굳었다. 조금 전의 부드러운 모습과 뚜렷이 대비되는 모습이었다. 그녀는 두 신사에게 차례로 앙심을 품은 시선을 쏘아보내고는 다시 하품했다. 이번에는 상대를 무시하듯 입을 크게 벌리고 길게 지속되는 하품이었다. 그러고는 그 점을 더욱 강조하듯 손등으로 입술을 톡톡 두드리며, 길게 점점 잦아드는 소리로 숨을 내쉬었다. 그러다 이렇게 사소한 시위에 시간을 쓰는 것도 아깝다는 듯이 숨을 내쉬는 것조차 중간에 그만둬버렸다. 그녀는 두 사람 옆을 휙 지나갔다. 빳빳하게 풀을 먹인 옷이 바스락거리고, 구두 굽이 또각거렸다. 그녀는 건물 안으로 들어갔다.

테라스가 텅 비었다. 밝은색 탁자, 줄무늬가 있는 의자, 꽃이 그려진 파라솔, 이 모든 것이 차가운 그림자 속에 묻혔다. 두 신사가 앉아 있는 작은 구석 자리만 빼고. 두 사람은 동시에 똑같은 마음으로 일어서서 마지막 남은 황금빛 햇살을 향해 탁자를 밀었다. 그리고 이제야 상대를 똑바로 바라보며 솔직한 웃음을 터뜨렸다.

"술 한잔하겠소?" 숄츠 씨가 영어로 물었다. 그러나 유쾌한 미소를 짓던 그는 곧 후회스럽다는 듯 금욕적으로 얼굴을 굳혔다. 포스터 대위는 숄츠 씨의 저 딱딱한 표정이 패배를 인정하는 표식이라고 봐야 하는지 고민하는 듯 잠시 망설이다가 대답했다. "그래요…… 그립시다. 고맙소."

숄츠 씨가 날카롭게 목소리를 높여 소리치자 로사가 안에서 나타났다. 반쯤 경계하는 모습이었다. 하지만 이제 숄츠 씨는 그녀에게 구애하는 사람이 아니었다. 하인을 대하는 주인으로서, 고용인을 자주 부리는 사람답게 그는 그녀에게 한 번도 시선을 주지 않은 채 와인을 주문했다. 포스터 대위는 정중하고 말쑥한 신사 그 자체였다.

그녀가 와인을 들고 다시 밖으로 나왔을 때 두 사람은 아주 절친한 동료처럼 보였다. 어쩌면 단 일주일뿐이라고 해도 여자들의 하찮은 매력 때문에 이렇게 기분 좋은 남자들끼리의 동료애를 망가뜨리는 것이 얼마나 바보스러운 짓인지 큰 소리로 말하고 있었는지도 모른다. 두 사람은 무슨 농담을 주고받았는지 크게 껄껄 웃고 있었다. 아니, 숄츠 씨만 껄껄 웃고 있었다. 그 뚱뚱한 몸속 깊은 곳에서부터 아주 즐겁다는 듯이 배를 울리며 나오는 웃음이었다. 포스터 대위의 웃음은 목구멍 뒤에서 나오는 소리로, 조금 불안하게 들렸다. 숄츠 씨의 독일인다운 따뜻한 친절은 다 좋지만, 모든 관계에서 항상 자신을 모두 드러내는 것은 아니라는 사실을 넌지시 보여주는 웃음소리였다.

이야기를 나누다 보니 전쟁 중(제1차 세계대전)에 두 사람이 동시에 같은 전선에서 서로 적군에 소속되어 있었음이 곧 밝혀졌다. 그때 숄츠 씨는 팔에 부상을 입었다며 소매를 걷어 대위의 코앞에 길고 하얀 흉터를 내밀었다. 35년 전 그 상처를 입힌 사람이, 물론 간접적으로 그런 것이겠지만, 어쨌든 그 사람이 대위 본인인지 누가 알겠는가. 그뿐만이 아니었다. 제2차 세계대전 때 포스터 대위는 북아프리카로 파병될 뻔했다. 그곳에 파병되었다면 틀림없이 당시 대령이던 숄츠 씨와 싸우는 기쁨을 누렸을 것이다. 하지만 대위는 결국 인도로 파견되었다. 두 사람은 우연히 만날 뻔한 과거의 일들에 대해 이렇게 즐거운 이야기를 나누면서 서로에게 그 어느 때보다 큰 호감을 품게 되었다. 비록 대위의 웃음소리가 숄츠 씨의 웃음보다 딱 한순간만큼 늦게 따라 나오기는 했지만, 그것은 두 사람이 타고난 기질이 애당초 다르다는 사실로 쉽게 설명할 수 있었다. 30분이 채 지나기도 전에 로사는 진한 진홍빛 와인을 또 한 병 가져다주어야 했다.

그녀는 와인 병과 잔을 탁자에 이렇게 저렇게 놓고 돌아서려다가 대위를 흘깃 보고는 그대로 얼어붙었다. 대위는 어떻게든 한마디 참견을 하고 싶게 만드는 표정을 하고 있었다. 숄츠 씨는 특유의 친숙한 미소를 지으며 '역사의 우연'(이 말을 들은 대위의 얼굴이 아주 조금 굳었다)으로 두 사람이 과거에 적이 될 수밖에 없었다는 사실이 정말 유감이라고 말하는 참이었다. 숄츠 씨는 앞으로는 자신과 대위가 한편이 되어 지금 유일하게 적이 될 가능성이 있는 상대와 싸우게 되기를 바란다고……. 하지만 숄츠 씨는 갑자기 말을 멈추고 대위를 재빨리 흘깃 바라보았다. 그렇게 아주 잠깐 말을 멈춘 뒤 그는 전혀 달라지지 않은 어조로 다시 말을 이었다. 자신은 평화와 창조를 사랑하는 사람이라고. 자신 덕분에 이 나라의 수많은 욕실에까지 들어간 치약이 헤아릴 수 없이 많다고. 그는 또한 지금 이런 상황이 계속되는 것 외에는 아무것도 바라지 않는다고 말했다. 실제로 자신이 대령의 직책을 버렸다는 사실이 근본적으로 민간인에 걸맞은 성격임을 증명해주지 않는가.

아직도 두 사람 옆에 남아 있던 로사는 모호하다고 표현할 수밖에 없는 표정으로 두 사람을 살펴보았다. 숄츠 씨는 그녀에게 무슨 할 말이 있느냐고 부드럽게 물었다. 하지만 로사는 달리 할 말이 없었으므로, 더 필요하신 것이 있느냐고 물어본 뒤 테라스 끝으로 가서 난간에 몸을 기대고 길을 내려다보았다. 어쩌면 잘생긴 젊은이가 또 그 길을 지나갈지도 모르는 일이었다.

잠시 침묵이 흘렀다. 두 남자 모두 고통스러운 마음으로 그녀를 바라보았다. 그녀에게서 시선을 돌리려고 애쓰는 것 역시 그에 못지않게 고통스러웠다. 두 사람은 나라 간의 차이보다 개인적인 차이가 훨씬 더 위험하다는 사실을 새삼 되새긴 사람들처럼 다시 아름다운 추억 속으로 단호하게 뛰어들었다. 크고 남자다운 웃음과 함께 들려온 목소리가 말했다. 이렇게 아늑하고 즐거운 스위스의 호텔에 편안한 친구와 함께 앉아 있는 것이 얼마나 행복한지 모르겠다고. 과거의 그 의미 없는 싸움들이라니! 우리는 세계 시민이 아니겠소. 상대방과 동등한 입장에서 교양 있게 우정을 나누는 인간들이지요. 숄츠 씨와 대위는 치명적인 매력에 굴복해서 테라스 난간 쪽을 흘깃거릴 때마다 재빨리 시선을 돌리고, 상대방에게 또 우정을 보이려고 이를 악물었다.

하지만 운명은 이런 조화로운 모습을 계속 내버려둘 생각이 없었다.

운명은 상처에 박힌 칼을 잔인하게 돌렸다. 그 잘생긴 젊은이가 저 아래 길에 나타나 웃으며 로사에게 손짓한 것이다. 로사는 양팔로 난간을 짚고 앞으로 몸을 기울이더니, 수줍어하면서도 애교를 부리듯이 한쪽 발을 뒤로 들어 올려 위아래로 흔들고 솔직한 감정이 드러난 얼굴을 숨기려고 머리를 흔들어 머리카락을 앞으로 내렸다.

젊은이가 사라진 뒤에도 그녀는 계속 그 자리에 서서 가볍게 콧노래를 부르며 젊은이의 뒷모습을 눈으로 좇았다. 그녀가 팔에 걸친 빳빳한 흰색 냅킨이 햇빛을 받아 빛나고, 하얀색 앞치마도 빛나고, 구불구불한 금발 머리카락도 반짝였다. 로사는 서물어가는 햇빛 속에 서서 자기만의 생각에 잠겨, 이 자리에 다른 사람도 있다는 사실을 잊어버린 사람처럼 나직하게 노래를 불렀다.

그녀가 숄츠 씨와 포스터 대위의 존재를 완전히 잊어버렸음이 분명했다.

대위와 전직 대령은 이제 함께 나눌 추억이 거의 바닥난 상태였다. 대위는 헛기침을 하고, 숄츠 씨는 인장 반지로 탁자를 짜증스레 두드렸다.

대위가 부르르 떨면서 말했다. "날이 점점 추워지는군." 이제 푸르스름한 저녁 어스름이 두 사람을 감싸고 있었다. 대위는 곧

의자에서 일어날 것처럼 움직였다.

"그렇군." 숄츠 씨가 말했다. 하지만 그는 움직이지 않은 채 반지로 탁자만 두드렸다. 대위는 그 소리가 싫어서 이를 악물었다. 숄츠 씨가 빙긋 웃었다. 이 드라마의 흐름이 바뀌었음을 선언하는 미소였다. 확실히 그랬다. 그리고 대위는 벌써부터 그 새로운 흐름이 마음에 들지 않았다. 참으로 뻔뻔한 자로군. 그는 속으로 생각했다. 너무 시끄럽고 천박해. 그는 따뜻하고 조용한 건물 안쪽을 짜증스레 흘깃거렸다.

숄츠 씨가 말했다. "난 언제나 여기가 좋소. 그래서 항상 여기에 오지."

"그래요?" 대위가 자기도 모르게 상대의 신호에 반응했다. 숄츠 씨가 왜 갑자기 독일어로 말하는지 알 수 없었다. 숄츠 씨는 제2차 세계대전 후반부에 영국에 억류되어 있었기 때문에 영어를 훌륭하게 구사했다. 포스터 대위도 이미 그의 영어 실력을 칭찬해 주었다. 대위의 독일어 실력은 그만큼 유창하지 않았다, 전혀.

하지만 숄츠 씨는 나름의 이유가 있는지 모국어를 사용했다. 그것도 지나치게 크다 싶은 목소리로. 포스터 대위는 그를 의아하게 바라보며 주의를 기울였다.

"특히 이 휴양지가 좋아요." 숄츠 씨가 커다란 목소리로 말했다. 마치 안에 있는 누군가에게, 그것도 귀가 좋지 않은 사람에게 말하는 것 같았다. "이곳에 좋은 기억이 있거든."

"그래요?" 포스터 대위는 그의 말에 불안하게 주의를 기울였다. 숄츠 씨는 대위를 배려하듯 아주 느릿느릿 말했다.

"그래요. 물론 전쟁 중에는 우리 둘 다 여기에 올 수 없는 처지였지만 지금은……"

대위가 불쑥 끼어들었다. "사실 나도 여기를 아주 좋아해요. 그래서 가능한 한 매년 오고 있소."

숄츠 씨는 고개를 살짝 숙여 이 휴양지에 대한 포스터 대위의 동등한 권리를 인정해준 뒤 말을 이었다. "나의 가장 즐거운 추억이 이곳과 관련되어 있소. 혹시 궁금하다면……"

"물론이오." 포스터 대위가 황급히 말했다. 그리고 자기도 모르게 로사를 흘깃 바라보았다. 숄츠 씨는 로사의 등에 눈을 고정한 채 말하고 있었다. 로사의 콧노래 소리는 이제 들리지 않았다. 포스터 대위는 상황을 알아차리고 즉시 안색이 변했다. 그리고 항의하듯이 숄츠 씨를 바라보았지만, 이미 늦은 뒤였다.

"열여덟 살 때 일이오." 숄츠 씨가 아주 큰 소리로 말했다. "열여덟 살." 그는 잠시 말을 멈췄다. 애잔하게 추억을 회상하며 미소 짓는 그의 모습에서 유쾌하고 솔직하고 늠름한 열여덟 살 젊은이의 모습이 순간적으로 되살아나는 것 같았다. "처음으로 부모님의 허락을 받아 혼자 휴가를 올 수 있었지. 어머니는 허락해주실 생각이 없었지만 아버지가……"

포스터 대위는 어머니들의 다정한 질투라는 세계적인 현상을 인정하듯 어쩔 수 없이 빙긋 웃었다.

"그래서 여기서 열흘 동안 혼자 휴가를 즐기게 되었소. 한번 생각해봐요!"

포스터 대위는 착실하게 상상해보려고 했지만 금방 생각을 그만두고 말했다. "이상한 일이군. 나도 같은 경험이 있소. 내가 스물다섯 살이었다는 점만 다를 뿐."

숄츠 씨가 소리쳤다. "스물다섯 살!" 그는 말을 뚝 끊고 놀란 기색을 감추며 '뭐, 이 정도는 봐줍시다'라고 말하는 듯 어깨를 으쓱했다. 그러고는 즉시 로사의 등을 향해 말을 이었다. "그때 바로 이 호텔에 묵었소. 겨울이었지. 겨울 휴가. 그때 한 여성이 있었는데……" 그가 말을 멈추고 미소를 지었다. "그녀를 어떻게 설명하면 될까."

하지만 대위는 도와줄 생각이 없는 모양이었다. 그는 로사를 향해 불편한 기색으로 미간을 찌푸렸다. 그의 표정이 무엇을 말하는지는 분명했다. '정말, **꼭** 이래야겠소?'

숄츠 씨는 그것을 알아차리지 못한 것 같았다. "그때도 나는 케케묵은 사람이 아니었소. 알겠소?" 대위는 진취적인 열여덟 살 청년은 칭찬의 대상이 아니라고 말하려는 듯이 어깨를 으쓱했다. 하지만 스물다섯 살이라면……

"아름다운 여성이었지…… 정말로." 숄츠 씨가 열정적으로 말을 이었다. "게다가 확실히 부유하고, 세상에도 밝은 여성이었소. 그 옷차림도……."

"그렇군요." 대위가 말했다.

"그녀는 혼자였소. 건강을 위해 이곳을 찾았다고 하더군. 안타깝게도 남편은 사업 때문에 함께 오지 못했다고 했소. 그리고 나역시 혼자였지."

"그렇군." 대위가 말했다.

"그 나이에도 나는 상황이 풀려가는 것을 보며 놀라지 않았소. 서른 살 여성…… 나이 차이가 한참 많이 나는 남편…… 게다가 그녀는 아름답고…… 학식도 있고…… 아, 정말 굉장한 여자였소!" 그는 거의 소리를 지르다시피 이렇게 말하고는 로사의 등을 향해 추억의 시선을 보내며 잔을 비웠다. "아……" 그가 기운차게 말했다. "그것만으로도 아주 좋았지만, 그것으로 끝이 아니었소. 들어봐요. 일주일이 흘렀소. 그 얼마나 놀라운 시간이었는지! 그때까지 누구에게도 느껴보지 못한 감정으로 나는 그녀를 사랑했소……."

"그렇군." 대위가 초조하게 말했다.

하지만 숄츠 씨는 무작정 앞으로 나아갔다. "그러다 어느 날 아침 깨어보니 나는 혼자였소." 숄츠 씨는 어깨를 으쓱하며 앓는 소리를 냈다.

대위는 숄츠 씨가 혼사 즐거움에 휩쓸리는 모습을 지켜보았다. 이제 이 이야기는 로사만을 위한 것이 아니었다. 그렇게 극적으로 화려하게 앓는 소리를 내다니. 숄츠 씨는 연극을 해도 잘했을 거라고 대위는 불편한 마음으로 생각했다.

"편지가 놓여 있어서 그걸 읽어보았더니……"

"편지?" 대위가 갑자기 끼어들었다.

"그래요, 편지. 그녀가 내게 고맙다고 써놓은 걸 보고 나는 눈물이 핑 돌았소. 그대로 울었지."

감상에 잠긴 숄츠 씨의 눈에 분명히 눈물이 글썽거리고 있었다. 포스터 대위는 시선을 돌렸다. 그렇게 시선을 피한 채 불안한 목소리로 물었다. "편지에 또 뭐라고 적혀 있었소?"

"남편을 무척 증오한다고 말했소. 스스로 원해서 한 결혼이 아니라 부모의 뜻에 따른 결혼이라고. 당시에는 그런 일이 드물지 않았지. 그래서 그녀는 결코 남편의 아이를 갖지 않겠다고 혼자 맹세했다고 말했소. 하지만 아이는 갖고 싶었기 때문에……"

"**뭐라고**?" 대위가 소리쳤다. 그는 이제 탁자 위로 몸을 기울이고 한 마디, 한 마디를 열심히 듣고 있었다.

숄츠 씨는 이런 반응이 반갑지 않았는지 덤덤하게 말했다. "그래요, 그렇게 된 거였소. 내게는 행운이었지."

"그게 **언제**요?" 대위가 굶주린 사람처럼 물었다.

"뭐라고 했소?"

"그게 언제냐고 물었소. 몇 년이오?"

"연도라. 그게 중요하오? 그녀는 건강이 나쁘다는 핑계로 여기에 휴가를 올 수 있었다고 말했소. 혼자 여기에 와서 아이 아버지로 좋을 것 같은 남자를 찾아보려고. 그리고 날 고른 거요. 내가 그녀의 선택이었소. 그리고 그녀는 고맙다는 말을 남긴 채 남편에게 돌아갔지." 숄츠 씨는 의기양양하게 말을 멈추고 로사를 바라보았다. 로사는 꼼짝도 하지 않았다. 그의 말을 틀림없이 한마디도 빼지 않고 들었을 터였다. 숄츠 씨는 다시 대위에게 시선을 돌렸다. 대위는 몹시 동요해서 얼굴이 벌겋게 상기되어 있었다.

"그녀의 이름이 뭐였소?" 대위가 고함을 질렀다.

"이름?" 숄츠 씨는 잠시 침묵하다가 입을 열었다. "음, 그때 그녀가 가명을 대지 않았겠소?" 대위가 이 질문에 대답하지 않자 그가 단호하게 말했다. "그건 뻔한 일 아니오, 친구. 내게 자기 주소를 말해주지도 않았고." 숄츠 씨는 천천히 와인을 한 모금, 또 한 모금 마셨다. 그리고 생각에 잠긴 표정으로 잠시 대위를 바라보았다. 그가 규칙에 따라 행동할 거라고 믿어도 되는지 고민하는 듯한 기색이었다. 그가 이내 말을 이었다. "나는 호텔 지배인에게 뛰어갔지만, 그녀에 관한 정보가 하나도 남아 있지 않았소. 그 부인은 아침 일찍 갑자기 떠나셨습니다, 주소는 없습니다, 이러더군. 나는 혼이 나갈 지경이었지. 당신도 상상이 갈 거요. 그녀의 뒤를 쫓아가서 남편을 죽여버리고 그녀와 결혼하고 싶었으니까!" 숄츠 씨는 젊은 날의 어리석음이 재미있다는 듯, 후회스럽지만 그럴 수도 있지 않느냐는 듯 웃음을 터뜨렸다.

"**반드시** 연도를 기억해내요." 대위가 강조했다.

"친구……." 숄츠 씨가 몹시 짜증스러운 표정으로 입을 열었다. "그게 왜 그리 중요한 거요?"

포스터 대위는 굳은 표정으로 로사를 흘깃 본 뒤 영어로 말했다. "공교롭게도, 나 역시 같은 경험이 있어서."

"여기서?" 숄츠 씨가 정중하게 물었다.

"여기서."

"이 계곡에서?"

"이 호텔에서."

"이런." 숄츠 씨는 어깨를 으쓱하며 더욱더 언성을 높였다. "하여튼 여자들이란. 열여덟 살이라면 당연히 그럴 만하고…… 아마 스물다섯 살에도……." 여기서 그는 상대방을 향해 다 이해한다는 듯 고개를 끄덕였다. "스물다섯 살에도 그런 일이 자기한테만 일어난 기적이라고 생각하겠지. 하지만 우리 나이에는……"

그는 잠시 말을 멈췄다. 대위가 다시 침착해지기를 절실히 바라는 것처럼.

하지만 대위는 여전히 말문을 열지 못했다.

"내 분명히 말하지만, 친구." 숄츠 씨가 그때의 일을 기분 좋게 회상하며 말을 이었다. "내 분명히 말하지만 난 그때 제정신이 아니었소. 정말 미쳐버릴 것 같았지. 총으로 자살해버릴까 싶기도 했고. 어쩌다 들른 도시에서 매번 거리를 미친 듯이 돌아다니며 사람들 얼굴을 일일이 확인해보았소. 신문에 실린 사진들도 열심히 보고. 여배우나 사교계 여자들의 사진. 거리에서 언뜻 본 여자의 뒤를 따라가면서 마침내 그녀를 찾았다고 생각한 적도 많소. 하지만 아니었지." 숄츠 씨가 탁자 위에 손을 내려놓으며 극적으로 말했다. 그의 반지가 탁자에 부딪혀 다시 달칵 소리를 냈다. "아니었어. 한 번도, 단 한 번도 난 그녀를 만나지 못했소!"

"어떻게 생긴 여자였소?" 대위가 흥분해서 영어로 물었다. 그의 눈이 몹시 짜증스러운 기색을 띤 숄츠 씨의 눈을 초조하게 살펴보았다.

숄츠 씨는 의자를 살짝 뒤로 밀고 로사가 있는 쪽을 바라보며 독일어로 크게 말했다. "뭐, 아름다운 여자였소. 이미 말했듯이." 그는 잠시 말을 멈추고 생각에 잠겼다. "그리고 귀족이었지."

"그래요, 그래요." 대위가 다급하게 말했다.

"키가 크고 아주 날씬했소. 몸매가 아름다웠어요. 정말로! 머

그 여자 75

리카락은 검은색이었소. 검은색, 검은색! 눈도 까맣고, 치아도 아름다웠지." 숄츠 씨는 앙심을 담은 목소리로 로사를 향해 크게 말했다. "시골뜨기 타입과는 아주 거리가 멀었어요. 나도 취향이라는 게 있소."

대위는 지극히 불편한 심정으로 통통한 시골아가씨 로사를 흘깃 보았다. 그리고 여전히 일부러 영어를 사용해 말했다. "내가 만난 아가씨는 금발이었소. 키가 크고 금발이었지. 사랑스러운 아가씨였소. 사랑스러웠어요!" 대위는 이글거리는 눈빛으로 고집스레 말했다. "어쩌면 영국 아가씨였는지도 몰라요."

"그렇다면 대단한 아가씨로군." 숄츠 씨가 빙긋 웃으며 말했다.

"1913년의 일이오." 대위가 고집스럽게 말을 이었다. "당신의 아가씨는 **검은** 머리라고 했소?"

"그래요, 검은 머리. 그때…… 하기야 나한테는 그런 일이 마지막도 아니지." 숄츠 씨가 웃음을 터뜨렸다. "나는 아내와 자식 셋을 낳았소. 좋은 여자야. 안타깝게도 지금은 세상에 없지만." 이번에도 또 눈물이 글썽해졌다. 의심의 여지가 없었다. 그 모습을 보고 대위의 분노가 한층 더 치솟았다. 하지만 숄츠 씨는 다시 마음을 다스리고 입을 열었다. "하지만 그 셋 말고 다른 자식이 몇 명이나 있을까 궁금해질 때가 있소. 가끔은 나와 조금 닮아 보이는 청년을 거리에서 보고, 혹시 내 아들인가 생각해보기도 하지. 그래요, 그래요, 친구, 이건 남자라면 누구나 가끔 속으로 생각해 보는 문제 아니오, 안 그렇소?" 숄츠 씨는 고개를 뒤로 젖히고 호탕하게 웃었다. 하지만 그 안에는 깊은 후회가 배어 있었다.

대위는 잠시 아무 말이 없다가 영어로 말했다. "다 좋소. 하지만 나도 같은 일을 겪었어요. **정말로.**" 반항하는 남학생 같은 목소리였다. 숄츠 씨는 어깨를 으쓱했다.

"내가 그 일을 겪은 게 여기였소. 이 호텔."

숄츠 씨는 짜증을 참으며 로사를 흘깃 보았다. 그러고는 이 유감스러운 대화가 시작된 후 처음으로 목소리를 적당히 낮춰 영어로 말했다. 조용히 어깨를 으쓱하고 부드러운 미소를 지으며 솔직하게 빈정거리는 듯한 말투였다. "뭐, 솔직히 말해서, 이건 남자라면 누구나 겪는 일이라고 해야 하지 않겠소? 아니, 그런 일을 겪지 않은 사람이라면 가짜로 꾸며내기라도 해야 하는 일 아니오?"

숄츠 씨는 대위를 바라보며 계속 말했다. 지금도, 지금도, 제발! 품위를 위해서, 남자들의 연대를 위해서, 저기 저 아가씨, 그러니까 우리 둘에게 그토록 상처를 준 저 아가씨 눈에 비칠 우리의 품위를 위해서, 정신 차리고 말을 가려서 하시오, 친구!

하지만 대위는 추억에 빠져 그의 말을 귓등으로 흘렸다. "아냐, 아냐, 그 일은 **정말로** 있었소. 여기서." 그는 잠시 말을 멈췄다가 힘겹게 털어놓았다. "난 평생 결혼하지 않았소."

숄츠 씨는 이제야 어깨를 으쓱하고는 입을 다물었다. 그리고 곧 소리쳤다. "아가씨, 아가씨, 계산하겠네." 대화를 끝낼 때였다.

로사는 즉시 돌아서지 않고 뒤통수의 머리카락을 정리하고, 앞치마를 똑바로 펴고, 한쪽 팔에 걸치고 있던 냅킨을 반대편 팔로 옮겨 예쁘게 걸쳤다. 그러고는 돌아서서 미소 짓는 얼굴로 두

그 여자

사람에게 다가왔다. 그녀가 일부러 보란 듯이 웃고 있음을 금방 알 수 있었다.

"계산하시겠어요?" 그녀가 숄츠 씨에게 물었다. 차분한 목소리로 일부러 영어를 사용했다. 대위는 화들짝 놀라서 몹시 불편한 표정을 지었다. 하지만 숄츠 씨는 즉시 자세를 바로잡고 영어로 말했다. "그래, 계산하겠네."

로사는 그가 내민 지폐를 받은 뒤 앞치마 아래의 작은 전대에서 거스름돈을 세어 꺼내주었다. 마지막 동전까지 탁자 위에 놓은 뒤 그녀는 두 사람 앞에 서서 두 사람을 향해 똑같이 웃는 표정을 지으며 팔짱을 꼈다. 그 어머니 같은 미소로 재미있다는 듯 두 사람을 정면으로 내려다보다가 그녀가 영어로 말했다. "어쩌면 그 여자 분이 두 분 취향에 맞춰서 머리 색깔을 바꾼 게 아닐까요?" 그녀는 머리를 뒤로 젖히고 통쾌하게 웃어댔다.

숄츠 씨는 태연히 패배를 받아들이고, 유감스럽지만 상대를 인정한다는 듯 빙긋 웃었다.

대위는 의자에 앉은 채 뻣뻣하게 굳어서 적의를 불태우며 두 사람을 바라보았다. 그러면서 자신의 진정한 추억에 필사적으로 매달렸다.

하지만 로사는 그를 비웃었다. 그리고 옷자락에서 소리가 날 정도로 휙 돌아서서 테라스를 떠났다.

동굴을 지나서

휴가 첫날 아침, 해변으로 가던 영국인 소년이 길이 꺾어지는 지점에서 걸음을 멈추고 사람 손이 닿지 않은 바위투성이 만을 내려다보다가 북적거리는 해변으로 향했다. 예전에도 여러 번 와서 아주 친숙한 곳이었다. 소년의 어머니는 줄무늬가 있는 밝은 가방을 들고 앞에서 걷고 있었다. 편안히 흔들리고 있는 다른 팔이 햇빛을 받아 몹시 하얗게 보였다. 소년은 맨살이 드러난 그 하얀 팔을 보다가 시선을 돌렸다. 찡그린 표정이었다. 하지만 만 쪽으로 시선을 돌렸던 소년은 곧 다시 어머니를 바라보았다. 어머니는 아들이 딴청을 피우고 있음을 알아채고 획 돌아섰다. "아, 제리!" 어머니는 짜증스러운 표정이었지만 이내 미소를 지었다. "왜? 엄마랑 같이 가는 게 내키지 않아? 차라리······." 어머니는 아들이 무엇을 갈망하고 있을지 걱정하며 인상을 찌푸렸다. 그동안 그녀는 너무 바빠서, 또는 너무 부주의해서 그런 것을 상상해본 적도 없었다. 불안과 미안함이 섞인 그 미소가 아들에게는 아주 친숙했다. 그래서 자신의 행동을 후회하며 어머니

동굴을 지나서

를 향해 뛰어갔다. 하지만 뛰면서도 어깨 너머로 만을 돌아보았다. 오전 내내 안전한 해변에서 놀면서도 다듬어지지 않은 그 만을 계속 생각했다.

다음 날 아침, 여느 때처럼 수영과 일광욕 시간이 됐을 때 어머니가 말했다. "평범하게 해변에서 노는 게 지루하니, 제리? 어디 다른 데 가고 싶어?"

"아니에요!" 아들은 언제나 찾아오는 그 후회 때문에 충동적으로 미소를 지으며 재빨리 말했다. 일종의 기사도를 따른 행동이었다. 하지만 어머니와 함께 어제 그 길을 걷다가 아들이 불쑥 말했다. "저기 저쪽에 바위들이 있는 곳에 가보고 싶어요."

어머니는 아들의 말을 생각해보았다. 그쪽은 사람의 손길이 닿지 않아서 거칠었으며, 인적도 없었다. 그래도 어머니는 이렇게 말했다. "그럼 그렇게 해야지, 제리. 거기서 실컷 놀다가 저쪽 해변으로 와. 아니면 곧장 숙소로 돌아가도 되고." 어머니가 멀어졌다. 어제 햇빛을 받아 살짝 붉어진 팔이 앞뒤로 흔들렸다. 아들은 어머니가 혼자 가버리는 것을 참을 수 없어서 하마터면 그 뒤를 따라 뛰어갈 뻔했지만 참았다.

어머니는 생각했다. 그래, 저 아이는 이제 내가 없어도 위험하지 않을 만큼 자랐어. 내가 아이를 너무 끼고돌았나? 아이가 반드시 나와 같이 있어야만 한다고 생각하면 안 되는데. 내가 조심해야겠어.

열한 살인 아들은 외동이었다. 아이의 아버지는 세상을 떠났다. 어머니는 아들을 너무 끼고돌지도 않고, 무심하게 굴지도 않으려고 애썼다. 어머니는 걱정하며 혼자 해변으로 갔다.

한편 제리는 어머니가 해변에 도착한 것을 확인한 뒤, 만을 향해 가파른 길을 내려가기 시작했다. 적갈색 바위들이 사방에 있는 높은 곳에서 내려다본 만은 청록색 물이 하얀 거품을 일으키며 출렁거리는 국자 같았다. 점점 아래로 내려가면서 보니, 거칠고 끝이 예리한 바위들이 만 여기저기서 작은 곶과 후미 모양을 하고 있었다. 잔물결을 일으키며 철썩거리는 수면에는 자주색과 어두운 청색 얼룩들이 보였다. 마지막 몇 야드〔1야드는 약 0.9미터〕를 미끄러지듯 달려 내려가는 소년의 눈에 하얀 파도가 보였다. 하얀 모래사장 위로 물이 반짝이며 얕게 밀려드는 것도 보였다. 그 너머에는 진한 파란색 천지였다.

소년은 물속에 곧장 뛰어들어 헤엄치기 시작했다. 그는 수영 솜씨가 좋았다. 반짝이는 모래를 지나고, 바위들이 수면 아래에 변색한 괴물처럼 서 있는 중간지대를 빠르게 지나자 진짜 바다였다. 물은 따뜻했지만, 가끔 저 깊은 곳에서 불규칙하게 올라오는 차가운 물살이 몸에 닿으면 소년의 팔다리가 깜짝깜짝 놀랐다.

아주 멀리까지 나아가 뒤를 돌아보니 작은 만뿐만 아니라 곶 너머의 널찍한 해변도 볼 수 있었다. 소년은 물 위에 둥둥 떠서 어머니를 찾아보았다. 찾았다. 노란 옷을 입고 파라솔 아래에 있는 어머니가 마치 오렌지 껍질 한 조각처럼 보였다. 소년은 다시 해안을 향해 헤엄쳤다. 어머니가 있는 곳을 확인하고 마음이 놓였지만, 동시에 몹시 외로웠다.

만의 양 측면 중 해변에서 먼 쪽의 경계선 역할을 하는 작은 곶 끝에 바위들이 느슨하게 흩어져 있었다. 그 위쪽에서 옷을 벗고 있는 소년들이 보였다. 그들은 알몸으로 바위를 향해 달려 내려왔다. 영국인 소년은 그들을 향해 헤엄쳤지만, 돌을 던지면 맞을 정도의 거리를 유지했다. 그들은 이곳에 사는 아이들이었다. 모두 매끈한 피부가 짙은 갈색으로 탔고, 소년이 알 수 없는 언어를 사용했다. 그들의 일원이 되어 함께 놀고 싶다는 갈망이 소년의 온몸을 채웠다. 소년은 조금 더 가까이 헤엄쳐 갔다. 아이들이 그를 향해 고개를 돌리고, 경계심을 드러내며 가늘게 뜬 검은 눈으로 소년을 지켜보았다. 그러다 그들 중 한 명이 웃으며 손을 흔들었다. 그것으로 충분했다. 1분도 안 돼서 소년은 안쪽으로 헤엄쳐 들어가 아이들 옆의 바위에서, 필사적으로 애원하듯 웃고 있었다. 아이들은 큰 소리로 쾌활하게 인사를 건넸다. 소년이 불안한 표정으로 이해할 수 없는 미소를 계속 짓고 있는 것을 보고 아이들은 소년이 저쪽 해변에서 길을 잃고 넘어온 외국인임을 알아차렸다. 그리고 그를 잊어버리기로 했다. 그래도 소년은 행복했다. 그 아이들과 함께 있었으니까.

아이들은 높은 바위에서 거칠고 뾰족한 바위들 사이의 푸른 바다로 몇 번이나, 몇 번이나 다이빙했다. 물속에서 수면으로 올라온 뒤에는 해안으로 헤엄쳐 와서 다시 자기 차례를 기다렸다. 그들은 나이가 많은 소년들이었다. 제리의 눈에는 어른으로 보일 정도였다. 제리가 다이빙하자 그들이 지켜보았다. 제리가 헤엄쳐서 자기 자리로 돌아오자 그들은 길을 터주었다. 제리는 아이들이 자신을 받아들여줬다고 느끼며 다시 다이빙했다. 조심스럽게. 자신이 자랑스러웠다.

 곧 아이들 중에서 가장 큰 소년이 자세를 잡고 물속으로 총알처럼 뛰어들었다. 그리고 올라오지 않았다. 다른 아이들은 가만히 서 있기만 했다. 제리는 매끈한 갈색 머리가 물 위로 나타나기를 기다리다가 경고하듯 소리를 내질렀다. 아이들은 한가롭게 제리를 바라보다가 다시 바다로 시선을 돌렸다. 한참 시간이 흐른 뒤 소년이 크고 검은 바위 뒤편에서 수면 위로 올라와 헉헉거리는 숨과 함께 승리의 함성을 내뱉었다. 다른 아이들이 곧장 바다로 뛰어들었다. 조금 전까지만 해도 재잘거리는 소년들이 주위에 가득했는데, 지금은 아침 공기도 바다의 수면도 텅 비어 있었다. 하지만 짙은 파란색 표면 아래에서 어두운 형체들이 뭔가를 더듬어 찾듯이 움직이는 것이 보였다.

 제리는 물속으로 뛰어들어 그 아래에서 헤엄치는 아이들 옆을 쏜살같이 지나쳤다. 검은 벽 같은 바위가 불쑥 나타나자 그것에 손을 한번 대보고는 곧장 물 위로 올라갔다. 물 위에서 본 그 바위는 나지막한 장애물이었다. 제리가 있는 자리에서 그 바위 너머를 볼 수 있을 정도였다. 사람은 하나도 보이지 않았다. 저 아래 물속에서 헤엄치던 흐릿한 형체들이 모두 사라졌다. 그러다 한 명, 또 한 명이 그 바위 뒤편 저쪽에서 모습을 드러냈다. 바위의 틈새나 구멍 같은 곳을 통과해서 올라온 모양이었다. 제리는 다시 물속으로 들어갔다. 따끔거리는 소금물 속에는 아무것도 없는 바위만 있을 뿐이었다. 그가 물 위로 올라와 보니, 아이들은 모두 다이빙을 하던 바위에 올라가 다시 뛰어내릴 준비를 하고 있었다. 제리는 자신이 그 구멍을 찾아내지 못했다는 생각에 당황해서 영어로 소리쳤다. "날 봐! 날 봐!" 그러고는 멍청한 개처럼 손으로 물을 철벅거리고 발장구를 치기 시작했다.

아이들은 심각한 표정으로 미간을 찌푸리며 아래를 내려다보았다. 제리가 잘 아는 표정이었다. 뭔가 실수를 하거나 뜻한 대로 성과를 거두지 못했을 때 제리가 어머니의 관심을 끌려고 익살을 떨면, 어머니는 저렇게 심각하고 당혹스러운 표정으로 살피듯이 그를 바라보았다. 제리는 수치심에 얼굴이 달아오르고, 간청하는 듯한 미소가 결코 지워지지 않는 흉터처럼 얼굴에 생겨난 것을 느끼면서 바위 위의 덩치 큰 구릿빛 소년들을 향해 소리쳤다. "Bonjour! Merci! Au revoir! Monsieur, monsieur!〔프랑스어로 '안녕하세요! 감사합니다! 또 만나요! 선생님, 선생님!'〕" 그러면서 제리는 손가락을 귀에 둥글게 걸고 흔들어댔다.

물이 입속으로 쏟아져 들어왔다. 제리는 캑캑거리며 물속에 가라앉았다가 다시 올라왔다. 조금 전 아이들의 무게에 눌려 있던 바위가 물 위로 조금 더 솟아오른 것 같았다. 아이들의 무게가 사라졌기 때문에. 아이들은 공중을 날아 제리 옆을 지나쳐 물속으로 들어갔다. 떨어지는 소년들의 몸이 허공에 가득했다. 뜨거운 햇볕 속에 서 있는 바위에는 이제 아무도 없었다. 제리는 숫자를 셌다. 하나, 둘, 셋……

쉰까지 셌을 때 그는 겁에 질렸다. 모두들 저 아래 바위 속 동굴에서 죽어가고 있는 것 같았다. 백까지 셌을 때는 사람이 하나도 보이지 않는 능선을 바라보며 고함을 질러 사람을 불러야 하는지 고민했다. 제리는 빨리 올라오라고 소년들을 재촉하듯, 아니면 물속에서 빨리 죽어버리라고 재촉하듯 점점 빠르게 숫자를 셌다. 어느 쪽이든 아무도 없는 새파란 바다에서 계속 숫자만 세며 두려움에 떠는 것보다는 나았다. 제리가 백예순까지 셌을 때, 바위 뒤편의 수면에 갈색 고래처럼 숨을 뿜어내는 소년들이 가득 나타났다. 그들은 제리를 거들떠보지도 않고 해안으로 헤엄쳤다.

제리는 다이빙대 역할을 하던 바위에 올라가 앉았다. 허벅지 아래쪽에 뜨겁고 거친 바위 표면이 닿았다. 아이들은 옷가지를 주섬주섬 모아들고 해안을 따라 다른 곳으로 향하고 있었다. 제리에게서 도망치기 위해 가고 있었다. 제리는 주먹으로 눈을 가린 채 대놓고 울음을 터뜨렸다. 주위에 사람이 하나도 없었으므로 지칠 때까지 울었다.

시간이 한참 흐른 것 같았다. 제리는 어머니가 보이는 곳까지 헤엄쳐 나왔다. 어머니는 여전히 그 자리에 있었다. 오렌지색 파라솔 아래의 노란 점. 제리는 다시 커다란 바위로 헤엄쳐 가서 위로 올라가 엄니처럼 솟아 있는 성난 바위들 사이의 파란 물속으로 뛰어내렸다. 물속 바위가 손에 닿을 때까지 계속 내려갔다. 하지만 소금물이 닿은 눈이 너무 아파서 아무것도 보이지 않았다.

제리는 수면으로 올라와 해안으로 헤엄쳐 가서 숙소로 돌아가 어머니를 기다렸다. 곧 어머니가 줄무늬 가방을 흔들며 천천히 길을 걸어왔다. 맨살이 드러나 빨갛게 달아오른 팔도 흔들리고 있었다. "수영 고글이 필요해요." 제리가 숨을 몰아쉬며 반항과 간절함이 모두 담긴 표정으로 말했다.

어머니는 화내지 않고 궁금한 얼굴로 태평하게 말했다. "그래, 그렇겠지."

지금 필요하다고요, 지금! 당장 고글이 필요했다. 바로 지금. 제리가 계속 졸라대자 결국 어머니는 아들을 데리고 가게로 갔다. 어머니가 고글을 사자마자 제리는 어머니에게 빼앗길까 두려운 듯 어머니 손에서 고글을 빼앗아 들고 만을 향해 가파른 길을 뛰어 내려갔다.

제리는 커다란 바위로 헤엄쳐 가서 고글을 쓰고 다이빙했다. 물이 들어가지 않도록 테두리에 고무를 씌운 고글이 수면에 닿는 충격으로 헐거워졌다. 제리는 수면에서 바위 뿌리까지 헤엄쳐 내려가야 한다는 것을 알고 있었다. 그래서 고글을 다시 단단하게 고정하고 허파에 공기를 가득 채운 뒤, 얼굴을 아래로 하고 물에 둥둥 떴다. 이제 보였다. 다른 종류의 눈이 생긴 것 같았다. 밝은 물속에서 섬세하게 흔들리는 모든 것을 선명하게 보여주는 물고기 눈 같은 것.

저 아래 6에서 7피트[1피트는 약 30센티미터]쯤 떨어진 곳에 하얀 모래가 깨끗하게 반짝이는 바다 밑바닥이 있었다. 모래가 물살에 단단하게 잔물결을 일으켰다. 회색이 도는 형체 두 개가 그쪽으로 향했다. 길고 둥근 나무 조각이나 석판 같았다. 물고기였다. 녀석들이 서로에게 코를 향하고 가만히 자세를 잡고 있다가 화살처럼 앞으로 쏘아지더니 휙 방향을 꺾어 다시 돌아오는 것이 보였다. 마치 수중 댄스 같았다. 녀석들 머리 위로 몇 인치[1인치는 약 2.5센티미터)쯤 되는 지점에서 물이 반짝였다. 옷에 장식으로 붙이는 반짝이들이 떨어져 내려오는 것 같았다. 물고기들이 또 나타났다. 제리의 손톱 크기만 한 작은 물고기 떼가 물살을 따라 떠다녔다. 곧 헤아릴 수 없이 많은 작은 것들이 제리의 팔다리에 닿는 것이 느껴졌다. 얇은 은박 조각들 사이에서 헤엄치는 것 같았다. 아까 그 덩치 큰 아이들이 헤엄쳐서 통과했던 커다란 바위가 하얀 모래밭에 솟아 있었다. 검은 바위에 초록빛이 도는 해초가 조금 자라고 있었다. 틈새 같은 것은 보이지 않았다. 제리는 바위 뿌리 쪽으로 내려갔다.

제리는 몇 번이나 수면으로 올라와 가슴 가득 공기를 담고 다시 내려갔다. 몇 번이나 바위 표면을 더듬더듬 만져보았다. 입구를 찾고 싶은 간절한 마음에 거의 바위를 끌어안다시피 만져보았다. 그렇게 검은 바위에 매달려서 무릎을 위로 올려 발을 앞으로 뻗었는데 발에 걸리는 것이 전혀 없었다. 바위 구멍을 찾았다.

제리는 수면으로 올라와 바위에 흩어져 있는 돌멩이들 중 큰 것을 찾았다. 그것을 품에 안고 다시 물속으로 들어갔다. 돌멩이의 무게 때문에 바닷속 모래밭까지 단숨에 내려갈 수 있었다. 제리는 돌멩이를 닻처럼 붙잡고 옆으로 누워 검은 바위 선반 아래쪽에서 아까 발이 쑥 들어갔던 곳을 살폈다. 구멍이 보였다. 불규칙한 모양의 어두운 구멍으로, 그 안쪽까지 깊이 들여다보이지는 않았다. 제리는 돌멩이를 놓고 손으로 구멍 가장자리에 매달려 안으로 몸을 밀어 넣으려고 했다.

머리가 들어가고 어깨가 걸리자 몸을 옆으로 돌렸다. 허리까지 그 안으로 들어갈 수 있었다. 앞에는 아무것도 보이지 않았다. 뭔가 부드럽고 끈적거리는 것이 제리의 입을 건드렸다. 회색빛이 도는 바위를 배경으로 검은 이파리가 움직이는 것이 보였다. 공포가 차올랐다. 한번 붙들면 놓아주지 않는 해초라든가 문어 같은 것이 생각났다. 제리는 뒤로 몸을 빼내다가 동굴 입구에서 위험하지 않은 해초의 촉수 같은 것이 떠 있는 것을 언뜻 보았다. 더 이상 참을 수 없었다. 제리는 햇빛이 닿는 곳으로 올라와 해안으로 헤엄쳐 가서 다이빙 바위 위에 누웠다. 파란 물을 내려다보았다. 어떻게든 그 바위를 통과할 수 있는 동굴이나 구멍이나 터널을 찾아내서 반대편으로 나오고 싶었다.

먼저 호흡을 조절하는 법을 배워야 할 것 같았다. 제리는 바다 밑바닥에 쉽게 누울 수 있도록 또 커다란 돌을 안고 물속으로 들어갔다. 그리고 숫자를 셌다. 하나, 둘, 셋. 꾸준하게 숫자를 셌다. 가슴속에서 피가 혈관을 흐르는 소리가 들렸다. 쉰하나, 쉰둘…… 가슴이 아팠다. 제리는 돌을 놓고 공기가 있는 곳으로 올라갔다. 해가 기울어져 있었다. 서둘러 숙소로 돌아가니 어머니가 저녁식사를 하고 있었다. 어머니는 "재미있게 놀았니?"라고 물을 뿐이었다. 제리는 "네"라고 대답했다.

소년은 밤새 꿈에서 물이 가득한 바위 속 동굴을 보았다. 그리고 다음 날 아침식사를 마치자마자 만으로 나갔다.

그날 밤 심하게 코피가 났다. 숨 참는 법을 배우려고 몇 시간 동안이나 물속에 있던 탓인지 몸에 힘이 없고 머리가 어지러웠다. 어머니가 말했다. "나라면 너무 지나치게 애쓰지는 않을 거야."

그날과 그다음 날 제리는 자기 인생의 모든 것이, 자기 미래의 모든 것이 달려 있기라도 한 것처럼 허파 운동을 했다. 밤에 또 코피가 나자 어머니는 내일은 자기와 함께 해변으로 가자고 강하게 주장했다. 혼자서 정성 들여 훈련하고 있는데 그렇게 하루를 허비하는 것은 괴로운 일이었지만, 제리는 어머니와 함께 해변에 있었다. 이제 보니 이곳은 어린아이들한테나 맞는 곳 같았다. 어머니가 햇볕을 받으며 안전하게 누워 있을 수 있는 곳. 하지만 제리 본인에게 어울리는 곳은 아니었다.

다음 날 제리는 자기만의 해변에 가도 되느냐고 허락을 구하지 않았다. 어머니가 그 문제에 관해 뭐가 옳고 그른지 복잡한 생각을 하기도 전에 그냥 가버렸다. 하루를 쉬었더니 물속에서 평소보다 열을 더 셀 수 있었다. 덩치 큰 소년들은 제리가 백예순까지 세는 동안 그 틈새를 통과해 올라왔었다. 하지만 그때 제리는 겁에 질려 숫자를 아주 빨리 셌다. 이제는 노력한다면 그 긴 동굴을 통과할 수 있을 것 같았지만, 아직은 시도할 생각이 없었다. 아이답지 않은 묘한 고집, 절제된 조급함 때문에 그는 기다렸다. 그동안 제리는 물속 하얀 모래 위에 누워 있었다. 그가 저 위에서 가져온 돌멩이들이 흩어져 있는 그곳에서 동굴 입구를 유심히 살펴보았다. 적어도 눈에 보이는 부분에 대해서는 이제 구석구석 모르는 곳이 없었다. 날카로운 입구 가장자리가 벌써 어깨를 누르는 것 같았다.

제리는 어머니가 곁에 없을 때 숙소의 시계 옆에 앉아 시간을 쟀다. 2분 동안 무리 없이 숨을 참을 수 있게 되었음을 알고 처음에는 믿을 수 없었지만 곧 뿌듯해졌다. 시계가 보증해준 '2분' 덕분에, 그가 그토록 원하던 모험이 훌쩍 가까워졌다.

　나흘이 더 지난 날 아침에 어머니가 이제 집으로 돌아가야 한다고 무심하게 말했다. 제리는 떠나기 전날 그 일을 할 계획이었다. 죽는 한이 있어도 할 거라고 그는 혼자 도전적으로 되뇌었다. 하지만 떠나기로 예정한 날짜까지 이틀이 남았을 때(물속에서 전보다 열다섯을 더 셀 수 있던 승리의 날이었다) 코피가 심하게 나서 현기증이 이는 바람에 제리는 다이빙 바위 위에 해초처럼 힘없이 늘어져, 코에서 나온 굵은 핏줄기가 바위 위를 흘러 바다로 천천히 똑똑 떨어지는 모습을 지켜보았다. 겁이 났다. 이러다 동굴 안에서 현기증이 일면 어쩌지? 거기에 갇혀서 죽는다면? 뜨거운 햇빛 속에서 머리가 마구 돌아가고, 그는 포기할까 하는 생각이 들었다. 집으로 돌아가 누워서 쉬는 게 어떨까. 1년 더 자란 뒤 내년 여름에 그 구멍으로 들어간다면.

　하지만 이렇게 결정을 내린 뒤에도, 아니 결정을 내렸다고 생각한 뒤에도, 제리는 자기도 모르게 바위 위에서 일어나 앉아 물을 내려다보았다. 그 순간 지금이야말로, 코피가 이제 막 그쳤고 머리는 아직 욱신거리지만 지금이야말로 그 일을 시도할 때라는 생각이 들었다. 지금 하지 않으면 영원히 할 수 없을 것 같았다. 자신이 하지 않을지도 모른다는 두려움에 몸이 떨렸다. 바닷속 바위 아래의 길고 긴 동굴을 생각하니 무서워서 몸이 떨렸다. 환한 햇빛 속에 노출된 바위 꼭대기가 아주 넓고 무거워 보였다. 몇 톤이나 되는 바위가 이제부터 그가 가려는 곳을 누르고 있었다. 만약 거기서 죽는다면, 아마 내년이 돼서 덩치 큰 소년들이 다시 구멍 안으로 헤엄쳐 들어간 뒤에야 발견될 것이다.

 제리는 고글을 쓰고 단단히 조인 뒤 물이 새어 들어오지 않는지 시험해보았다. 손이 덜덜 떨렸다. 제리는 자신이 들 수 있는 가장 큰 돌을 골라서 들고 바위 옆으로 미끄러져 서늘한 물속에 절반쯤 몸을 담갔다. 나머지 절반은 뜨거운 햇볕을 받고 있었다. 텅 빈 하늘을 한 번 올려다보며 한 번, 두 번 가슴에 공기를 채웠다. 그리고 돌멩이와 함께 바다 밑바닥으로 빠르게 가라앉았다. 그는 돌멩이를 놓고 숫자를 세기 시작했다. 양손으로 구멍 가장자리를 잡고 머리를 안으로 들이밀면서 어깨를 꿈틀거려 모로 누웠다. 그러면서 몸이 앞으로 나아가게 발장구를 쳤다.

 곧 몸이 완전히 구멍 안으로 들어갔다. 노란색과 회색이 섞인 물이 가득한 작은 바위 구멍이었다. 물이 제리의 몸을 천장 쪽으로 밀어 올렸다. 천장의 바위 모서리들이 날카로워서 등이 아팠다. 제리는 손을 이용해 점점 빠르게 몸을 앞으로 움직이면서 다리는 지렛대처럼 이용했다. 머리가 어딘가에 부딪히면서 격렬한 통증이 일고 어지러워졌다. 쉰, 쉰하나, 쉰둘…… 빛이 전혀 없고, 물이 바위처럼 무겁게 사방에서 그를 눌러댔다. 일흔하나, 일흔둘…… 허파에는 무리가 없었다. 몸이 바람을 잔뜩 넣어 부풀린 풍선이 된 것 같았다. 허파가 그만큼 가볍고 편안했다. 하지만 머리가 욱신거렸다.

 날카롭고 뾰족뾰족한 천장이 계속 몸을 눌러댔다. 천장은 날카로울 뿐만 아니라 끈적거리기도 했다. 또 문어가 생각났다. 이 동굴에 그의 몸을 옭아맬 수 있는 해초가 가득할지 모른다는 생각도 들었다. 겁이 나서 경련하듯 발장구를 치며 고개를 숙여 장애물을 피하고 헤엄쳤다. 손발에 걸리는 것이 하나도 없었다. 구멍이 아까보다 넓어진 모양이었다. 헤엄치는 속도도 틀림없이 빨라진 것 같았다. 동굴이 다시 좁아진다면 머리를 어딘가에 쾅 부딪히지나 않을지 겁이 났다.

백, 백하나…… 물 색이 옅어졌다. 승리감이 머리를 가득 채웠다. 가슴이 아파오기 시작했다. 손발을 몇 번만 더 놀리면 동굴을 빠져나갈 수 있을 것이다. 제리는 정신없이 숫자를 셌다. 백열다섯을 센 뒤 한참 지나서 또 백열다섯을 셌다. 주위의 물은 모두 깨끗한 보석 같은 초록색이었다. 그러다가 머리 위 바위에 갈라진 틈이 보였다. 그곳으로 햇빛이 새어 들어와 깨끗하고 검은 바위로 이루어진 동굴의 모습이 드러났다. 홍합 껍데기 하나도 보였다. 앞에는 어둠뿐이었다.

이제 한계였다. 제리는 갈라진 틈을 올려다보았다. 물이 아니라 공기로 가득한 곳을 올려다보듯이. 거기에 입을 대면 공기를 마실 수 있기라도 한 것처럼. 백열다섯. 머릿속에서 숫자를 세는 목소리가 들렸지만, 그건 이미 한참 전에 센 숫자였다. 저 앞의 어둠 속으로 나아가지 않으면 여기서 죽을 것이다. 머리가 부풀어오르고, 허파가 갈라졌다. 백열다섯, 백열다섯이 머릿속에서 사방을 쿵쿵 울렸다. 제리는 어둠 속에서 힘없이 바위를 붙들고 몸을 앞으로 끌었다. 햇빛을 받은 물이 살짝 뒤로 밀려났다. 곧 죽을 것 같았다. 의식도 가물가물했다. 제리는 어둠 속에서 가물

가물한 정신이 살짝 돌아올 때마다 힘겹게 앞으로 나아갔다. 엄청난 통증이 머리를 가득 채우더니, 어둠이 갈라지면서 초록색 빛이 폭발하듯 나타났다. 손으로 앞을 더듬어봐도 걸리는 것이 없었다. 뒤에서 물을 차내고 있는 발이 그의 몸을 널찍한 바다로 밀어냈다.

제리는 공기를 향해 얼굴을 드러낸 채 수면 위로 둥둥 떠서 올라갔다. 물고기처럼 숨을 몰아쉬고 있었다. 곧 물에 가라앉아 죽을 것 같았다. 바위까지 몇 피트 남짓한 거리를 헤엄칠 수 없었다. 하지만 곧 정신을 차리고 보니 그는 그 바위를 붙들고 몸을 위로 끌어올리고 있었다. 제리는 바위 위에 엎드려서 숨을 몰아쉬었다. 빨간 혈관이 얼기설기 얽혀 있는 어둠밖에는 보이는 것이 없었다. 눈알이 터져버린 모양이었다. 눈에 피가 가득했다. 제리가 고글을 거칠게 벗자 핏방울이 바다로 떨어졌다. 코에서도 피가 났다. 고글에는 피가 가득했다.

제리는 서늘하고 짠 바닷물을 몇 번 손으로 떠서 얼굴에 끼얹었다. 하지만 입에 느껴지는 맛이 피인지 짠 바닷물인지 알 수 없었다. 얼마 뒤 두근거리던 심장이 차분해지고 시야가 맑아지자 제리는 일어나 앉았다. 동네 아이들이 반 마일(약 800미터)쯤 떨어진 곳에서 다이빙하며 노는 것이 보였다. 제리는 그 아이들과 놀고 싶지 않았다. 집으로 돌아가 눕고 싶은 마음뿐이었다.

제리는 조금 더 있다가 해안으로 헤엄쳐 가서 숙소로 이어진 길을 천천히 올라갔다. 그리고 숙소의 침대에 몸을 던져 잠들었다가 밖에서 들리는 발소리에 깨어났다. 어머니가 돌아오고 있었다. 제리는 서둘러 욕실로 달려갔다. 핏자국인지 눈물자국인지 하여튼 얼굴에 묻은 자국을 어머니에게 보이면 안 된다는 생각이 들었다. 욕실에서 나오자 어머니가 숙소 안으로 들어오는 참이었다. 어머니는 환한 눈빛으로 미소 짓고 있었다.

"오전에 즐거웠니?" 어머니가 아들의 따뜻한 갈색 어깨에 살짝 손을 얹으며 물었다.

"아, 네, 그럼요." 아들이 말했다.

"얼굴이 좀 창백한데." 어머니가 걱정스러운 목소리로 날카롭게 물었다. "어쩌다 머리를 부딪힌 거야?"

"그냥 좀 부딪혔어요."

어머니는 아들을 세심하게 살폈다. 아들은 긴장하고 있었다. 눈도 흐릿해 보였다. 어머니는 걱정스러웠지만 곧 속으로 생각했다. 괜히 호들갑을 떨면 안 돼! 무슨 일이 있으려고. 이 애는 물고기처럼 수영을 잘하는데.

두 사람은 함께 앉아서 점심을 먹었다.

"엄마." 아들이 말했다. "물속에서 2분…… 아니 3분 동안 버틸 수 있어요. 최소한." 갑자기 터져나온 말이었다.

"그래?" 어머니가 말했다. "글쎄, 나라면 너무 무리하지 않을 것 같은데. 너 오늘은 수영 그만해야겠다."

어머니는 아들과 다툴 각오를 하고 있었지만 아들은 곧바로 어머니의 말에 수긍했다. 만에 가는 것은 이제 중요하지 않았다.

즐거움

메리 로저스에게는 매년 커다란 잔치, 또는 전환점이라고 할 만한 일이 두 번 있다. 그녀는 크리스마스 장식을 걷어내자마자 두 번째 잔치를 준비하기 시작했다. 그녀가 패션 잡지를 뒤적이고 있는데 남편이 말했다. "햇빛을 꿈꾸는 건가, 할멈?"

"안 될 것도 없지." 그녀는 조금 속이 상했다. "어쨌든 4년이나 됐으니까."

"아무리 생각해도 우린 그럴 여유가 없어."

남편은 아내의 얼굴에서 익숙한 표정을 보았다.

그녀의 친구이자 직장 상사의 아내인 백스터 부인도 그 잡지를 보고 말했다. "올해는 다시 프랑스 남부로 갈 수 있겠네. 이제 딸 옆에 있어줄 필요도 없으니까." 그녀는 어떤 상황에서도 적당한 구실이 될 수 있는 말을 덧붙였다. "우리는 브라이턴에 계속 충성을 바치게 될 것 같아."

메리 로저스는 언제나 그랬듯이, 이번에도 이렇게 말했다. "똑같은 돈으로 유럽 대륙에 갈 수 있는데, 굳이 영국에서 휴가를

즐거움

보내려 하는 이유를 잘 모르겠어."

지난 4년 동안 그녀는 딸과 손주들과 함께 콘월로 휴가를 갔다. 그녀는 친구들에게 이것을 가족이라는 제단에 놓인 희생제물이라고 표현했다. 하지만 올해는 딸이 스코틀랜드에 사는 시어머니에게 갈 예정이었다. 주위 사람들도 모두 그것을 알고 있었다. 즉 백스터 부인, 저스틴-스미스 부인, 존스 부인 모두.

메리 로저스는 화려한 면직물 천을 사서 거실에 펼쳐놓았다. 밖에서는 유난히 우울한 2월 날씨 때문에 미들랜드의 이 작은 도시가 계속 부들부들 떨고 있었다. 빗물이 유리창을 휩쓸고 지나갔다. 토미 로저스는 거실에 펼쳐진 천을 보고 아무 말도 하지 않았다. 하지만 일주일 뒤 그녀가 거울 앞에서 일광욕을 할 때 입으면 좋을 하얀 리넨 옷을 입어보고 있는데, 그가 말했다. "이봐, 할멈, 다리가 너무 많이 드러나는 것 같은데……."

그 순간 휴가가 결정되었다. 지난 4년 동안 여러 면에서 변화가 있었다는 사실 또한 인정했다. 그래도 메리 로저스는 거울 앞에서 허벅지와 어깨를 몰래 살펴보며 이 정도면 노출해도 괜찮을 것 같다고 생각했다. 그녀가 만든 옷들은 얌전하면서도 맵시 있었다. 그녀는 3월, 4월, 5월, 6월에 저녁 시간을 이용해서 성실하게 바느질을 했다. 그녀는 바느질 솜씨가 아주 좋았다. 결혼하기 전 행복에 들떠 있던 몇 달 동안 런던에서 패션 디자인을 공부한 적도 있었다. 그때는 지금과 다른 세상에 살았던 것 같은 기분이다. 함께 어울리는 여자들(백스터 부인, 저스틴-스미스 부인, 존스 부인)에게 그때 일을 이야기하는 그녀의 목소리만 들어도 두 세상의 차이를 알 수 있었다. 그럴 때면 백스터 부인은 언제나 그렇듯이 친절한 마음에서 이렇게 말하곤 했다. "뭐, 젊었을 때는 미래에 어떤 일들이 펼쳐질지 전혀 알 수 없는 법이지."

메리 로저스와 남편은 7월 말쯤 떠날 예정이었다. 일주일 전에 토미 로저스가 숫자들이 적혀 있는 서류를 꺼내놓았다. 평소보다 훨씬 낮은 숫자들이었다. "아, 어떻게든 되겠지." 메리가 모호하게 말했다. 그녀의 머릿속에는 벌써 파란 바다와 파란 하늘이 펼쳐지고 있었다.

"그래도 플라자 호텔에 예약을 해두는 게 낫지 않을까."

"그럴 필요 없어. 그쪽에서 우릴 아니까."

떠나기 전날 밤 백스터의 집에서 떠나는 두 사람을 위해 브리지 파티(카드놀이의 일종)가 열렸다. 토미 로저스는 아내가 "비행기 삯이 요즘처럼 쌀 때에 왜 굳이……"라고 말하자 불편한 표정으로 아내를 흘깃거렸다.

여느 때처럼 당연히 기차표를 예매해두었기 때문이었다.

두 사람은 영국 해협을 무사히 건너서 파리의 호텔에서 하룻밤을 자고 예매한 기차를 탔다.

이제 몇 시간만 지나면 바닷가의 작은 마을이 보일 터였다. 25년 전 신혼여행으로 처음 가본 마을이었다. 두 사람이 그때 이 마을을 고른 것은, 아직 메리 로저스가 되기 전의 메리 힐이 예술가들과 어울리던 짧은 기간 동안 만난 유명한 무대 장식 전문가가 이곳에 별장을 갖고 있었기 때문이었다. 두 사람은 한 달에 걸친 신혼여행 중 어느 날 오후에 그 별장에서 행복한 시간을 보냈다.

기차가 마을에 접근하자 메리는 언덕 위에 외로이 서서 바다를 굽어보던 그 별장을 찾아보려고 했다. 하지만 그 언덕에는 예전과 달리 하얀 별장들이 가득했다. 따뜻한 남부의 초록색 풍경을 배경으로 초록색 덧창이 달리고 빨간 지붕을 머리에 인 별장들이 서 있었다.

"동네가 상당히 바뀐 것 같은데." 토미가 말했다. 역도 예전보다 규모가 컸다. 긴 플랫폼이 갖춰지고, 역사 건물도 번듯했다. 바다 쪽을 내려다보니 가게, 카지노, 카페 등이 몰려 있는 것이 보였다. 4년 전만 해도 그곳에는 가게 하나, 식당 하나, 호텔 두 곳밖에 없었는데.

메리가 쏠쏠하게 말했다. "관광객들이 우글거리는 곳이 됐다면 옛날과는 완전히 달라졌겠지."

하지만 햇빛은 밝게 빛나고, 물결치는 바다도 반짝이고, 하얀 해변에는 야자수들이 늘어서 있었다. 두 사람은 고향에 돌아온 것 같은 편안한 기분으로 여행가방을 들고 플라자 호텔로 이어진 비탈길을 내려갔다.

호텔 앞에서 두 사람은 서로를 바라보았다. 소박하던 건물이 위풍당당하게 변하고, 화려한 차양과 줄무늬 파라솔들이 주위를 에워싸고 있었다. "자크가 분발하는군." 토미가 말했다. 두 사람은 자갈로 깔끔하게 포장된 길을 걸어 로비로 향하면서 예전에 자신들을 환영해주던 자크를 찾았다.

메리는 딱딱하고 올바른 프랑스어로 직원에게 자크 씨에 대해 물었다. 직원은 미소를 지으며, 안타깝게도 자크 씨가 3년 전 이곳을 떠났다고 말해주었다. "우리와 잘 아는 사이였거든요." 메리의 목소리가 불만을 품고 날카롭게 울렸다. "항상 여기에 우리를 위해 방을 비워두었어요."

물론 방은 있지요. 있고말고요. 곧 호텔 직원들이 서둘러 여행 가방을 가지러 왔다.

"잠깐." 토미가 말했다. "요즘은 숙박비가 얼마인지 물어봐."

메리는 요즘 요금이 얼마나 되느냐고 태평하게 물었다. 그리고 그 답을 들으면서 턱이 점점 길게 벌어졌다. 그녀는 토미에게 재빨리 정보를 전해주었다. 그는 곤혹스러운 표정으로 직원을 흘깃 보았다. 직원은 상황을 알아차리고, 이 영국인 노부부가 의논을 할 수 있게 일부러 숙박부를 살피며 바쁜 척했다.

두 사람은 소리를 낮춰 빠른 말투로 의논했다. 목소리에 분노가 배어 있었다.

"안 돼, 메리. 그건 안 돼. 그랬다가는 일주일 만에 돌아가야 할 거야."

"하지만 항상 여기서 묵었는데……."

마침내 그녀가 직원에게 다시 돌아섰다. 직원이 곧바로 그녀를 응대할 준비를 갖추자, 그녀가 뻣뻣하게 웃으며 말했다. "통화 규제 때문에 일이 좀 복잡해진 것 같네요." 영어였다. 그만큼 동요하고 있다는 증거였다. 직원도 영어로 친절하게 답했다. "물론 이해합니다, 마담. 길 건너편에 있는 벨뷰 호텔에 가보시면 어떨까요? 영국 손님들이 많이 묵으시는 곳이랍니다."

로저스 부부는 굴욕을 느끼며 그곳을 나서 여행가방을 들고 자갈로 깔끔하게 포장된 길을 걸어갔다. 화려한 야외 테이블에는 벌써 사람들이 앉아서 저녁식사를 하고 있었다. 해도 이미 져 버렸다. 맞은편에 보이는 벨뷰 호텔은 환하게 빛나고 있었다. 토미 로저스는 메리가 그 호텔을 거들떠보지 않고 그냥 지나치는 것을 보고도 놀라지 않았다. 오랫동안 플라자 호텔에 묵으면서 그들은 벨뷰 호텔에 우월감을 느꼈다. 게다가 아까 그 직원이 그곳에 영국인이 가득하다고 말하지 않았던가.

여기는 프랑스이고 시즌도 시즌이니만큼, 아장시 호텔은 당연히 영업 중이었다. 매력적인 여직원이 미리 예약을 하고 오셨으면 좋았을 것이라고 안타까워했다.

"25년 동안 매년 여기에 왔어요." 메리는 여행을 오지 못한 지난 4년과 딸이 아직 어려서 여행을 하지 못한 그 옛날의 5년을 무시해버렸다. "전에는 예약을 하지 않아도 문제가 없었다고요."

여직원의 어깨와 예쁜 눈이 저런, 저런, 하고 안타까워하는 것 같았다. 생 니숄이 이렇게 인기 있고 매력적인 곳으로 변하다니 정말 안타까워요. 그녀는 이보다 더 안타까울 수 없다는 표정으로 벨뷰 호텔을 추천했다.

로저스 부부는 벨뷰 호텔까지 100야드(약 90미터)를 다시 걸어갔다. 운명에 마지막으로 한 수 접어주자고 생각하면서. 하지만 그 호텔도 예약이 모두 차 있었다. 아장시 호텔로 돌아와 다시 물어보니, 다행히 산 중턱 빌라에 방 하나가 비어 있다고 했다. 두 사람은 그 방으로 안내되었다. 그리고 이번에는 예쁜 여직원이 바쁜 척할 차례였다. 숙박부를 들여다보는 대신, 반짝이는 별들과 만을 가로지르는 배의 불빛들을 열심히 보는 척한 것만이 다를 뿐이었다. 그동안 로저스 부부는 이야기를 나눴다. 이제는 단순히 분노가 밴 목소리가 아니라, 있는 대로 화를 내며 고함을 질러대는 목소리였다. 이 방은 아주 작았으며, 커다란 빌라의 맨 아래층에 있었다. 바닥은 돌이고 카펫도 깔려 있지 않았다. 방에 있는 가구는 메리가 항상 프랑스식이라고 생각하던 모양의 커다란 침대 하나, 선반이 가득해서 옷장 구실을 할 수 없는 옷장 하나가 전부였다. 주방에는 싱크대와 작은 가스레인지 하나가 있었다. 그런데 이 방의 숙박비가 믿을 수 없는 수준이었다. 영국인들이 흔히 그렇듯이 뜨거운 물을 원한다면, 가스레인지에서 소스팬으로 물을 데워야 했다.

여직원은 이국적인 밤 풍경을 열심히 바라보는 척하다가 돌아서서, 스스로 요리를 해 먹는 것이 얼마나 좋은 일인지 모른다고 지적했다.

"플라자 호텔로 돌아가자. 여기서 3주를 머무르느니, 일주일 동안 쾌적하게 보내는 게 낫겠어." 메리가 말했다. 두 사람은 플라자 호텔로 돌아갔지만, 아까 비어 있던 방에 이미 손님이 들었다는 답변이 돌아왔다. 이제 빈방은 없었다.

밤 10시가 다 된 시각이었다. 무한한 친절을 갖춘 여직원이 아장시 호텔 빌라의 그 작은 방으로 다시 두 사람을 보냈다. 두 사람은 4년 전 플라자 호텔에서 안락한 잠자리, 훌륭한 음식, 뜨거운 물을 누리며 지불한 금액보다 더 많은 요금을 받아들였다. 심지어 두 사람이 밤중에 침대나 옷장이나 양철 스푼을 가지고 도망치는 경우에 대비해서, 또는 전기와 가스와 수도 요금을 지불하지 않겠다고 버티는 경우에 대비해서 10파운드가 넘는 돈을 보증금으로 미리 내야 했다.

로저스 부부는 여행의 피로와 이곳에 와서 맛본 실망감에 녹초가 돼서 곧바로 잠자리에 들었다.

아침이 되자 메리는 휴가지에 와서까지 요리를 할 생각이 없다고 선언했다. 두 사람은 카페에서 아침식사를 했다. 작은 잔으로 커피 두 잔, 롤빵 두 개에 12실링에 해당하는 돈을 내야 했다. 그래서 두 사람은 생각을 바꿔 직접 요리를 해서 먹기로 했다.

기분을 망치지 않으려고 열심히 애쓰면서 두 사람은 차갑게 먹어도 되는 음식을 사서 점심때 먹으려고 방에 놓아둔 뒤 밖에 나가 즐거운 시간을 보낼 준비를 했다. 파란 바다가 반짝이고 있었기 때문이다. 뜨거운 햇빛은 황금색이었다. 두 사람이 항상 인정했듯이, 유럽에서 가장 아름답다는 프랑스 남부가 아닌가. 〈데일리 텔레그래프〉를 보니, 영국에는 폭우가 내리고 있다고 했다.

바닷가에서 두 사람은 또 기분 나쁜 일을 겪었다. 파라솔들이 은빛 해변에 여섯 줄로 다닥다닥 붙어 서서 반 마일〔약 800미터〕을 차지하고 있었다. 몸을 쭉 뻗고 누워서 일광욕을 하는 사람들이 수백 명이나 되어서, 그야말로 햇볕에 달궈진 갈색 살덩이들의 바다였다.

"여기 아주 망가져버렸네, 망가져버렸어." 메리가 그 지저분한 광경을 살피며 소리쳤다. 그러면서도 무거운 발걸음으로 모래사장에 들어가 옷의 단추를 풀었다. 안에 두꺼운 검은색 수영복을 입고 있었다. 그녀는 남편이 안도한 표정으로 자신을 흘깃 보는 것도 놓치지 않았다. 좀 약이 올랐다. 남편은 키가 크고 아주 날씬했으며 살갗이 희었다. 엉덩이에서 끈으로 묶게 되어 있는 6인치〔약 15센티미터〕 길이의 웃기는 천 조각 같은 수영복을 입었어도 상당히 봐줄 만했다. 메리 **자신**도 깨끗하고 하얀 피부였지만, 묵직하고 단단한 몸매에 검은 수영복을 걸친 중년 여성일 뿐이었다.

그녀는 주위를 살펴보았다. 2피트〔약 60센티미터〕쯤 떨어진 곳에 청년과 아가씨 여섯 명의 구릿빛 팔다리가 어지럽게 헝클어져 있었다. 아가씨들은 면으로 된 색색의 브래지어와 팬티만 입고 있었다. 토미도 그들을 보고 있었다. 그때, 반대편으로 18인치〔약 45센티미터〕쯤 떨어진 곳에서 몸집이 거대한 반백의 부인이 눈에 들어왔다. 하얀 면으로 된 운동복에서 창백하고 지친 살덩이들이 불룩불룩 튀어나와 있었다. 메리는 기분 좋은 우월감을 느끼며 그 부인을 한번 본 뒤 자신을 칭찬하며 모래밭에 누웠다.

두 사람은 오전 내내 그곳에 누워서 불에 구워지는 청어 두 마리처럼 이리저리 몸을 돌렸다. 자기들의 하얀 살갗이 부끄러웠기 때문이다. 점심을 먹으려고 방으로 돌아와 보니, 차가운 고기에 작고 까만 개미들이 우글거렸다. 하지만 그걸 신경 쓸 여유는 없었다. 일광욕을 지나치게 했음이 분명해졌기 때문이다. 두 사람 모두 몸이 밝은 진홍색이었고, 눈이 아팠다. 두 사람은 멍청이가 된 기분으로, 햇빛을 가려 어둑하고 서늘한 방에 누웠다. 이렇게 될 것이라는 생각을 왜 하지 못했던가! 두 사람은 오후 내내 침대에 누워 있었다. 그리고 그다음 날도…… 여러 날이 흘렀다. 가끔 허기를 견딜 수 없을 때면 메리가 움찔거리며 마을로 내려가 차갑게 먹어도 되는 음식을 사왔다. 개미 때문에 미리 음식을 사서 방에 놓아둘 수가 없었다. 식사를 마친 뒤 메리는 싱크대에서 서둘러 그릇을 씻었다. 싱크대는 세면대도 겸하고 있었다. 토미가 하루에 두 번씩 마지못해 밖으로 나가면 메리는 그 틈을 이용해서 소스팬으로 물을 데워 조금씩, 조금씩 몸을 씻었다. 그러고 나서 그녀가 밖으로 나가면, 토미가 같은 방식으로 몸을 씻었다. 위생상 꼭 필요한 이 일을 마치고 나면, 지나치게 좁은 침대에 두 사람이 함께 누워, 혹시라도 서로 몸이 닿을까 싶어서 한껏 몸을 움츠렸다.

하지만 이 불편한 방을 견디다 못한 두 사람은 마침 피부 화상도 얼추 나았기 때문에 다시 해변으로 나갔다. 이번에는 옷을 좀 더 조심스레 차려입었다. 두 사람 모두 살갗이 길게 벗겨지고 있었다. 하지만 일주일이 지나 피부가 갈색으로 반짝이기 시작했으므로, 역시 갈색으로 빛나는 다른 사람들 사이에서도 이제 부끄럽지 않았다. 사람들은 해변에서 발이 묶인 물고기들 같았다.

로저스 부부는 날마다 햄과 달걀로 푸짐한 영국식 아침식사를 하고 가파른 길을 내려가 해변에서 오전 내내 시간을 보냈다. 오전 내내, 그리고 오후 내내 해변에 누워 있었다. 하지만 영국인 무리와는 제법 거리를 유지했다. 그들도 몇백 야드 떨어진 곳에서 거리를 유지했다.

두 사람은 한결같이 몰려오는 파란 파도 속에서 아이들이 소리를 질러대며 까르르 웃는 모습을 지켜보았다. 프랑스 청소년 무리가 모래사장에서 서로 추파를 던지며 뒹구는 모습도 지켜보았다. 적어도 메리는 그 모습을 보며 무서울 정도로 자유로워 보인다고 생각했다. 딸이 일찍 결혼한 덕분에 이런 무서운 짓을 할 위험이 없으니 얼마나 다행인지! 그 누가 뭐래도 메리 로저스는 이 아이들이 좋은 집안 출신이라고 믿지 않았을 것이다. 그녀는 이 아이들이 모두 아주 복잡하고 충격적인 비행을 저지르고 있을 것이라고 의심했다. 몇 년만 지나면 이 아이들도 다행히 강력한 사교계 법칙에 따라 점잖고 풍요로운 프랑스인 부부로 정리될 것이라는 사실을 믿을 수가 없었다. 저들이 아이를 한 명이나 두 명만 낳아, 그 아이들을 잘 기르는 데에만 온통 집중하며 안달하는 부부가 된다니.

로저스 부부는 수영 솜씨가 노련한 사람들도 지켜보며 감탄했다. 그들은 얼굴에 공기마스크를 쓰고, 산소를 공급해주는 관을 물고, 오리발로 작은 파도를 가르며 방파제 너머의 넓은 바다로 나아갔다.

로저스 부부는 만족했다.

두 사람이 이곳에 오면서 바란 것이 바로 이거였다. 해변에 나와 있는 수십만 명의 사람들이 원한 것도 이거였다. 모래밭에 누워 뜨거운 몸에 햇빛을 받는 것. 뜨겁게 달아오른 파란 바닷물을 조금씩 접하는 것. 바다에서 나오면 물기가 마르면서 살갗에 끈적거리는 흔적이 남았다. 바다는 소금기가 아주 많고, 따스한 냄새를 풍겼다. 소금과 해초 냄새 외에 다른 것도 조금 섞여 있었다. 방파제 너머 마을의 하수구가 바다로 연결되어 있기 때문이었다. 그로 인해 만 안쪽에 쌓인 침전물들이, 향기 나는 기름을 바르고 즐겁게 수영하는 사람들의 몸에 묻어 햇빛에 건조되었다.

두 사람이 이곳에 오면서 바란 것이 바로 이거였다.

하지만 플라자 호텔이 예전과 많이 달라진 것은 확실했다. 옛날에 그곳에서 사람들은 늦게 일어나 느긋하게 커피와 롤빵을 먹으며 시간을 보내다가 해변으로 내려와 두어 시간 정도 태양을 숭배했다. 아예 내려오지 않는 사람도 있었다. 그다음에는 다시 오랫동안 점심을 먹고 낮잠을 자다가 다시 수영을 하고, 저녁이 되면 점심식사 때보다 훨씬 더 오랫동안 저녁식사를 즐겼다. 사람들은 그런 것도 바닷가에서 보내는 휴가라고 말했다. 지금 이 일대에서 갈 곳이라고는 해변밖에 없었다. 9시에서 1시까지, 2시에서 7시까지 로저스 부부는 해변에 있었다. 문자 그대로 바닷가에서 보내는 휴가였다.

대략 열흘째 되던 날, 두 사람은 휴가의 절반이 지나갔음을 깨달았다. 그리고 토미가 동요하기 시작했다. 이것만이 휴가의 전부가 되어서는 안 된다는 생각에 그는 새로 생긴 엄청 비싼 가게들에 들어가 공기마스크, 오리발, 산소를 공급해주는 관을 샀다. 그리고 멋대로 곁을 비워서 미안하다고 메리에게 사과한 뒤 만으로 뛰어나갔다. 마치 어린이용 만화에 나오는 우주인 같다고 메리는 다소 신랄하게 말했다. 토미는 몇 시간 동안 돌아오지 않았다.

"이거 최고야. 당신도 한번 해봐." 토미가 잔뜩 들뜬 표정으로 바다에서 나오며 말했다. 그날 오후 메리는 바닷가에 혼자 앉아서, 저기 물속에서 출렁거리는 잠망경 중 토미의 것을 찾아보려고 눈에 잔뜩 힘을 주었다.

그때 누군가가 영어로 그녀에게 말을 걸었다. "저도 바다에 남편을 빼앗긴 사람이랍니다." 메리가 고개를 돌려보니 날씬하고 젊은 여자가 있었다. 누가 봐도 영국인임을 알 수 있는 그녀는 금발이 예쁘게 구불거리고, 파란 눈도 예뻤다. 깔끔한 파란색 수영복에서는 멋진 다리가 따뜻한 모래밭까지 쭉 뻗어 있었다. 영국 여자. 그녀가 좀 거슬리게 키득거리고 있기는 해도, 목소리 자체는 그럭저럭 괜찮은 것 같았다. 메리는 프랑스에서는 영국인과 어울리지 않는다는 원칙을 세워놓았는데도, 조금 누그러져서 여자에게 대꾸했다. "댁의 남편도 저기 나가 있어요?"

"식사 때가 아니면 남편 얼굴을 볼 수도 없어요." 여자가 명랑하게 말하고는 모래밭에 누웠다.

메리는 이 여자가 저 나이 때의 자신과 아주 비슷하다고 생각했다. 물론 그때 **그녀**는 어떻게 하면 자신이 가장 돋보이는지 알고 있었다는 점이 달랐지만. 두 사람은 바다와 태양에 취한 목소리로 이야기를 나눴다. 어느덧 토미와 그 여자의 남편이 차례로 바다에서 나왔다. 그 여자의 남편은 일종의 삼지창 같은 것에 등이 꿰뚫린 커다란 물고기를 들고 있었다. 그것을 보고 흥분한 네 사람은 몇 분 동안 모래밭 위 한자리에 모여 앉아서 조심스레 서로를 탐색했다.

다음 날 토미 로저스는 아내에게도 마스크와 오리발을 장착하고 이 새로운 스포츠를 시도해보라고 강권했다. 어제의 젊은 여자 베티 클라크와 두 남자가 메리를 바다로 데리고 나갔다. 호위함들이 배를 둘러싸고 나아가는 것 같았다. 메리 로저스는 코를 짓누르는 마스크 때문에 질식할 것 같아서 싫었다. 오리발 덕분에 헤엄치는 속도가 빨라진 것도 불안했다. 그녀의 수영 실력이 그리 좋지 않기 때문이었다. 그래도 젊은 여자가 바로 앞에서 아주 편안하게 나아가고 있는 상황에서 혼자만 겁쟁이처럼 보일 수는 없었다.

만에 작은 섬이 하나 있었다. 사실 하얀 거품을 일으키며 뛰노는 파도 속에서 따뜻한 적갈색 바위가 한데 모여 솟아오른 것에 불과했지만, 이 섬 근처의 수면 아래로 2피트(약 60센티미터)쯤 내려가면 여러 바위들이 물속에 잠겨 있는 것이 보였다. 그곳에 오리발을 끼운 신인류가 삼지창을 들고 얼굴을 아래로 한 채 바위들 사이를 쏜살같이 오가는 물고기들을 지켜보고 있었다. 메리가 고글을 통해 해안 쪽을 뒤돌아보니, 해안이 아주 멀어 보였다. 줄무늬 파라솔, 축 늘어진 갈색 몸, 개헤엄을 치는 아이 등이 있는 아주 흔한 바닷가 풍경이 거기 있었다. 그곳과 여기는 다른 세상이었다. 여기에 나와 있는 바다의 모험가들과 탐험가들은 안전한 바다를 얕보고 무시했다.

메리는 수면에 편안히 엎드려서 물속을 바라보았다. 커다란 바위와 계곡이 있는 광대한 바다 세상이, 햇빛 때문에 얼룩덜룩해 보이는 물속에서 초록색으로 흔들렸다. 눈부신 하얀 모래밭(20피트(약 6미터)쯤 아래에 있는 것 같았다)에서는 햇빛 밝은 해안에서 자라는 풀처럼 싱싱하고 밝은 초록색 풀이 자랐다. 손을 뻗으면 거의 닿을 것 같았다. 그보다 좀 더 먼 곳에서는 긴 이파리의 해초가 숲을 이뤄 흔들거렸다. 메리는 그 위를 둥둥 떠가며, 그 부드러운 이파리들이 무릎과 어깨에 닿아 마치 자신을 끌어당기는 듯한 느낌에 질색했다. 이번에는 저 아래에 무성한 해초로 뒤덮인 돌바닥이 나타났다. 연한 회녹색 형체들이 풍선처럼 부풀거나 깃발처럼 흔들렸다. 흰색이 섞인 갈색의 섬세한 꽃과 별 모양 생물이 은빛 공기 거품을 내뿜었고, 얇은 하얀 막 같은 것으로 이루어진 젖통인지 부레인지 알 수 없는 것이 느린 해저 물살을 따라 흔들흔들 떠갔다. 메리는 이 새로운 세상을 홀린 듯이 바라보면서 동시에 반감을 느꼈다. 귓가에 들리는 것이라고는 파도가 철썩거리는 소리뿐이었다. 그 사이로 들려오는 사람 목소리들은 아주 멀게 들렸다. 이제 바닷속 바위들이 아주 가깝게 보이더니, 갑자기 바로 아래로 쑥 올라왔다. 누군가가 가느다란 갈색 팔을 아래로 뻗어 바위의 어두운 구멍을 더듬었다. 손에 회색 얼룩이 있는 살덩이가 딸려 나왔다. 그녀는 허우적거리며 위로 올라가 힘들게 바위 위로 올라갔다. 자기도 모르는 사이에 그 바위섬 근처까지 와 있었다. 그녀의 머리 위로 솟은 바위에 반쯤 벌거벗은 구릿빛 사내아이들이 서서, 자기들이 잡아온 문어를 커다란 바위에 몇 번이나 후려쳐 죽이며 신나게 소리를 질러대고 있었다. 그걸 저녁때 먹을 거라는 소리가 들려왔다. 아, 이건 너무 심했다. 메리는 겁이 났다. 저 혐오스러운 생물이 틀림없이 아까 바닷물 아래 6인치(약 15센티미터)쯤 되는 곳에 있었을 것이다. 그녀가 손으로 만진 것 같기도 했다! 메리는 바위 위로 올라가 토미를 찾아보았다. 그는 50피트(약 15미터) 떨어진 바위 위에 누워 물속의 뭔가를 가리키고 있었다. 프랜시스 클라크가 그 지점을 향해 한 번, 두 번 물속으로 들어갔다. 그가 줄무늬가 있는 작은 물고기를 들고 나오는 것이 보였다. 토미와 베티 클라크가 신나서 환성을 질렀다.

하지만 메리는 아까 그 문어를 다시 보았다. 문어는 가장자리에 장식이 있는 회색 넝마처럼 바위 위에 힘없이 늘어져 있었다. 메리는 남편을 불러 고글과 오리발과 산소관을 넘겨주고, 천천히 해안으로 헤엄쳤다.

그리고 그곳에 계속 남아 있었다. 누가 뭐래도 다시는 바다로 나가지 않았다.

그날 토미는 해저 물고기총을 샀다. 메리는 이런 괴상한 물건에 5파운드가 넘는 돈을 썼지만 괜찮다고 생각했다. 하지만 곧 이런 식으로 돈을 쓰다가는 크리스마스를 즐겁게 보낼 수 없을 것이라는 생각이 들었다.

이틀이 지났다. 메리는 하루 종일 혼자였다. 베티 클라크는 마음이 내킬 때만 바다에 남편을 빼앗긴 여자 행세를 하는 모양인지, 메리와 함께 있기보다는 빨간 바위섬에 가는 편을 훨씬 더 좋아했다. 그래도 가끔은 메리와 30분쯤 대화를 나눈 뒤에야 정신없이 사과를 하며 파란 파도를 쏜살같이 뚫고 나아가 남자들과 합류했다.

얼마 지나지 않아 메리는 토미에게 태평하게 말했다. "이제 사흘밖에 안 남았어."

"이 장비를 일찌감치 써볼 것을. 내년에는 그렇게 해야지." 토미가 말했다.

하지만 내년이라는 말에도 메리는 왠지 마음이 끌리지 않았다. "여길 또 오게 될 것 같지는 않은데. 너무 유명해져서 옛날 분위기가 아니야."

"뭐, 어디든 상관없어. 바위와 물고기만 있다면."

그다음 날 두 남자와 베티 클라크는 아침 7시부터 점심때까지 그 바위섬에 나가 있었다. 그리고 점심식사에 마지못해 10분을 할애했다. 배가 부른 상태로 수영하는 건 위험하기 때문이었다. 세 사람은 곧 다시 바다로 나가, 어둠이 내릴 때까지 있었다. 그동안 메리 로저스는 바닷가에서 수건을 깔고 누워 햇빛을 받으며 이리저리 몸을 돌렸다. 이제는 그녀의 온몸이 불그스름한 황금색이었다. 백스터 부인이 이것을 보고 무슨 말을 할지 상상이 갔다. "살을 아주 잘 태웠네!" 그다음에는 틀림없이 이런 말이 따라 나올 것이다. "여기서는 그 색을 오래 유지할 수 없을 거야, 그렇지?" 메리는 이유도 없이 눈물이 쏟아질 것 같았다. 토미는 저 사람들에게서 무엇을 보았을까? 젊은 남자 프랜시스…… 그는 물고기의 무게, 다양한 어종, 기발한 물고기와 관련된 이야기가 아니라면 한마디도 하는 법이 없었다!

그날 밤 토미가 그 젊은 부부를 초대해서 플라자 호텔에서 저녁식사를 하기로 했다고 말했다.

"좀 경솔한 것 아냐?"

즐거움　115

"그래도 한 번쯤은 제대로 된 식사를 해야지. 이제 이틀밖에 안 남았는데."

메리는 '제대로 된 식사'라는 말은 그냥 넘겼다. 그리고 이렇게 말했다. "그 사람들이 친구로 사귈 만한 사람들 같지는 않던데."

짜증스러운 표정이 먹구름처럼 토미의 얼굴에 나타났다. "그 사람들이 뭐 어때서?"

"영국에서는 그런……"

"그만 좀 해, 메리!"

플라자 호텔의 넓은 정원은 4년 전 로저스 부부가 당연한 듯이 하루 세끼 식사를 하던 곳이었다. 오늘은 바다를 바로 굽어보는 작은 탁자에 네 사람이 둘러앉았다. 오케스트라가 연주를 하고, 손님보다 웨이터가 더 많은 것 같았다. 수영복이 아닌 다른 옷을 처음으로 입고 나타난 베티 클라크는 무척 아름다운 여자였다. 하얀 원피스에서 구릿빛으로 그을린 여린 어깨가 드러나 있었다. 메리 로저스는 원피스가 그리 나쁘지 않다고 인정했다. 베티 클라크의 커다란 푸른 눈은 구릿빛 얼굴에서 밝게 빛났다. 메리는 또 이런 생각이 들었다. 내가 스무 살만…… 아니, 스물다섯 살만 젊었으면 사람들이 우리를 자매로 봤을 거야.

토미는 저 젊은 부부만큼이나 젊어 보였다. 메리에게는 정말 속이 상하는 일이었다. 그들이 물속에서 거리를 가늠하는 법이나 다양한 장비의 장단점에 대해 이야기를 나누는 동안 메리는 가만히 앉아서 듣기만 했다.

그들이 그녀를 대화에 끌어들이려고 시도해보았지만, 그녀는 말없이 품위 있게 앉아 있을 뿐이었다. 메리는 양복을 입은 프랜시스 클라크가 뻣뻣하고 평범해 보인다고 생각했다. 해변에 있을 때의 잘생기고 젊은 해신 같은 모습과는 완전히 달랐다. 베티의 쿡쿡 웃는 소리도 메리의 신경을 건드렸다.

그들은 점점 불편해졌다. 베티가 런던을 입에 올리자 세 사람은 열심히 런던 이야기를 했다. 그동안 메리는 '예'와 '아니오'라는 말만 했다.

젊은 부부는 런던 교외의 클래펌에 사는 듯했다. 그들은 한 달에 한 번씩 공연을 보러 시내에 간다고 했다.

"지금도 아주 좋은 공연이 있어요." 베티가 말했다. "프린세스 극장에서요."

"우리는 요즘 공연을 보러 간 적이 없어요." 토미가 말했다. "기차를 타고 다섯 시간이나 가야 하거든. 어차피 내 취향도 아니고."

"당신이나 그렇지." 메리가 말했다.

"아, 당신이 가능한 한 시간을 내서 낮 공연을 보는 건 나도 알지."

메리가 짜증스러운 표정으로 토미를 바라보았기 때문에, 클라크 부부는 자기도 모르게 흘깃 시선을 교환했다. 베티가 솜씨 좋게 끼어들었다. "저는 공연 보는 걸 좋아해요. 뭔가 화젯거리가 생기니까요."

메리는 아무 말이 없었다.

"내 아내는……" 토미가 말했다. "연극에 대해 잘 알아요. 옛날에 무대 장식 일을 했거든."

"어머, 재미있었겠네요!" 베티가 열심히 말했다.

메리는 유혹을 떨치려고 안간힘을 썼지만 결국 무너졌다. "프린세스 극장에서 무대 장식을 하던 사람이 여기에 별장을 갖고 있었어요. 그래서 우리가 그 집에 자주 갔지요."

토미는 경계심과 경고가 깃든 표정으로 아내를 보며 말했다. "나는 여기 사람들이 요리에 마늘을 그렇게 많이 쓰지 않게 해달라고 하느님께 빌고 싶은 심정이야."

"음식에 대해 그렇게 편협하게 굴 거면 굳이 프랑스에 오는 의미가 없잖아." 메리가 말했다.

"당신, 집에서는 프랑스 요리를 하는 법이 없지." 토미가 갑자기 말했다. "프랑스 요리를 그렇게 좋아하면서 왜?"

"내가 어떻게 요리를 해? 당신이 음식을 엉망으로 만들었다고 뭐라고 할 텐데."

"마늘은 저도 싫어해요." 베티가 말했다. 마치 범죄를 자백하는 사람 같았다. "집에 돌아가면 평범하고 맛있는 음식을 먹을 수 있어서 좋아요."

이번에는 토미가 불안하게 호소하는 듯한 표정으로 아내를 바라보았지만, 그녀는 아랑곳하지 않고 질문을 던졌다. "브라이턴 같은 데로 가지 그래?"

"저는 브라이턴이라면 아무 때나 좋아요." 프랜시스 클라크가 말했다. "콘월도 좋고요. 콘월에서는 낚시가 정말 끝내주죠. 하지만 베티가 절 이리로 끌고 온답니다. 제가 보기에 프랑스는 과

대평가되어 있어요. 제 생각은 그래요."

"집에 그냥 있었다면 프랑스도 좋아 보였을 걸요."

하지만 클라크는 메리 로저스의 말에 기죽지 않고 공격적으로 말했다. "프랑스 사람들은 먹는 것밖에 생각하지 않아요. 음식을 먹거나, 아니면 음식에 대해 이야기하거나, 둘 중 하나죠. 음식을 먹는 데 쓰는 시간 중 절반만 다른 가치 있는 일에 쏟는다면, 많은 걸 이룩할 수 있을 겁니다. 제 생각은 그래요."

"이를테면…… 낚시 같은 일 말인가요?"

"뭐, 낚시에 무슨 문제가 있는 건 아니잖아요. 아니면…… 예를 들어……" 그는 진지하게 고민해보다가 말했다. "예를 들면, 이 나라 정부도 있네요. 정부를 어떻게 좀 바꿔볼 수도 있겠죠."

이제 구릿빛 얼굴이 발갛게 달아오른 베티가 눈을 굴리며 혼란스러운 표정으로 높은 웃음을 터뜨렸다. "아유, 다른 사람들 말도 좀 들어. 프랑스가 요즘 대유행이란 말이야."

침묵이 흘렀다. 이 어색한 순간이 빨리 끝났으면 싶었지만 끝나지 않았다. 프랜시스 클라크는 자기 뜻을 분명히 밝힐 생각인 것 같았다. 그가 아내를 놀리듯이 짐짓 정중한 신사다운 태도로 말했다. "아내는 생각하는 게 좀 별납니다."

"왜 이래?" 베티가 소리쳤다. "프랑스 얘기를 하면 사람들이 좋은 인상을 받는 건 사실이잖아. 비커 씨도…… 비커 씨는 남편의 상사예요." 베티가 메리에게 설명했다. "당신이 휘스트 드라이브〔카드놀이의 일종인 휘스트를 몇 사람이 상대를 바꿔 가며 하는 것〕를 하면서 비커 씨한테 프랑스에 간다고 말했더니 비커 씨가 감탄했잖아."

토미는 진심이라고는 하나도 없이 비꼬는 듯한 표정으로 씩 웃으며 아내를 보았다.

"아내는 반드시 남편의 직장생활을 생각해야 돼요." 베티가 말했다. "그건 사실이잖아요, 안 그래요? 저는 분명히 프랜시스를 많이 도와주고 있어요. 프랜시스가 직장 사람들에게 좋은 인상을 주지 않았다면 봉급이 그렇게 인상되지 않았을걸요. 게다가 좋은 사람들도 많이 만날 수 있었어요. 작년에도 여러 친구를 사귀었죠. 뭐, 원한다면 그냥 안면을 익혔다고 말해도 되지만. 어쨌든 일링에 사는 사람인데, 제 노력이 없었다면 만나지 못했을 거예요. 영화계에서 일하는 사람이었어요."

"카메라맨이야." 프랜시스가 정확하게 말했다.

"그게 영화잖아, 안 그래? 그 사람들이 우리를 파티에 초대했어요. 거기에 누가 있었을 것 같아요?"

"비커 씨?" 메리가 고운 목소리로 물었다.

"그걸 어떻게 아셨어요? 어쨌든, 그 사람들도 알았을 거예요, 그렇죠? 그러니까 프랜시스가 구매부서에 가지 못하더라도 저는 놀라지 않을 거예요. 프랜시스가 외국인들에게 익숙하다는 걸 그 사람들도 알게 되었으니까요. 프랜시스는 꼭 프랑스어를 배워야 돼요."

"저는 한마디도 못해요." 프랜시스가 말했다. "어차피 참을 수도 없고요⋯⋯ 솰라, 솰라, 솰라."

"하지만 로저스 부인의 프랑스어는 아주 아름답잖아." 베티가 외쳤다.

"아내는 머리가 좀 이상해요." 프랜시스가 아내를 고갯짓으로 가리키며 명랑하게 말했다. "바다에서 보낼 3주간의 휴가를 위해 옷을 만드는 데 1년의 절반을 쓴다니까요. 나머지 절반은 이런저런 잡동사니를 모아 크리스마스 선물을 만드는 데 쓰고요. 아내가 하는 일은 그것뿐이에요."

"직접 정성을 들인 선물을 사람들한테 주는 게 얼마나 좋은 일인데." 베티가 말했다.

"당신이 그런 식으로 시간을 낭비하는 걸 내가 막을 생각은 없어." 프랜시스가 말했다. "난 막을 생각 없어. 그건 당신이 알아서 할 일이니까."

"남자들은 우리가 해주는 일을 고맙게 생각하지 않아요." 베티가 눈물을 애써 참으며 메리를 동맹으로 끌어들이려 했다. "제가 열심히 애쓰지 않으면, 우리는 지금처럼 좋은 사람들을 친구로 사귈 여유가……"

하지만 메리 로저스는 이미 자리에서 일어선 뒤였다. "난 이제 좀 졸린 것 같네요. 잘 자요, 클라크 부인. 잘 자요, 클라크 씨." 메리는 남편을 거들떠보지도 않고 자리를 떴다.

토미가 서둘러 일어나서 계산을 하고 젊은 부부에게 황망히 인사한 뒤 아내의 뒤를 서둘러 따라갔다. 빌라로 이어진 가파른 오르막길로 접어드는 지점에서 그는 아내를 따라잡았다. 하늘에서 별들이 눈부시게 반짝이고, 야자수들이 가벼운 산들바람에 유혹적으로 흔들렸다. "그게 무슨 짓이야?" 그가 성을 내며 말했다.

"난 그런 걸 참고 들어줄 성격이 아니야." 메리의 목소리가 평

즐거움 121

소보다 높고, 눈물이 가득했다. 토미는 깜짝 놀라서 그녀를 보고는 침묵을 지켰다.

하지만 다음 날에도 그는 낚시를 하러 갔다. 메리에게는 휴가가 이미 끝난 거나 마찬가지였다. 그녀는 바닷가에 나가지 않고 짐을 쌌다.

저녁에 그가 말했다. "그 사람들이 어제의 답례로 우리를 저녁 식사에 초대했어."

"당신은 가. 난 피곤해."

"그래, 그럼." 그는 반항하듯 말하고는 나가버렸다. 그리고 밤 늦게야 돌아왔다.

다음 날 아침 일찍 기차를 타야 했다. 두 사람은 휴가가 끝난 것을 아쉬워하는 사람들 사이에서 여행가방을 들고 기차역에 서 있었다. 메리는 아무것도 아쉽지 않았다. 기차가 도착하자마자 그녀는 올라탔다. 토미는 전날 밤에 만나 얼굴을 익힌 것으로 보이는 수많은 영국인들과 플랫폼에서 악수를 하고 있었다. 기차가 떠나기 직전에 클라크 부부가 수영복 차림으로 달려와서 작별인사를 했다. 메리는 차창을 통해 뻣뻣하게 고개만 끄덕하고는 계속 짐가방을 정리했다. 기차가 출발하자 남편이 안으로 들어왔다.

차 안에 사람이 가득해서, 대화를 나누지 않는 핑계가 되어주었다. 침묵이 끈질기게 이어졌다. 얼마 지나지 않아 토미가 불안한 표정으로 아내의 기색을 살피며 날씨에 대해 몇 마디 이야기를 늘어놓았다. 기차가 북쪽으로 갈수록 날씨가 계속 나빠지고 있었다.

파리에서 다섯 시간 정도 시간이 남았다.

두 사람은 강가의 노천시장을 걷고 있었다. 메리가 질그릇 판매대 앞에서 걸음을 멈췄다.

"저 커다란 그릇." 그녀가 새로이 활기를 띤 목소리로 외쳤다. "저 커다란 빨간색 그릇, 저거. 크리스마스트리에 달면 딱 좋겠어."

"그렇겠네. 마음에 들면 사." 토미는 무한한 안도감을 느끼며 즉각 맞장구쳤다.

스탈린이
죽은 날

그날의 시작은 나빴다. 본머스에서 날아온 숙모의 편지 때문에. 숙모는 내가 오후 4시에 사촌 제시를 데리고 사진을 찍으러 가기로 약속한 사실을 일깨워주었다. 확실히 그런 약속을 하기는 했다. 그걸 까맣게 잊은 것이 문제지. 4시에 빌과 만나기로 약속이 되어 있었으므로, 나는 그에게 전화를 걸어 약속을 미뤄야 했다. 빌은 미국 출신의 시나리오 작가로, 하원비미활동위원회〔1938년 미국 하원이 미국 내 파시스트와 공산주의자의 활동을 조사하기 위해 만든 임시위원회〕와 갈등을 빚은 탓에 블랙리스트에 이름이 올라 생계가 막막해졌다. 그래서 영국에서 거주 허가를 받으려고 애쓰는 중이었다. 빌은 비서를 구하고 있었다. 지금까지는 그의 아내가 계속 비서 역할을 해주었지만, 아내와 통하는 부분이 없다는 이유로 20년의 결혼생활을 끝내고 이혼 수속을 밟고 있었기 때문이다. 나는 빌에게 비어트리스를 소개해줄 계획이었다.

비어트리스는 남아프리카 출신의 오랜 친구인데, 여권이 이미 만료된 상태였다. 공산주의자로 지목된 인물이었으므로, 그녀는 일단 고향에 돌아가면 다시는 출국할 수 없음을 알고 있었다. 그녀는 영국에 6개월 더 머물고 싶어 했지만 돈이 없었다. 일자리가 필요했다. 나는 빌과 비어트리스가 여러 면에서 마음이 잘 통할지도 모른다고 생각했지만, 나중에 알고 보니 두 사람은 서로를 탐탁지 않게 생각했다. 비어트리스는 빌이 타락했다고 말했다. 그가 다른 이름으로 텔레비전의 섹시 코미디 대본을 쓰고 질 나쁜 영화에 출연하기 때문이었다. 비어트리스는 빌이 내세운 변명, 즉 사람은 일단 먹고 살아야 한다는 말을 인정하지 않았다. 한편 빌은 원래 정치적인 여자들을 참지 못하는 사람이었다. 하지만 나는 내 소중한 친구인 두 사람이 서로 어울릴 수 없는 성격이라는 사실을 모른 채 빌을 찾아 한 시간 동안 여러 곳에 전화를 걸었다. 그러다 마침내 레이디 해밀턴에 대한 영화를 위해 어느 스튜디오에서 리허설 중이던 그와 통화가 되었다. 빌은 자기도 우리 약속을 까맣게 잊어버렸다며 괜찮다고 말했다. 비어트리스에게는 전화로 연락할 길이 없었으므로, 나는 전보를 보냈다.

그렇게 해서 오후에 제시를 만날 시간을 만들었다. 내가 막 일을 시작하려는데 진 동무가 전화해서 점심때 만날 수 있느냐고 물었다. 진은 오래전부터 내가 올바른 정치적 견해를 갖도록 이끄는 안내인 또는 멘토를 자임하고 있었다. 사실 그녀 외에도 그렇게 안내인을 자처하고 나선 사람이 여러 명 더 있었다고 말하는 편이 정확할 것이다. 진은 내 첫 단편소설집이 출간된 다음 날, 오전에 휴가를 내고 날 찾아와서 작품집에 실린 내 소설 중

한 편(어떤 작품인지는 잊어버렸다)이 계급투쟁에 대해 잘못된 분석을 하고 있다고 설명해주었다. 그때 그녀의 말에 많은 의미가 있다고 생각했던 기억이 난다.

그날 점심때 진은 종이봉투에 담은 샌드위치를 들고 나타났다. 하지만 내가 내놓은 커피는 받아들였다. 그녀는 자기가 내 일을 방해하는 게 아니면 좋겠다면서, 내가 했다는 말을 누군가에게서 전해 듣고 몹시 놀랐다고 말했다.

아마 일주일 전 어떤 모임에서 내가 소련에서 뭔가 더러운 일이 벌어지고 있음을 보여주는 증거가 있는 것 같다고 말한 모양이었다. 나는 누구보다도 먼저 이 말이 경솔했음을 인정했다.

진은 몸집이 작고 안경을 썼으며 기운이 넘쳤다. 주교의 딸인 그녀는 30년 동안 당을 위해 일함으로써 노동계급에 대한 헌신을 증명했다. 나를 대할 때는 언제나 인내심과 상냥함을 보여주었다. "동무." 그녀가 말했다. "동무 같은 지식인들은 당의 다른 간부들에 비해 타락한 자본주의의 압박에 더 많이 시달리고 있어요. 그것이 동무의 잘못은 아니지만, 그런 만큼 언제나 긴장을 풀면 안 됩니다."

나는 나름대로 언제나 경계하고 있다고 말했다. 그래도 가끔은 자본주의 언론이, 물론 자기도 모르는 사이에 무심코 그러는 거겠지만, 진실을 말하기도 한다는 생각을 떨칠 수가 없다는 말도 했다.

진은 샌드위치를 깔끔하게 다 먹은 뒤 안경을 고쳐 쓰고, 노동계급이 끊임없이 경계해야 할 필요가 있다고 짤막한 강의를 늘어놓았다. 그러고는 이제 그만 가봐야겠다고 일어섰다. 2시까지는 사무실로 돌아가야 한다는 것이었다. 그녀는 나 같은 위치의 지식인이 올바른 노동계급의 시각을 얻을 수 있는 유일한 방법은 당을 위해 열심히 일하면서 계속 노동계급과 어울리는 것밖에 없다고 말했다. 그러다 보면 내 글도 점차 계급투쟁의 진정한 무기가 될 수 있을 것이라고 했다. 진은 또한 내게 1930년대의 재판기록 전문을 보내주겠다고 말했다. 그것을 읽으면, 소련에 대해 흔들리던 마음이 훨씬 나아질 것이라면서. 나는 그 기록을 이미 오래전에 읽었으며, 그 기록에 설득력이 부족하다는 생각을 줄곧 하고 있었다고 말했다. 진은 내게 걱정할 필요 없다면서, 시간이 흐르면 건실한 노동계급의 마음가짐이 생겨날 거라고 말했다.

이 말을 끝으로 진은 돌아갔다. 그때 내가 이런저런 이유로 조금 우울해졌던 것이 기억난다.

내가 다시 일을 하려고 자리를 잡는데 이번에는 전화벨이 울렸다. 사촌 제시의 전화였다. 제시는 사진을 찍을 때 입을 옷을 사느라 약속 시간에 맞춰 내 아파트로 올 수 없을 것 같다고 말했다. 20분 뒤에 옷가게 앞에서 만나면 안 될까? 그래서 나는 일을 포기하고 택시를 탔다.

가는 길에 택시 기사와 물가에 대해서, 정부의 성과에 대해서 이야기를 나눴다. 알고 보니 우리는 모든 면에서 마음이 통했다. 택시 기사는 이어서 외동딸 이야기를 시작했다. 올해 열여덟 살인 딸이 아버지의 절친한 친구인 마흔다섯 살의 남자와 결혼하고 싶어 한다는 것이었다. 택시 기사는 그 결혼에 찬성할 수 없었다. 그리고 그로 인해 딸과 친구를 한꺼번에 잃어버렸다. 설상가상으로, 그는 아내가 읽는 여성잡지에서 심리학에 관한 기사를 읽은 결과 딸이 아버지에게 고착되어 있다는 사실을 퍼뜩 깨달았다. "그걸 읽고 나서 내 마음은 이루 형언할 수 없을 정도였습니다. 그렇게 졸지에 그런 끔찍한 일을 알게 되다니." 택시 기사는 옷가게 앞에 능숙하게 차를 세웠고, 나는 택시에서 내렸다.

"제가 보기에는 그 일을 마음에 담아두실 필요가 없는 것 같은데요." 내가 말했다. "아버지에게 고착된 사람은 당연히 따님뿐만이 아니니까요."

"그런 게 아닙니다." 택시 기사가 요금을 받으려고 손을 내밀며 말했다. 그는 몸집이 작고, 몹시 괴로워 보였다. 머리는 레몬이나 땅콩처럼 생겼고, 작고 파란 눈에는 고민과 괴로움이 가득했다. "아내는 옛날부터 나더러 헤이즐을 너무 귀여워한다고 잔소리를 했습니다. 내가 속이 상하는 건, 아내의 말이 옳았을지도 모른다는 점 때문이에요."

"글쎄요, 이렇게 보면 어떨까요? 아이를 사랑하지 않는 것보다는 너무 사랑하는 게 낫다고요."

"사랑이요? 사랑이라고요? 그것이 사랑이든 뭐든 헤이즐은 석 달 전에 집을 나갔습니다. 내 친구 조지와 함께. 그 뒤로 어디서 어떻게 지낸다고 알리는 엽서 한 장 없어요."

"누구에게나 쉬운 인생은 없어요. 각자 나름의 어려움이 있죠."

"그러게 말입니다."

이런 식으로 대화가 좀 더 이어질 수도 있었겠지만, 사촌 제시가 길에 서서 우리를 지켜보는 것이 보였다. 나는 택시 기사에게 작별인사를 하고, 조금 걱정스러워하며 제시를 향해 돌아섰다.

"내가 다 봤어." 제시가 말했다. "언니가 택시 기사랑 말다툼하는 거. 당연히 그럴 수밖에 없지. 요즘 택시 기사들이 짜증나게 무례하잖아. 나는 달린 거리가 얼마든 무조건 6펜스만 팁으로 줘. 그쪽에서 항의해도 내가 알 게 뭐야. 어제만 해도 내가 거리를 걸어가는 동안 내내 어떤 택시 기사가 내 등 뒤에서 소리를 질러댔어. 팁 6펜스 때문에. 그래도 우리가 당당히 맞서야지."

사촌 제시는 키가 크고 어깨가 널찍한 스물다섯 살의 아가씨다. 하지만 실제로는 열여덟 살처럼 보인다. 연한 갈색 머리카락이 얼굴 양옆으로 느슨하게 흘러내리고, 어려 보이는 둥근 얼굴에 턱선만 날카롭다. 연한 파란색을 띤 큰 눈은 처녀 같으면서도 사납다. 전체적으로 봤을 때 바이킹의 딸 같은 모습이다. 특히 버스 차장, 택시 기사, 짐꾼 등과 싸울 때가 그렇다. 제시와 에마 숙모는 하층계급 사람들과 항상 게릴라전을 벌이고 있다. 두 사람의 삶이 지독히 따분하기 때문에 이렇게나마 즐길 수밖에 없다는 것을 나는 어느 정도 인정하고 있다. 게다가 두 사람과 싸우는 상대들도 그 싸움을 즐기는 것 같다. 한번은 제시가 택시 기사와 실컷 싸우고 난 뒤 어깨를 흔들며 산뜻하게 걸어가는 모습을 보고 택시 기사가 나름대로 상대를 인정한다는 듯이 쿡쿡 웃으며 이렇게 말한 적이 있다. "진짜 전통적인 타입의 아가씨구

먼. 요즘은 저런 사람들이 없지."

"옷은 샀어?" 내가 물었다.

"벌써 입었지." 제시가 말했다.

제시의 옷은 항상 똑같다. 깔끔하게 재단된 정장, 목선이 둥근 셔츠, 진주 목걸이. 이 옷차림이 아주 잘 어울린다.

"그럼 빨리 가서 해치우자." 내가 말했다.

"엄마도 오실 거야." 제시가 호전적으로 나를 바라보았다.

"아, 그래?"

"하지만 내가 옷을 사는 동안에는 오시지 말라고 했어. 나중에 여기서 만나자고 했지. 엄마가 내 옷을 골라주는 건 절대 싫다고."

"맞는 말이야."

에마 숙모가 모퉁이의 찻집에서 우리 쪽으로 걸어왔다. 그 찻집에서 시간을 보내다가 나온 것이다. 덩치가 아주 큰 에마 숙모는 군청색 옷에 진주 목걸이를 걸고, 교통경찰처럼 하얀 장갑을 낀다. 턱이 두껍고 묵직하며, 얼굴은 슬픔에 잠긴 것처럼 보인다. 불도그 같은 눈은 거의 항상 딸에게 실망하는 표정으로 굳어 있다.

"이것 봐라!" 숙모가 제시의 정장을 보고 말했다. "날 데려간 거랑 차이가 없잖아."

"무슨 소리예요?" 제시가 재빨리 말했다.

"오늘 아침에 르네의 가게에 가서 네가 올 거라고 미리 말해뒀다. 그리고 이 옷을 너한테 보여주라고 했어. 봐라. 내가 네 취향에 대해서 모르는 게 없다니까."

제시는 전투적이고 날카로운 턱을 치켜들며 어머니를 바라보았다. 숙모는 얌전히 눈을 내리깔고 혼자 승리감을 만끽하며 우산 끝으로 길바닥을 찔러대기 시작했다.

"이제 출발해야 할 것 같은데요." 내가 말했다.

에마 숙모와 제시는 전기처럼 불꽃을 일으키던 분노를 사방으로 흩어버리고 나와 나란히 발걸음을 맞춰 길을 걷기 시작했다.

"저 위에서 버스를 타도 돼요." 내가 말했다.

"그래, 그편이 낫겠다." 에마 숙모가 말했다. "오늘 무례한 택시 기사를 또 만난다면 감당할 수 없을 것 같아."

"나도 마찬가지예요." 제시가 말했다.

우리는 사람이 하나도 없는 버스 2층으로 가서 맨 앞자리에 나란히 앉았다.

"네가 말한 그 사람이 제시 사진을 잘 찍어줘야 할 텐데." 에마 숙모가 말했다.

"그러게요." 내가 말했다. 에마 숙모는 작가라면 누구나 사진작가와의 만남, 기자회견, 출판사 파티 등이 일상인 줄 안다. 그래서 내가 좋은 사진작가를 선택해줄 것이라고 믿었다. 나는 그렇지 않다고 편지에 써 보냈지만, 숙모는 내게 적어도 그 정도는 해줘야 하는 것 아니냐는 답장을 보냈다. "그런 건 전혀 중요하지 않아요." 제시가 말했다. 제시는 항상 싸움을 하듯이 숨을 가쁘게 몰아쉬며 짧게 말한다. 마치 다른 사람들이 이해해줄 턱이 없는 자기 내면의 고결함을 고통스럽게 지키려는 것 같다.

에마 숙모와 제시가 함께 살고 있는 하숙집에는 텔레비전 프로듀서를 형제로 둔 나이 많은 하숙생이 있는 것 같다. 제시는 지역 극단에서 공연하는 〈조용한 결혼식〉이라는 작품에 출연하고 있다. 에마 숙모는 제시의 사진을 잘 찍어서, 그 텔레비전 프로듀서가 형제와 차를 한잔하러 왔을 때 보여주면 좋겠다고 생각했다. 그는 언제든 주말에 올 것 같았다. 제시가 사진을 잘 받는 것으로 판명된다면, 텔레비전 프로듀서가 제시를 런던으로 데려가 텔레비전 스타로 만들어줄 수도 있지 않겠는가.

제시가 이 일에 대해 어떤 생각을 갖고 있는지는 알 수 없었다. 제시가 자신의 미래에 대한 어머니의 계획을 어떻게 생각하는지 나는 언제나 알지 못했다. 어머니의 계획에 따를 때도 있고 아닐 때도 있었지만, 사나운 표정으로 내면의 고결함을 지키며 무심한 듯 짤막하게 말하는 태도는 언제나 똑같았다.

"너 계속 그런 태도를 보이는 건, 사진작가에게 예의가 아닌 것 같구나." 에마 숙모가 말했다.

"엄마!" 제시가 말했다.

"저기 차장이 온다." 에마 숙모가 무서운 표정으로 미소를 지으며 말했다. "난 지난번보다 단 한 푼도 더 낼 수 없어. 나이츠브리지에서 리틀 더처스 거리까지 요금은 3펜스야."

"그동안 요금이 올랐어요." 내가 말했다.

"단 한 푼도 안 돼." 에마 숙모가 말했다.

하지만 숙모가 본 사람은 차장이 아니라 중년의 두 남녀였다. 두 사람은 계단 꼭대기에서 서로 균형을 잡을 수 있게 지탱해주다가 자리에 앉았다. 하지만 나란히 앉은 것이 아니라 앞뒤 좌석에 따로 앉은 것이 이상했다. 게다가 여자는 남자의 어깨를 향해 몸을 앞으로 기울이고 앵무새 같은 목소리로 크게 말했다. "그래, 당신이 내 금붕어를 한 번만 더 문밖에 내놓으면, 내가 집주인한테 당신을 쫓아내라고 할 거야. 이미 경고했어."

축축하게 젖어서 찌그러진 회색 펠트 모자처럼 생긴 남자는 앞만 바라보며 버스의 흔들림에 맞춰 고개를 끄덕였다.

여자가 말했다. "게다가 내 금붕어에 피부병이 생겼어. 그게 어쩌다 생겼는지 내가 모를 줄 알아?"

갑자기 남자가 높고 고집스러운 목소리로 말했다. "바다 깊은 곳은 그런 작은 물고기들 천지야. 온통 작은 물고기들 천지라고. 우리가 가진 폭탄을 거기다 전부 터뜨리고 있으니 용서받지 못할 거야, 안 그래? 그 가엾은 작은 물고기들을 폭탄으로 날려버리고 용서받을 수는 없지."

여자가 상냥한 목소리로 말했다. "그 생각은 못 했네." 그러고 나서 여자는 자기 자리에서 일어나 남자 옆으로 가서 앉았다.

오늘 오후에 엉뚱한 일들이 많이 일어나리라는 것은 어느 시점부터 이미 알고 있었지만, 두 사람의 대화가 마음에 걸렸다. 그래서 에마 숙모의 목소리로 일상의 평범함이 회복되자 안도감이 들었다. "**봐라**. 옛날에는 **저런** 사람들이 절대 없었어. 노동당 정부 때문이지."

"엄마." 제시가 말했다. "오늘은 정치 얘기 같은 거 하고 싶지 않아요."

차가 이미 목적지에 도착해 있었으므로, 우리는 버스에서 내렸다. 에마 숙모가 세 사람 몫의 차비로 9펜스를 주자 차장은 아무 말 없이 받았다. "게다가 무능하기도 해." 숙모가 말했다.

가랑비가 추적추적 내리고 기온도 조금 낮아서 추웠다. 우리는 에마 숙모의 우산 아래에 옹기종기 머리를 모으고 거리를 걸어갔다.

그러다 어떤 신문 판매소에서 '스탈린이 죽어간다'는 글자가 보였다. 내가 걸음을 멈추자, 우산은 나 없이 계속 나아갔다. 신문 판매소 주인은 나와 오래전부터 알고 지내던 사람이었다. 내가 그에게 말했다. "이건 뭐예요? 이것도 판매를 촉진하는 방법인가요?" 그가 말했다. "그 늙은이가 이제 해먹을 만큼 해먹은 거죠. 뭐, 그렇게 살았으니⋯⋯ 내가 보기에는 당연한 결말이에요. 틀림없이 불도저 같은 성격이겠지." 그는 신문을 한 장 접어 내게 건넸다. "내가 보기에는, 그런 식으로 사는 게 누구에게도 도움이 되지 않아요. 가만히 앉아서 보고서를 읽고, 회의에 참석하는 삶이라니. 그래서 내가 이 일을 좋아하는 거요. 신선한 공기를 많이 마실 수 있거든."

열 걸음쯤 떨어진 곳에서 에마 숙모와 제시가 젖은 우산 밑에 웅크린 채 나를 바라보며 서 있었다. "무슨 일이야?" 에마 숙모가 소리쳤다. "보면 몰라요? 신문을 사는 거잖아요." 제시가 심술궂게 말했다.

신문 판매소 주인이 말했다. "상당히 많은 변화가 있을 거예요. **저 사람**이 가고 나면. 뭐, 세상 돌아가는 꼴이 그리 내 마음에

드는 건 아니지만. 거기 사람들은 민주주의를 잘 모르지 않소, 안 그래요? 내 말은, 사람들이 자기가 모르는 건 아쉬워하지도 않는다는 거예요."

나는 가랑비 속을 달려 우산 속으로 들어갔다. "스탈린이 곧 죽을 거래요." 내가 말했다.

"그걸 어떻게 알아?" 에마 숙모가 의심스럽다는 듯이 말했다.

"신문에 그렇게 났어요."

"오늘 아침에도 스탈린이 아프다고 신문에 났어. 하지만 그거 전부 그냥 선전일걸. 내 눈으로 보기 전에는 안 믿을 거야."

"멍청하게 굴지 마세요, 엄마. 엄마가 어떻게 그걸 직접 봐요?" 제시가 말했다.

우리는 거리를 걸었다. 에마 숙모가 말했다. "어떠니? 제시가 예쁜 원피스를 사는 편이 더 나았을까?"

"엄마." 제시가 말했다. "언니 기분이 별로인 거 안 보여요? 언니는 지금 처칠이 죽었다는 소식을 들었을 때의 우리와 같다고요."

"이런, **세상에**." 에마 숙모가 충격을 받아 그 자리에 멈춰 섰다. 우산살이 제시의 머리를 긁듯이 가로지르자 제시가 새된 비명을 질렀다. "이제 우산 좀 꺼요. 비 그친 거 안 보여요?" 제시가 머리를 문지르며 짜증을 냈다.

에마 숙모가 우산을 밀고 당겨서 힘들게 끄자, 제시가 그것을 받아 둥글게 말았다. 에마 숙모는 상기된 얼굴로 인상을 찌푸리며 탐색하듯 나를 바라보았다. "맛있는 차 한잔 마실래?" 숙모가 말했다.

"이러다 제시가 약속에 늦겠어요." 내가 말했다. 사진작가의 작업실이 바로 앞에 있었다.

"이 사람이 제시의 표정을 잘 잡아줘야 할 텐데." 에마 숙모가 말했다. "제시의 **시선**을 제대로 잡아낸 사람이 아직 한 명도 없었다니까."

제시는 연한 자주색과 황금색 줄무늬가 있는 벽지로 도배된 복도에서 조금 화려해 보이는 계단을 앞장서서 오르며 심술궂은 표정을 지었다. 계단을 다 올라간 제시가 도도하게 문을 열고 안으로 들어가자 갑자기 스트라빈스키의 음악이 터져 나왔다. 우리도 제시의 뒤를 따라 들어가니 온통 흰색과 회색과 황금색으로 장식된 응접실 같은 곳이었다. 스트라빈스키의 〈봄의 제전〉이 천장의 꼬마 샹들리에를 짤랑짤랑 울렸다. 이곳의 주인인 매력적인 청년이 검은 벨벳 재킷을 입고 나와 음악을 끌 때까지 대화는 불가능했다. 청년은 음악을 끄면서 미안하다는 듯 미소를 지었다.

"우리가 옳게 찾아온 거겠지." 에마 숙모가 말했다. "사진을 찍으려고 내 딸을 데리고 왔어요."

"물론 제대로 찾아오신 겁니다." 청년이 말했다. "정말 반갑습니다!" 그는 하얀 장갑을 낀 에마 숙모의 양손을 붙잡고 커다란 소파에 앉히려고 하는 것 같았다. 숙모는 혼란스러운 표정으로 얼굴을 붉혔다. 청년은 이내 나를 바라보았다. 나는 다른 소파에 재빨리 앉았다. 에마 숙모에게서 멀리 떨어진 곳이었다. 청년은 전문가다운 표정으로 미소를 지으며 제시를 보았다. 제시는 임무수행 중인 해군 제독처럼 뒷짐을 지고 카펫 위에 서서 청년을 향해 미간을 찌푸리고 있었다.

"전혀 편안해 보이시지 않네요." 청년이 제시에게 부드럽게 말했다. "긴장을 완전히 풀지 않으면 아무리 사진을 찍어도 소용없습니다."

"난 지금 어느 때보다 편안해요." 제시가 말했다. "긴장하고 있는 건 저기 앉은 내 사촌언니죠."

내가 말했다. "내가 긴장을 하든 말든 별로 중요한 것 같지 않은데. 내가 사진을 찍는 게 아니잖아." 내가 앉은 소파에서 책 한 권이 바닥으로 떨어졌다. 로널드 퍼뱅크의 〈우쭐거리는 검둥이〉였다. 청년이 당황해서 재빨리 그 책을 집어 들었다.

"우리 론의 책을 당신도 읽습니까?" 청년이 물었다.

"가끔 읽죠." 내가 말했다.

"저는 다른 사람 책은 손도 대지 않습니다." 청년이 말했다. "적어도 제게는 론의 작품이 최고예요. 론의 작품을 모두 읽고 나면, 처음으로 돌아가 다시 읽습니다. 퍼뱅크 이후에 누구든 다른 사람이 쓴 글은 모두 무의미해 보입니다."

이 말에 나는 기세가 꺾여서 말을 잇고 싶지 않았다.

"다 같이 차를 한잔 마시면 좋을 것 같네요." 청년이 말했다. "제가 차를 준비하는 동안 음악을 다시 틀어드릴까요?"

"난 현대음악이 싫어요." 제시가 말했다.

"모든 사람의 취향이 같을 수는 없겠죠." 청년은 뒤편의 문으로 걸어가며 말했다. 그 문을 열자 또 다른 청년이 찻잔이 담긴 쟁반을 들고 들어왔다. 첫 번째 청년만큼이나 밝고 나긋나긋했으며, 편안하고 친절한 태도도 똑같았다. 옷차림은 검은 진과 자주색 스웨터였고, 머리 모양은 마치 서로 다른 모양의 반짝이는 검은 날개 두 개가 솟아 있는 것 같았다.

"아, 착하기도 하지!" 첫 번째 청년이 그에게 말하고는 우리에게 시선을 돌렸다. "제 친구이자 조수인 재키 스미스입니다. 제 이름은 알고 계시죠? 이제 다 같이 기분 좋게 차를 한잔 마시면 우리의 분위기가 **조금** 더 조화롭게 어우러질 것 같네요."

그동안 제시는 내내 편안한 자세로 카펫 위에 서 있었다. 청년이 찻잔을 건네자 제시는 고갯짓으로 날 가리키며 말했다. "언니한테 줘요." 청년은 찻잔을 내게 주었다. "무슨 일이에요? 어디 아프기라도 한 건가요?" 그가 내게 물었다.

"몸은 아무 이상 없어요." 내가 신문을 읽으며 말했다.

"스탈린이 곧 죽을 거래요." 에마 숙모가 말했다. "어쨌든 그런 소문을 퍼뜨리려나 봐요."

"스탈린이요?" 청년이 말했다.

"러시아의 그 사람 말이에요." 에마 숙모가 말했다.

"아, 그 조 아저씨 말이군요. 그 아저씨도 참."

에마 숙모는 화들짝 놀랐다. 제시는 무뚝뚝하면서도 어이없다는 표정을 지었다.

재키 스미스가 다가와 내 옆에 앉더니, 내 어깨 너머로 신문을 읽었다. "이런, 이런." 그가 말했다. "이런, 이런, 이런, 이런." 그러고는 키득거리다가 말을 이었다. "의사가 9명이라네요. 의사가 50명이나 있다 해도 나라면 별로 안심이 되지 않을 텐데, 손님은요?"

"나도, 별로예요." 내가 말했다.

"어리석고 귀찮은 인간이죠." 재키 스미스가 말했다. "벌써 오래전에 골로 보내버렸어야 하는데. 이 사람이 유용했던 건 전쟁이 끝날 때까지였어요. 너무 오래 산 것 같지 않아요?"

"글쎄요, 뭐라고 말하기가 힘들 것 같네요." 내가 말했다.

이 스튜디오의 주인인 청년은 한 손에 찻잔을 들고, 다른 손을 들어 거만하게 움직였다. "난 그런 소리 듣고 싶지 않아요. 정말로 싫어요. 하느님도 아십니다. 내가 이 세상에서 절대로 관여하고 싶지 않은 것 한 가지가 바로 정치라는 걸. 하지만 전쟁 중에는 조 아저씨와 루스벨트를 내가 정말 좋아했지요. 정말로!"

지금까지 앉지도 않고 찻잔도 받아들지 않은 제시가 성큼성큼 앞으로 걸어와서 성난 목소리로 말했다. "이봐요, **이 망할 놈의** 일을 빨리 끝낼 수는 있는 거예요?" 처녀처럼 분홍색을 띤 제시의 뺨이 흥분해서 반짝이고, 눈은 기분 나쁘게 반짝였다.

"하지만, **이런!**" 청년이 잔을 내려놓으며 말했다. "그거야 물론이지요. 그러고 싶으시다면 당연히."

청년이 조수인 재키를 바라보자, 재키는 신문을 마지못해 내려놓고 커튼의 끈을 잡아당겼다. 그러자 카메라와 여러 장비가 가득한 공간이 나타났다. 그러고 나서 두 사람은 생각에 잠긴 표정으로 제시를 살펴보았다. 청년이 말했다. "사진을 어디에 쓸 생각인지 말해주시면 도움이 될 것 같은데요. 홍보용인가요? 책

표지? 아니면 그냥 친구들에게 주시려고?"

"그딴 건 알지도 못하고 관심도 없어요." 제시가 말했다.

에마 숙모가 일어서서 말했다. "저 애의 표정을 잡아주면 좋겠어요. 저 애의 그 **눈빛**이……"

제시가 어머니를 향해 주먹을 꽉 쥐었다.

"숙모님." 내가 말했다. "우리 둘이 잠깐 나가 있는 게 좋을 것 같지 않아요?"

"하지만, **얘**……"

청년이 벌써 에마 숙모를 한 팔로 감싸 안고 살살 문으로 이끌고 있었다. "제가 사진을 정말 잘 찍어주기를 바라시죠? 그런데 저는 누가 보고 있으면 최고의 솜씨를 발휘하지 못한답니다. 설사 그 분이 제 일에 누구보다 공감해주신다 해도요."

에마 숙모는 이번에도 얼굴을 붉히며 몸에서 힘을 뺐다. 내가 청년을 대신해 숙모 옆으로 가서 숙모를 문으로 이끌었다. 우리가 문을 닫는 순간, 재키 스미스의 목소리가 들렸다. "음악 어때요?" 제시가 말했다. "난 음악이라면 **질색이에요**." 재키가 다시 말했다. "그래도 음악이 도움이 되긴 하는데요……."

문이 닫히고, 에마 숙모와 나는 층계참 창문으로 거리를 바라보았다.

"저 청년이 **네** 사진도 찍어줬니?" 숙모가 물었다.

"저도 다른 사람한테 추천받았어요." 내가 말했다.

뒤쪽의 스튜디오에서 음악이 들려오기 시작했다. 에마 숙모의 발이 박자에 맞춰 바닥을 탁탁 두드렸다. "길버트와 설리번의 작품이구나. 제시도 저걸 싫어한다고는 말할 수 없을걸. 아냐, 그럴 수도 있겠다. 그냥 까다롭게 굴려고."

나는 담배에 불을 붙였다. 〈펜잔스의 해적〉(윌리엄 길버트가 대본을 쓰고, 아서 설리번이 작곡한 1879년 작 오페레타) 음악이 뚝 끊어졌다.

"네 얘기나 한번 해봐라." 에마 숙모가 갑자기 불량배처럼 변신해서 말했다. "얼마나 신나는 일들을 하고 있는지 말해봐."

에마 숙모는 항상 이런 소리를 한다. 그러면 나는 항상 내 인생의 어떤 부분이 에마 숙모의 취향에 맞을지 열심히 고민한다. "예를 들어, 오늘은 무슨 일이 있었니?" 나는 빌을 생각했다. 비어트리스도 생각했다. 진 동무도 생각했다.

"주교의 딸과 점심을 먹었어요." 내가 말했다.

"그랬어?" 숙모가 믿기 힘들다는 듯이 말했다.

또 음악이 들려왔다. 콜 포터(미국의 작곡가)의 곡이었다. "저 음악은 좀 아닌데." 에마 숙모가 말했다. "현대음악이잖아, 그렇지?" 음악이 멈추고, 문이 열렸다. 제시가 단호하게 불타오르는 얼굴로 서 있었다. "다 소용없어요." 제시가 말했다. "미안하지만, 엄마, 기분이 내키지 않아요."

"하지만 우리는 앞으로 4개월 뒤에야 다시 런던에 올 거야."

사진작가와 그의 조수가 제시 뒤에 나타났다. 두 사람 모두 애써 미소를 짓고 있었다. "우리 모두 이만 잊어버리는 게 나을지도 모르죠." 재키 스미스가 말했다.

사진작가가 말했다. "나중에 다시 시도해보죠. 모두 본연의 모습일 때."

제시가 두 청년에게 돌아서서 손을 불쑥 내밀었다. "정말 미안해요." 제시가 사나운 처녀 같은 얼굴로 진지하게 말했다. "정말 진심으로 미안해요."

에마 숙모가 앞으로 나서서 제시를 옆으로 밀어버리고, 두 청년과 악수했다. "두 사람 모두 고마워요. 차를 대접해줘서."

재키 스미스가 세 사람의 머리 위로 내 신문을 흔들었다. "이걸 두고 가셨어요."

"괜찮아요. 그냥 가지세요." 내가 말했다.

"아, 친절하시네요. 이제 온갖 잔혹한 내용을 다 읽을 수 있겠어요." 상냥하게 미소 짓는 두 사람 앞에서 문이 닫혔다.

"이런, 내 평생 이렇게 창피했던 적이 없다." 에마 숙모가 말했다.

"난 아무래도 좋아요." 제시가 사납게 말했다. "정말 아무래도 좋아요."

우리는 거리로 내려가 서로 악수를 하고, 뺨에 입을 맞췄다. 서로에게 고맙다고 인사도 했다. 에마 숙모와 제시는 택시를 잡아 탔고, 나는 버스를 탔다.

집에 돌아오자 전화벨이 울리고 있었다. 비어트리스였다. 그녀는 내 전보를 받았지만 그래도 만나고 싶다고 말했다. "스탈린이 위독하다는 거 알았어요?" 내가 말했다.

"그럼요, 물론이죠. 그러니까 꼭 그 구리 벨트〔중앙아프리카의 구리산지〕에 대해 의논해야 돼요."

"왜요?"

"우리가 그곳에 대해 진실을 말하지 않으면, 누가 하겠어요?"

"아, 뭐, 그렇겠네요."

비어트리스는 한 시간 뒤에 오겠다고 말했다. 나는 타자기로 일을 시작했다. 전화벨이 울렸다. 진 동무였다. "그 소식 들었어요?" 그녀는 울고 있었다.

진 동무는 스탈린-히틀러 조약 때 남편이 노동당원이 되자 남편과 헤어졌다. 그 뒤로는 줄곧 침실과 거실이 별도로 분리되어 있지 않은 좁은 셋집에서 빵과 버터와 차만 먹으며 살았다. 침대 위에는 스탈린의 사진이 걸려 있었다.

"네, 들었어요." 내가 말했다.

"무서운 일이에요." 진 동무가 흐느끼며 말했다. "끔찍해요. 놈들이 스탈린을 죽인 거예요."

"놈들이 누군데요? 그걸 어떻게 알았어요?"

"자본주의 첩자들이 죽인 거죠. 뻔하잖아요."

"스탈린은 일흔세 살이었어요."

"사람이 **그렇게 쉽게** 죽는 법은 없어요."

"일흔세 살에는 그렇게 죽기도 해요."

"우린 스탈린에게 부끄럽지 않은 사람이 되겠다고 서약해야 돼요."

"네, 그래야 할 것 같네요." 내가 말했다.

와인

남자와 여자가 골목의 작은 호텔에서 대로를 향해 걸었다.

아직 이파리 하나 없이 앙상한 나무들은 검고 차가웠지만 얇은 가지들이 봄을 맞이하려고 부풀고 있었기 때문에, 고개를 들어 위를 보는 시선에는 반짝이는 초록색 새순을 볼 수 있을 것이라는 기대가 어려 있었다. 하지만 모든 것이 차분했다. 하늘도 차분하고 고전적인 파란색이었다.

두 사람은 천천히 걸었다. 며칠 동안 게으르게 지낸 탓인지, 애써 뭔가를 하는 것이 불가능했다. 두 사람은 거의 길로 나서자마자 카페에 들어가 기진맥진한 사람들처럼 털썩 주저앉았다. 유리벽으로 둘러싸인 카페는 거리를 향해 불쑥 나와 있는 모습이었다.

카페에는 손님이 없었다. 지금은 사람들이 식당에서 점심식사를 할 때였다. 하지만 모두 그런 것은 아니라는 사실을 길에서 북적거리는 사람들이 증명해주었다. 방금 지나간 행렬에서 뒤로 처진 사람들이 아직 보였다. 폭력적인 소리, 슬로건을 외치고 노래를 부르는 소리가 이제는 파리의 교통소음을 누르지 못했다. 하지만 두 사람이 아침에 잠에서 깨어난 것은 바로 그런 소리들 때문이었다.

웨이터가 문에 몸을 기대고 시위행렬의 뒷모습을 바라보다가 마지못해 다가와 커피 주문을 받았다.

남자는 하품을 했다. 여자도 전염된 듯 하품을 했다. 그러고 나서 두 사람은 서로 다정하게 겸연쩍은 듯 웃음을 터뜨리더니, 서로를 흘깃 보고는 아쉬운 기색 없이 시선을 피했다. 커피가 나왔지만, 두 사람은 손도 대지 않았다. 두 사람 모두 아무 말이 없었다. 얼마쯤 시간이 흐른 뒤 여자가 또 하품을 했다. 이번에는 남자가 고개를 돌려 비난하듯 여자를 바라보았고, 여자는 그 시선을 맞받았다. 둘 다 욕망이 잠든 것 같은 표정이었다. 두 사람을 움직이던 모든 것이 잠든 지금, 두 사람은 서로에게서 슬픈 아이러니를 받아들였다. 환상을 품지 않고 단단한 눈으로 서로를 바라볼 수 있다는 사실.

곧 필연적으로 여자의 슬픔이 점점 깊어져서, 나중에는 그녀가 의식적으로 슬픔에 저항하게 되었다. 남자에게는 잔인함이 깜박 나타났다.

"당신 코에 파우더를 좀 발라야겠군." 남자가 말했다.

"당신은 매질이 필요하겠네."

하지만 남자는 언제나 슬픔을 거부했다. 여자는 어깨를 으쓱하고는, 그가 무엇을 하든 내버려두고 창밖으로 시선을 돌렸다. 남자도 창밖을 바라보았다. 저 멀리 대로 끝에서 언뜻 소란이 벌어지고 있는 것 같았다. 개미굴을 들쑤셨을 때처럼. 남자가 중얼거리는 소리가 들렸다. "그래, 아직도 계속……."

여자가 조롱했다. "아무것도 변하지 않아. 모든 건 항상 똑같지……."

남자의 얼굴이 붉어져 있었다. 그가 조금 전과는 다른 목소리로 말했다. "기억하고 있어." 여기서 남자가 말을 멈췄지만 여자는 재촉하지 않았다. 남자가 저 멀리에 가 있는 시위대를 향수에 젖은 씁쓸한 얼굴로 바라보고 있었기 때문이다.

밖에서는 연인, 부부, 학생, 노인 등이 지나갔다. 헐벗은 나무들, 차분하고 파란 하늘도 보였다. 한 달만 지나면 나무들은 선명한 초록색으로 변할 것이고, 태양이 열기를 쏟아부을 것이고, 사람들은 갈색으로 그을린 팔다리의 맨살을 드러낸 채 웃음을 터뜨릴 것이다. 싫어, 싫어. 여자는 이런 미래를 그리다가 혼자 중얼거렸다. 차라리 고요하고 슬픈 편이 나아. 그러자 순식간에 마음속에서 차오른 불행에 목이 메면서 그녀는 15년 전 다른 나라에 있던 때로 되돌아간 듯했다. 지금 그녀는 이글거리는 열대의 달빛 속에 서서 오로지 침묵뿐인 풍경을 향해 양팔을 뻗고 있었다. 조금 뒤에 그녀는 작은 돌멩이들이 발밑에서 날카롭게 반짝이는 길을 달려 내려가다가 결국 빛나는 풀밭에서 지쳐 쓰러졌다. 15년 전.

그 순간 남자가 갑자기 고개를 돌려 웨이터를 부르더니 와인을 주문했다.

"뭐야, 벌써?" 여자가 유머러스하게 말했다.

"안 될 것도 없지."

그 순간 여자는 남자에게 완전하고 모성애 같은 사랑을 느꼈지만, 그 거짓된 감정을 억누르고 남자가 초조하게 와인을 기다리는 모습을 지켜보았다. 남자는 두 잔에 와인을 따른 뒤, 아직도 커피가 찰랑찰랑 남아 있는 두 찻잔 옆에 하나씩 놓았다. 하지만 여자는 또 15년 전 그날 밤을 떠올리고 있었다. 달빛에 홀려서 미친 듯이 나무들 사이를 뛰어다니며 누구와도 나눌 수 없는 욕망을…… 중요한 건 바로 그거였다.

"무슨 생각해?" 남자에게는 잔인하게 굴고 싶은 기분이 아직 조금 남아 있었다.

"오오오." 여자가 유머러스하게 반발했다.

"그게 문제야, 그게." 남자는 와인 잔을 들어 올리고 여자를 흘깃 본 뒤 잔을 내려놓았다. "술 안 마실 거야?"

"아직은."

남자는 술잔에는 손도 대지 않은 채 담배를 피우기 시작했다.

이런 순간에는 뭔가 몸짓이 필요했다. 아주 사소하고 심지어 무심하게도 보이지만, 두 사람이 서로 별개의 인간임을 인정하는 몸짓. 둘 중 한 사람은, 아마도, 단 한 번도 깜박거리지 않는 부드러운 시선으로 항상 상대를 지켜보고 또 지켜보며 지친 연민을 느끼는 것 같고, 다른 한 사람은 욕망과 휴식, 창조와 성취라는 순환 속에서 계속 몸부림치는 폭력의 한 형태 같았다.

남자는 여자에게 그런 몸짓을 했다. 두 사람의 눈빛이 진지한 아이러니를 느끼며 다시 마주치자 남자는 시선을 피하며 짜증스럽게 탁자를 손가락으로 찰싹 쳤다. 여자도 시선을 돌렸다. 안에서 수액이 꿈틀거리고 있는 검은 가지들이 눈에 들어왔다.

"기억하고 있어." 남자가 말하자, 여자는 또 반발했다. "오오오!"

남자는 자제력을 발휘했다. "달링." 그의 목소리가 건조했다. "내가 사랑한 여자는 당신뿐이야." 두 사람은 웃음을 터뜨렸다.

"틀림없이 이 거리였을 거야. 어쩌면 바로 이 카페였는지도 모르고. 지금은 많이 달라졌지만. 내가 여름마다 가던 곳에 어제 다시 가봤는데, 지금은 제과점이 됐더군. 거기 여자도 나를 잊어버렸고. 우리 같은 사람들이 북적거렸어. 옛날에는 우리가 함께 돌아다녔잖아. 거기서 어떤 여자를 처음 만난 것 같아. 사람들에게 잘 알려진 만남의 장소들이 있었지. 빈이나 프라하 같은 데서 온 사람들도 아는 장소들. 이 카페는 아니었을 거야. 그동안 이 가게가 말쑥하게 새 단장을 한 게 아니라면 말이지. 그때 우리는 이렇게 가죽과 크롬으로 장식된 곳에 들어올 돈이 없었잖아."

"계속해."

"이유는 잘 모르겠는데, 그 여자가 계속 생각나. 오랫동안 생각한 적이 없었는데. 그때 아마 열여섯 살쯤 되었을 거야. 얼굴도 아주 예뻤고…… 아냐, 그런 게 아니야. 우린 함께 공부하곤 했어. 그녀가 내 방으로 자기 책을 가져왔지. 나는 그녀에게 호감이 있었지만, 이미 사귀는 사람이 있었어. 나랑 공부하는 분야가 다른 사람이었지만. 무슨 분야였는지는 잊어버렸어." 남자는 다시 말을 멈췄다. 그의 얼굴이 또 그리움으로 일그러지자, 여자는 자

와인

기도 모르게 어깨 너머로 거리를 흘깃 보았다. 시위행렬은 이제 완전히 보이지 않았다. 그들의 노랫소리와 고함소리도 모두 사라졌다.

"내가 그녀를 자꾸 생각하는 건……." 여기서 남자는 생각에 잠긴 채 침묵하다가 다시 말을 이었다. "벌거벗은 채 다가와 자신을 내어놓는 처녀들은 항상 거부당하는 게 운명인지도 모르지."

"뭐!" 여자가 화들짝 놀라서 소리쳤다. 분노가 일었다. 여자는 그것을 알아차리고 한숨을 내쉬었다. "계속해."

"난 그녀와 사랑을 나눈 적이 단 한 번도 없어. 여름 내내 함께 공부만 했을 뿐이야. 그러다 어느 주말에 다 같이 놀러나갔지. 물론 모두 돈 한 푼 없었어. 길가에 서서 각자 요령껏 지나가는 차를 얻어 타고 어떤 마을에서 다시 만났어. 나는 내 여자친구랑 같이 갔지. 그날 밤 우리는 농부의 과일 수확을 도와주고 그 대가로 그 집 헛간에서 잠을 잤어. 그런데 그 여자 마리가 내 옆에 있는 거야. 달빛이 비치는 아름다운 밤이었어. 우리는 모두 노래를 부르며 사랑을 나눴지. 나는 그녀에게 키스했어. 그것뿐이야. 그날 밤 그녀가 내게 왔어. 나는 다른 사내 녀석과 함께 다락방에서 자고 있었고. 내 옆의 사내 녀석은 깨지 않았어. 나는 그녀를 다른 사람들이 있는 곳으로 돌려보냈지. 모두들 저 아래 건초더미들 사이에 함께 있었거든. 나는 그녀에게 너무 어려서 안 된다고 말했어. 사실 그녀는 내 여자친구와 비슷한 나이였는데도." 남자는 말을 멈췄다. 이미 오랜 세월이 흘렀는데도 그는 후회와 당혹스러움이 섞인 표정을 짓고 있었다. "모르겠어. 내가 왜 그녀를 돌려보냈는지 모르겠어." 남자가 웃음을 터뜨렸다. "뭐, 그게 중요한 일도 아니겠지만."

"부끄러운 줄도 모르는 말괄량이네." 여자가 말했다. 분노가 강렬했다. "당신 그 여자한테 키스했지?"

남자가 어깨를 으쓱했다. "다들 아무렇게나 놀 때였어. 정말 아름다운 밤이었다고. 사과를 딸 때 농부는 우리한테 고래고래 욕을 해댔지. 우리가 일보다는 사랑을 나누는 데 더 정신이 팔려 있었거든. 나중에는 노래를 부르며 와인을 마셨지. 게다가 그때 분위기도 그랬어. 청년운동 말이야. 우리 눈에는 절개라든가 질투 같은 것들이 모두 부르주아 도덕의 잔재로 보였어." 남자는 또 웃음을 터뜨렸다. 고통스러운 웃음이었다. "난 그녀에게 키스했어. 그녀가 내 옆에 있었으니까. 내 여자친구가 그 주말에 나와 함께 와 있다는 것도 그녀는 알고 있었어."

"당신 그 여자한테 키스했어." 여자가 그를 비난했다.

남자는 와인 잔의 기둥을 손으로 어루만지며 씩 웃는 얼굴로 여자를 바라보았다. "맞아, 그랬어." 마치 여자를 향해 작게 노래하는 듯한 목소리였다. "그녀에게 키스했어."

여자는 분노에 이성을 잃었다. "사랑을 갈망하는 여자애를 공부에 이용하고 키스하다니. 당신은……."

"내가 뭐?"

"그건 잔인한 짓이야."

"나도 그때는 어렸어……."

"그런 건 상관없어." 여자는 자신이 거의 울기 직전임을 깨닫고 마음이 불편해졌다. "그 애랑 공부했잖아! 여름 내내 열여섯 살짜리 여자애랑 공부했어!"

"우린 진짜 진지하게 공부만 했어. 그 애는 나중에 빈에서 의사가 됐다고. 나치가 밀고 들어왔을 때 간신히 빠져나왔지만……."

여자가 짜증을 내며 말했다. "당신이 그 여자한테 키스했어. **그날** 밤에. 다른 사람들이 잠들 때까지 기다렸다가 사다리를 타고 다락방으로 올라올 때 그 여자의 마음이 어땠을지 생각해봐. 당신 옆에서 자고 있는 남자가 깰까 봐 겁이 났겠지. 그 애는 그렇게 서서 잠든 당신을 지켜보다가 천천히 옷을 벗고……."

"아, 난 잠들어 있지 않았어. 잠든 척했지. 그 애는 옷을 입은 상태로 올라왔고. 반바지랑 셔츠. 우리랑 어울리는 여자애들은 원피스나 립스틱을 멀리했거든. 그것도 부르주아 행태라고. 나는 그 애가 옷을 벗는 걸 지켜봤어. 다락방에 달빛이 가득했는데, 그 애가 자기 손으로 내 입을 막고 내 옆에 누웠어." 그의 얼굴에 또다시 후회와 경이가 가득해졌다. "정말이지 나도 이해를 못 하겠어. 그 애는 아름다웠다고. 내가 왜 자꾸 그 일을 생각하는지 모르겠는데, 며칠 전부터 자꾸 생각나." 잠시 침묵이 흐르는 동안 남자는 와인 잔을 천천히 흔들며 돌렸다. "난 여러 면에서 실패한 사람이지만……" 남자는 여자의 손을 재빨리 들어 입을 맞춘 뒤 진지한 표정으로 말했다. "그 일이 왜 이제야 생각나는지 모르겠어……." 두 사람의 눈이 마주치고, 두 사람 모두 한숨을 내쉬었다.

여자가 남자에게 손을 잡힌 채로 느릿느릿 말했다. "그러니까 당신이 그 애를 거절했단 말이지."

남자가 웃음을 터뜨렸다. "다음 날 아침에 그 애는 나랑 말도 안 하려고 했어. 그러고는 내 절친한 친구와 사귀기 시작했지. 그날 밤 다락방에서 나랑 같이 자고 있던 녀석. 그 애는 용기가 없다고 나를 몹시 싫어했어. 그 말이 맞았던 것 같아."

"그 애를 생각해봐. 그 순간의 그 애를 생각해보라고. 차마 당신을 바라보지도 못하고 옷을 집어 드는……."

"사실을 말하자면, 그때 그 애는 불같이 화를 냈어. 생각나는 욕설을 모두 나한테 퍼부었어. 나는 사람들이 전부 깰까 봐서 그 애한테 계속 닥치라고 말했어."

"그 애는 사다리를 내려와 어둠 속에서 다시 옷을 입고 헛간을 나갔어. 다른 사람들이 있는 곳으로 돌아갈 수 없었을 거야. 그래서 과수원으로 들어갔어. 여전히 눈부신 달빛이 비추고 있었지. 사방이 조용하고 인적이 없었어. 그 애는 다른 사람들이 노래하고 웃던 모습, 사랑을 나누던 모습을 떠올렸어. 그리고 당신이 그 애에게 키스했던 나무 아래로 갔지. 달빛을 받은 사과들이 반짝였어. 그 애는 그걸 평생 잊지 못할 거야. 절대로!"

남자가 호기심 어린 얼굴로 여자를 바라보았다. 그녀의 얼굴로 눈물이 줄줄 흘러내리고 있었다.

"끔찍해." 여자가 말했다. "끔찍하다고. 무슨 수를 써도 그 일을 잊지 못할 거야. 살아 있는 한은 무슨 수를 써도. 모든 것이 완벽해 보이는 순간이 올 때마다 그 여자는 그날 밤을 갑자기 떠올리는 거야. 아무도 없는 곳에서 망할 달빛을 받으며 혼자 서 있던……."

남자가 심술궂은 얼굴로 여자를 바라보았다. 그러고는 유머러스하게 비난하는 듯한 표정으로 얼굴을 구기며 몸을 숙여 여자에게 키스하고 말했다. "달링, 그건 내 잘못이 아니야. 전혀."

"맞아." 여자가 말했다.

남자가 와인 잔을 여자의 손에 쥐어주자 여자는 그것을 들어올려 속을 따뜻하게 해주는 진홍색 액체를 바라보다가 남자와 함께 마셨다.

그 남자

"세상에! 깜짝 놀랐잖아, 메리……."

메리 브룩은 화덕 옆에서 조용히 뜨개질을 하고 있었다. "그냥 들러봤어." 그녀가 말했다.

애니 블레이크는 모자를 벗고, 빵과 채소가 든 그물망을 탁자 위에 툭 던졌다. 그와 동시에 눈으로 부엌을 살펴보니, 개수대에 씻지 않은 접시가 하나 있고, 의자에 행주가 걸려 있었다. "사방이 엉망이네." 그녀가 짜증스럽게 말했다.

메리 브룩이 뜨개질감에 시선을 고정한 채 말했다. "그러지 말고 앉아. 깨끗하기만 한데."

잠시 머뭇거리던 애니는 의자에 털썩 몸을 앉히고 눈을 감았다. "저 놈의 계단……." 그녀가 숨을 몰아쉬다가 말했다. "차 한 잔할래, 메리?"

메리는 뜨개질감을 재빨리 밀어버리고 말했다. "넌 가만히 앉아 있어. 차는 내가 가져올게." 그녀는 크고 지친 몸을 끙 하고 일으켜 주전자에 물을 채워서 불에 올렸다. 그러고는 친구의 불안한 시선이 지시하는 대로 행주를 제자리에 넣고 문을 닫았다. 부엌은 어디 전시회에 내놓아도 될 만큼 깔끔하고 깨끗했다. 메리는 다시 의자에 앉아 뜨개질감을 집어 들고, 방 맞은편을 지그시 바라보며 뜨개질을 계속했다. "그 사람 어젯밤에는 아주 힘을 냈어."

애니가 가물가물 감기던 눈을 번뜩 뜨고, 호리호리한 몸을 똑바로 세웠다. "그래?" 무심하게 중얼거리는 듯한 말투였지만, 얼굴은 긴장하고 있었다.

"그런 사람한테 뭘 기대해? 그 여자는 저녁식사 전까지 침대 정리도 안 해. 사방이 먼지투성이고. 그 사람이 어젯밤에는 그 여자를 제대로 혼내더라고. 더럽고 헤픈 년이라나."

"그 여자가 그 사람한테 나만큼 해줄 리가 없지. 그건 확실해." 애니가 신랄하게 말했다.

"새벽까지 고래고래 고함을 질러대고 쿵쿵거리고…… 다들 그 소리를 들었어." 메리가 안뜨기와 겉뜨기를 헤아리면서 말을 덧붙였다. "오래가지 않겠지? 그 여자랑 함께 산 지 이제 6개월쯤 됐나?"

"그 사람 나한테는 한 번도 손을 올린 적이 없어. **그건** 확실해." 애니가 의기양양하게 말했다. "단 한 번도. 다른 사람들은 몰라도, 난 나름대로 자존심이 있는 사람이라고."

"맞아. 안뜨기 두 번, 겉뜨기 한 번."

"그 사람 성미가 참 고약하긴 하지. 난 여름과 겨울이면 4시에 일어나서 10시까지 사무실들을 청소했어. 그다음에는 린드 부인

집에서 저녁때까지 또 청소했고. 그런데 그 사람은 집에 돌아와서 저녁식사가 준비되지 않은 걸 보고 소리를 질러대는 거야. 그럴 때면, 5분도 못 기다리겠으면 네가 직접 해 먹으라고 말했어. 나도 너만큼 돈을 벌잖아, 안 그래? 그런 소리를 해도 그 사람은 손가락 하나 까딱한 적이 없어. 지독하게 게을러. 남자들이 다 그렇지."

메리는 탐색하는 듯한 시선으로 친구를 재빨리 한번 바라본 뒤 중얼거렸다. "**나한테** 그런 말을……"

"내가 애도 낳고, 청소도 하고, 요리도 하고, 하루 종일 일도 하고…… 가끔 그 사람이 일이 없어 놀 때면 내가 생활비를 전부 벌고…… 그런데도 그 사람은 나 대신 주전자 한번 불에 올려준 적이 없어. 그런 건 여자들의 일이라나."

"안뜨기 두 번, 겉뜨기 한 번." 메리의 상냥한 얼굴은 뭔가 다른 말을 하려고 기회를 기다리는 것 같았다. "그게 어떤 건지 다 알지." 그녀가 결국 뭔가를 참는 표정으로 맞장구쳤다.

애니는 가볍게 일어서서 소리를 질러대는 주전자를 불에서 내리고 찻주전자를 향해 손을 뻗었다. 뒤에서 보니 호리호리하고 꼿꼿한 몸매가 스무 살처럼 보였다. 그녀는 김이 피어오르는 찻주전자를 들고 돌아서면서 거울에 비친 자신의 모습을 언뜻 보았다. 그리고 찻주전자를 내려놓은 뒤 아예 거울 앞으로 갔다. 그녀는 그 앞에 서서 불안한 표정으로 자신의 얼굴을 만졌다. "날 좀 봐!" 그녀는 길게 늘어진 곱슬머리 한 다발을 밀어 올리고는 어깨를 으쓱했다. "하긴, 내가 어떤 꼴이든 누가 신경이나 쓰겠어?"

애니는 찻잔을 식탁에 차리기 시작했다. 조붓한 얼굴이 걱정 때문에 더 날카로워졌고, 작은 파란색 눈도 날카로웠다. 애니는 자리에 앉아 걱정스러운 표정으로 자신의 머리카락을 만져보았다. "고데기를 써야 할까 봐." 그녀가 중얼거렸다.

"애들한테서 소식은 있어?"

애니가 손을 내려 식탁 위에서 단단히 주먹을 쥐었다. "몇 달 전부터 찰리한테서는 소식 한 자 없어. 걔들은…… 뭐 어느 날씨 좋은 날 갑자기 나타나서 당연히 자기 몫의 식사를 차려내라고 하겠지. 내가 아는 찰리가 맞다면. 토미는 맨체스터에서 직장을 구하고 있다고 토머스 부인한테서 들었어. 하지만 딕은 직접 편지를 보냈더라고……." 애니의 얼굴이 부드러워졌다. 눈빛도 부드럽게 추억에 잠긴 듯했다. "편지에 제 아버지 얘기를 썼어. 자기가 와서 노인네한테 이러저러한 이야기를 꼭 해야 되냐고. 나는 아버지를 그런 식으로 말하면 안 된다고 답장에 썼어. 아버지가 무슨 짓을 했든, 너는 아버지를 존경해야 한다고. 아들이 아버지를 비난하면 안 된다고."

"네가 아들들 복은 있어, 애니."

"걔들이 일을 잘하긴 하지. 아무도 그걸 부정할 수는 없을 거야. 게다가 걔들이 하면 안 되는 일을 한 적도 없어. 걔들이 아빠를 닮지 않은 건 확실해."

이 말에 메리의 눈빛이 피곤하고 얄궂은 표정을 띠었다. "응? 애니…… 사람은 누구나 하면 안 되는 일을 해." 고단한 인생에 지친 애니가 이 말에 아무 반응을 보이지 않자, 메리는 조심스레 말을 덧붙였다. "오늘 오전에 길에서 그 사람을 봤어."

애니가 잔을 받침 접시에 시끄럽게 내려놓았다. "그 사람 혼자였어?"

"아니. 하지만 날 한쪽으로 데려가서…… 나더러 너한테 말을 전해줄 수 있느냐는 거야……. 내일이 아니라 오늘 저녁에 돈을 가지고 들를지도 모르겠다고. 목요일에 **그 여자**가 친정에 간다나…… 그러니까 아마 그 고양이 같은 여자가 없는 틈에……."

애니는 당황해서 일어나 있었다. 하지만 곧 억지로 자리에 앉아 차를 저었다. 그녀의 손이 떨리고 있었기 때문에 스푼이 찻잔에 부딪혀 챙챙 소리를 냈다. "어쨌든 돈은 정기적으로 가져다주네." 그녀가 무거운 표정으로 말했다. "그 사람을 법정으로 끌고 갈 필요는 없었어. 그 사람이 먼저 제안했으니까. 사실 그럴 필요도 없었을 거야. 이제는 애들이 다 제 앞가림을 하고 있잖아."

"그 사람은 지금도 널 생각해, 애니……." 메리가 앞으로 몸을 기울여 직접적으로 호소하듯이 말했다. "정말이야."

"그 사람은 자기밖에 생각 안 해." 애니가 쏘아붙였다. "한 번도 남을 생각한 적이 없어."

메리는 한숨이 나오는 것을 막지 않았다. "아, 뭐……." 그녀가 중얼거렸다. "저녁식사를 준비하려면 난 이만 가봐야겠어." 메리는 뜨개질감을 가방에 집어넣고 위로하듯이 말했다. "넌 운이 좋아. 네가 좀 더 앉아 있겠다고 해도 뭐라고 할 사람이 없잖아. 너 자신 외에는 달리 신경 써야 할 사람도 없고……."

"설마 내가 **그 사람** 때문에 쓸데없이 눈물바람을 한다거나, 그렇게 생각하는 건 아니지? 난 평생 처음으로 느긋하게 살고 있어. 남편과 자식을 위해 노예처럼 평생을 바쳐도 말이지, 다들 고맙다는 말 한마디 없이 제 갈 길로 가버린다고. 하지만 지금은 내가 나를 위해 살 수 있어."

"나도 지금 네 생활이 나쁘다고 생각하지 않아." 메리가 의리 있게 말했다. 그리고 문 앞에서 아무렇게나 하는 말처럼 한마디를 던졌다. "여기 바닥이 워낙 깨끗해서 음식이 떨어지면 그냥 주워 먹어도 되겠어."

메리가 나가자마자 애니는 순식간에 앞치마를 매고 청소를 시작했다. 무릎을 꿇고 앉아서 바닥에 광택을 낸 다음에는 원피스를 벗고 개수대에서 몸을 씻었다. 그리고 축축 늘어지는 창백한 색의 머리카락을 빗으로 빗은 다음, 한 다발씩 핀으로 깔끔하게 정리했다. 둥글게 구부러진 머리카락 다발들이 작은 소시지처럼 그녀의 얼굴을 에워쌌다. 애니는 다시 원피스를 입고 식탁에 앉았다. 그와 거의 동시에 문이 열리더니 롭 블레이크의 모습이 드러났다.

그는 마른 몸이 조금 굽은 듯했으며, 미안한 표정을 짓고 있었다. 그가 정중하게 물었다. "바빠, 애니?"

"앉아." 그녀가 날카롭게 명령했다. 롭은 문간에서 잠시 구부정하게 서 있다가 걸음을 조심하며 안으로 들어왔다. 그래도 애니는 반짝이는 장판 바닥에 먼지투성이 발자국이 남은 것을 보고 움찔거렸다. "너무 그러지 마." 롭이 상냥하면서도 비꼬는 듯한 어조로 말했다. "일주일에 한 번 정도는 먼지투성이 나를 참아줄 수 있잖아, 안 그래?"

애니는 뻣뻣한 미소를 지었다. 그가 의자 하나를 빼내 앉는 동안 그녀는 불안한 표정으로 그에게서 파란 눈을 떼지 않았다. "애니?"

그가 달래듯이 말했지만 애니는 대답하지 않다가, 조금 뒤 이렇게 말했다. "딕이 소식을 보냈어. 결혼할 생각이라고."

"결혼? 지금? 그럼 우리가 곤란해지는데, 안 그래?"

"내가 보기에 **당신은** 전혀 곤란한 것 같지 않은데." 애니가 쏘아붙였다.

"이봐…… 애니……." 그가 호소하는 듯한 미소를 지으며 말했다. 애니는 전혀 누그러지는 기색이 없었다. 롭은 꿈쩍도 하지 않는 그녀의 얼굴을 보고 미소를 지웠다. 그러고는 주머니에서 봉투를 하나 꺼내 그녀 쪽으로 밀었다.

"고마워." 애니는 봉투를 거들떠보지도 않았다. 이내 지독한 원망이 속에서 마구 치받고 올라와 그녀는 이런 말을 하고 말았다. "**그 여자**한테서 돈을 잘도 빼돌렸네."

롭은 이 말을 그냥 넘겼다. 그리고 그 분노의 갑옷을 뚫을 방법을 찾으려는 듯이 계속 아내를 바라보았다. 그는 혀끝으로 입술을 핥으며 불안한 듯 아내를 지켜보았다.

"어떤 여자들은 아이를 돌보고 살림을 하는 책임에서 자유로워지는 방법을 잘 알지. 자기 멋대로 하다가 아무나 마음에 드는 사람을 골라잡는 거야. 더러운 일은 하나도 안 하고."

롭은 한숨을 내쉬었다. 그가 막 일어서려는데 애니가 다그치듯 물었다. "차 한잔할래?"

"그것도 괜찮지." 롭은 다시 의자에 몸을 맡겼다.

애니가 그에게 등을 돌리고 불 앞에서 차를 준비하는 동안 그는 부엌을 둘러보았다. 피로와 절망 때문에 빈정거리는 듯한 표정이었다. 나이를 먹었지만, 어깨는 아직 처지지 않았다. 그는 말을 고르려고 애쓰면서 입을 열었다. "지금은 당신이 할 일이 그리 많지 않겠네, 애니."

하지만 그녀는 대답하지 않았다. 그냥 찻잔 두 개를 들고 돌아와 그의 잔에 설탕을 넣어주었다. 이 아내다운 행동에 그는 용기를 얻었다. "애니." 그가 말을 시작했다. "애니…… 우리가 찬찬히 대화를……." 그는 찻잔을 보지 않고 서투르게 차를 저으며 앞으로 몸을 기울였다. 그 바람에 찻잔이 넘어졌다. "세상에, 이것 좀 봐." 애니가 소리쳤다. "이렇게 어지르면 어떻게 해." 그녀는 급히 행주를 가져와 식탁을 닦았다.

"그냥 한 방울 흘린 것뿐이야, 애니." 그는 분노에 찬 그녀에게서 조금 몸을 움츠리며 겨우 한마디 했다.

"그냥 한 방울…… 내가 한나절 내내 열심히 쓸고 닦아도 1분만 지나면 집이 돼지우리처럼 변한다니까."

그의 얼굴이 과거의 짜증스러운 일들을 떠올리고 어두워졌다.

"그래, 나도 들었어." 애니가 그를 비난하듯이 말을 이었다. "그 여자는 저녁식사 때까지도 침대를 그냥 내버려둔다며. 일주일이 다 지나도록 청소도 하지 않고."

"그래도 그녀는 바닥을 깨끗하게 닦는 일보다 나한테 더 신경을 써줘." 그가 소리쳤다. 이제 두 사람은 증오에 차서 서로를 바라보고 있었다.

이 민감한 순간에 누군가가 소리쳤다. "롭, 롭!"

애니가 성난 얼굴로 소리쳤다. "그 여자가 당신을 아주 꽉 잡았군. 당신을 시중들고 염탐하는 걸로 모자라서 이젠 쫓아오기까지."

"롭! 거기 있어, 롭?" 크고 자신감이 넘치는 여자 목소리였다.

"목소리도 딱 생긴 그대로네. 제대로……."

"닥쳐." 롭이 말을 잘랐다. 그는 무겁게 숨을 몰아쉬고 있었다. "그놈의 혀 좀 놀리지 마."

그녀의 눈에 눈물이 가득해졌지만, 앙심을 품은 푸른 눈이 눈물 속에서도 밝게 빛났다. "롭, 롭, 저 여자가 이렇게 부르면 당신은 강아지처럼 달려가지."

롭은 식탁에서 무겁게 일어섰다. 문에서 시끄러운 노크 소리가 났다.

모욕감에 애니의 입술이 파르르 떨렸다. **롭은** 처음에 본능적으로 그녀 편이 되어주려고 했다. 그녀도 그것을 알 수 있었다. 그는 미안한 표정으로 그녀를 바라보다가 문으로 가서 아주 조금만 문을 열고는 분노에 찬 목소리로 나직하게 말했다. "이런 짓 하지 마. 알았어!" 그는 문을 닫고 애니를 향해 돌아서서 문에 몸을 기댔다. "애니." 그가 어색하게 호소하듯이 다시 말했다. "애니……."

하지만 그녀는 떨리는 양손을 포개고 식탁에 앉아 있었다. 단단하게 굳은 얼굴은 그의 말을 들으려 하지 않았다.

"아, 됐어!" 그가 결국 절망감에 화를 냈다. "당신은 항상 당신만 옳지? 자기가 옳지 않으면 못 견디는 사람이야, 당신은. 아주 성자 나셨네." 그는 곧바로 나가버렸다.

애니는 바깥이 조용해질 때까지 꼼짝도 않고 앉아 있다가 깊이 숨을 들이쉬고는 두 주먹으로 뺨을 눌렀다. 마치 떨리는 손을 진정시키려는 것 같았다. 메리 브룩이 들어왔을 때도 그녀는 같은 모습이었다. "그 사람을 그냥 보냈어?" 메리가 믿을 수 없다는 듯이 말했다.

"아주 속이 시원해."

메리는 어깨를 으쓱하고는 용기 있게 한마디 했다. "그 사람한테 너무 심하게 굴지 마, 애니. 기회를 한 번 줘."

"차라리 그 사람이 죽는 걸 보고 말지." 애니가 떨리는 입술로 말했다. "난 마흔다섯 살이야. 이미 폐기물 신세나 마찬가지지." 그녀는 잠시 가만히 있다가 차가운 목소리로 말을 이었다. "우린 25년 동안 같이 살았어. 아이 셋을 키우면서. 그런데 그 사람이 그…… 그 여자랑……."

"그 사람한테서 벗어난 건 잘한 일이야. 그건 사실이야." 메리가 재빨리 말했다.

"그래, 맞아. 나도 알아." 애니는 의자에 앉은 채 몸을 좌우로 흔들었다. 얼굴은 돌처럼 굳어 있었지만, 계속 눈물이 흘러 코를 지나 턱으로 떨어졌다. 그녀의 하얀 옷깃에 눈물방울들이 톡톡 떨어졌다.

"애니." 메리가 간청하듯 말했다. "애니……."

애니의 얼굴이 파르르 떨렸다. 메리는 그녀에게 다가와 그녀를 끌어안았다. "괜찮아, 잘했어. 괜찮아, 괜찮아."

"내가 왜 이러는지 모르겠어." 애니가 울면서 말했다. 메리의 널찍한 어깨에 파묻힌 목소리가 작게 들렸다. "내 못된 혀를 가만히 둘 수가 없어. 그 사람도 거기에 아주 질려버린 거야. 꼴도 보기 싫겠지. 내가 그 사람을 몰아냈어. 나도 어쩔 수가 없어. 내가 왜 이러는지 모르겠어."

"자, 자, 괜찮아, 괜찮아." 크고 뚱뚱하고 편안한 여자가 연약한 애니를 아기처럼 안고 얼렀다. "너무 괴로워하지 마. 그 사람은 다시 올 거야. 두고 봐."

"그럴 것 같아?" 애니가 얼굴을 들고 물었다. 친구가 자기를 위로하려고 거짓말을 하는 게 아닌지 살피려는 것 같았다.

"내가 지금 가서 그 사람을 다시 데려올까?"

애니는 그러기를 바라면서도 머뭇거렸다. "그래도 괜찮을까?"

"내가 가서 **그 여자**가 없을 때 슬쩍 말해볼게."

"그렇게 해줄 거야, 메리?"

메리는 일어나서 구겨진 옷을 폈다. "기다리고 있어." 그녀는 간청하듯이 말하고는 문으로 가서 밖으로 나가며 말을 이었다. "너무 괴로워하지 마, 애니. 그 사람한테 기회를 줘."

"나더러 그 사람한테 달려가서 돌아오라고 애원하라고?" 애니의 자존심이 눈물 속에서 튀어나왔다.

그 남자

"그 사람이 돌아오기를 바라는 거야, 아니야?" 메리가 마지막까지 참을성을 발휘하며 애니를 다그쳤다. 하지만 이제는 조금 화난 기색이 엿보였다. 애니가 아무 말도 하지 않았기 때문에 메리는 그냥 밖으로 뛰어나갔다.

애니는 긴장한 표정으로 문을 지켜보며 가만히 앉아 있었다. 하지만 머릿속에서는 모호하고, 반항적이고, 분노에 찬 생각들이 돌아다녔다. 그 사람을 내 곁에 두려면 난 결코 내 생각을 말할 수 없어. 진실을 말할 수 없어. 그 사람한테 난 편리한 존재일 뿐이야. 하지만 내가 이런 말을 하면 그 사람은 그냥 일어나서 나가버릴…….

하지만 이것이 진실의 전부는 아니었다. 그의 얼굴에 드러나 있던 애정을 떠올리자 순간적으로 원망이 사그라들었다. 하지만 곧 오랜 세월 힘들었던 자신의 삶, 한없이 일만 하던 삶이 다시 떠올랐다. 지금 다시 그때로 돌아간 듯 모든 것이 한꺼번에 떠올랐다. 아이들이 어렸을 때 요통에 시달리던 일, 자신은 몸도 가누기 힘들 정도인데 그는 침대에 누워 신문을 읽던 일……. 이런 건 옳지 않아. 그녀는 혼자 외쳤다. 옳지 않아……. 자신이 지독히 부당한 일을 당했다는 생각이 그녀를 사로잡았다. 하지만 그를 곁에 두고 싶다면 이 생각을 반드시 억눌러서 다시 올라오지 못하게 해야 했다. 그녀는 마침내 깨달았다. 그가 없으면 자신의 인생에는 아무런 의미가 없다는 것을. 이것이 다른 어떤 생각보다도 강렬했다.

다른 여자

로즈의 어머니는 어느 날 오전 장을 보러 가려고 길을 건너다가 세상을 떠났다. 일터에 있던 로즈가 연락을 받고 달려와 보니, 젊은 경찰관이 안쓰럽다는 듯 어색하게 이런저런 질문을 던지고는 마지막으로 이렇게 말했다. "아버지께 연락하셔야 됩니다. 아버지도 아셔야지요." 경찰관은 로즈가 아버지 이야기를 꺼내지 않은 것을 이상하게 생각했지만, 그녀가 당연히 유일한 보호자인 듯 그녀를 대했다. 로즈가 지나치게 침착한 것이 자연스러워 보이지 않았다. 그녀는 입을 꾹 다물었고, 눈에도 긴장된 빛이 흘렀다. 경찰관은 아버지에게 연락하라고 강력히 권고했다. 하지만 막상 아버지가 왔을 때 로즈는 차 한잔을 들려 아버지를 곧장 침대에 눕혔다. 로즈의 아버지 존슨 씨는 통통하고 살결이 하얀 자그마한 남자였다. 가느다랗고 밝은색 머리카락이 장밋빛 두피를 덮고 있었고, 파란 눈에는 솔직함과 신뢰가 담겨 있었다. 로즈는 다시 부엌으로 돌아왔다. 경찰관은 그녀의 태도를 보고 자신이 가주기를 그녀가 바란다는 것을 알아차렸다. 문간에서 경찰관은 머뭇거리며 말했다. "저, 고인의 명복을 빕니다. 진심으로. 무서운 일을 당하셨어요. 그래도 그 트럭 운전수를 비난하시면 안 됩니다. 댁의 어머님도…… 어머님의 잘못도 아니고요." 로즈는 하얗게 질린 얼굴과 차갑게 반짝이는 눈으로 경찰관을 바라보며 신랄하게 말했다. "명복을 빈다고 해서 부러진 뼈가 다시 붙는 건 아니죠." 로즈는 본인이 한 말에 스스로 놀랐는지 몸을 움찔했다. 얼굴로 눈물이 줄줄 흘러내렸지만, 그녀는 곧 다시 턱에 힘을 주고 무거운 목소리로 말했다. "트럭들, 기계들, 그것들을 전부 멈춰야 해요. 그게 내 생각입니다." 이 비이성적인 말에 경찰관은 마음이 놓였다. 이것은 슬픔에 더 가까운 말이었으므로. 그는 이런 감정이 그녀에게 좋은 영향을 미칠 것이라고 생각했다. 그래서 격려하듯 말했다. "그렇긴 합니다만, 기계가 없으면 우리도 살 수 없는 시대가 되었습니다. 그렇죠?" 로즈는 표정을 전혀 바꾸지 않고 정중하게 말했다. "그런가요?" 나는 믿을 수 없으니 그만두라는 말투였다. 이 간단한 대답은 결국 "당신은 당신 마음대로 생각하세요. 나도 내 마음대로 생각할 테니"라는 뜻이었다. 기계의 시대를 전부 거부하는 말. 경찰관은 계속 미적거리며 다시 말했다. "함께 있어줄 사람이 없습니까? 안색이 좋지 않은데요. 확실히."

"그런 사람은 없습니다." 로즈는 짤막하게 대답한 뒤 말을 덧붙였다. "난 괜찮아요." 짜증이 난 것 같은 목소리였기 때문에 경찰관은 가버렸다. 로즈는 식탁에 앉아 자신이 방금 한 말들을 생각해보다가 충격을 받았다. 조지한테 알려야 하는데……. 이런 생각을 하면서도 그녀는 움직이지 않았다. 멍하니 부엌을 둘러보는 그녀의 머릿속에서 여러 가지 생각이 흐릿하게 소용돌이쳤다. 그중에는 아버지가 충격을 많이 받은 것 같으니 아버지를 돌보느라 바빠지겠다는 생각도 있었다. 경찰관들, 관리들은 모두 사람에게 가장 좋은 일이 뭔지 잘 안다는 듯 중뿔나게 나서는 참견쟁이라는 생각도 있었다. 문득 깨닫고 보니 그녀는 벽에 걸린 어떤 그림을 바라보며 이런 생각을 하고 있었다. '이제 저 그림을 내릴 수 있겠네. 어머니가 안 계시니까 내 마음대로 할 수 있어.' 조금 죄책감이 느껴졌지만, 거의 그와 동시에 로즈는 기운차게 일어나서 그 그림을 내렸다. 폭풍이 이는 바다에 떠 있는 전함의 그림이었는데, 로즈는 이 그림이 무척 싫었다. 그녀는 그림을 찬장에 넣어버렸다. 그러고 나니 벽에 남은 하얀 사각형 자국이 거슬려서 노란 장미가 그려진 달력을 그 자리에 걸었다. 그녀는 자신이 마실 차를 한잔 끓인 뒤 아버지의 저녁식사를 준비하며 생각했다. 아버지를 깨워서 뭐라도 좀 드시게 해야지. 뜨거운 걸 좀 드시면 좋을 거야.

저녁식사 때 아버지가 물었다. "조지는 어디 있니?" 로즈는 짜증스러워서 아버지에게 장벽을 친 얼굴로 이렇게 말했다. "몰라요." 아버지는 충격을 받아 반발했다. "로지, 조지한테 알려야지. 그게 마땅한 일이야." 로즈는 하루 종일 이 사실에 맞서 마음을 다지고 있었지만, 조만간 조지에게 연락할 수밖에 없다는 사실을 알고 있었다. 설거지를 끝낸 뒤 그녀는 서랍장에서 종이 한 장을 꺼내 편지를 쓰려고 자리에 앉았다. 사실 아버지 못지않게

다른 여자

로즈 본인도 놀라고 있었다. 나는 왜 조지한테 연락하는 걸 싫어하는 거지? 아버지는 특유의 부드러운 태도로 이렇게 말했다. "로지, 조지가 일하는 공장으로 전화를 걸면 되잖아. 거기 사람들이 조지에게 말을 전해줄 거다." 로지는 이 말을 듣지 못한 척했다. 편지를 다 쓰고 나서 지갑을 뒤져 우표 값으로 동전 몇 개를 찾아낸 그녀는 편지를 부치러 밖으로 나갔다. 그러고 나서 자신이 조지가 도착할 순간을 거의 두려워한다고 해도 될 만큼 꺼리고 있음을 깨달았다. 자신을 이해할 수 없었다. 로즈는 곧 잠으로 자신을 잊어보려고 침대에 누웠다. 꿈에 어머니를 죽인 화물트럭이 나왔다. 거대한 검은 기계가 커다란 팔을 앞뒤로 계속 움직이는 모습도 보였다. 로즈를 위협하는 듯한 동작이었다.

조지는 다음 날 저녁 퇴근해서 돌아온 뒤 그 편지를 발견했다. 가장 먼저 든 생각은 '장모님이 다음 주에, 우리가 결혼한 다음에 돌아가셨으면 좀 좋아?'였다. 그리고 이 잔인하고 이기적인 생각에 충격을 받았다. 하지만 그와 로즈는 3년째 사귀는 중이었으므로, 이 무참한 죽음 때문에 결혼식에 구름이 끼게 된 것이 운명의 잔인한 장난이라는 생각을 떨쳐버릴 수 없었다. 그는 원래 로즈의 어머니를 좋아하지 않았다. 호들갑스럽게 남을 휘두르려고 한다고 생각했기 때문이다. 하지만 아직 힘이 넘치는 오십대에 그런 식으로 갑자기 세상을 떠나다니. 퍼뜩 이런 생각이 들었다. '로지가 가엾네. 많이 놀랐을 텐데. 게다가 장인어른도 있지. 덩치만 큰 아기 같은 분. 내가 빨리 가봐야겠어.' 그런데 편지를 주머니에 넣다가 또 다른 생각이 들었다. '왜 편지를 보냈지? 직장으로 전화를 해도 됐을 텐데.' 편지를 다시 읽어보니, 존슨 부인이 돌아가신 것이 무려 어제 오전이라는 내용이 적혀 있었다. 처음에는 너무 기가 막혀서 화도 나지 않았지만, 곧 걷잡을 수 없이 화가 치솟았다. "뭐! 이게 무슨…… 이 여자 무슨 생각이야?" 그도 가족이 아니었던가. 아니, 가족이나 다름없는 사이가 아니었던가. 그런데 로즈는 '친애하는 조지에게'로 시작하는 딱딱한 편지를 보냈다. 끝에는 '로즈'라는 이름만 있을 뿐 '사랑하는' 같은 다른 인사말이 없었다. 하지만 분노하는 와중에도 조지는 속으로 깊이 당황하고 있었다. 최근 로즈가 거의 무심하게 보일 만큼 냉담하게 굴던 기억이 났다. 예를 들어 앞으로 함께 살게 될 방 두 개짜리 아파트에 데려갔을 때도 로즈는 조지처럼 기뻐하지 않고 온갖 트집을 잡았다. "계단이 너무 많아. 집이 너무 높은 층에 있다고." 이런 식이었다. 마치 결혼을 그리 바라지 않는 것처럼 보일 정도였다. 하지만 이런 생각만으로도 참을 수 없었기 때문에 조지는 그 가능성을 재빨리 지워버렸다. 처음에, 그러니까 3년 전에는 로즈가 그에게 당장 결혼하자고 애원했다. 조금은 운에 맡기는 것도 괜찮다면서, 자기들보다 훨씬 돈이 없는데도 결혼하는 사람들이 많다고 그녀는 말했다. 하지만 조지는 조심스러운 사람이었으므로, 어느 정도 기반이 잡힐 때까지 기다리자고 그녀를 설득했다. 지금 생각하니 그것이 실수였다. 그때 그녀의 말을 받아들여 당장 결혼했어야 했다. 그리고……
조지는 로즈를 위로해주려고 서둘러 런던 시내를 가로질렀다. 그동안 내내 그녀에 대해 불편하고 불만스러운 느낌이 머리를 떠나지 않았다. 길을 잃은 아이처럼 불안했다.

로즈의 집 부엌에 들어설 때 그의 머릿속에는 그곳에서 어떤 광경을 보게 될지 명확한 생각이 없었다. 하지만 그녀가 식탁에서 항상 앉는 자리에 앉아 창백한 얼굴로 손을 한데 포개고 있는 모습을 보고 깜짝 놀랐다. 눈꺼풀이 무겁게 내려와 있었지만 상당히 침착한 모습이었다. 부엌은 티끌 하나 없이 깨끗했고, 비누 거품의 깨끗한 냄새와 따스함이 느껴졌다. 방금 아주 깨끗하게 청소를 했음이 분명했다.

로즈는 무거운 눈으로 그를 바라보며 말했다. "와줘서 고마워, 조지."

조지는 그녀에게 위로하듯 입을 맞춰줄 생각이었지만, 그녀의 모습에 놀라고 말았다. 분노가 더욱 깊어졌다. 그래서 그는 비난하듯이 말했다. "이봐, 이게 다 뭐야, 로지? 왜 나한테 알리지 않았어?"

로즈는 당황한 표정이었지만 변명하듯이 말했다. "모든 게 너무 빨리 끝나버리고, 사람들이 엄마를 데려갔어. 그래서 공연히 당신까지 귀찮게 할 필요가 없을 것 같았어."

조지는 의자 하나를 빼서 그녀와 마주보는 자리에 앉았다. 3년이나 사귀었으니 로즈에 대해 모르는 것이 없다고 생각했지만, 지금 그는 고민스럽고 걱정스러운 시선으로 그녀를 바라보고 있었다. 그녀가 낯설게 보였다. 그녀는 몸집이 작고 가무잡잡했으며, 좀 지나치게 마른 편이었다. 날카롭고 창백한 얼굴은 간혹 예뻐 보이기도 했다. 평소 그녀의 옷차림은 어두운 색깔의 치마와 하얀 블라우스였다. 그녀는 아침에 항상 깨끗하게 입을 수 있게 밤에 블라우스를 빨아서 다림질했다. 이런 깔끔함이 그녀의 가장 커다란 특징이었다. "누가 당신을 붙들고 산울타리를 뒷걸음질로 통과해도 당신은 머리카락 한 올 흐트러지지 않을 것 같아." 조지는 이런 말로 그녀를 놀리곤 했다. 그러면 그녀는 이렇게 대답했다. "웃기는 소리. 내가 설마 그러겠어?" 아주 진지한 표정이었으므로, 조지는 장난처럼 한숨을 내쉬며 그녀에게 유머 감각이 전혀 없음을 인정했다. 하지만 사실 그는 그녀의 진지함, 차분하고 현실적인 성격을 좋아하고 의지했다. 그래서 지금도 다소 무기력하게 말했다. "흥분하지 마, 로지. 다 괜찮으니까."

"흥분하는 거 아니야." 로즈가 조용히 그를 바라보면서, 아니 그가 그 자리에 있지 않은 것처럼 그 너머를 바라보면서 굳이 필요하지도 않은 대답을 했다. 참을성 있게 상대의 반응을 기다리는 것 같은 표정이었다. 이제 조지는 화가 난다기보다 걱정스러워졌다. "장인어른은 어떠셔?" 그가 물었다.

"차 한잔을 끓여서 침대에 눕혀드렸어."

"충격을 받지는 않으셨고?"

로즈가 어깨를 으쓱하는 것 같았다. "뭐, 놀라긴 하셨지. 하지만 지금은 잘 이겨내고 계셔."

조지는 이제 아무리 애를 써도 할 말을 생각해낼 수 없었다. 시계가 똑딱거리는 소리가 엄청 크게 들려왔다. 조지는 시끄럽게 소리를 내며 발을 꼼지락거렸다. 한참 침묵이 흐른 뒤 조지가 공격적으로 말했다. "그래도 우리 일이 달라지지는 않을 거야. 다음 주 예정대로 가는 거지, 로지?"

 조금 더 침묵이 흐른 뒤 로즈가 모호한 시선으로 그를 바라보았을 때, 조지는 예정이 달라졌음을 깨달았다. "아, 글쎄, 나도 잘 모르겠어……."

 "그게 무슨 소리야?" 조지가 재빨리 반박하며 몸을 앞으로 기울여 빨리 대답하라고 그녀를 압박했다. "무슨 소리인지 지금 털어놓고 말해, 로지."

 "음…… 아버지가 계시잖아." 로즈가 여전히 모호하게 말하는 모습에 조지는 미칠 것 같았다.

 "우리가 결혼하지 않을 거라는 뜻이야?" 조지가 화를 내며 소리쳤다. "3년이야, 로지……." 로즈는 계속 침묵했다. "장인어른이랑 우리가 같이 살면 돼. 아니면…… 장인어른이 재혼해도 되고."

 갑자기 로즈가 웃음을 터뜨리는 바람에 조지는 움찔했다. 로즈가 이렇게 거친 웃음을 터뜨릴 때면 조지는 항상 불안했다. 잔혹한 웃음 같아서 고통스럽기도 했다. 로즈가 서투르게 조롱하듯 말했다. "당신 말은, 아버지가 재혼하면 좋겠다는 거지? 다른 사람들은 그런 생각을 전혀 하지 않는데도." 로즈의 눈에 눈물이 가득했다. 고독하고 자부심이 강한 눈물이었다. 조지는 천천히 의자에 몸을 묻고, 양손도 힘없이 떨어뜨렸다. 도저히 이해할 수 없었다. 그녀를 이해할 수 없었다. 로즈가 아예 그와 결혼할 생각이 없는 것 같다는 생각이 번득 머리를 스쳤지만, 그건 너무 끔찍했다. 조지는 속으로 자신을 달랬다. '내일이면 로지도 괜찮아질 거야. 지금은 충격에서 아직 회복하지 못해서 그래. 어머니를 정말 좋아했으니까. 고양이처럼 서로를 할퀴어대면서도.' 조지는 막 이렇게 말하려고 했다. "내가 할 일이 없으면 난 이만 갔다가 내일 다시 올게." 그런데 그때 로즈가 조심스레 그에게 물었다. 그에게 주의를 기울이는 것이 그녀에게는 엄청나게 힘든 일인 것 같았다. "차 한잔할래?"

"로즈!" 조지가 비참한 표정으로 소리쳤다.

"왜?" 불행하지만 고집스러운 목소리였다. 조지는 그녀에게 닿을 수 없었다. 장벽 뒤에 숨어서 그를 차단해버린 듯한…… 그런데 무슨 장벽이지? 조지는 알 수 없었다. "젠장, 지옥에나 가버려." 그는 이렇게 중얼거리고는 일어서서 쿵쿵거리며 부엌을 나갔다. 문간에서 호소하듯 그녀를 바라보았으나 그녀는 그를 보지 않았다. 조지는 문을 쾅 닫았다. 그러고는 죄책감을 느꼈다. '로지는 지금 마음이 안 좋은 상태인데 내가 함부로 굴었어.'

하지만 로즈는 조지를 생각하지 않았다. 계속 같은 자세로 앉아 노란 장미가 있는 달력을 모호하게 한동안 바라보다가 일어나서 손을 씻고, 어느 때처럼 문 뒤의 고리에 앞치마를 걸고 잠자리에 들었다. "다 끝났어." 그녀는 혼잣말을 했다. 조지를 뜻하는 말이었다. 눈물이 났다. 자신은 그와 결혼하지 않을…… 아니 결혼**할 수** 없을 것이다. 왜 이런 생각이 드는지, 자신이 왜 울고 있는지 알 수 없었다. 자신의 행동을 스스로도 이해할 수 없었다. 몇 시간 전까지만 해도 그녀는 조지와 결혼해서 작은 아파트에서 함께 살 예정이었다. 모든 것이 준비되어 있었다. 하지만 밖에서 사람들이 충격을 받은 목소리로 "존슨 부인이 죽었어"라고 말하는 것을 들은 순간부터, 그 순간부터(지금 생각해보니 그랬던 것 같았다) 조지와 결혼하는 것이 불가능해졌다. 그전까지 그는 그녀에게 모든 것이었다. 그가 곧 그녀의 미래였다. 하지만 순식간에 그의 의미가 모조리 사라져버렸다. 충격적이었다. 자신이 분별 있는 인간임을 무엇보다 자랑스러워하던 사람이 그녀인데. 로즈가 남에게 해줄 수 있는 최고의 칭찬 또한 "분별 있는 사람이군요"라든가 "정신 사납게 굴지 않고 깔끔하게 행동하는 사람이 좋아요" 같은 것이었다. 따라서 분별 없어 보이는 행동에 대해서는 자세히 생각하지 않았다. 로즈는 벽 너머에 누워 있는 아버지가 듣지 못하게 소리를 죽여가며 한참 동안 울었다. 그러고는 말똥말똥 누워서 빛이 새어드는 사각형 창문을 빤히 바라보았다. 비 내리는 런던의 새벽하늘에서 흩어지고 있는 누르스름한 구름과 굴뚝 꼭대기의 통풍관이 보였다. 로즈는 자신을 경멸하며 꾸짖었다. '울긴 왜 울어?' 그러면서 눈물을 닦았다. 눈물은 계속 솟아나 뺨을 흠뻑 적시고, 이미 축축하게 젖은 베개로 스며들었다.

다음 날 아침 아버지가 식탁에서 차를 마시며 물었다. "로지, 조지는 어떻게 할 거니?" 로즈는 차분하게 대답했다. "어젯밤에 그 사람이 와서 얘기했어요. 아무 문제없어요."

"무슨 얘기를 했다는 거야?" 아버지가 조심스레 물었다. 자고 일어나서 기운을 차린 그의 둥근 얼굴이 흐려지고, 아이처럼 또렷한 파란 눈도 마뜩잖은 표정을 띠고 있었다. 아버지의 직장동

료들은 아버지를 쾌활하고 유머러스하며, 마음이 따뜻하고 잘 웃는 사람, 인생과 정치에 대해 자기만의 생각을 갖고 있는 사람으로 알고 있었다. 하지만 집에서 아버지는 이렇다 할 의견 없이 편안하게만 지냈다. 25년 동안 결혼생활을 한 아내는 겉으로 보기에는 그가 뭐든 마음대로 하게 해주면서 모든 책임을 자신이 졌다. 아버지도 이것을 알고 있었다. 그래서 아내에 대해 이렇게 말하곤 했다. "일단 그 여자가 마음을 정하고 나면, 무슨 소리를 해도 쇠귀에 경 읽기야!" 그런데 지금 그는 예전에 아내를 보던 시선으로 딸을 보고 있었다. 딸의 계획이 무엇인지는 몰라도, 자신의 의견은 전혀 영향을 미치지 못하리라는 것을 확신하는 표정이었다.

"아무 문제도 없어요, 아빠." 로즈가 조용히 말했다.

아마 그렇겠지. 그는 속으로 생각했다. 뭐가 어떻게 된 건지는 모르겠지만. 그가 물었다. "공연히 결혼하지 않겠다는 둥, 그런 생각을 할 필요는 없어. 난 괜찮아." 딸은 아버지에게 시선을 주지 않고, 그의 잔에 그가 좋아하는, 단맛이 나는 진한 갈색 차를 따라주었다. 그리고 다시 말했다. "아무 문제도 없어요." 아버지는 굴하지 않았다. "나중에 후회할 짓은 하지 마, 로지. 넌 지금 냉정한 상태가 아니잖니. 시간을 두고 잘 생각해봐라."

딸은 아무 대꾸도 하지 않았다. 아버지는 한숨을 내쉬고는 신문을 들고 벽난로 앞으로 갔다. 일요일이었다. 조지가 찾아왔을 때 로지는 저녁식사를 준비하는 중이었다. 로즈의 아버지 젬은 조지에게 고갯짓으로 인사를 건넨 뒤 두 사람에게 등을 돌렸다.

자신을 없는 사람으로 쳐도 좋다는 뜻이었다. 그는 속으로 이런 생각을 하고 있었다. '조지는 좋은 녀석이야. 저 애가 조지를 포기한다면 멍청한 짓을 하는 거지.'

"로지?" 조지가 도전적으로 말했다. 간밤에 잠을 이루지 못하고 느꼈던 비참한 기분이 그에게서 터져 나왔다.

"응, 왜?" 로즈가 접시를 닦으며 얼버무리듯이 대답했다. 계속 숙이고 있는 그녀의 얼굴은 창백하게 굳어 있었다. 막상 저렇게 힘들어하는 조지의 얼굴을 보니 자신의 결정에 확신이 서지 않았다. 울고 싶은 기분이었지만, 지금 그의 앞에서 울 수는 없었다. 그녀는 그에게 등을 돌리고 설 수 있게 일부러 창가로 갔다. 집이 지하에 있었으므로, 위를 올려다보니 맞은편의 축축한 회색 집들을 배경으로 더러운 검은색의 난간과 쓰레기통이 보였다. 그녀가 기억하는 한 창가에서 바라볼 수 있는 세상은 이것이 전부였다. 조지가 머뭇머뭇 말하는 소리가 들렸다. "우리가 정한 대로 수요일에 나랑 결혼해. 당신 아버지는 괜찮을 거야. 여기 계셔도 되고 우리랑 같이 살아도 돼. 당신이 원하는 대로 할게."

"미안해." 로즈가 잠시 침묵하다가 말했다.

"도대체 왜 이러는 거야, 로지? 왜?"

침묵이 흘렀다. "나도 모르겠어." 로즈가 중얼거렸다. 고집스럽고 불행한 목소리였다. 조지는 그녀가 약한 모습을 잠시 드러낸 이 순간을 놓치지 않고 그녀의 어깨를 한 손으로 짚으며 호소했다. "로지, 넌 지금 냉정한 상태가 아니야. 그래서 그래." 하지만 로즈는 어깨에 힘을 주더니 발작하듯 몸을 움직여 그의 손을 떨쳐내고는 성난 목소리로 말했다. "미안하다고, 그래봤자 소용 없다고, 내가 계속 말하잖아."

"3년이야." 조지가 놀라움과 분노가 섞인 표정으로 그녀를 바라보며 천천히 말했다. "3년이라고! 그런데 날 이렇게 차버리는 게 어딨어!"

로즈는 곧바로 대답하지 않았다. 자신이 얼마나 끔찍한 짓을 하고 있는지 알면서도 멈출 수가 없었다. 예전에는 그를 사랑했지만, 지금은 그를 보면 화가 났다. "당신을 차버리는 게 아니야." 그녀가 변명하듯 말했다.

"차버리는 게 아니라고!" 조지가 기가 차다는 듯이 고함을 질렀다. 고통과 분노로 굳은 표정이었다. "그럼 뭘 하는 건데?"

"나도 몰라." 로즈가 무기력하게 말했다.

조지는 그녀를 노려보다가 갑자기 작은 소리로 욕을 한마디 하고는 문으로 갔다. "이게 마지막이야. 넌 지금 날 가지고 놀고 있어, 로지. 네가 나한테 이러면 안 돼. 이런 걸 참을 사람은 아무도 없지. 나도 마찬가지고." 로즈가 아무 소리도 하지 않았기 때문에 조지는 곧장 밖으로 나가버렸다.

젬이 천천히 신문을 내리고 한마디 했다. "지금 무슨 짓을 하는 건지 잘 생각해봐야 할 거다, 로지."

로즈는 대답하지 않았다. 그녀는 줄줄 흘러내리는 눈물을 짜증스럽게 훔치고는 오븐을 향해 몸을 숙였다. 얼마쯤 시간이 흐른 뒤 젬은 신문 너머로 몰래 딸을 지켜보았다. 서랍장 옆에 수건걸이가 있었다. 로즈는 그것을 고정한 나사를 풀어 위치를 옮기는 중이었다. 바퀴 달린 서랍장도 반대편 구석으로 옮기고, 벽난로 선반 위의 여러 장식품들도 이리저리 옮겼다. 젬은 로즈가 그 장식품들 하나하나를 두고 제 엄마와 싸우던 것을 떠올렸다. 두 여자는 서랍장의 위치에 대해서도, 수건걸이의 높이에 대해서도 도무지 의견이 일치하는 법이 없었다. 그래서 지금 로즈가 제 뜻대로 물건들을 움직이는 거구나. 젬은 이런 생각을 하면서, 조용하지만 단호한 딸의 얼굴에 경탄했다. 엄마가 죽자마자 딸이 모든 것을 제 뜻대로 움직이는 모습이라니……. 일을 마친 뒤 로즈는 차를 끓여서 아버지 맞은편, 어머니가 앉던 의자에 앉았다. 여자들이란. 젬은 속으로 생각했다. 반쯤은 재미있고, 반쯤은 충격적이었다. 그럼 저 애가 그 훌륭한 청년을 차버린 건 도대체…… 뭣 때문이지? 결국 그는 어깨를 으쓱하며 그냥 현실을 받아들였다. 어차피 딸이 제 뜻을 관철하리라는 것을 알고 있었으니까. 게다가 마음속 깊은 곳에서는 기뻐하고 있기도 했다. 딸에게 결혼을 포기하라고 압력을 가할 생각은 결코 없었지만, 자신이 이사하지 않아도 된다는 점과 아무런 방해 없이 예전과 똑같이 살 수 있게 되었다는 점은 반가웠다. 저 애는 아직 젊어. 결혼을 서두르지 않아도 돼. 그는 이렇게 자신을 달랬다.

한 달 뒤, 조지가 다른 사람과 결혼했다는 소식이 들려왔다. 로즈는 순간적으로 후회가 가슴을 찌르는 것 같았지만, 그것은 달리 어떻게 해볼 길이 없는 불가피한 일에 대해 사람들이 느끼는 후회 같은 것이었다. 어느 날 길에서 조지와 우연히 마주쳤을 때 로즈는 "안녕, 조지" 하고 말했다. 조지는 무뚝뚝하고 뻣뻣하게 고개만 끄덕했다. 조지가 지난 일을 아직도 마음에 담아둔 것 같은 모습에 로즈는 심지어 조금 속이 상하기까지 했다. 그는 계속 그녀에게 화를 내야 한다고 생각하는 것 같았다. 그녀는 그에게 친구로서 친절하게 인사를 건네는데, 그가 차갑게 구는 것은 매정한 짓이었다……. 그녀는 그의 아내가 된 여자를 몰래 힐끔거리며 인사를 기다렸지만, 그 여자는 차가운 표정으로 로즈를 외면해버렸다. 그녀도 로즈에 대해 알고 있다는 뜻이었다. 조지가 로즈에게 차인 뒤 그 반동으로 자신과 결혼했다는 사실 역시.

이것은 1938년의 일이었다. 전쟁이 일어날 것이라는 소문과 두려움이 아직은 머릿속에 뚜렷이 자리를 잡기보다 그저 바닥에 깔린 생각 중 하나이던 때. 로즈와 아버지는 모든 생활이 예전과 똑같이 이어질 것이라고 막연히 기대하고 있었다. 어머니가 돌아가신 지 넉 달이 지난 어느 날 젬이 말했다. "이제 일을 그만두지 그러니? 네가 벌어오는 돈이 없어도 살 수 있어. 돈을 함부로 쓰지만 않으면."

"그래요?" 로즈의 회의적인 표정을 보고 젬은 자신의 말이 아무 소용없음을 곧바로 깨달았다. "네 일이 너무 많잖아." 젬이 굴하지 않고 말했다. "청소에 요리에, 하루 종일 밖에서 일도 하고."

"남자들이란." 로즈가 짧게 말했다. 딱히 면박을 주는 것은 아니지만, 터무니없다는 듯 코웃음도 쳤다.

"네가 굳이 그럴 이유가 없어." 젬은 소용없다는 것을 알면서도 계속 말했다. 그의 아내도 로즈가 열여섯 살이 돼서 자기 일을 대신 해줄 수 있게 될 때까지 일을 고집했었다. "여자들도 반드시 독립적으로 살아야 돼." 아내는 이렇게 주장했다. 그리고 지금 로즈도 이렇게 말했다. "난 독립적으로 살고 싶어요."

젬이 말했다. "여자들이란. 다들 여자는 자기를 먹여 살려줄 남자만 있으면 된다고 말하는데, 너랑 네 엄마는 일하지 말라는 소리가 마치 너희한테서 뭘 빼앗으려는 수작이라도 되는 것처럼 구니, 원."

"여기서도 여자, 저기서도 여자. **여자들 전체**가 어떤지는 나도 몰라요. 난 그저 내가 무엇을 원하는지만 알아요."

젬은 노동조합운동 시기에 어린 시절을 보낸 구식 '노동자' 타입이었다. 그는 일주일에 한두 번 회합에 참석했으며, 가끔 친구들이 집에 와서 차를 마시며 토론을 벌이기도 했다. 오래전부터 그는 아내에게 말했다. "그들이 당신한테 임금을 제대로 준다면야 얘기가 다르지. 당신은 지금 하루에 열 시간씩 일하지만, 그게 다 저 위에 있는 놈들 차지가 되잖아." 이번에도 그는 로즈에게 같은 주장을 폈다. 그러자 로즈가 말했다. "아유, 난 정치에 관심 없어요." 젬이 말했다. "하여간 저 놈의 고집은. 제 엄마랑 똑같아."

"그런가보죠." 로즈가 기분 좋게 말했다. 사실 로즈는 어머니와 잘 지내지 못했으며, 그 유능하고 소유욕 강한 어머니에게서 독립하려고 줄곧 싸워야 했다. 하지만 여자가 스스로를 돌볼 줄 알아야 한다는 점에 대해서는 어머니와 같은 의견이었다. 이것은 기억도 나지 않는 어린 시절부터 그녀의 머릿속에 주입된 생각이었다. 어머니는 노조 회합을 남자들에게 반드시 허용해주어야 하는 아이들 장난감 같은 것으로 보고 너그러운 태도를 취했다. 로즈도 같은 생각이었다. 아버지를 기쁘게 해주려고 노동당에 투표하는 것도 역시 어머니가 하던 그대로였다. 아버지가 제과점 일을 그만두라고 그녀에게 호소할 때마다 그녀는 굳건히 대답했다. "앞으로 무슨 일이 생길지 누가 알아요? 조심하지 않는 건 멍청한 짓이에요." 그래서 로즈는 매일 일찍 일어나 지하에 위치한 부엌과 그 위층에 있는 작은 방 두 개를 청소하고 아침식사를 준비하고 장을 본 뒤 가게로 출근했다. 그리고 6시에 집으로 돌아와 아버지에게 저녁식사를 차려주었다. 주말에는 집 전체를 대청소하고 푸딩과 케이크를 만들었다. 저녁 9시쯤이면 대개 두 사람 다 잠자리에 들었다. 외출은 전혀 하지 않았다. 식사하는 동안에는 라디오를 듣고, 그다음에는 신문을 읽었다. 힘든 생활이었지만 로즈는 힘들다고 생각하지 않았다. 만약 그녀가 '행복' 같은 단어를 쓰는 사람이라면, 자신이 행복하다고 말했을 것이다. 가끔은 아쉬운 생각에 잠길 때도 있었다. 조지가 아니라, 그의 아내가 낳을 아기에 대해서. 어쩌면 내가 정말 엄청난 실수를 저지른 걸까? 하지만 로즈는 이런 생각을 곧 눌러버리고 자신을 달랬다. 아직 시간은 많아. 서두를 필요 없어. 지금은 아빠를 혼자 둘 수 없잖아.

전쟁이 터지자 로즈는 그것을 숙명으로 받아들였지만, 아버지는 몹시 당황했다. 원래 그는 옛날 사회주의자들과 같은 미래를 그리고 있었다. 모든 것이 서서히 나아질 것이며, 언젠가는 노동자들이 당연한 듯 작동하는 상식의 힘으로 권력을 잡게 될 것이라고 믿었다. 하지만 그다음에 어떤 세상이 펼쳐질지에 대해서는 생각이 분명하지 않았다. 그저 작은 정원이 딸린 집과 1년에 한 번씩 바닷가에서 보내는 휴가를 막연히 생각했을 뿐이었다. 그의 가족은 단 한 번도 제대로 휴가를 가보지 못했다. 그리고 이번에는 전쟁이 그가 꿈꾼 미래를 부숴버렸다.

"그럼 무슨 좋은 일이라도 생길 줄 알았어요?" 로즈가 비꼬듯이 물었다.

"그게 무슨 소리야?" 젬이 공격적으로 대들었다. "노동당이 정권을 잡았으면 이런 일은 없었어."

"그럴 수도 있고, 아닐 수도 있죠."

"넌 아주 네 엄마랑 똑같아." 젬이 다시 불평했다. "도무지 논리가 없어."

"아버지는 옛날부터 회합에 참석해서 결의안도 만들고 토론도 했는데, 그래도 전쟁이 일어났잖아요." 로즈는 이것으로 논쟁이 끝났다고 생각했다. 비록 한 번도 말로 표현하지는 못했지만, 마음속 깊은 곳에 불안감이 깔려 있는 것 같았다. 인생 그 자체가 그녀 같은 사람들에게 언제든 죽음이나 빈곤 같은 것을 들이밀 수 있는 적이므로 비위를 잘 맞춰서 달래야 할 것 같았다. 손에 들어오는 돈을 한 푼도 허투루 쓰지 않고 잘 모아두는 것만이 현명한 일이었다. 어머니가 살아 있을 때, 로즈는 주급 2파운드 중 30실링을 생활비로 내놓았다. 지금은 그 30실링이 곧바로 우체국 저축으로 들어갔다. 신문과 라디오에서 전쟁 이야기를 떠들어대면 그녀는 그 돈을 생각하며 위안을 얻었다. 액수가 그리

크지는 않았지만 그래도 무슨 일이 생긴다면…… 그 **무슨 일**이 무엇일지는 그녀도 확실히 알 수 없었다. 하지만 인생은 무섭고 세상에 정의는 없었다. 그녀의 어머니도 25년 동안 매일 건너던 길에서 그 화물차에 치여 죽지 않았던가……. 그것이 바로 증거였다. 게다가 이제 전쟁까지 벌어졌으니 세상의 모든 사람들이 아무 이유도 없이 다치게 될 터였다. 이것 역시 증거였다. 과연 증거가 필요한 건지는 잘 모르겠지만. 인생은 무섭고 위험했다. 따라서 돈을 우체국에 저금하고, 직장을 절대 그만두지 않고, 그렇게 번 돈을 또 우체국에 저금해야 했다.

아버지는 라디오를 듣고, 신문을 사고, 오랜 친구들과 논쟁하면서 복잡하고 냉소적인 '힘의 정치'를 이해하려고 애썼다. 그동안 두 사람의 일상 속에는 각종 표어와 전쟁의 소음이 스며들었다. 거리에는 군복과 소문이 가득했다. "전부 히틀러 때문이야." 아버지는 강경한 말투로 로즈에게 이렇게 말하곤 했다.

"그럴 수도 있고, 아닐 수도 있죠."

"그놈이 전쟁을 시작했잖아, 안 그래?"

"누가 시작했는지는 관심 없어요. 내가 아는 건, 평범한 사람들이 전쟁을 원치 않는다는 사실뿐이에요. 전쟁은 항상 있어요. 굳이 말한다면, 나는 전쟁을 생각하면 속이 뒤집히는 사람이고요. 아빠 같은 남자들을 봐도 속이 뒤집혀요. 아빠도 나이가 젊었다면 전쟁터에 나갔을 걸요." 로즈가 비난하듯 말했다.

"하지만 로지." 아버지는 진심으로 충격을 받은 표정이었다. "히틀러를 막아야 하잖아, 안 그래?"

"히틀러라……." 로즈가 경멸을 담아 말했다. "히틀러, 처칠, 스탈린, 루스벨트, 전부 속이 뒤집혀요. 아버지가 좋아하는 애틀리〔영국의 정치가〕도 마찬가지고요."

"여자들은 도무지 논리가 없어." 아버지는 낙담했다.

그래서 두 사람은 전쟁에 대해 말하지 않게 되었다. 그저 전쟁을 견뎌낼 뿐이었다. 서서히 로즈는 다른 사람들과 똑같은 단어와 표어를 입에 담게 되었다. 그래봤자 그냥 입으로만 떠드는 것에 불과하다는 슬픈 사실 또한 다른 사람들과 마찬가지로 알고 있었다. 지금 세상에서 일어나고 있는 일들은 규모가 너무 크고 무시무시해서 그녀는 이해할 수 없었다. 이해할 수만 있다면 아주 굉장한 일일지도 모르지만, 그런 날은 결코 오지 않을 것 같았다. 그러니 계속 직장에 다니면서 최선을 다해 사는 편이 나았다. 무서워하지 않으려고 애쓰면서 계속 우체국에 돈을 저금해야 했다.

로즈는 곧 탄약공장으로 일터를 옮겼다. 전쟁을 위해 뭔가 해야 할 것 같다는 생각 때문이었다. 제과점에 다닐 때보다 보수도 훨씬 더 좋았다. 화재감시도 했다. 새벽 3시나 4시에야 잠자리에 들었다가 6시에 일어나서 청소와 요리를 하는 날이 많았다. 아버지는 계속 벽돌공으로 일하면서 일주일에 서너 번 야간 화재감시를 했다. 둘 다 항상 피곤하고 슬펐다. 몇 달, 몇 년 동안 전쟁이 계속되자 식량이 부족해졌다. 난방도 힘들어졌다. 어둡고 황량한 런던 상공을 탐조등이 휩쓸었고, 비명 같은 소리를 지르며 폭탄이 떨어졌다. 등화관제는 두 사람의 마음과 정신을 무겁게 짓눌렀다. 두 사람은 뉴스를 듣고, 신문을 읽으면서 항상 당혹스럽지만 참을성과 용기를 잃지 않는 표정을 지었다. 전쟁은 길고 어둡고 악취가 나는 굴 같았고, 두 사람은 이 굴에서 영영 빠져나가지 못할 것 같았다.

전쟁 발발 3년째 되던 해, 춥고 안개 낀 어느 날 아침에 젬이 사다리에서 떨어져 등을 다쳤다. "괜찮아, 로즈." 그가 말했다. "금방 다시 일할 수 있을 거다."

"아버지는 이제 일하지 마세요." 로즈가 단호하게 말했다. "예순일곱 살이시잖아요. 그만하면 충분해요. 열네 살 때부터 줄곧 일하셨으니까요."

"그럼 생활비가 모자랄 거야."

"그럴까요?" 로즈가 의기양양하게 말했다. "옛날부터 아버지는 나더러 일하지 말라고 하셨죠? 지금은 어떠세요? 아버지가 받을 연금과 내가 받는 돈이 있으니 지금도 노력하면 매주 조금씩 저축할 수 있어요. 웃기는 건……" 로즈는 생각에 잠긴 표정으로 말했다. 어두운 유머가 없지 않은 말투였다. "평화로울 때는 일주일에 2파운드를 받으면서 그거라도 고맙다고 생각해야 했어요. 그런데 전쟁이 나니까 마치 내가 여왕이라도 된 것처럼 보수를 올려주네요. 지금은 이렇게 저렇게 해서 일주일에 7파운드를 벌어요. 그러니까 걱정 마세요. 등을 그렇게 다친 데다 류머티즘도 있는 양반이 다시 일하러 갔다가 나한테 들키면, 내가 가만히 안 있을 거예요, 아셨죠?"

"전쟁이니 뭐니 세상이 이 모양인데 내가 집에만 앉아 있는 건 옳지 않아." 아버지가 불편한 표정으로 말했다.

"전쟁을 아버지가 일으켰어요? 아니잖아요! 이상한 생각은 하지 마세요."

곧 젬이 침대에서 일어날 수 있게 되자 로즈의 생활은 예전만큼 힘들지 않았다. 젬이 로즈 대신 청소를 하고, 밤에 퇴근한 딸을 위해 차를 끓여두었기 때문이다. 하지만 로즈의 내면에는 공허가 자리 잡고 있었다. 로즈는 그렇지 않은 척할 수가 없었다. 어느 날 조지의 아내가 네 살쯤 된 여자아이와 함께 있는 모습을 길에서 우연히 보고 로즈는 그녀를 불러 세웠다. 그녀의 태도는 적대적이었지만, 로즈는 다급히 말했다. "조지의 안부가 궁금해서요." 상대가 영 내키지 않는 얼굴로 대답했다. "잘 지내요. 아직까지는. 지금 북아프리카에 있어요." 이 말을 하면서 그녀는 마치 위안을 얻으려는 듯 아이를 끌어안았다. 로즈의 눈에 눈물이 고였다. 둘이서 그렇게 머뭇거리며 길에 서 있다가 로즈가 호소하듯이 말했다. "많이 힘들겠어요." 그러자 "언젠가는 전쟁이 끝나겠죠. 사람들이 병정놀이를 끝내면"이라는 우울한 대답이 돌아왔다. 로즈는 공감한다는 듯 미소를 지었다. 그러자 두 사람 모두 갑자기 상대에게 호의를 느끼게 되었다. "언제 한번 놀러오세요." 조지의 아내가 느릿느릿 말했다. 로즈는 재빨리 대답했다. "꼭 갈게요."

그렇게 해서 로즈는 원래 자신을 위해 준비되었던 집에 일주일에 한 번씩 들르는 습관이 생겼다. 그녀가 그곳에 가는 이유는 바로 조지의 딸인 질이었다. 그녀는 남몰래 자문해보았다. 그때 내가 실수를 한 걸까? 조지랑 결혼할 걸 그랬나? 하지만 이런 생각을 하면서 동시에 그녀는 이것이 다 소용없는 짓임을 알고 있었다. 당시 그녀는 그렇게 할 수밖에 없었다. 하찮고 무의미해 보이지만 무척 강력한, 비이성적인 감정이 그녀를 휘두르고 있었다. 하지만 시간이 흘러 이제 서른이 코앞이었다. 거울을 볼 때면 두려워졌다. 몸이 심하게 말라서 얼굴만 하얀 꼬마 계집애 같았다. 쭉 뻗은 검은 머리카락도 피곤해 보였다. 홀쭉하고 앙상한 뺨 위의 우울한 검은 눈이 거울 속에서 그녀를 불안하게 마주보았다. "내가 일을 너무 열심히 해서 그래." 로즈는 이렇게 자신을 달랬다. "잠을 못 자서 그래. 먹는 것도 형편없고. 게다가 공장에는 화학약품이 있으니까…… 전쟁이 끝나면 나아질 거야." 그저 참고 견디면 될 일이었다. 전쟁을 견뎌내면 모든 일이 다 괜찮아질 터였다. 오래지 않아 로즈는 질에게 줄 작은 선물을 들고 조지의 아내를 만나러 가는 일요일 저녁을 일주일 내내 기다리게 되었다. 잠 못 이루는 밤에 그녀가 생각하는 것은 조지도, 그녀에게 관심을 보이는 것 같은 공장의 다른 남자들도 아니었다. 그녀는 아이를 생각했다. 가끔은 걱정스러웠다. "전쟁 때문에 남자들이 죽어나가고 있으니 어쩌면 이미 늦었는지도 몰라. 사람들이 서로 죽여대는 짓을 멈출 때쯤이면 남자가 하나도 없을 거야." 하지만 예전에는 혼자 앞가림을 할 수 있었던 아버지가 지금은 완전히 로즈에게 의존하고 있었다. 그래서 그녀는 매일 두려움과 갈망을 물리치기 위해 이런 생각을 했다. "전쟁이 끝나면 제대로 된 음식을 먹고 잠도 잘 수 있을 거야. 그러면 내 외모도 좀 나아질 테니 어쩌면……."

전쟁의 끝이 멀지 않았던 어느 날 밤 로즈는 늦게야 퇴근해서 피곤한 다리를 질질 끌 듯 어두운 길을 걷다가 저녁거리를 사야 하는데 깜박 잊었음을 떠올렸다. 집이 있는 길로 들어섰을 때 뭔가가 잘못된 것 같은 느낌이 들어서 자신의 집 쪽을 바라본 그녀는 그대로 우뚝 멈춰 섰다. 붉게 이글거리는 불길을 배경으로 연기를 피워 올리는 폐허가 보였다. 그걸 보고 가장 먼저 든 생각은 '등화관제 때문에 어두워서 내가 길을 잘못 들었나 보네'였다. 하지만 곧 상황을 이해하고 그녀는 집을 향해 뛰기 시작했다. 가방을 단단히 붙들고, 스카프도 손으로 턱 밑에 고정한 채로. 길가에 깊은 구덩이가 있었다. 로즈는 하마터면 거기에 빠질 뻔했지만 곧 균형을 잡고 폭탄의 잔해와 잔뜩 헝클어진 전선들 사이를 휘청휘청 걸었다. 대문이 있던 자리에서 로즈는 걸음을 멈췄다. 사람들 몇 명이 그 자리에 서 있었다. "우리 아버지는 어디 계세요?" 그녀가 성난 목소리로 다그쳤다. "어디 계세요?" 한 청년이 나서서 말했다. "진정하세요." 그가 한 손으로 그녀의 어깨를 짚었다. "여기 사세요? 아버님께서는 운이 없으셨던 것 같습니다." 로즈는 이 말을 믿을 수가 없어서 미간을 찌푸리며 그를 빤히 바라보았다. "우리 아버지를 어쨌어요?" 로즈가 비난하듯 물었다. "사람들이 모셔갔어요." 로즈는 멍하니 서 있다가 무겁게 고개를 들어 주위를 둘러보았다. 일대의 모든 집들이 사라져 보이지 않았다. 로즈는 사람들 사이를 뚫고 나아가 지하층 문으로 이어진 계단을 내려다보았다. 문이 문틀에 헐겁게 매달려 있었지만, 유리창은 멀쩡했다. "괜찮아." 로즈는 소리 내어 말했다. 그리고 가방에서 열쇠를 꺼내 벽돌 조각들을 넘어서 천천히 계단을 내려갔다. "아가씨, 아가씨." 청년이 그녀를 불렀다. "거기 내려가면 안 돼요." 로즈는 아무 대답도 하지 않고 열쇠를 구멍에 끼운 뒤 돌리려고 했다. 열쇠가 돌아가지 않아서 로즈는 그냥 문을 밀었다. 하나밖에 남지 않은 경첩에 매달린 문이 열리자 로즈는 안으로 들어갔다. 집 안은 항상 보던 그대로였다. 벽난로 선반 위의 장식품들이 바닥에 떨어져 있는 것만 달랐다. 길에서 불타고 있는 건물들 덕분에 내부가 어렴풋이 보였다. 로즈가 장식품들을 천천히 주워서 다시 제자리에 올려놓고 있는데 누군가가 그녀의 팔을 잡았다. "아가씨." 연민이 깃든 목소리였다. "여기 계시면 안 됩니다."

"왜 안 돼요?" 로즈가 반발했다. 언뜻 고집스럽게 들리는 목소리였다.

로즈는 위를 올려다보았다. 천장에 길게 금이 가 있고, 지금도 흙먼지가 공중에서 떨어지고 있었다. 하지만 화덕에는 주전자가 끓고 있었다. "괜찮아요. 보세요, 가스가 아직 나오고 있잖아요. 가스를 쓸 수 있다면 사정이 그렇게 나쁘진 않아요. 안 그래요?" 로즈가 선언하듯 말했다.

"이 건물의 무게를 지금 저 천장이 지탱하고 있습니다." 청년이 머뭇거리며 말했다.

"이 천장 위에는 처음부터 건물이 서 있었어요, 안 그래요?" 로즈가 피곤한 얼굴로 농담처럼 말하는 것을 보고 청년은 놀랐다.

웃기는 일이라고는 하나도 없는데도, 로즈는 자신의 농담에 활짝 웃고 있었다. "그러니까 변한 건 하나도 없어요." 그녀가 가볍게 말했다. 하지만 청년은 그녀의 표정이 걱정스러웠다. 그녀의 몸도 심하게 떨리고 있었다. 마치 연약한 살을 붙드느라 근육이 딱딱해진 것 같았다. 갑자기 발작처럼 온몸이 부르르 떨리자 로즈는 떨림을 멈추려고 턱에 힘을 주었다. "여긴 안전하지 않아요." 청년이 다시 말했다. 로즈는 얌전히 주위를 둘러보았다. 주전자와 냄비들은 항상 있던 자리에 있었고, 테이블보는 어머니가 자수를 놓은 것이었다. 금이 간 창문으로 내다보면 검고 단단한 쓰레기통이 보일 터였다. 하지만 그 너머에는 이제 회색 주택들이 하나도 보이지 않았다. 회색 하늘로 빨간 불꽃이 치솟는 모습이 보일 뿐이었다. "괜찮을 거예요." 로즈가 둔하게 말했다. 정말로 괜찮을 것 같았다. 여기는 그녀의 집이었다. 로즈는 주전자를 들어 차를 타기 시작했다. "한잔 드실래요?" 로즈가 예의 바르게 물었다. 청년은 어떻게 해야 할지 알 수 없었다. 로즈는 자신의 찻잔을 식탁으로 가져와, 식탁 위의 먼지를 후 불어버리고 찻잔에 설탕을 넣어 젓기 시작했다. 여전히 몸이 떨리고 있었기 때문에 스푼이 찻잔에 챙챙 부딪혔다.

"곧 다시 오겠습니다." 청년이 갑자기 이렇게 말하고는 나가버렸다. 로즈를 설득할 수 있는 사람을 데려올 생각이었다. 하지만 밖에는 아무도 없었다. 모두 불타는 건물들 앞에 가 있었다. 청년은 잠시 망설이다가 생각했다. 나중에 다시 와보지, 뭐. 한동안은 괜찮을 거야. 청년은 아주 늦게까지 불타는 건물들 앞에서 다른 사람들을 도와주었다. 그리고 집으로 돌아가는 길에 문득 생각이 났다. 그 아가씨는 어떻게 하고 있을까? 그대로 집에 가버리고 싶은 생각이 굴뚝같았다. 며칠 동안 옷도 갈아입지 못했고, 몸은 시커먼 검댕투성이였다. 그래도 그는 힘들게 발길을 돌려, 폐허 아래의 그 지하방으로 돌아갔다. 폐허 밑에서 희미하게 빛이 새어나왔다. 아래를 들여다보니 식탁 위에 양초 두 개가 서 있고, 그 옆에서 자그마한 사람이 바느질을 하고 있었다. 음, 나중에…… 그는 이런 생각을 하다가 안으로 들어갔다. 여자는 양말을 깁고 있었다. 그가 그녀 옆으로 다가가서 말했다. "당신이 괜찮은지 보러 왔어요." 로즈는 계속 양말을 꿰매며 차분하게 대답했다. "당연히 괜찮죠. 그래도 이렇게 와주셔서 고마워요." 그녀는 황망한 표정으로 눈을 크게 뜨고 있었고, 입술도 노인처럼 가늘게 떨고 있었다. "지금 뭘 하세요?" 남자가 난처한 표정으로 물었다. "뭘 하는 것 같아요?" 로즈가 신랄하게 대꾸했다. 그러고는 손바닥 위에 쫙 펼쳐진 양말을 의아한 표정으로 바라보다가 부르르 몸을 떨었다. "아버님의 양말인가요?" 남자가 조심스레 물었다. 로즈는 성난 표정으로 그를 흘깃 보고는 울기 시작했다. '이게 더 낫네.' 남자는 이렇게 생각하며 그녀에게 다가가 그녀가 자신에게 몸을 기댈 수 있게 해주고는 소리 내어 말했다. "진정해요, 진정해요, 아가씨." 로즈의 울음은 길지 않았다. 그가 다가간 것과 거의 동시에 로즈가 그를 밀어버리고 말했다. "뭐, 양말을 공연히 폐물로 만들 필요는 없잖아요. 누군가에게는 쓸모가 있을 텐데요."

"맞습니다." 남자는 로즈 옆에 머뭇거리며 서 있었다. 잠시 뒤 로즈가 고개를 들어 그를 바라보았다. 처음으로 그가 그녀의 눈에 들어왔다. 그는 중간 키의 호리호리한 몸매였으며, 솔직한 얼굴 덕분에 젊어 보였지만 머리에는 흰머리가 보였다. 그의 유쾌한 회색 눈이 연민을 담고 그녀를 내려다보았다. 미소도 따뜻했다. "혹시 필요하면 가져가세요." 로즈가 제안했다. "아버지 옷도 있어요. 특별한 건 없지만, 아버지는 항상 자기 물건을 잘 관리하셨어요." 로즈는 다시 울기 시작했다. 이번에는 아까보다 조용하게, 조금씩 몸을 떨며 흐느꼈다. 남자는 그녀 옆에 살그머니 앉아서 식탁 위에 놓여 있는 그녀의 손을 토닥이며 같은 말을 되풀이했다. "진정해요, 아가씨. 진정해요. 괜찮아요." 그의 목소리가 그녀를 달래준 덕분에 그녀는 곧 울음을 그쳤다. 그녀가 눈물을 닦은 뒤 건조한 목소리로 말했다. "내가 멍청한 짓을 했네요. 울어봤자 무슨 소용이 있다고." 로즈는 일어서서 테이블보에 촛농이 흐르지 않게 양초를 손보았다. 그리고 말을 이었다. "함께 차를 한잔해도 괜찮을 것 같아요." 로즈가 남자에게 찻잔을 가져다주었고, 두 사람은 말없이 앉아서 차를 마셨다. 그는 호기심이 담긴 눈으로 그녀를 지켜보았다. 그녀에게는 그의 상상력을 자극하는 뭔가가 있었다. 폐허에 눌려 있는 집에서 슬프고 지친 눈으로 허공을 바라보며 앉아 있는 그녀의 작은 몸이 어떤 일에도 구부러지지 않을 것 같았다. 마치 부랑아처럼. 그는 작고 마른 여자의 얼굴, 피곤하지만 단정하게 얼굴 옆에 늘어진 검은 머리카락을 바라보며 별로 예쁜 여자는 아니라고 결론지었다. 그녀가 안쓰러우면서 동시에 거슬렸다. 전쟁 중에 대도시에서 사는 사람이라면 누구나 그렇듯이, 그도 긴장감으로 인한 스트레스에 대해서, 충격에 대해서 많은 것을 알고 있었다. 자신이 아는 것을 말로 표현할 수는 없었지만, 로즈가 지금 정상이 아니라는 사실만은 확실히 느낄 수 있었다. 하지만 겉으로 보기에는 분별 있어 보였기 때문에 그는 이렇게 말했다. "이제 좀 자두는 게 좋겠어요. 곧 아침이 될 겁니다."

"출근해야 돼요. 아침 근무조거든요."

남자가 말했다. "그러고 싶으면 그렇게 해야죠." 로즈에게는 일하러 가는 편이 더 나을 것 같았다. 그래서 그는 그 집을 나와 자기도 잠을 좀 자두려고 집으로 돌아갔다.

다음 날 저녁 그는 그녀가 없을 것이라고 생각하면서 다시 와 보았다가 그녀가 양초의 노란 불빛을 받으며 식탁에 앉아 있는 것을 보았다. 그녀는 양손을 게으르게 포개고 벽만 바라보고 있었다. 모든 것이 깔끔했다. 먼지도 보이지 않았다. 하지만 천장에 난 금은 눈에 띄게 넓어져 있었다. "아무도 오지 않았습니까?" 그가 조심스레 묻자 그녀가 둘러대듯이 말했다. "아, 참견쟁이 영감들이 와서 나더러 여기 있으면 안 된다고 했어요." "그럼 그 사람들한테 뭐라고 했습니까?" 로즈는 머뭇거리다가 대답했다. "여기에 있지 않을 거라고, 친구네 집으로 갈 거라고 했어요." 남자는 안쓰러운 표정으로 미소를 지으며 머리를 긁적였다. 방금 여자가 말한 장면이 상상이 갔다. "참견쟁이 영감들." 로즈가 분개한 표정으로 말을 이었다. "공연히 남의 일에 끼어들어서 이래

라저래라."

"저기요, 아가씨, 나도 그 사람들 말이 옳다고 생각합니다. 여기서 나가야 돼요."

"난 여기 있을 거예요." 로즈가 도전하듯이 말했다. 두려운 기색이 역력했다. "무슨 일이 있어도 안 나가요. 왕의 말을 전부 끌고 와도 안 돼요."

"사람들이 왕의 말을 끌고 올 여유는 없을 겁니다." 그가 그녀를 웃게 만들려고 농담을 던져봤지만, 그녀는 잠시 생각해본 뒤 진지하게 대답했다. "설사 끌고 올 수 있다고 해도 안 돼요." 그는 자신의 말을 곧이곧대로 받아들인 그녀에게 다정한 미소를 지으며 충동적으로 말했다. "나랑 영화나 보러 가죠. 이렇게 앉아서 우울해하는 건 아무 소용이 없잖아요."

"나도 그러고 싶지만, 오늘은 일요일이잖아요."

"일요일이 왜요?"

"일요일마다 어린 딸을 키우는 친구를 만나러 가거든요……." 로즈는 말을 하다가 말고 얼굴이 창백하게 질리더니 허둥지둥 일어섰다. "세상에, 그걸 생각도 못 했어……."

"왜 그래요? 무슨 일입니까?"

"그쪽에도 폭탄이 떨어졌을지 몰라요. 그 집도 이 거리에 있는데, 세상에, 세상에, 그 생각을 못 했어……. 난 정말 나쁜 여자예요. 내가 이 모양이에요……." 그녀는 가방을 들고 정신없이 스카프를 머리에 둘렀다.

"이봐요, 아가씨, 그렇게 서두를 필요 없어요. 내가 알아봐줄게요. 어쩌면 이미 알고 있을 수도 있고……. 그 친구분 이름을 말해보세요."

로즈는 이름을 말해주었다. 남자는 잠시 머뭇거리다가 말했다. "운이 나빴네요. 그분은 즉사했습니다."

"그분?" 로즈가 재빨리 물었다.

"아이 어머니는 죽었지만, 아이는 괜찮아요. 다른 방에서 놀고 있던 덕분에."

로즈는 깊은 생각에 잠겨 천천히 의자에 앉았다. 손은 여전히 턱 밑에서 스카프 자락을 모아 쥐고 있었다. 로즈가 잠시 후 말했다. "내가 그 애를 입양해야겠어요. 그렇게 할 거예요."

남자는 친구가 죽었다는 소식에 로즈가 아무런 감정을 드러내지 않는 것에 놀랐다. "아이에게 아빠가 없습니까?" 남자가 물었다. "지금 북아프리카에 가 있어요." 로즈가 말했다. "그럼 전쟁이 끝난 뒤에 아이 아빠가 돌아올 것 아닙니까. 당신이 아이를 입양하는 걸 아이 아빠가 원하지 않을지도 몰라요." 로즈는 말이 없었지만, 표정은 단호했다. "왜 하필 그 아이입니까?" 남자가 물었다. "당신도 언젠가 아이를 낳을 텐데요."

로즈는 변명하듯 말했다. "착한 아이예요. 당신도 그 애를 보면 알 거예요." 남자는 더 이상 추궁하지 않았다. 자신이 이해하기 힘들 만큼 깊은 사정이 있는 것 같았다. 그는 다시 제안했다. "나랑 영화를 보러 갑시다. 가서 기분전환을 좀 해요." 로즈는 얌전히 일어나서 그에게 자신을 맡겼다. 말하자면 그런 셈이었다. 길을 걸으면서 그녀는 그의 손이 자신을 가볍게 건드릴 때마다

다른 여자

그 지시에 따라 이리저리 방향을 꺾었다. 하지만 머리는 다른 곳에 가 있었다. 영화를 보는 내내 그녀가 다른 생각을 했음을 그는 알 수 있었다. "저 여자는 지금 힘들어서 그래." 남자는 무기력하게 혼잣말을 했다. "얼른 충격에서 벗어나야 하는데."

하지만 사실 로즈는 오로지 질만 생각하고 있었다. 그녀의 온몸과 영혼이 그 아이에게만 집중하고 있었다. 내일 그 아이가 어디 있는지 알아볼 것이다. 틀림없이 참견쟁이들이 아이를 데리고 있겠지. 원래 항상 남들을 멋대로 휘두르는 사람들이니까. 로즈는 그들의 손에서 질을 빼앗아 직접 돌볼 생각이었다. 지하에 있는 그녀의 집에서 함께 살다보면 언젠가 건물이 다시 세워질 것이고……. 로즈는 밤새 잠 한 숨 자지 않고 질을 꿈꿨다. 다음 날 그녀는 출근하지 않았다. 대신 아이를 찾아다녔다. 할머니가 아이를 데려갔다고 했다. 할머니가 있을 거라고는 생각해본 적이 없었기 때문에 로즈는 너무 충격을 받은 나머지 지하의 집으로 돌아왔다. 어떻게 여기까지 걸어왔는지 알 수 없었다. 그 아이를 데려올 수 없다는 사실이 그 무엇보다 끔찍했다. 자신에게 정당한 권리가 있는 어떤 것을 누군가가 악의적으로 빼앗아버린 것 같았다. 그녀의 기분이 그랬다.

그날 밤 지미가 왔다. 그는 자기가 왜 자꾸 이 집에 오는지, 앞으로 어떻게 될지 계속 생각해보았다. 하지만 이 집에 발길을 끊을 수 없었다. 겁에 질린 모습으로 조용히 앉아 있던 자그마한 여자(그의 눈에는 로즈가 이렇게 보였다)의 이미지가 하루 종일 머리에서 떠나지 않았다. 그가 지하의 그 집에 들어갔을 때 로즈는 여느 때처럼 촛불을 켜놓고 앉아서 허공을 빤히 바라보고 있었다. 그녀가 집을 청소한 흔적이 없고, 머리도 헝클어져 있는 것을 보고 그는 당황했다. 특히 머리가 헝클어져 있다는 점이 무엇보다 나빴다.

 그는 여느 때처럼 그녀 옆에 앉아 그녀가 빨리 '떨치고 나올 수 있게' 해줄 방법을 고민해보았다. 그러다 입을 열었다. "집을 옮길 준비를 해야 할 겁니다, 로즈." 로즈는 짜증스럽게 어깨를 으쓱했다. 그가 이런 잔소리를 좀 그만뒀으면 싶었다. 하지만 그가 와줘서 기쁜 마음도 공존했다. 그가 아무 말 없이 옆에 있어주기만 하면 좋을 텐데. 그의 따스한 호의가 담요처럼 그녀를 감쌌지만, 그녀는 결코 편안히 거기에 기댈 수 없었다. 그가 무슨 말을 할지 걱정하면서 경계하는 마음이 아직 남아 있기 때문이었다.

 사실 그녀는 그가 아버지 이야기를 꺼낼까 봐 무서웠다. 그녀는 절대 그 생각을, 그러니까 아버지가 틀림없이 돌아가셨다는 생각을 허락하려 하지 않았다. 아버지가 돌아가셨다는 말을 혼자 중얼거리기는 했다. 예전에 어머니가 돌아가셨다는 말을 중얼거린 것처럼. 하지만 그 말이 머릿속에서 죽음의 이미지를 빚어내는 것은 결코 허락하지 않았다. 두 사람의 죽음이 평범한 것이었다면, 그러니까 쉽게 이해할 수 있는 죽음이었다면 달랐을 것이다. 사람들은 병에 걸리거나 늙어서 죽는다. 침대에 누워서. 그러면 이웃들이 찾아오고, 장례식이 열린다. 이런 죽음은 이해할 수 있었다. 이런 죽음이라면 달랐을 것이다. 하지만 하늘에서 갑자기 떨어진 검은 폭탄, 착한 청년이 비행기에서 떨어뜨린 폭탄, 화물트럭이 누군가를 치고 지나가는 어이없는 일, 이런 것들은 차마 생각도 할 수 없었다. 삶의 표면 아래에는 도무지 이해할 수 없는 공포들이 가득한 검은 심연이 있었다. 낮에 공장에서 일하는 내내(그녀는 그곳에서 폭탄을 만드는 데 손을 보탰다) 또는 밤에 집에 돌아와서 그녀는 평소처럼 움직이며 평범한 말을 했다. 하지만 죽음에 대한 생각은 단 한 번도 마음에 들여놓지 않았다. 그녀는 아버지가 돌아가셨다고 단조롭고 평범한 목소리로 말했다. 하지만 죽음의 이미지가 마음속에 생겨나는 것은 허락하지 않았다.

그리고 이제는 지미가 있었다. 그는 그녀에게 따스한 지지가 가장 필요할 때 그녀 앞에 나타났다. 하지만 여기에도 양면이 있었다. 그녀가 억지로 생각하게 만드는 잔소리를 하는 사람도 지미였기 때문이다⋯⋯. 그녀는 생각하기 싫어서 대답하지 않았다. 지미는 자신이 어떤 식으로든 미래나 전쟁과 관련된 말을 할 때마다 그녀가 공허하고 신경질적인 표정을 지으며 눈을 피하는 것을 알아차렸다. 어떻게 해야 할지 알 수 없었다. 그래서 그날 밤은 그 이야기를 그쯤에서 그만두고 다음 날 다시 왔다. 폭탄이 떨어지고 엿새째 되는 날이었다. 천장에 난 금이 그 위에 얹힌 무게를 이기지 못해 아래쪽으로 무겁게 내려앉은 것이 보였다. 길에서 자동차가 한 대 지나가자, 석회 조각들이 하얀 비처럼 떨어져 내렸다. 정말로 위험했다. 그가 어떻게든 해야 했다. 하지만 그녀는 여전히 그 자리에 앉아 양손을 헐겁게 포개고 벽만 바라보았다. 지미는 잔인해지기로 했다. 자신이 이제부터 할 일을 생각하니 두려워서 심장이 마구 뛰었지만, 그는 크고 쾌활한 목소리로 말했다. "로즈, 당신 아버지는 돌아가셨어요. 다시는 돌아오지 않아요."

로즈가 모호한 표정으로 그에게 눈을 돌렸다. 그의 말을 전혀 듣지 못한 것 같았다. 하지만 그는 계속 앞으로 나아가야 했다. "당신 아버지는 살 만큼 살았어요." 그가 밝은 목소리로 말했다. "죽었다고요. 완전히 확실하게 죽었어요. 그러니 여기 있어봤자 소용없어요."

"당신이 어떻게 알아요?" 로즈가 희미하게 말했다. "살다 보면 사람들이 실수를 하기도 하잖아요. 그래서 가끔은 돌아오는 사람도 있잖아요, 안 그래요?"

그가 생각하던 것보다 상황이 훨씬 더 나빴다. "당신 아버지는 돌아오지 않아요. 내가 직접 봤어요."

"아니에요." 로즈가 숨을 혹 들이쉬었다.

"내가 분명히 봤어요. 당신 아버지는 산산이 부서진 모습으로 길에 쓰러져 있었어요." 그는 로즈의 표정이 변하기를 기다렸다. 계속 고집을 부리던 그녀의 눈이 지금은 겁먹은 토끼처럼 변해서 그에게 고정되어 있었다. "남은 게 없었어요." 그가 명랑하게 선언하듯 말했다. "양다리가 사라져서 흔적도 없었고, 머리도 없었어요……."

로즈가 갑자기 불끈 화를 내며 일어섰다. 까만 눈을 가늘게 뜨고 있었다. "당신……." 그녀의 입술이 떨렸다. 지미는 계속 앉아서 태평하다 못해 명랑한 표정을 지으려고 애썼다. 억지로 미소도 지었다. 하지만 속으로는 몹시 겁에 질려 있었다. 내가 잘못 판단한 거라면 어쩌지? 그녀가 완전히 미친 거라면……? 혹시……. 그는 혀로 재빨리 입술을 핥고 그녀를 힐끔거리며 상태를 살폈다. 그녀는 계속 그를 노려보고 있었지만, 이제는 그 얼굴에 증오도 섞여 있었다. 그는 무서워서 웃음을 터뜨리고 싶었다. 그는 일어서서 일부러 잔인하게 말했다. "그래요, 로지, 그렇게 된 거예요. 당신 아버지는 피투성이 시체였어요. 좋죠, 피를 흘리는 건!" 이번에는 제대로 해냈다는 생각이 들었다. "당신……." 로즈가 다시 말했다. 얼굴이 증오로 단단히 뭉쳐 있었다. "당신……." 그러고 나서 놀랄 만큼 거칠고 상스러운 단어들이 그녀의 입에서 줄줄이 튀어나오기 시작했다. 그는 그녀가 무너져서 울음을 터뜨릴 거라고 생각했었다. 하지만 그녀는 미친 듯이 고함을 질러대며 주먹을 들어 그의 가슴을 때렸다. 그는 그녀를 부드럽게 잡아 조금 떨어뜨린 뒤 용기를 내기 위해 속으로 되뇌었다. "이봐, 이봐, 로지, 어디서 그런 말을, 그런 나쁜 말을!" 하지만 겉으로는 불편한 얼굴로 농담하듯 말했다. "이봐요, 진정해요. 내 잘못이 아니잖아요……." 그녀가 이렇게 힘이 센 줄은 미처 알지 못했다. 조용하고 차분하고 깔끔하던 로즈가 고래고래 고함을 질러대는 마녀로 변해서 그를 할퀴고 발로 찼다. "너 여기서 나가……." 로즈가 촛대 하나를 들어 그에게 던졌다. 그는 한 팔로 얼굴을 가리고 문까지 뒷걸음질을 쳐서 발꿈치로 문을 차 열고는 밖으로 나갔다. 그리고 걱정과 후회가 섞인 미소를 지으며 가만히 서서 귀를 기울였다. 손수건을 꺼내 얼굴의 긁힌 상처를 문질렀다. 처음에는 아무 소리도 들리지 않더니, 곧 크게 흐느끼는 소리가 났다. 그는 천천히 몸을 똑바로 폈다. 그런 식으로 말하다니, 나 때문에 로즈가 심하게 상처를 입었을지도 모르겠어. 그걸 영원히 극복하지 못하면 어쩌지. 하지만 이런 생각을 하는 한편에는 안도감도 있었다. 자신이 옳은 일을 했음을 본능적으로 알았기 때문이다. 그는 끈질기게 이어지는 울음소리에 한동안 귀를 기울이다가 문득 생각했다. 다 좋은데 이제 어쩌지? 다시 들어가야 하나, 아니면 좀 더 기다려야 하나? 이런 고민보다 더 끈질긴 고민도 있었다. 그럼 그다음에는? 내가 지금 다시 들어가면 완전히 발을 담그는 셈이 될 텐데. 틀림없이. 그는 천천히 뒤로 물러나 파괴된 거리를 걸어서 길모퉁이의 주점으로 갔다. 폭격 당하지 않은 건물이었다. 술을 한잔하면서 생각을 좀……. 주점 안으로 들어간 그는 한 손에 잔을 들고 카운터에 조용히 몸을 기댔다. 회색 눈이 걱정으로 어두워져 있었다. 누군가의 목소리가 들렸다. "이봐요, 미남 씨, 뭘 그렇게 고민해요?" 그가 미소를 지으며 시선을 들어 보니 펄이 있었다. 얼마 전부터 알고 지내는 여자였다. 진지한 관계는 전혀 아니었다. 그가 이 주점에 들르면 카운터를 사이에 둔 채 인사와 가벼운 이야기를 나누는 정도였다. 그는 펄을 좋아했지만 지금은 그냥 혼자 있고 싶었다. 하지만 그녀는 자리를 뜨지 않고 말을 이었다. "부인은 안녕하세요?" 그는 곧바로 미간을 찌푸리며 대답하지 않았다. 그녀도 얼굴을 찌푸렸다. '당신이 말하고 싶지 않다면 나도 강요할 생각 없어!'라고 말하는 것 같았다. 그래도 그녀는 계속 그 자리에 남아 그를 유심히 살폈다. 그는 아랑곳하지 않고 속으로 생각했다. '애당초 시작하지 말 걸 그랬어. 그녀에게 신경 쓰지 말 걸. 그 여자가 겪은 일은 나랑 아무 상관이 없는데……' 하지만 곧 그는 무심코 몸을 똑바로 펴고 절망적이지만 또한 의기양양하기도 한 미소를 살짝 지었다. "당신 또 곤란한 짓을 저질렀군요. 또 문제를 일으킨 거야!" 펄이 대수롭지 않게 말했다. "얼굴 상처를 치료하는 게 좋겠어요. 싸움이라도 했어요?" 그가 손을 들어 얼굴을 만졌더니 피가 묻어 나왔다. "맞아요." 그가 씩 웃으며 말했다. "불을 뿜는 사람이랑 싸웠죠." 펄이 웃음을 터뜨리자 그도 따라 웃었다. 이런 말을 하고 나니 로즈를 새로운 시각에서 볼 수 있었다. 과연 불을 뿜기는 했지. 그는 뺨을 어루만지며 혼잣말을 했다. 로즈가 속에 그런 불길을 품고 있었을 줄이야. 그는 잔을 내려놓고, 넥타이를 바로잡고, 손수건으로 뺨을 닦은 뒤 정중한 미소와 함께 고갯짓으로 펄에게 인사하고 밖으로 나갔다. 이번에는 망설이지 않았다. 그는 지하의 그 집으로 곧장 갔다.

로즈는 개수대에서 옷을 빨고 있었다. 하도 울어서 얼굴이 붓고 아직도 젖어 있었다. 하지만 머리는 빗질을 한 모양이었다. 그를 발견한 그녀는 얼굴이 빨개지면서도 그와 눈을 마주치려고 했지만 실패했다. 그는 그녀에게 곧장 다가가 그녀를 품에 안았다. "로지, 또 흥분하면 안 돼요." "미안해요." 그녀는 새침하고 불안한 표정으로 미소를 지으려고 애썼다. 그녀의 눈이 호소하듯 그를 바라보았다. "내가 뭐에 홀렸는지 모르겠어요. 정말로 모르겠어요."

"괜찮아요. 걱정 마요."

하지만 이번에는 수치심 때문에 그녀가 울음을 터뜨렸다. "난 원래 그런 말을 하는 사람이 아니에요. 절대로. 내가 그런 말을 알고 있는지도 몰랐어요. 난 그런 사람 아니에요. 당신이 날 어떻게 볼지……." 그는 그녀를 안은 팔에 힘을 주었다. 그녀의 어깨가 떨리는 것이 느껴졌다. "그런 생각은 이제 그만. 아까 당신은 흥분해서 그런 거예요. 내가 당신을 그렇게 만들고 싶어서 일부러 그랬어요. 모르겠어요, 로지? 당신이 그렇게 아닌 척 현실을 외면하는 걸 내버려둘 수 없었어요." 그는 자신의 어깨에 가려지지 않은 그녀의 뺨에 입을 맞췄다. "미안해요. 정말 미안해요." 그녀는 계속 울었지만, 목소리가 한결 나아져 있었다.

그는 그녀를 꼭 끌어안고 달래주었다. 그러면서 동시에 위험한 산 능선에서 미끄러지는 것 같은 기분을 느꼈다. 하지만 이제는 자신을 억제할 수 없었다. 그러기에는 너무 늦었다. 그녀가 작은 목소리로 말했다. "당신은 잘못한 거 없어요. 내가 그런 생각을 견딜 수 없었던 것뿐이에요. 나한테는 아버지밖에 없었으니까. 오래전부터 아버지랑 둘이 살았으니까. 그 외에는 아무도 없어요……." 조지의 어린 딸이 잠시 생각났다가 사라져버렸다. 그 애가 당연히 자기 것이라는 생각이.

지미가 화난 목소리로 말했다. "당신 아버지는…… 내가 그 분을 헐뜯으려는 건 아니지만, 당신을 이렇게 묶어두고 보살핌을 받기만 한 건 옳지 않아요. 당신은 여길 나가서 좋은 남편을 만나 아이를 낳고 살았어야 해요." 그는 순간적으로 그녀의 몸이 딱딱하게 굳어지며 그를 거부한 이유를 이해하지 못했다. 하지만 그녀는 곧 긴장을 풀고 얌전하게 말했다. "우리 아버지한테 나쁜 말을 하면 안 돼요."

"알았어요." 그가 온화하게 말했다. "안 할게요." 그녀는 뭔가를 기다리는 것 같더니 이렇게 말했다. "나한테는 이제 아무것도 없어요." 그녀가 고개를 들어 그를 바라보았다. "내가 있잖아요." 결국 그는 이렇게 말하고 나서 순전히 불안에서 우러나온 미소를 지었다. 그녀의 얼굴이 부드럽게 풀리고, 그녀의 눈이 그의 눈을 향했다. 그리고 계속 기다렸다. 침묵이 흐르는 동안 그는 상식과 씨름했다. 침묵이 너무 길었기 때문에 그녀가 벌써 나무라는 것 같은 표정을 짓고 있었다. 결국 그가 말했다. "나랑 같이 가요, 로지. 내가 보살펴줄게요."

그녀가 그에게 다시 몸을 맡기고 울음을 터뜨렸다. "날 사랑하죠? 그렇죠? 날 사랑하죠?" 그는 그녀를 안고 말했다. "그럼요, 물론이에요. 사랑해요." 거짓말은 아니었다. 그는 그녀를 사랑했다. 이유도 모르고 이해할 수도 없는 일이지만, 그녀는 심지어 예쁜 여자도 아니었지만, 그는 그녀를 사랑했다. 조금 뒤 그녀가 말했다. "내가 짐을 챙겨서 당신 집으로 같이 갈게요."

그는 불길해 보이는 천장을 힐끔거리며 일단 얼버무렸다. "여기 잠시만 있어봐요. 내가 먼저 준비를 좀 할 테니까."

"왜 지금 가면 안 돼요?" 그녀는 우리에 갇힌 짐승처럼 겁에 질린 눈으로 주위를 둘러보았다. 여기서 빨리 나가고 싶은 것 같았다. 지금까지 고집스럽게 이 집에 집착했으면서.

"지금은 그냥 나를 믿어줘요, 로지. 착하게 짐부터 싸놔요. 내가 이따가 데리러 올게요." 로즈는 그의 어깨를 부여잡고 그의 얼굴을 똑바로 바라보며 간청했다. "여기 날 오래 내버려두지 말아요. 저 천장…… 무너질지도 몰라요." 마치 조금 전에야 그 사실을 알아차린 사람 같았다. 그는 로즈를 달래고 설득해서 떼어놓고는 30분 뒤에 돌아오겠다고 다시 말했다. 그가 나간 뒤 로즈는 걱정스러운 표정으로 서둘러 소지품을 정리했다. 눈은 계속 천장에 고정돼 있었다.

이제 그는 어떻게 해야 할까? 아무런 생각도 떠오르지 않았다. 피난을 간 사람이 아주 많았으므로 빈 아파트를 찾는 것은 어려운 일이 아니었다. 하지만 지금 시각이 밤 11시가 넘었고, 그는 일주일 치 집세도 마련할 수 없는 처지였다. 게다가 내일 아내에게도 돈을 조금 주어야 했다. 그는 짙은 어둠 속에서 주머니에 손을 넣고 파괴된 거리를 천천히 걸으며 생각했다. 이거 진퇴양난이로군. 완전히 진퇴양난이야.

한 시간쯤 뒤 그는 발길을 돌려 돌아왔다. 로즈는 식탁에 앉아 있고, 식탁 위에는 마분지 상자 두 개와 작은 여행가방 한 개가 놓여 있었다. 그녀의 옷가지를 담은 것이었다. 로즈는 양손을 포갠 자세였다.

"이제 다 된 거예요?" 로즈는 벌써 일어나 있었다.

"저기, 로지, 그게 어떻게 된 거냐면……." 그는 의자에 앉아 말을 골랐다. "미리 말했어야 하는 건데. 사실 난 집이 없어요."

"잠잘 집이 없다고요?" 로즈가 믿을 수 없다는 얼굴로 물었다.

그는 그녀의 눈을 피하며 중얼거렸다. "음, 좀 복잡한 사정이 있어서……." 언뜻 보인 그녀의 얼굴이 그를…… 동정하고 있었다! 욕이 나올 것 같았다. 일이 꼬일 대로 꼬인 상황에서 어쩌면 좋을까. 하지만 슬픔과 따뜻함이 공존하는 그녀의 얼굴이 그의 마음을 움직였으므로, 그는 자기가 무슨 짓을 하는지 알아차리지도 못한 채 자신을 끌어안는 그녀의 팔을 내버려두었다. 그러면서 이렇게 말했다. "지난주 공습에 당했거든요."

"그러면서 날 보살펴주었다고요? 당신도 갈 곳이 없으면서?" 로즈가 부드럽게 꾸짖듯이 말했다. "괜찮아요. 내일 아침에 갈 곳을 찾아보면 돼요."

"그래요. 집을 찾을 수 있을 거예요. 그리고…… 우리 곧 결혼할 수 있겠죠?" 로즈가 분홍빛으로 얼굴을 물들이며 수줍게 물었다.

이 말을 듣고 그는 그녀와 얼굴을 맞댔다. 그녀가 자신을 보지 못하게 만들기 위해서였다. 그 상태로 그가 말했다. "먼저 집부터 구해요. 다른 일은 그다음에 생각해요."

로즈는 생각에 잠겼다가 머뭇거리며 물었다. "돈이 없는 거예요?" "아뇨, 현찰이 없을 뿐이에요. 나중에 돈을 구할 수 있어요." 하지만 지미는 속으로 이렇게 되뇌었다. 너 완전히 망했다, 지미, 완전히 망했어!

"우체국에 저금해둔 돈이 2백 파운드 있어요." 로즈가 그의 머리카락을 만지작거리며 말했다. 수줍은 자부심이 섞인 미소를 짓고 있었다. "여기 가구들도 있고요. 공습에 상한 구석이 하나도 없으니까. 그 돈이면 충분할 거예요."

"내가 나중에 돈을 갚을게요." 그가 절박한 표정으로 말했다.

"돈이 생기면 갚아요. 하지만 이제 내 돈이 당신 돈이에요." 로즈가 부드럽게 웃으며 말했다. **"우리 돈이에요."** 그녀는 이 말을 음미하며, 이 기쁨을 함께 나누자고 그에게 손짓했다.

지미는 기본적으로 아는 사람도 많고, 나름대로 하는 일도 있고, 연줄도 있는 사람이었다. 그래서 다음 날 오후에 바로 아파트를 마련할 수 있었다. 방 두 개와 주방, 석탄을 넣어둘 수납장, 온수가 나오는 수도설비가 있는 아파트였다. 욕실은 아래층에 있는 공동욕실을 써야 했다. 값도 쌌다. 낡은 건물의 꼭대기 층이라서 맞은편 건물들 너머로 배터시 공원의 나무를 볼 수 있다는 점이 마음에 들었다. 로즈도 좋아할 것 같아서 그는 행복해졌다. 지난 밤 내내 그는 폐허나 다름없는 그 지하 아파트에서 그녀와 나란히 바닥에 누워 있었다. 아래로 불룩 튀어나온 그 천장 밑에 누워 걱정에 시달렸다. 하지만 이제는 걱정이 모두 사라져 그는 낙천적인 기분이 되었다. 그런데 로즈는 짐을 들고 계단을 올라와 곧바로 창가로 가더니 움츠러드는 것 같았다. "마음에 안 들어요, 로지?" "아뇨, 마음에 들어요. 하지만……." 곧 그녀가 웃음을 터뜨리며 미안한 표정으로 말했다. "내가 지하에서만 살아서…… 그러니까 이렇게 높은 곳에 익숙하지 않아요." 지미는 로즈에게 키스하며 그녀를 놀렸다. 그녀도 함께 웃음을 터뜨렸다. 하지만 그녀가 좋지 않은 표정으로 창가에서 아래를 내려다보다가 재빨리 물러나는 모습이 여러 번 눈에 띄었다. 그때마다 그녀는 불안한 시선으로 텅 빈 방들을 빠르게 힐끔거렸다. 그녀는 평생 지하에서 살았다. 버스와 승용차가 그녀의 눈높이보다 높은 곳에서 부르릉거리며 지나가는 집. 낡고 커다란 건물의 무게가 그녀를 보호하듯이 천장에 무겁게 걸려 있었다. 그런데 이렇게 높은 곳에서 거리와 다른 집들을 내려다보는 처지가 되니 불안해졌다. 멍청하게 굴지 마. 곧 익숙해질 거야. 그녀는 속으로 되뇌었다. 그리고 가구를 배치하고 물건을 정리하는 즐거움에 푹 빠졌다. 그녀는 우체국 저금에서 백 파운드를 찾아 물건을…… 주로 그를 위한 물건을 샀다. 그의 옷을 넣어둘 트렁크를 살 때는 옷이 엄청 많다고 그를 놀리기도 했다. 작은 라디오도 사고, 그가 공부할 책상도 하나 샀다. 그가 모종의 공학 학위를 받으려고 공부 중이라는 말을 했기 때문이었다. 그는 그녀에게 왜 그녀 자신을 위한 물건은 하나도 사지 않느냐고 물었다. 그녀는 이미 많은 것을 가지고 있다고 변명하듯 말했다. 그녀는 새 아파트를 옛날 집과 똑같이 꾸몄다. 식탁의 위치도 똑같았고, 노란 장미가 있는 달력이 벽에 걸린 것도 똑같았다. 로즈는 화덕 옆에서 항상 하던 그대로 움직였다. 찬장, 빨랫줄, 식기 건조대 등을 모두 옛날 '집'과 똑같이 배치한 덕분이었다. 그녀가 무의식적으로 '집'이라는 단어를 그런 의미로 사용하면, 그는 반박했다. "이젠 여기가 집 아니야?" 로즈는 진지한 얼굴로 말했다. "그건 맞지만 난 여기에 익숙해지지가 않아." "익숙해지는 게 좋을 걸." 지미는 투덜거리다가 화를 내서 미안하다는 듯 그녀에게 입을 맞췄다. 이런 일이 여러 번 있고 나서 결국 그가 말했다. "어쨌든 그 지하 아파트는 무너졌어. 내가 오늘 그 앞을 지났는데, 벽돌이며 잡동사니가 가득하더라고." 원래 그는 이 말을 그녀에게 하지 않을 생각이었다. 로즈는 그에게서 멀어져 몸을 움츠리며 얼굴이 새하얗게 질렸다. "어차피 그게 오래 버티지 못하리라는 건 당신도 알았잖아." 지미가 말했다. 로즈는 심하게 충격을 받은 모양이었다. 자신의 옛집이 사라졌다는 사실을 견딜 수 없었다. 굵은 들보들이 비스듬히 집 안으로 기울어지고, 집에 더러운 물이 가득 차는 모습을 상상하다가 그 생각을 영원히 차단해버렸다. 그녀가 하루 종일 말도 없이 멍한 상태였으므로 결국 지미는 화가 났다. 지미는 상당히 자주 화를 냈다. 그녀가 자신을 위해 물건을 사줘도 화를 내곤 했다. "마음에 안 들어?" 로즈는 의아한 표정으로 물었다. "아니, 마음에는 들어. 하지만……." 그가 트렁크도 책상도 사용하기를 꺼리는 것 같아서 로즈는 속이 상했다.

두 사람이 서로에게서 이해할 수 없는 부분은 이것만이 아니었다. 함께 살기 시작한 지 4주쯤 지났을 때 로즈가 말했다. "당신은 별로 가정적인 사람이 아닌 것 같아, 그렇지?" 지미는 진심으로 놀라서 말했다. "무슨 소리야? 내가 내내 여기에……." 그는 말을 멈추고, 말 대신 담배를 입에 물었다. 그의 관점에서 보면, 그는 새 사람이 된 셈이었다. 원래 어딘가에 묶이는 것이나 매일 똑같은 방식으로 저녁시간을 보내는 것을 싫어하는 성격이었는데 지금은 로즈가 있는 곳으로 곧바로 퇴근해서 함께 저녁식사를 하며 그녀의 요리 솜씨를 진지하게 칭찬해주는 날이 많았다……. 뭐, 그가 이곳에 반드시 와야 하는 이유가 많았으니, 오지 않는 건 바보짓이었다! 그는 남몰래 속으로 그녀를 자랑스러워하고 있었다. 멋진 로즈. 오랫동안 아버지와 함께 살면서 마치 수녀원에 갇힌 사람처럼 살아온 여자. 서른 살이 되도록 남자를 알지 못하는 여자를 보면 사람들은 그 여자에게 뭔가 문제가 있다고 생각할 것이다! 하지만 로즈에게는 아무런 문제가 없었다. 직장에서 그는 로즈와 보낸 밤을 생각하며 만족감이 깊이 밴 웃음을 터뜨렸다. 그녀는 아무런 문제가 없었다, 로즈는. 하지만 의심이 그 자랑스러움을 서서히 좀먹기 시작했다. 그녀가 그렇게 오랫동안 혼자였던 것은 자연스럽지 않았다. 게다가 그녀는 미인이었다. 지미는 처음에 그녀를 꽤 못생겼다고 생각했던 것을 떠올리고 웃었다. 지금 그녀는 자기만의 집에서 따스한 사랑을 느끼며 행복하게 살고 있었으므로, 정말로 예뻐 보였다. 표정이 부드러워지고, 홀쭉한 뺨에 안색이 돌아오고, 깊이 있어 보이는 눈은 상냥했다. 마치 기뻐서 목을 울리며 고분고분하게 구는 고양이가 집에서 자신을 기다리는 것 같았다. 그녀와 함께 영화를 보러 갈 때면, 그녀와 나란히 걷는 자신이 자랑스러웠다. 다른 남자들이 그녀를 힐끔거리는 것이 느껴졌기 때문이다. 하지만 그녀가 이렇게 아름다워질 수 있다는 사실을 알아차린 남자가 지금까지 한 명도 없었다고……? 흠, 그럴 것 같지 않았다. 그건 말이 되지 않았다.

로즈에게 이런 말을 하자, 귀여운 고양이가 갑자기 불쾌한 표정으로 날카로운 발톱을 드러냈다. "뭘 알고 싶은 거야?" 그가 서툴게 늘어놓는 이야기를 몇 마디 듣고 나서 로즈가 차갑게 물었다. "저기, 로지…… 그 조지라는 친구 말이야, 당신이 아직 어렸을 때 그 사람이랑 결혼하려고 했다고 하지 않았어?"

"그게 뭐?" 로즈가 서늘한 시선으로 그를 바라보았다.

"그 사람이랑 오래 사귀었나?"

"3년." 로즈의 목소리가 단호했다.

"3년!" 그가 소리쳤다. 그렇게 진지한 관계였을 줄은 몰랐다. "3년은 긴 시간이야."

로즈는 애원과 질책이 섞인 얼굴로 그를 바라보았지만, 그는 그 표정을 전혀 이해하지 못했다. 로즈의 머릿속에서는 지미가 그녀에게 안겨준 기쁨이 그 이전의 모든 것을 가려버린 상태였다. 조지는 추억조차 되지 못했다. 그녀는 자신이 사랑한 최초의 남자가 바로 지미라고 진심으로 생각했다. 정말로 그렇게 생각했다. 그런데 그가 이제 와서 그 사실에 의심과 의문을 품은 것을 보니 기쁨이 반감되면서 그녀 또한 그뿐만 아니라 자신까지도 의심하게 되었다. 그가 이런 식으로 두 사람의 행복을 깨뜨리다니! 이제 질책에 경멸이 섞였다. 그녀는 무겁게 비난하는 눈으로 그를 바라보았다. 지미는 당황하고 당혹스러워서 어쩔 줄을 몰랐다. 저 여자가 나를 저런 식으로 보다니……! 이것은 그가 최초의 남자라는 그녀의 말이…… 실제로 입 밖에 내서 말하지는 않았지만, 어쨌든 그 말이 거짓말이라는 증거였다……. 지미가 허세를 부리듯 소리를 질렀다. "로지, 그렇잖아. 3년 동안 약혼한 사이였으면서 나한테는……."

"난 당신한테 아무 말도 한 적 없어." 로즈는 사실을 일깨워주고 식탁에서 일어나 설거지할 접시들을 쌓기 시작했다.

"어쨌든 나한테는 알 권리가 있어. 안 그래?" 지미가 불행한 얼굴로 소리쳤다.

하지만 이건 큰 실수였다. "권리?" 로즈가 경멸을 담은 목소리로 새침하게 물었다. 그녀는 이제 로즈가 아니라, 그보다 더 나이를 먹은 어떤 존재였다. 로즈는 어머니가 자신을 통해 말하고 있는 것 같은 기분이 들었다. "권리가 있다고?" 그녀는 접시들을 뜨거운 비눗물 속에 단정하게 넣고는 말을 이었다. "남자들이란! 난 당신한테 나를 만나기 전에 뭘 했는지 한 번도 묻지 않았어. 그걸 알고 싶은 생각도 없고. 그러니 내가 한 일도, 사실 한 일도 없지만, 어쨌든 그것도 당신이 관심을 가질 일이 아니야." 여기서 그녀는 물소리를 또 하나의 방어막으로 삼으려는 듯 수돗물을 틀었다. 귀에 물소리가 가득한 채로 그녀는 생각했다. 남자들은 항상 모든 걸 망치지. 그녀는 이미 조지를 잊었다. 그녀에게 그는 존재하지 않는 사람이었다. 그런데 지금 지미가 그를 되살려내서, 그녀로 하여금 그를 생각하게 만들었다. 그래서 그녀는 생각할 수밖에 없었다. 내가 그때 조지를 이만큼 사랑했나? 그때도 지금이랑 똑같았나? 만약 그녀가 조지에게서 느낀 행복과 지금 지미에게서 느끼는 행복의 크기가 같다면, 그것만으로도 사랑 그 자체의 가치가 떨어져 사랑이 한심하고 불확실한 것으로 변하는 것 같았다. 지미가 그녀의 속을 긁으려고 일부러 이런 짓을 하고 있는 것 같기도 했다. 어쨌든 그녀의 기분이 그러했다.

하지만 시끄러운 물소리 너머에서 지미가 소리쳤다. "그러니까 나는 상관없는 일이다? 그런 거야?"

"아니, 당신이 상관하지 않는 편이 좋다고." 로즈는 선언하듯 말하고는 돌처럼 굳은 얼굴로 앞을 바라보았다. 그동안에도 손은 뜨겁고 미끈거리는 접시들 사이에서 움직이고 있었다. "하, 그러셔?" 지미가 머리끝까지 화가 난 목소리로 또 소리쳤다.

로즈는 대답하지 않았다. 지미는 식탁에 계속 몸을 기댄 채로 로즈에게 숨죽여 갖은 욕설을 퍼부었지만, 사실은 당황하고 있었다. 소유욕이 강한 남자의 자존심이 조롱당했다는 생각에 불끈 화를 냈지만, 그녀 또한 그 못지않게 분개하고 있음이 분명했다. 그녀가 누그러지지 않았으므로 그는 다가가 그녀를 품에 안았다. 그는 상처를 받아 냉담해진 이 여자를 무너뜨려 사랑스럽고 아늑한 여자로 돌려놓을 필요가 있었다. 그가 그녀를 놀리기 시작했다. "또 불을 뿜는군, 귀여운 고양이. 당신다워." 그는 그녀의 머리카락을 잡아당기고, 접시의 물기를 닦고 있던 양팔을 옆구리로 내렸다. 그녀는 아무런 반응도 보이지 않았다. 그때 고집스럽게 굳어 있는 뺨을 타고 눈물이 흐르는 것이 보였다. 그는 있는 대로 의기양양해져서 그녀를 들어 침대로 데려갔다. 모든 것이 아주 쉬웠다.

아니, 그렇게 쉽지는 않은 것 같았다. 그날 밤 늦게 로즈가 어둠 속 그의 옆에서 신중하고 무심한 목소리로 물었다. "우리는 언제 결혼해?" 그의 몸이 딱딱하게 굳었다. (거의) 잊어버리고 있었는데. 젠장, 로즈는 이걸로 부족한 건가? 그가 매일 저녁을 여기서 보냈는데? 이 정도면 결혼한 거나 마찬가지였다. "날 안 믿는 거야, 로지?" 그가 한참 만에 물었다. "아니, 믿어." 로즈는 조금 미심쩍은 목소리로 말하고는 상대의 말을 기다렸다. "지금 당장 당신과 결혼하지 못하는 건 이유가 있어서 그래." 로즈는 계속 말이 없었다. 하지만 그녀의 침묵은 두 사람 사이의 어둠 속에 걸려 있는 질문과 같았다. 지미는 그 질문에 대답하지 않고 몸을 돌려 그녀에게 키스했다. "사랑해, 로지. 당신도 알지?" 그래, 그녀도 알고 있었다. 하지만 일주일쯤 뒤 그가 아침에 집을 나서며 말했다. "오늘 밤에는 못 와, 로지. 시험공부를 해야 하거든." 그녀가 그를 위해 사준 책상을 흘깃 바라보았다. 그는 그 책상을 한 번도 사용한 적이 없었다. "내일은 여느 때처럼 돌아올 거야." 그는 뭔가를 고민하며 탐색하는 듯한 그 눈으로부터 도망치고 싶어서 재빨리 말했다.

그녀가 불쑥 물었다. "당신 아내가 불안하다고 해?"

그는 숨을 멈추고 그녀를 빤히 바라보았다. "누구한테 들었어?" 그녀가 경멸스럽게 웃었다. "누구한테 들었어?"

"누구한테 들은 이야기가 아니야." 경멸이 밴 목소리였다.

"그럼 내가 잠꼬대를 했나 보군." 그가 불안한 얼굴로 중얼거렸다.

그녀가 큰 소리로 웃었다. "누구한테 들었거나, 당신이 잠꼬대를 했을 거라고? 날 바보로 생각했나 보네." 그녀는 그에게 친숙한, 사람을 미치게 하는 몸짓으로 돌아서서 행주를 집어 들었다.

"접시는 그냥 놔둬. 이미 깨끗하잖아." 그가 고함을 질렀다.

"나한테 소리 지르지 마."

"로즈." 그가 곧 호소하듯 그녀를 불렀다. "당신한테 말하려고 했는데 차마 말할 수가 없었어. 그래도 말하려고 애썼어. 자주."

"그래?" 로즈가 간단히 말했다. 그녀가 **이렇게** 말할 때마다 지미는 화가 치밀었다. 기본적으로 당신을 믿지 않는다는 선언 같았기 때문이다. 지미뿐만 아니라 아예 남자들의 세계에 기본적으로 무관심하다고 말하는 것 같았다. "내가 기댈 수 있는 사람은 딱 한 명밖에 없어. 바로 나 자신." 그녀의 말은 이런 뜻 같았다.

"로지, 아내는 이혼하지 않으려고 해. 나한테 자유를 주려고 하지 않아." 이 극적인 대사는 바로 지난주에 본 영화에서 나온 것이었다. 그는 스스로가 부끄러웠다. 하지만 로즈는 표정이 달라졌다. "나한테 미리 말했어야지." 로즈가 말했다. 이번에도 지미는 마음이 불편해졌다. 그녀의 목소리에서 느껴지는 연민 때문에. 로즈는 본능적으로 그를 보호하려는 듯한 동작을 취했다. 그녀가 양팔로 그를 감싸자, 그는 그녀의 어깨에 고개를 떨어뜨렸다. 자신이 이 순간의 분위기에 휩쓸리는 것 같은 느낌, 자신의 말과 행동을 자기 뜻대로 할 수 없다는 느낌이 또 들었다. 그는 그녀의 애정을 반기면서도 속으로는 다른 생각을 했다. '젠장, 될 대로 되라지. 내가 처음부터 로지와 이런 관계가 될 생각이었던 것도 아니고.' 그동안 로즈는 그를 달래듯 끌어안고, 얼굴을 그의 머리를 향해 돌렸다. 하지만 몸짓이 딱딱해서 그는 그녀가 여전히 그의 말을 기다리고 있음을 알 수 있었다. 결국 그녀가 말했다. "난 아이를 낳고 싶어. 나이를 더 먹기 전에." 지미는 로즈의 허리를 감싼 양팔에 힘을 주면서 속으로 생각했다. '이런 건 미처 생각을 못 했네.' 그는 이미 아이가 둘이나 있었다. 하지만 곧 그녀의 말이 옳다는 생각이 들었다. 그녀는 아이가 있어야 했다. 공습 때 그 아이 일로 로즈가 얼마나 흥분했던가. 여자들에게는 아이가 필요하다. 자신의 아이를 가진 로즈의 모습을 생각하자 그의 마음속에서 자부심이 일었다. 로즈가 임신한다면 지미도 기쁠 것이다. 그리고 지금보다 더욱더 망연자실할 것이다. 로즈가 말했다. "당신 부인에게 다시 물어봐, 지미. 어떻게든 이혼을 받아들이게 해. 여자들이 이혼하자는 말에 앙심을 품는 건 나도 알지만, 당신이 좋게 잘 이야기한다면……." 지미는 한심하게도 그렇게 하겠다고 약속했다. "오늘 밤에 물어볼 거지?" 로즈가 고집스럽게 물었다. "그게……" 사실 그는 오늘 밤 집에 갈 생각이 없었다. 하루 정도 자기만을 위해 저녁시간을 보내고 싶었다. 혼자서 주점에 들러 친구들도 좀 만나고, 한 시간 정도 공부도 하고. "오늘 집에 안 가?" 로즈가 그의 얼굴을 보고는 기가 막힌 표정을 지었다. "응, 안 가. 공부를 좀 해야 돼. 시험이 있잖아, 로지. 조금만 공부하면 그 시험을 볼 수 있어. 합격할 거야. 지금은 내가 다른 일에 신경 쓸 정신이 없어." 로즈는 한숨과 함께 이 말을 받아들인 뒤 애원하듯 말했다. "그럼 내일 집에 가서 당신 부인한테 물어봐."

"내일은 당신을 만나러 오고 싶어, 로지. 당신은 싫어?" 로즈는 그를 만나고 싶은 건지 잘 알 수 없어서 다시 한숨을 내쉬고는 미소를 지었다. "당신 하는 짓이 꼭 갓난아기 같아, 지미." 그가 그녀를 달래기 시작했다. "자, 로지, 이러지 말고, 키스해줘." 그녀가 다시 따뜻하고 편안하고 사랑스러워지는 것이 그에게는 다급하고 반드시 필요한 일 같았다. 그래야 차분한 마음으로 이 집을 나설 수 있을 것 같았다. 로즈가 그의 희망대로 되기는 했지만, 온전히 그렇게 된 것은 아니었다. 고민하는 사람처럼 이마에 주름이 생겼고, 입 모양도 심각하고 슬퍼 보였다. 아, 될 대로 되라지. 지미는 밖으로 나가면서 이렇게 생각했다. 전부 될 대로 되라지.

다음 날 저녁 그는 불안한 마음을 안고 로즈에게 갔다. 전날 그는 주점에서 기분 좋게 술을 마시면서 펄에게 조금 작업을 걸고, 여자와 결혼에 대해 냉소적인 이야기를 늘어놓다가 집으로 돌아가 잠을 잤다. 아침에 식구들과 함께 식사를 할 때는 아내의 빈정거리는 눈빛을 피했고, 지독한 숙취에 시달리며 출근했다. 공장에서는 언제나 그렇듯이 일에 완전히 몰두했다. 그가 일하는 곳은 정밀기계를 만드는 작은 공장이었다. 그는 대단히 숙련된 직원이었지만, 직위는 평사원이었다. 조금만 노력하면 쉽게 시험에 통과해서 적어도 경제적으로는 중산층까지 올라갈 수 있음을 그는 아주 오래전부터 잘 알고 있었다. 그는 시험에 통과한 뒤 따라오는 사회적 지위보다 돈에 더 관심이 많았다. 그의 아내는 오래전부터 그에게 잔소리를 했고, 그는 짜증스럽게 반응했다. 아내에게는 이웃들을 누르는 것이 무엇보다 중요하다는 걸 알기 때문이었다. 그는 이런 태도를 경멸했다. 하지만 이유가 잘못되었을지언정, 그녀의 주장 자체는 옳았다. 1년 동안 저녁시간을 공부에 바치기만 하면 된다는 주장. 사람의 일생에서 1년은 아무것도 아니었다. 게다가 그는 항상 시험이 쉽다고 생각했다. 그날 공장에서 그는 앞으로 자신을 지금처럼 자주 볼 수 없을 것이라고 로즈에게 말하기로 마음을 정했다. 남자에게는 남자만의 일이 있음을 로즈가 왜 이해해주지 않는지 모르겠다고 화를 내며 혼자 투덜거렸다. 그는 이제 겨우 마흔 살이었다……. 하지만 상상 속의 로즈와 자신에게 이렇게 단호하게 말하면서도 그는 그녀가 사준 책상, 자신이 한 번도 사용하지 않은 책상을 떠올렸다. "아니, 누가 당신더러 공부하지 말래?" 로즈는 의아한 얼굴로 이렇게 말할 것이다. 진심으로 의아해서. 하지만 그는 그 아파트에서는 공부할 수 없었다. 그건 확실했다. 로즈를 만나기 전 두 달 동안 지미는 저녁마다 꽤 성실하게 공부했었다. 그날 그는 자신과 로즈를 엮어준 운명을 저주했다. 하지만 저녁이 되자 서둘러 로즈에게 향했다. 마치 저녁식사 때까지 아파트에 도착하지 못하면 무서운 일이 생기기라도 하는 것 같았다. 그는 로즈가 차갑고 냉담하게 굴 줄 알았지만, 그녀는 몇 주 만에 집에 돌아온 사람을 반기듯 그의 품에 안겼다. "보고 싶었어." 로즈가 그에게 매달리며 말했다. "당신이 없으니까 너무 외로웠어."

"겨우 하룻밤이었잖아." 지미가 그새 마음이 놓여서 의기양양하게 말했다.

"지난주에는 이틀이나 집을 비웠잖아." 그녀가 쓸쓸하게 말했다. 그는 순식간에 짜증이 났다. "당신이 날짜를 세고 있는 줄은 몰랐네." 그는 억지로 미소를 지었다. 로즈는 자신이 그런 말을 한 것이 부끄러운 모양이었다. "그냥 외로워서 그래." 로즈가 사과하듯 그에게 입을 맞췄다. "어차피……."

"어차피 뭐?" 그의 목소리가 공격적이었다.

"당신은 나랑 다르잖아." 그녀가 변명하듯 말했다. "당신에게는…… 다른 일들이 있으니까." 여기서 그녀는 그의 시선을 피했다. "하지만 나는 출근했다가 돌아와서 당신을 기다릴 뿐이야. 당신 외에는 반갑게 기다릴 것이 하나도 없어." 로즈는 그가 짜증을 낼까 봐 두렵다는 듯이 서둘러 말하고는 그의 목을 양팔로 감싸고 달래듯이 키스했다. 그리고 말을 이었다. "당신이 좋아하는 음식을 만들었어. 냄새로 알겠어?" 로즈는 그가 원하던 그대로 따스하고 애정 넘치는 여자의 모습이었다. 얼마 뒤 그가 말했다. "저기, 로지, 당신한테 할 말이 있어. 그 시험 말인데…… 공부를 시작해야 돼." 로즈가 명랑한 목소리로 즉각 대답했다. "그거야 내가 예전부터 말했잖아. 저 책상에서 공부하라고. 당신이 공부하는 동안 나는 바느질을 하면 정말 좋을 거야." 로즈는 기쁜 기색이었지만, 그는 심장이 차갑게 식었다. 로즈가 그의 공부에 신경을 쓰지 않고 평범한 아내처럼 진부하게 바느질 이야기를 꺼낸 것이 그가 보기에는 자신들의 낭만적인 사랑에 대한 커다란 모욕 같았다. 그는 그 뒤 며칠 동안 그녀와 저녁시간을 보냈다. 새로운 사랑으로 그녀에게 푹 빠졌다. 하지만 그녀가 "오늘 밤에 공부하고 싶으면, 난 신경 쓰지 않아도 돼, 지미"라고 황급히(그에게 거절당할까 봐 무서웠기 때문이다) 말하자 그는 상처를 받았다. 그가 웃으면서 말했다. "공부야 될 대로 되라지. 내가 원하는 건 당신뿐이야." 로즈는 기뻐했지만, 이마에는 고민의 주름이 깊게 새겨졌다. 지미의 아내 이야기를 처음 꺼낸 날로부터 보름쯤 지난 뒤 로즈가 조심스럽게 물었다. "당신 부인한테 이혼 얘기 해봤어?"

지미는 그녀를 외면하며 변명하듯 말했다. "지금은 내 말을 들으려고 하지 않아." 그녀를 외면하고 있는데도, 그녀의 무거운 시선이 느껴졌다. 그는 너무 심하게 짜증이 나서 그걸 내색하지 않으려고 애를 먹었다. 죄책감도 있었다. 하지만 그는 짜증보다 이 죄책감을 더 이해할 수 없었다. 지미는 곧바로 아주 쾌활하게 행동했다. 그러자 로즈도 덩달아 쾌활해졌다. 두 사람은 곧 아이처럼 키득거리며 웃어댔다. "당신은 정말 전통적이야. 진짜로." 지미가 로즈의 머리카락을 잡아당기며 말했다. "전통적이라고?" 로즈는 커다란 의미를 지닌 이 말에 미심쩍은 반응을 보였다. "여자들은 항상 결혼을 원하지. 뭣 때문에 결혼을 원하는 거야? 지금도 우린 행복하잖아. 지금도 서로 사랑하잖아. 결혼은 지금의 이 생활을 망쳐버릴 거야." 하지만 이런 이론적인 발언에 로즈는 항상 혼란스러워했다. 로즈는 고민에 잠긴 표정으로 이런 발언들을 하나하나 따로 생각해보았다. 이런 생각을 만들어낸 배운 사람들을 존중하는 마음이 있기 때문이었다. 그렇게 고민하는 동안 그녀의 감정은 이론적인 발언과 유리된 채로 깊은 곳에서 꾸준히 존재했다. 로즈는 자신이 빠져버린 사랑의 심연 속에서 다정하게 중얼거렸다. "정말이지 당신은 만날 말뿐이야."
"남자들한테는 원래 일부다처제가 맞아." 지미가 유쾌하게 말했다. "사실이야. 과학적인 연구결과니까." "그럼 여자들은 어떤데?" 로즈가 자신의 역할을 놓치지 않고 물었다. "여자들한테는 일부다처제가 안 맞지." 로즈는 그녀답게 이 말을 진지하게 생각해본 뒤 미심쩍은 표정으로 말했다. "그래?" 지미는 반은 진지하고 반은 웃으면서 훈계하듯 말했다. "젠장, 당신은 일부다처제가 어울리는 사람이라는 거야?" 하지만 로즈는 웃음을 터뜨리며 불편한 표정으로 그에게서 멀어졌다. 그녀가 최대의 적으로 생각하는 '참견쟁이'만큼이나 구린 냄새를 풍기는 '일부다처제' 같은 단어를 그녀와 연결시킨 것은 지나친 처사였다. 침묵이 흘렀다. "지금 조지를 생각하고 있지?" 지미가 갑자기 질투심에 차서 소리쳤다. "난 그런 짓 안 했어." 로즈가 화를 냈다. 그녀가 진심으로 화를 내는 모습에 지미가 동요했다. 그녀의 진지한 모습을 그는 언제나 싫어했다. 그의 시각에서 볼 때 그가 방금 한 말은 어디까지나 그녀를 놀리는 말이었다.

예전에 로즈가 이런 말을 한 적이 있었다. "내가 내 생각을 말할 때마다 당신은 왜 기분 나쁜 표정을 지어?" 지금 생각해보니 놀라운 말이었다. 그녀는 항상 자기 생각을 말하지 않던가. "난 기분 나쁜 게 아니야, 로지. 당신은 왜 모든 걸 그렇게 심각하게 받아들이는 거야?" 로즈는 어둠 속에서 침묵을 지켰다. 그녀의 작은 얼굴이 생각에 잠긴 채 그를 외면하고 있는 것이 보였다. 창문으로 들어오는 황량한 불빛이 그 얼굴을 비추고 있었다. 생각에 잠긴 표정이 그에게는 질책처럼 보였다. 그는 그녀가 아이처럼 굴면서 자신의 말에 반응을 보이는 것이 좋았다. "나랑 있어서 행복한 것 아니야, 로즈?" 그의 목소리가 비참하게 들렸다. "행복?" 로즈는 이 단어를 시험해보는 것 같았다. 그러다 갑자기 웃음을 터뜨리며 말했다. "가끔 당신 말이 너무 웃겨." "뭐가 웃긴데? 당신은 유머감각이 전혀 없어. 그게 당신 문제야." 하지만 이렇게 자신을 놀리는 말에 반응하는 대신, 로즈는 이 말을 진지하게 생각해본 뒤 대답했다. "내가 웃는 건 뭔가 웃기니까 그런 거겠지. 전에 아빠도 나더러 유머감각이 없다고 말하곤 했어. 그러면 나는 이렇게 대답했지. '내가 웃기다고 생각하는 게 아빠가 웃기다고 생각하는 것만큼 재미있지 않다고 어떻게 그렇게 확신하세요?'" 지미가 잠시 가만히 있다가 비꼬듯이 말했다. "당신은 웃어도 웃는 것 같지 않아. 고약하게 보인다고." "무슨 말인지 모르겠어." "내가 행복하냐고 물었더니 당신이 웃었잖아. 행복하다는 말의 어디가 웃긴 건데?" 이제 그는 진심으로 화를 내고 있었다. 로즈는 이번에도 그의 바람처럼 웃음을 터뜨리거나 그 덕분에 더할 나위 없이 행복하다는 말로 안심을 시키는 대신 진지하게 생각에 잠겼다. 그리고 결론을 내리듯 말했다. "음, 일리가 있긴 하네. 사람들은 행복이나 불행을 말하지. 뭔가 어려운 말도 하고. 그리고 당신이 하는 말도 있어. 여자는 이렇다, 남자는 저렇다, 일부다처제가 어쩌고저쩌고…… 음……." "음?" 지미가 다그치듯 말했다. "음, 그게 나한테는 그냥 웃겨." 로즈가 힘없이 말했다. 그녀는 자신의 기분, 즉 삶의 위험성과 슬픔에 대한 깊은 깨달음을 표현할 수 있는 다른 단어를 찾을 수 없었다. 노인의 머리에 폭탄이 떨어지고, 화물트럭이 사람을 죽이고, 전쟁은 계속 이어지고, 그가 돌아오지 않는 밤이면 그녀는 혼자 앉아 몇 시간이고 울어대면서 자기가 왜 우는지도 모르고, 높은 창문에서 어둡고 파괴된 거리를 내려다보는 삶. 도시는 전쟁의 그림자로 어두웠다.

처음 로즈와 사랑에 빠졌을 때 지미는 아무런 목적 없이 가벼운 이야기들을 다정하게 주고받는 시간을 무엇보다 좋아했다. 하지만 지금은 그녀가 항상 진지하기만 한 것 같았다. 그녀는 그의 인생과 유년시절에 대해 계속 질문을 던졌다. "그런 게 왜 그렇게 궁금해?" 그는 대답하기 싫어서 이렇게 묻곤 했다. 그러면 그녀는 상처를 받았다. "사랑하는 사람에 대해 알고 싶어 하는 게 당연하지." 그래서 그는 그녀의 질문에 간단한 대답을 해주었다. 그녀가 원하는 사실들만. 그보다 더 깊은 이야기는 하지 않았다. "당신 어머니가 당신한테 잘해줬어?" 그녀는 불안한 얼굴로 물었다. "어머니는 요리 솜씨가 좋았어?" 로즈는 그가 옛날 일들을 이야기하며 그때 그가 어떤 심정이었는지도 말해주기를 바랐다. 하지만 그는 간단히 "응"이라거나 "나쁘지는 않았어"라고만 대답했다.

"왜 나한테 말하는 걸 싫어해?" 로즈는 당혹스러워했다.

지미는 그녀에게 말해줘도 상관없다는 말을 되풀이하면서도 속으로는 몹시 싫어했다. 그가 보기에는 길고 편안한 침묵이 자리 잡아 그가 기분 좋은 꿈에 잠길 만하면 그녀가 질문을 던져대는 것 같았다. "당신은 왜 참전하지 않았어?" 언젠가 로즈가 이런 질문을 한 적도 있었다. "군대에서 날 받아주지 않았어." "운이 좋네." 로즈의 목소리가 사나웠다. "운이 좋기는 무슨. 내가 몇 번이나 군대에 가려고 했는데. 난 참전하고 싶었어."

그리고 나서 그녀가 고집스레 침묵을 지키자 그가 말했다. "당신은 이상해. 무슨 생각이 그렇게 많은지. 말하는 게 꼭 평화주의자 같아. 전쟁 중에는 그러면 안 돼."

"평화주의자라니!" 로즈가 화를 내며 소리쳤다. "왜 항상 그렇게 말도 안 되는 소리를 해? 난 어떤 사상도 따르지 않아."

"조심해, 로지. 다른 사람들 앞에서 그런 소리를 하면, 전쟁에 반대한다고 오해를 받아서 곤란한 일이 생길 거야."

"내가 전쟁에 반대하는 건 사실이야. 난 그렇지 않다고 말한 적 없어."

"로지……."

"아, 시끄러. 이젠 지겨워. 전부 지겨워. 다들 만날 말뿐이야. 의회에서도 뚱뚱한 늙은이들이 만날 떠들어대기만 하지. 그렇게 떠들어대니 자기들 머릿속 생각도 듣지 못하는 거야. 다들 아무것도 모르면서 아는 척이나 하고. 듣기 싫으니까 아무 말도 하지 마." 지미는 침묵했다. 이런 로즈에게 그는 할 말이 없었다. 이런 로즈는 그에게 낯선 사람이었다. 게다가 충격적이기도 했다. 그는 책이나 신문에서 본 구절들을 기억해두었다가 남들과 말로 겨룰 때 사용하는 것을 즐기는 사람이었다. 하지만 심하다 싶을 정도로 말에 조리가 없고 말을 사용할 줄 모르는 로즈는 자기만의 생각에서 벗어나려 하지 않았다. 그의 입심이 워낙 좋아서 그녀는 그를 닮아보려고 애썼다. 그를 사랑하는 마음 때문이기도 했고, 자신이 부족한 것 같다는 생각 때문이기도 했다. 그녀는 신문을 들고 창가에 앉아 한 줄 한 줄 열심히 읽었다. 신문을 가득 메운 분노와 증오의 언어를 보고 움츠러드는 본능을 처음으로 극복한 것이다. 하지만 전쟁 소식과 갖가지 슬로건들은 그녀를 지치고 불안하게 할 뿐이었다. 그래서 그녀는 좀 더 인간적인 소식으로 주의를 돌렸다. '전쟁이 결혼생활에 미치는 영향', '전쟁으로 파탄 난 가정' 같은 기사들을 읽다가 그녀는 신문을 놓아버리고 그냥 앞만 바라보며 앉아 있었다. 당혹스러운 표정이었다. 방금 읽은 기사의 제목들은 그녀, 로즈를 가리키고 있었다. 하지만 그녀는 다시 이혼에 대한 기사들을 읽었다. 어떤 판사의 판결문이 있었다. "이 부도덕한 여자로 인해 행복한 가정이 깨지고……." 로즈는 또 신문을 놓아버리고 미간을 찌푸리며 생각에 잠겼다. 이건 그녀를 가리키는 말이었다. 그녀가 바로 이런 나쁜 여자였다. '다른 여자.' 어쩌면 '불륜녀'로 불리는 고약한 꼴이 될 수도 있었다……. 그녀는 자신을 그렇게 생각할 수 없었다. 그건 말이 되지 않았다. 그래서 로즈는 신문을 치워버리고, 이해하려고 애쓰는 걸 그냥 포기해버렸다.

지적인 면에서 지미와 자신은 같은 수준이 아닌 것 같았기 때문에, 로즈는 본능적으로 여성적인 무기에 의존했다. 그리고 지미는 크게 안도했다. 로즈는 금방 아주 명랑해졌고, 지미는 쉽사리 그 분위기에 젖어들었다. 둘 다 한동안 그의 아내 이야기는 꺼내지 않았다. 두 사람에게 가장 행복한 시기였다. 사랑을 나눈 뒤 어둠 속에 누워서 두 사람은 아무 얘기나 나누며 날씨에 따라

하늘이 변하는 것을 지켜보고, 탐조등을 지켜보았다. 공습의 위험에 대해서는 생각하지 않았다. 전쟁이 거의 막바지였으므로, 두 사람은 마치 전쟁이 이미 끝난 것처럼 굴었다. "우리가 지금 죽더라도 난 상관없어." 폭격이 심하던 어느 날 밤 로즈가 진지하게 말했다. 지미는 이렇게 대답했다. "우리는 죽지 않아. 놈들은 우리를 죽일 수 없어." 마치 사실을 간단하게 선언하는 것 같았다. 두 사람의 사랑과 행복이 모든 것을 충분히 막아낼 수 있다는 사실. 하지만 로즈가 다시 진지하게 말했다. "우리가 죽더라도 그건 별로 중요하지 않아. 나중에 지금만큼 좋은 날이 올 것 같지 않으니까."

"아, 로지, 항상 그렇게 진지하게 굴 건 없잖아."

오래지 않아 두 사람은 또 싸웠다. 로즈가 너무 진지한 것이 문제였다. 로즈는 그의 과거에 대해 또 질문을 던졌다. 군대가 왜 그를 받아들이지 않았는지 궁금해서였다. 지미는 절대로 대답해주지 않다가 어느 날 밤 짜증을 내며 말했다. "그래, 그렇게 꼭 알아야겠다면 말해주지. 내가 위궤양에 걸렸어……. 아, 제발, 로지, 호들갑 좀 떨지 마. 난 호들갑이 싫어." 로즈가 작게 소리 지르며 그를 단단히 붙잡은 탓에 나온 말이었다. "왜 말을 안 했어? 내가 그동안 당신 몸에 안 좋은 음식들을 만들었잖아."

"로즈, 세상에, 그런 소리 그만해."

"위궤양에 걸렸으면 음식을 조심해야지. 그게 맞아." 다음 날 저녁 로즈는 우유푸딩을 식탁에 내놓으며 걱정스러운 얼굴로 말했다. "이건 위에 부담이 되지 않을 거야." 그는 폭발했다. "말했지, 로지, 날 아이 취급하지 말라고." 로즈는 애정과 고집이 담긴 표정으로 말했다. "하지만 그래서는……."

"마지막으로 말하는데, 난 이런 거 못 참아."

로즈는 입술을 가늘게 떨면서 시선을 피했다. 지미는 그녀에게 다가가 필사적으로 말했다. "자, 자, 너무 속상해하지 마, 로지. 당신이 좋은 뜻으로 한 건 알지만 난 싫어. 그래서 내가 미리 말하지 않은 거야. 알겠어?" 로즈는 그의 말에 힘없이 고개를 끄덕였다. 지미는 속으로 화를 내며 생각했다. '마누라가 하나도 아니고 둘이나 되니…….' 두 사람 모두 당혹스럽고 불행했다. 그들이 누리던 행복이 위궤양이나 우유푸딩 같은 사소한 일로도 하루아침에 사라져버릴 수 있을 만큼 위태로웠기 때문이다.

며칠 뒤 지미는 로즈가 저녁식탁에 내놓은 음식을 무거운 침묵 속에서 먹어치운 뒤 냉소를 터뜨렸다. "이봐, 로지, 날 아이 취급할 작정이군. 그래서 이러는 거야." 그날의 식단은 생선찜, 빵, 아주 연한 차였다. 모두 그가 싫어하는 음식이었다. 로즈는 불편한 표정이었지만 고집스럽게 말했다. "저기 길모퉁이에서 약국을 하는 친구한테 물었더니 당신한테 좋은 음식을 알려줬어." 지미는 자기도 모르게 벌떡 일어섰다. 화가 나서 얼굴이 어두워져 있었다. 그는 잠시 망설이다가 문을 쾅 닫으며 밖으로 나가버렸다.

지미는 주점에서 우울하게 서서 술을 마셨다. 펄이 다가와 말했다. "오늘은 또 무슨 일로 이래요?" 가벼운 말투였지만 눈빛에는 연민이 드러나 있었다. 그것을 보니 짜증이 나서 그는 고함을 질렀다. "하여튼 여자들이란!" 그러고 나서 잔을 쾅 내려놓은 뒤 밖으로 나가려고 몸을 돌렸다. "예의 바르게 구는 데는 돈이 안 들어요." 펄이 신랄하게 말하자 지미는 이렇게 대꾸했다. "나한테 간섭하지 않는 데도 돈이 안 들지." 주점 밖으로 나온 그는 죄책감을 느끼며 잠시 머뭇거렸다. 펄은 아주 오랜 친구였고, 그에게 무른 면이 있었다. 게다가 그녀는 그의 아내와 로즈에 대해 다 알면서도 아무 말도 하지 않았다. 속으로 욕하는 것 같지도 않았다. 펄은 좋은 여자였다. 지미는 다시 안으로 들어가 다급하게 말했다. "미안해요, 펄, 진심으로 한 말이 아니에요." 그는 펄의 대답을 기다리지 않고 다시 밖으로 나와 집으로 향했다.

그가 아내라고 부르는 여자가 바느질을 하다가 시선을 들어 짧게 물었다. "이번엔 또 뭐야?"

"아무것도." 지미는 자리에 앉아 신문을 들고 읽는 척하면서 아내의 시선을 의식했다. 아내의 눈빛은 적대적이지 않았다. 이미 그런 단계를 넘어선 지 오래였다. 로즈의 끈질기고 열띤 질문에 시달린 뒤라, 아내가 그에게 거의 관심을 보이지 않는다는 사실에 오히려 마음이 놓였다. 그는 로즈의 하얀 손가락이 사랑을 담고 자신의 목을 조르는 것 같다고 자기도 모르게 생각했다. "뭐 좀 먹을래?" 아내가 한참 만에 물었다.

"뭐가 있는데?" 지미가 조금 전 식탁에 나왔던 맛없는 생선찜과 빵을 생각하며 조심스레 물었다.

"알아서 먹어." 아내가 대꾸하자 지미는 찬장으로 가서 접시에 빵, 머스터드 피클, 치즈 등을 담아 아내가 있는 방으로 돌아왔다. 아내는 그의 접시를 흘깃 보고도 아무 말도 하지 않았다. 얼마 뒤 지미가 비꼬듯이 물었다. "피클을 먹으면 안 된다고 나한테 말 안 할 거야?"

"당신이 그걸 먹든 말든." 아내가 평온하게 말했다. "당신이 스스로 죽고 싶다는데 누가 뭐래." 이 말에 지미가 크게 웃음을 터뜨리자 아내도 함께 웃었다. 그러고 나서 그녀가 물었다. "오늘 밤에는 여기 있을 거야?"

"당신이 괜찮다면." 아내는 웃기지도 않는다는 듯이 콧방귀를 뀌더니 일어나서 말했다. "어쨌든 난 이제 자러갈 거야. 애들이 친구를 데려와서 소파에 재우기로 했으니까 당신이 소파에서 자면 안 돼. 바닥에 담요와 쿠션을 깔고 자야 할 거야."

"고마워." 지미는 무심하게 말했다. "애들은 잘 지내?" 그가 뒤늦게 생각났다는 듯이 물었다.

"잘 지내. 당신이야 관심도 없겠지만."

"내가 애들 안부를 물었잖아." 지미가 미지근하게 대답했다. 대화를 나누는 동안 두 사람 모두 조용하고 무심했다. 저변에 깔린 분위기는 거의 상냥하다고 해도 될 정도였다. 모르는 사람이 봤다면 두 사람이 서로 잘 모르는 사이인 줄 알았을 것이다. 아내가 침실로 간 뒤 지미는 서랍에서 담요를 한 장 꺼내 다리에 둘둘 감고 의자에 자리를 잡았다. 자신과 로즈의 관계에 대해 생각해볼 작정이었지만 순식간에 잠이 들고 말았다. 그는 아침 일찍 모두 아직 자고 있을 때 집을 나왔다. 그리고 공장에서 일하는 내내 로즈에 대해 생각했다. 로즈를 어떻게 해야 할까? 퇴근한 뒤에는 본능적으로 주점으로 향했다. 펄은 카운터 뒤에 조용히 서 있었다. 어젯밤의 안 좋은 일에는 아무런 유감이 없음을 태도로 보여주고 있었다. 지미는 원래 한 잔만 마시고 갈 생각이었지만, 세 잔을 마시고 말았다. 펄의 명랑한 태도가 좋았다. 그녀는 자기 남자친구가 다른 여자랑 놀러 다니고 있다면서, 자신은 그 일과 전혀 상관없다는 듯이 이렇게 덧붙였다. "어차피 바다에는 물고기가 아주 많으니까요."

"맞아요." 지미가 모호하게 대답했다.

"사람은 누구나 고민이 있어요." 펄이 반쯤 익살스럽게 한숨을 내쉬며 말했다.

"그렇죠. 그게 무슨 의미가 있든." 이 말을 하면서 그는 죄책감이 가슴을 찌르는 것 같았다. 계속 로즈를 생각하고 있었기 때문이다. 펄이 그를 예리한 시선으로 바라보다가 말했다. "내 남자친구가 고민할 가치도 없다는 말은 아니었어요. 하지만 지금은 그 다른 여자가 좋은 걸 전부 누리고 있으니……." 펄이 우울하게 웃었다.

지미는 이 유쾌한 철학이 좋았지만 자신의 입에서 흘러나오는 말을 막지 못했다. "당신을 포기하다니 분별이 없는 친구네요." 지미는 밝은 노란색으로 구불거리는 그녀의 머리와 멋진 몸매를 감상하듯 바라보았다. 그녀의 눈빛이 밝아지자 그는 재빨리 작별인사를 하고 밖으로 나왔다. 지금 펄과 엮이면 절대 안 된다는 생각이 들었다.

8시가 넘은 시각이었다. 보통 그는 7시쯤 로즈의 집으로 갔다. 그는 그녀에게 무슨 말을 할지 생각하면서 천천히 길을 걸어가,

머릿속이 텅 빈 채 아파트에 들어섰다. 이유는 잘 모르겠지만 몹시 피곤했다. 로즈는 혼자 식사를 하고 식탁을 치운 뒤 지금은 식탁 옆에 앉아 신문을 향해 미간을 찌푸리고 있었다. "뭘 읽는 거야?" 지미는 서먹한 분위기를 깨보려고 질문을 던졌다. 로즈의 어깨 너머로 신문을 보니, 그녀가 '남아도는 여자들로 교회가 고민'이라는 제목의 기사에 표시를 해둔 것이 보였다. 지미는 깜짝 놀랐다.

"이게 나야. 남아도는 여자." 로즈가 이렇게 말하고는 느닷없이 웃음을 터뜨렸다.

"뭐가 그렇게 웃겨?" 지미가 불편한 얼굴로 물었다.

"웃기지 않아도 웃을 권리가 있어." 로즈가 반박했다. "어쨌든 우는 것보다는 낫잖아."

"아, 로즈." 지미가 무기력하게 말했다. "아, 로즈, 이제 그만 좀 해······." 로즈가 갑자기 울음을 터뜨리며 그에게 매달렸다. 하지만 이것이 끝이 아님을 그는 알고 있었다. 그날 밤 늦게 로즈가 말했다. "당신한테 하고 싶은 말이 있어······." 지미는 속으로 생각했다. '그게 뭐든 무조건 찬성해야겠다.'

"당신 어젯밤 집에 갔지?"

"응." 지미는 긴장했다.

잠시 침묵이 흐르다가 로즈가 물었다. "당신 부인이 뭐래?"

"무슨 소리야?" 실제로 그는 로즈의 말을 금방 이해하지 못했다. "**지미.**" 로즈가 기가 막힌 표정으로 숨죽여 말하자 지미가 말했다. "로지, 그래봤자 소용없어. 내가 전에도 말했잖아."

로즈는 금방 대답하지 않다가, 아주 앙심을 품은 목소리로 입을 열었다. "그래, 어떻게 돌아가는 건지 이제 알겠네."

"당신은 아무것도 몰라." 지미가 냉소적으로 말했다.

"그래? 그럼 당신이 말해보지 그래?" 지미는 침묵했다. 로즈의 침묵은 끈질긴 질문 같았다. 이번에도 그는 따뜻하고 부드러운 손가락이 자신을 옭아매는 것 같았다. 숨이 막히는 기분이었다. "설명할 게 뭐 있어? 나도 어쩔 수 없는 일인데." 잠시 침묵이 흐른 뒤, 로즈가 단호하고 간결하게 그가 싫어하는 말을 했다. "그래?" 이것이 전부였다. 적어도 한동안은. 일주일 뒤 로즈가 차분하게 말했다. "오늘 질의 할머니를 만나고 왔어."

지미는 가슴이 철렁했다. 이번엔 또 뭐지? "그래서?" 그가 말했다.

"조지가 지난달에 죽었대. 이탈리아에서."

지미는 승리감을 느꼈다가 곧 미안한 얼굴로 말했다. "그거 안타까운 일이네." 로즈는 손사래를 치며 말했다. "내가 질을 입양하고 싶다고 그 할머니에게 말했어."

"하지만, 로지……." 그 순간 지미는 로즈의 얼굴을 보고 움찔했다.

"난 아이를 원해." 로즈가 사납게 말했다. 지미는 시선을 떨어뜨렸다.

"질의 할머니는 아이를 내놓으려고 하지 않을 거야."

"정말 그럴까? 처음에는 안 된다고 하다가 조금 생각해보는 눈치던데. 나이가 많으니까 말이야. 내년에 여든 살이래. 그래서 질을 나한테 맡기는 편이 더 나은 건지도 모르겠다고 생각하는 것 같아."

"그 애를 **여기서** 키우겠다고?" 지미는 기가 막혔다.

"왜, 안 돼?"

"당신은 하루 종일 직장에서 일하잖아." 로즈가 입을 다물자 그는 그녀를 보았다. 그리고 서서히 얼굴이 붉어졌다.

"잠깐 좀 들어봐." 로즈가 그를 설득하려는 듯이 입을 열었다. 그리 불쾌한 태도는 아니었지만, 지미에게는 한 마디 한 마디가 상처가 되었다. "이 집의 가구는 전부 내가 마련했어. 내 가구고 내 돈이야. 그리고 만약의 경우를 대비해서 우체국 저금에 아직 백 파운드를 남겨뒀지. 그 돈이 필요해질 거야. 전쟁이 끝나면 우리가 지금만큼 돈을 벌지 못할 테니까. 내 짐작이 맞으면 말이야. 지금까지 나는……." 이 시점에서 그녀의 본능적인 섬세함이 그녀를 압도했기 때문에 로즈는 말을 잇지 못했다. 식비며 뭐며 모든 돈이 자기 주머니에서 나왔다는 말을 할 생각이었다. 최근에는 월세도 그녀의 몫이었다. 어느 날 그가 현찰이 없으니 이번 한 번만 월세를 내주겠느냐고 미안한 표정으로 말한 적이 있었다. 하지만 지금은 그녀가 월세를 내는 것이 일상이었다.

"당신이 여기서 아이를 키우고 싶으니까 나더러 돈을 내놓으라는 거야?" 지미가 조심스레 물었다. 로즈는 당황해서 얼굴을 붉히고 있었다. "아냐, 아냐." 로즈가 재빨리 말했다. "그게 아니라, 당신이 월세만 내주면 그걸로 충분할 거야. 나는 오전에만 일하는 파트타임 일자리를 구하면 되고. 질이 이제 학교에 다니니까 내가 어떻게든 해낼 수 있어."

지미는 말없이 들으면서 믿을 수 없는 심정이었다. 로즈는 여기서 아이를 키우고 싶어 해. 아이는 항상 방해만 되는데. 로즈가 이제는 날 사랑해줄 수 없다는 뜻이잖아. 지미가 느릿느릿 말했다. "음, 로지, 당신이 하고 싶다면 그렇게 해."

로즈의 얼굴이 환해지면서 생생한 행복이 느껴졌다. 그녀가 예전처럼 그에게 달려와 입을 맞춘 뒤 말했다. "아, 지미. 아, 지미……." 그는 로즈를 안았다. 그녀가 이렇게 기뻐하는 것이 자기 때문이 아니고, 이제는 그녀가 오로지 아이에게만 신경을 쓴다고 생각하니 씁쓸했다. 여자들이란! 하지만 마음속 뒤편에 두 가지 다른 생각도 존재했다. 첫째, 시험에 곧 통과하지 못한다면 월세를 구할 길이 없다는 것. 둘째, 당국이 로즈에게 질의 입양을 결코 허락해주지 않으리라는 것.

다음 날 저녁 로즈는 풀이 죽어 있었다. "관리들을 만나본 거야?" 결국 지미가 물었다.

"응." 로즈는 그에게 눈길을 주지 않았다. 창가에 서서 무기력하게 아래를 내려다볼 뿐이었다.

"일이 잘 안 풀린 거야?"

"내가 아이를 키우기에 적합한 사람이라는 걸 증명해야 한대. 그래서 내가 그런 사람이라고 했어. 질이 태어날 때부터 그 애와 아는 사이라는 말도 하고, 그 애 부모와 모두 아는 사이라는 말도 했어."

"그건 맞는 말이네." 지미는 질투 때문에 자기도 모르게 끼어

들었다. 로즈가 그를 차갑게 쏘아보며 말했다. "오늘은 그냥 좀 가만히 있어. 질의 할머니는 나이가 너무 많고, 나는 질을 힘들이지 않고 돌볼 수 있다는 말도 했어."

"그랬더니?"

로즈는 침묵하다가, 무의식적으로 양손을 쥐어짜면서 소리쳤다. "그 사람들이 못되게 굴었어. 나한테 못되게 굴었다고. 여자 한 명이랑 남자 한 명인데, 나더러 질을 어떻게 먹여 살릴 거냐고 묻잖아. 그래서 내가 돈을 벌 수 있다고 했더니 나더러 서류로 증명하라는 거야……." 로즈는 이제 소리 없이 울고 있었다. 하지만 그에게 달려오지는 않았다. 그녀는 그에게 등을 돌린 채 계속 창가에 서서, 자신의 슬픔으로부터 그를 차단해버렸다. "직장이 있는 여자가 어떻게 아이를 키울 거냐고 그 사람들이 물었어. 그래서 내가 그건 별로 어렵지 않다고 했더니, 나더러 남편이 있느냐고……." 로즈는 벽에 머리를 기대고 심하게 흐느꼈다. 얼마 뒤 지미가 말했다. "저기, 로지, 난 당신한테 별로 도움이 되지 않는 것 같네. 그냥 날 포기하고 좋은 남편을 찾아보는 게 더 나을지도 모르겠어." 로즈가 고개를 휙 들고 아연한 얼굴로 그를 바라보며 소리쳤다. "지미! 내가 어떻게 당신을 포기해……." 지미는 그녀에게 다가가며 안도감을 느꼈다. '그래, 로즈는 나를 더 사랑해.' 그러니까, 아이보다 더 사랑한다는 뜻이었다.

로즈는 패배를 받아들인 것 같았다. 그 뒤 며칠 동안 로즈는 시의회의 '그 참견쟁이들'을 입에 올리며 슬픈 표정을 지었다. 심지어 익살을 부리기도 했다. 비록 그런 모습이 그에게는 불편하게 느껴졌지만. 로즈가 어두운 미소를 지으며 말했다. "내가 그 참견쟁이들한테 가서 이렇게 말할 거야. 내가 남아도는 여자가 된 건 나도 어쩔 수 없는 일이니까 내 탓을 하지 말고 전쟁 탓을 하라고. 사람들이 멍청한 전쟁을 벌여서 남자들을 전부 죽여버리는 게 내 잘못은 아니지 않느냐고······."

지미는 점점 질투심을 참을 수 없어져서 입을 열었다. "당신은 나보다 질을 더 사랑하는군." 로즈는 놀란 얼굴로 웃음을 터뜨리며 말했다. "아이처럼 굴지 마, 지미." "내 생각이 틀림없어. 계속 그 애 이야기만 하고 있잖아. 당신 머릿속에는 온통 그 애 생각뿐이야."

"당신이 질을 질투할 이유가 전혀 없어."

"질투라니." 지미가 거칠게 말했다. "내가 질투한다고 누가 그래?"

"글쎄, 그게 질투가 아니면 뭔데?"

"아, 젠장, 젠장." 지미는 로즈를 끌어안으며 혼자 투덜거렸다. 그리고 목소리를 높여 말했다. "이러지 마, 로지, 이러지 마. 이제 그만해. 옛날 모습으로 돌아가면 안 돼?"

"난 달라진 거 없어." 로즈는 한숨과 함께 그의 손길을 받아들이며 참을성 있게 말했다.

"달라진 게 없단 말이지." 지미가 성난 얼굴로 말했다. 그러고는 힘겹게 감정을 억제하며 달래듯이 말을 이었다. "로지, 로지, 날 조금이라도 사랑하는 게······."

사실 그는 로즈의 달라진 모습에 집착하고 있었다. 그는 그녀의 예전 모습을 계속 생각했다. 그건 마치 다른 여자를 꿈꾸는 것과 같았다. 로즈가 그만큼이나 달라져 있었다. 그는 직장에서도 일에 모든 주의를 기울이다가 갑자기 뭔가에 찔린 사람처럼 화들짝 놀라서 중얼거리곤 했다. "로즈, 아, 이젠 나도 알 게 뭐야!" 지미는 자신을 반기며 달려 나오던 로즈의 모습, 자신의 말과 행동에 일일이 반응을 보이며 애정을 표현하던 로즈의 모습을 떠올리며 고통스러워했다. 억지로 참을성을 발휘해서 상냥하게 구는 듯한 지금의 로즈를 생각하면 욕이 나올 것 같았다. 퇴근한 뒤 지미는 곧장 아파트로 돌아갔다. 로즈가 귀가하기도 전이었다. 불은 꺼져 있고, 집 안도 차가운 것이 로즈의 변화를 또 한 번 실감하게 해주었다. 로즈는 망태기를 잔뜩 짊어지고 피곤한 얼굴로 들어오다가 지미가 식탁에 앉아 자신을 노려보는 것을 발견했다. 그의 눈빛이 질투로 거멓게 변해 있었다. "집이 한데처럼 추워." 지미가 성난 목소리로 말했다. 로즈는 그를 보고 한숨을 내쉬며 차분하게 말했다. "지미, 내가 가스 값으로 6펜스를 여기 넣어두었어. 당신이 불을 켜지 그래?" 지미는 그녀에게 다가가 그녀가 팔을 움직이지 못하게 붙잡고 입을 맞췄다. 로즈가 말했다. "1분만 날 건드리지 마, 지미. 지금 감자를 불에 올리지 않으면 저녁식사를 먹을 수 없어."

"감자를 1분 뒤에 올리면 되잖아."

"내 팔 좀 놔줘, 지미." 지미가 계속 팔을 붙잡고 있었기 때문에 로즈는 조심스레 팔을 빼내서 망태기들을 식탁 위에 놓았다. 그러고 나서 몸을 돌려 그에게 키스했다. 그는 로즈가 닫히지 않은 커튼이나 비우지 않은 쓰레기통을 걱정스럽게 힐끔거리는 것을 알아차렸다. "집안일을 다 마치기 전에는 나한테 키스도 제대로 못하는군." 지미가 뚱한 얼굴로 소리쳤다. "좋아. 내가 키스를 해도 될 만큼 시간 여유가 생기면 당신이 윙크로 나한테 알려주지 그래."

이 말에 로즈는 힘없이, 그러나 참을성 있게 대꾸했다. "지미, 난 지금 퇴근하고 곧바로 집으로 왔기 때문에 아무것도 준비하지 못했어. 게다가 전에는 당신이 이렇게 일찍 집에 오지 않았잖아."

"이제는 내가 집에 곧장 왔다고 불평하는 건가. 전에는 내가 어디서 한잔하고 온다고 불평했잖아."

"난 불평한 적 없어."

"불평은 안 했어도 부루퉁했지."

"지미." 로즈는 잠시 슬픈 얼굴로 입을 다물고 감자 껍질을 벗기다가 말했다. "내가 남자인 친구랑 술을 마시러 가면 당신도 기분이 좋지 않을 거야."

"펄을 이야기하는 것 같은데, 그건 완전히 다른 얘기야."

"어디가 다른데?" 로즈가 차분하게 물었다. "난 혼자 주점에 가는 걸 별로 안 좋아하지만, 만약 좋아한다면 혼자 가지 못할 것도 없지. 왜 남자와 여자의 행동이 달라야 하는지 모르겠어."

이렇게 갑자기 페미니즘 이야기가 나오면 지미는 항상 당황했다. 이런 이야기는 로즈의 성격과 너무나 어울리지 않는 것 같았다. 지미는 이 부분을 그냥 건너뛰었다. "당신은 펄을 질투하는 거야. 그래, 맞아."

지미는 물론 로즈가 웃음을 터뜨리기를 바랐다. 아니면 자신과 조금 말다툼을 벌이거나. 그러고 나면 키스로 상처를 치유할 수 있을 것이다. 하지만 로즈는 잠시 생각에 잠겼다가 이렇게 말했다. "누군가를 사랑한다면 질투는 피할 수 없어."

"펄이라니!" 지미가 콧방귀를 뀌었다. "펄과는 아주 오래전부터 아는 사이야. 게다가 누구한테 펄 이야기를 들었어?"

"당신은 항상 다른 사람들이 눈치도 없는 줄 아나 봐." 로즈가 슬픈 얼굴로 말했다. "항상 그렇게 놀라는 걸 보면."

"그걸 어떻게 알았냐고."

"사람들한테서는 언제나 많은 이야기를 들을 수 있어."

"당신은 **그 사람들**의 말을 믿는 거야?"

잠시 침묵이 흘렀다. "아, 지미, 항상 싸움만 하는 건 싫어. 그런 건 아무 의미가 없어." 로즈의 슬프고 무기력한 대답이 지미는 만족스러워서 그녀를 따뜻하게 안아줄 수 있었다. "나도 싸울 생각은 없어." 그가 중얼거렸다.

하지만 두 사람은 항상 싸웠다. 모든 대화가 펄이나 조지 이야기로 끝나는 것 같았다. 아니면 부드러운 분위기가 피곤한 침묵으로 이어지거나. 그는 로즈가 생각에 잠겨 조용히 시선을 피하는 모습을 보았다. "이번에는 또 뭐 때문에 그렇게 심각한 거야, 로지?" "질을 생각했어. 질의 할머니는 나이가 너무 많아. 질은 하루 종일 그 집 부엌에 갇힌 거나 마찬가지고. 생각해봐. 그 늙은 참견쟁이들이 나더러 질을 키우기에 적합한 사람이 아니라고 하다니. 적어도 나는 일요일에 질을 데리고 산책을 나갈 수 있

다른 여자 249

어……."

"당신이 질을 원하는 건 조지 때문이야." 지미가 이를 갈며 말했다. 그녀를 잡은 손에 힘을 잔뜩 주는 바람에 그녀가 억지로 팔을 빼냈다. "그만 좀 해, 지미. 그만 좀 하라고."

"그게 사실이니까 그렇지."

"당신의 생각을 내가 막을 수는 없겠지." 그러고는 서로 완전히 낯선 사람이 된 것 같은 침묵이 흘렀다.

이 일이 있고 나서 몇 주 뒤 어느 날 지미는 다시 주점에 들렀다. "낯선 사람이 오셨네요." 펄이 말했다. 그를 보는 그녀의 눈이 반갑게 반짝였다.

"그동안 이런저런 일로 바빴어요." 지미가 말했다.

"어련하겠어요." 펄은 도전적인 시선으로 그를 바라보며 비꼬듯이 말했다.

지미는 충동을 참지 못했다. "여자들이란. 여자들이란." 그러고 나서 그는 술을 길게 쭉 들이켰다.

"나한테 그런 식으로 말하지 마요." 펄이 짧게 웃으며 말했다. "내 남자친구가 얼마 전에 결혼했단 말이에요. 심지어 나한테 청첩장도 보내지 않던데요."

"좋은 여자를 알아보는 눈이 없는 친구네요."

펄의 크고 파란 눈이 그에게 휙 돌아와서 비스듬히 그에게 머물렀다. 펄은 얼마 뒤 천으로 닦고 있는 잔을 향해 시선을 내렸다. "그런 사람이 더 있는 것 같기도 해요."

지미는 머뭇거리다가 말했다. "그럴 수도 있고 아닐 수도 있죠." 지미는 신중함을 발휘했다. 하지만 두 사람은 아주 오래전부터 유쾌하게 서로 작업을 걸던 사이였다. 순전히 장난으로. 그러니 이제 와서 머뭇거리는 것은 그 자체로 위험한 일이었다. 두 사람의 가벼운 대화에 깊이를 부여해주기 때문이었다. 지미는 속으로 생각했다. '조심해, 지미. 조심하지 않으면 너 또 곤란해질 거야.' 지미는 단골 주점을 바꾸기로 했다. 그런데도 매일 저녁 역시 이 주점에 들렀다. 그가 문간에 섰을 때 펄이 그를 보고 눈빛이 따뜻하게 변하면서 "오셨어요, 미남 씨? 오늘은 또 무슨 고민이 있어서 왔어요?"라고 말하는 순간이 너무나 반가웠다. 지미는 30분 정도 머무르던 예전과 달리 한 시간 이상 주점에서 시간을 보내게 되었다. 그는 카운터에 조용히 몸을 기댔다. 겉옷 옷깃을 세우고 회색 눈으로 펄을 감상하듯 바라보았다. 가끔은 펄이 어색해져서 이렇게 말했다. "당신 눈에도 휴식을 좀 줘요." 그러면 지미는 태연하게 말했다. "사람들의 시선이 싫으면 점퍼를 하나 더 사서 입지 그래요?" 지미는 부정한 짓을 저지르는 것 같은 기분을 느끼면서 '왜 로지는 저런 옷을 사 입지 않는 거지?' 하고 생각했다. 로즈는 언제나 어두운색의 평범한 치마와 깔끔한 블라우스를 입고, 목 부위에 브로치를 달았다.

주점을 나와 아파트 계단을 오르면서 지미는 불안한 마음으로 생각했다. '혹시 오늘은 로지가 예전 모습으로 돌아가 있을까?' 그는 기대에 차서 문을 열었다. '로지가 나를 보고 미소를 지으며 달려 나올지도 몰라……'

하지만 로즈는 화덕 앞에 서거나 식탁에 앉은 자세로 그를 기

다른 여자 251

다렸다. 그리고 피곤한 얼굴로 뭔가를 참는 듯한 미소를 지어 보인 뒤 상을 차렸다. 지미는 실망감에 기분이 가라앉았지만 억지로 입을 열어 말했다. "늦어서 미안해, 로지." 지미는 질책이 날아올 것을 각오했지만 로즈는 아무 말도 하지 않았다. 다만 눈으로 그를 불안하게 살피다가, 혹시 그가 그 시선을 질책으로 받아들일까 무섭다는 듯 시선을 내렸다.

"괜찮아." 로즈는 조심스럽게 대답하며 식탁에 접시를 내려놓고 그를 위해 의자를 빼주었다.

그는 그녀가 또 음식을 갖고 '호들갑'을 떨었는지 항상 살펴볼 수밖에 없었다. 로즈는 그에게 좋은 음식을 먹이려고 애쓰는 자신의 신중함을 열심히 감췄다. 가끔 지미는 비꼬듯이 그녀를 찔러보았다. "약국을 한다는 당신 친구가 위궤양에 완두콩이 좋다고 한 모양이지? 양파볶음은 어때, 로지?"

"내일 만들어줄게." 로즈는 이렇게 대답했다. 하지만 그가 피클 병을 열어 생선요리 위에 머스터드 피클을 잔뜩 쌓아올리면 그녀는 시선을 피했다. 마치 속으로 움찔하는 것 같았다. "인생은 한 번이야." 지미가 농담처럼 말했다.

"맞아." 로즈는 미리 준비한 것 같은 목소리로 말을 이었다. "어차피 당신 위장이 아픈 거니까."

"내가 항상 하는 말이 그거잖아." 이 말을 하고 나서 지미는 속으로 '빌어먹을 내 마누라 같네'라고 중얼거렸다. 그의 아내도 마침내 "그렇게 일찍 죽고 싶다면야, 어차피 당신 위장이니까……"라고 말하는 수준에 이르러 있었다.

양파볶음이나 토마토소스를 잔뜩 묻힌 칩을 한 접시 가득 먹고 밤에 갑자기 끔찍하게 배가 아파올 때면 그는 아내에게 그랬던 것처럼 통증을 감추며 로즈 옆에 뻣뻣하게 누워 있었다. 여자들의 호들갑이란! 여자들의 호들갑이란!

지미는 왜 이 관계를 깨버리지 않는지 끊임없이 자신에게 물었다. '이제 됐잖아. 이런 건 좋지 않아. 로지는 날 사랑하지도 않아.' 혼자 이렇게 중얼거린 적이 몇 번이나 되었다. 하지만 저녁이 되면 그는 주점에 들러 펄과 조심스레 노닥거리며 최대한 시간을 끌다가 마치 끌려가듯이 로즈에게 향했다. 지미 자신도 이해할 수 없었다. 그는 형편없는 인간처럼 굴고 있었다. 그것을 알면서도 어쩔 수 없었다. 시험공부를 해야 하는데 도무지 공부가 손에 잡히지 않았다. 로즈를 행복하게 만들어주는 건 아주 쉬운 일인데도 그는 결정적인 한 걸음을 내디딜 수 없었다. 저녁때 펄을 찾아가지만 않으면 되는데도 그 주점에 발을 끊을 수가 없었다. 도대체 왜 이렇게 된 걸까? 사람들은 왜 자기 뜻과 달리 끌려가듯이, 심지어 자기가 좋아하는 일을 내팽개치면서까지 같은 행동을 반복하는가?

어느 토요일 저녁에 로즈가 말했다. "내일은 내가 집에 없을 거야."

지미는 로즈의 손을 움켜쥐고 다그치듯 물었다. "왜? 어디 가는데?"

"하루 종일 질을 데리고 나가서 놀다가 질의 할머니랑 저녁을 같이 먹을 거야."

지미는 숨을 빠르게 쉬고 입술에 힘을 주면서 불쑥 말했다. "이제는 나랑 같이 있어줄 시간이 없는 거야, 응?"

"아, 지미, 철 좀 들어."

다음 날 아침 지미는 침대에 누워 로즈의 외출 준비를 지켜보았다. 로즈는 즐겁고 부드러운 얼굴로 미소 짓고 있었다. 그녀는 나가기 전에 달래듯이 그에게 입을 맞추며 말했다. "일요일만이야, 지미."

매주 일요일에 이렇게 하겠다는 거로군. 지미는 비참해졌다.

저녁에 그는 주점으로 갔다. 펄이 쉬는 날이었다. 그는 펄에게 함께 영화를 보러 가자고 청할 생각이었지만 그녀의 집을 몰랐다. 그래서 집으로 갔다. 아이들은 잠자리에 들었고, 아내는 이웃집에 가 있었다. 마치 모두에게 버림받은 기분이었다. 결국 그는 아파트로 돌아가서 로즈를 기다렸다. 로즈가 돌아왔을 때, 그는 성난 미소를 띠고 조용히 앉아 있었다. 로즈는 질에 대해 신나게 떠들어댔다. 침대에서는 그녀에게 등을 돌리고 누워서 창문에 비치는 회색빛을 바라보았다. 이런 식으로 계속 살 수는 없어. 이런 게 무슨 의미가 있어? 그는 속으로 생각했다. 하지만 다음 날 저녁에도 그는 평소처럼 아파트로 돌아왔다.

그다음 주 일요일에 로즈는 함께 질을 보러 가겠느냐고 지미에게 물었다.

"무슨 같잖은 소리야!" 지미가 분기탱천해서 소리쳤다.

로즈는 상처 받은 얼굴이었다. "왜 안 되는데, 지미? 질은 정말 귀여운 애야. 아주 착한 애라고. 긴 금발 머리도 구불구불하니 귀여워."

"조지도 길고 구불거리는 노란 머리였나보지?" 지미가 비꼬듯이 말했다.

로즈는 텅 빈 얼굴로 그를 보며 어깨를 으쓱하고는 더 이상 아무 말도 하지 않았다. 그녀가 나간 뒤 지미는 펄의 집으로 가서 (그녀의 주소를 미리 알아두었다) 함께 영화를 보러 갔다. 두 사람은 조심스럽고 정중하게 서로를 대했다. 펄은 그를 몰래 지켜보았다. 그의 얼굴이 걱정으로 굳어 있었다. 그는 그 망할 애새끼와 함께 있을 로즈를 생각하고 있었다. 로즈는 그에게는 미소 한 자락 지어주지 않으면서 질과 함께 있는 것을 좋아했다! 작별인사를 할 때 펄이 느릿느릿 말했다. "당신 영화 제목은 알아요?"

지미는 불편하게 웃으며 말했다. "미안해요, 펄. 내가 이런저런 생각이 많아서."

"그거 고마운 정보네요." 하지만 펄의 태도가 적대적이지는 않았다. 그를 안쓰럽게 생각하는 것 같았다. 그는 자신을 이해해주는 그녀가 고마웠다. 그래서 급히 그녀의 뺨에 입을 맞추고 말했다. "당신은 좋은 사람이에요, 펄." 그녀는 얼굴을 붉히며 재빨리 그의 목을 양팔로 감싸고 다시 입을 맞췄다. 나중에 지미는 불편한 기분이 되어 생각했다. '내가 새끼손가락만 까딱해도 펄이 나한테 넘어오겠는걸.'

로즈는 집에 돌아온 지미를 조심스럽게 대하며, 그가 먼저 질에 대해 이야기를 꺼내기 전에는 질의 이름을 입에 올리지 않았다. 지미가 무서웠다. 지미도 그것을 알아차리고 갑갑해서 반쯤 미칠 지경이 되었다. 누가 보면 그가 로즈에게 잔인하게 구는 줄 알 것이다! "제발, 좀, 로즈." 그가 애원했다. "도대체 왜 그래? 왜 나한테 상냥하게 굴지 않아?"

이 말에 로즈는 한숨을 내쉬고는 건조하고 지친 목소리로 물었다. "아마 펄은 당신한테 상냥하게 구나 봐?"

"젠장, 로지, 당신이 없을 때는 나도 뭔가 해야 하잖아."

"그러게 나랑 같이 가자고 했잖아, 안 그래?"

두 사람은 모종의 위기가 코앞에 있음을 알아차렸다. 며칠 동안 두 사람은 서로를 거의 낯선 사람처럼 대했다. 언제 폭발할지 알 수 없었기 때문이다. 서로 감히 눈을 마주치지도 못했다.

그다음 토요일 저녁에 로즈가 물었다. "내일도 펄하고 데이트하기로 했어?"

지미는 아니라고 말할 생각이었지만 로즈가 가차 없이 말을 이었다. "이런 식으로는 계속할 수 없어, 지미." 지미는 말이 없었다. 그러자 로즈가 불쑥 물었다. "지미, 당신 부인한테 이혼하자는 말을 꺼내본 적은 있어?"

지미가 폭발했다. "젠장, 로지, 이제는 또 그 얘기까지 꺼내는 거야?"

"아마 당신은 내가 상관도 없는 일에 참견한다고 생각하는 것 같은데……." 로즈는 느닷없고 우울한 특유의 웃음소리를 냈다.

로즈는 아침에 더 이상 한마디도 없이 질에게 가버렸다. 지미는 펄을 만나러 갔다. 펄은 그에게 상냥했다. "영화가 내키지 않으면 굳이 나랑 같이 보러 갈 필요 없어요." 펄이 이해한다는 표정으로 말했다. 그래서 두 사람은 카페로 갔다. 지미가 불쑥 말했다. "이봐요, 펄, 날 좋아하면 안 돼요. 여자들은 나랑 친해지면 나를 독극물로 취급하더라고요." 그는 사납게 씩 웃으며 양손을 꽉 쥐었다. 펄이 손을 뻗어 지미의 한 손을 잡고 말했다. "내가 무엇을 원하는지는 내가 결정하는 거예요, 그렇죠?"

"난 분명히 말렸어요." 지미는 아무렇게나 말하면서 한 팔로 그녀를 감쌌다. 방금 한 말로 자신은 펄에 대한 모든 책임에서 벗어났다는 생각이 들었다. 그는 로즈를 생각했다. 지금쯤이면 로즈가 집에 돌아와 있을 것이다. 뭐, 그가 집에 없는 편이 그녀에게는 오히려 좋겠지. 로즈는 그를 그냥 당연히 있는 존재로 생각하고 있었다. 초조하게 5분이 흐른 뒤 그가 말했다. "이만 가봐야겠어요." 떠나려는 그에게 펄이 말했다. "사랑해요, 지미. 잊으면 안 돼요. 난 당신을 위해서라면 무엇이든 할 거예요. 무엇이든……." 펄은 집 안으로 뛰어 들어갔다. 지미는 그녀가 울고 있음을 알아차렸다. 펄은 어쨌든 날 사랑해. 이런 생각을 하다 보니 로즈에게 화가 났다. 지미는 길고 어두운 계단을 천천히 올라갔다. 또 몹시 피곤해졌다. 좀 자야겠어. 그는 속으로 어렴풋이 생각했다. 이런 식으로 계속할 수는 없어. 사람이 지치잖아. 곧바로 침대로 가서 좀 자야겠어.

하지만 문을 열자 밝은 빛이 쏟아졌다. 로즈가 돌아와 식탁에 앉아 있었다. 아직 차려입은 외출복 차림이었다. 깔끔한 회색 정장, 하얀 블라우스, 브로치. 머리는 방금 빗질한 것 같았다. 그의 시선을 붙잡은 것은 그녀의 얼굴이었다. 입을 굳게 다물고 단호하다 못해 의기양양한 표정을 짓고 있는 얼굴. 무슨 일이지? 지미는 속으로 생각했다.

"당장 자러 갈 생각은 마." 로즈가 말했다. 지미는 신발과 외투를 던지듯이 벗고 있었다. "우리가 해야 할 일이 있어."

"엄청 중요한 일이 아니면 말하지 마. 난 지금 서 있을 기운도 없어."

"지금은 서 있는 게 좋을걸." 로즈가 이렇게 모진 말을 하는 것은 전에 없던 일이라 놀라웠다.

"무슨 일이야?"

"금방 알게 될 거야."

지미는 로즈를 거의 무시하다시피하고 침대에 누웠다. 하지만 결국은 베개를 벽에 세우고 거기에 기대앉는 쪽으로 타협했다. "당신이 준비한 수수께끼가 다 숙성되면 깨워줘." 그는 이 말을 하자마자 곯아떨어졌다.

로즈는 계속 식탁에 뻣뻣하게 앉아서 문을 바라보며 귀를 기울였다. 전날 그녀는 결정을 내렸다. 아니, 그녀에게 결정이 스스로 찾아왔다고 해야 할 것이다. 내가 직접 편지를 써서 물어보면 되지. 그러면 그 여자도……. 이런 생각이 머리에 문득 떠올랐다. 처음에는 충격을 받았다. 로즈 자신이 생각하는 옳은 행동과는 정반대인, 끔찍한 행동이었다. 하지만 이 생각이 그녀의 머리에 파고 들어온 순간부터 계속 힘을 얻었기 때문에, 결국 그녀는 이 생각 외에 다른 것은 전혀 생각할 수 없게 되었다. 그래서 그녀는 자리를 잡고 앉아 편지를 썼다.

친애하는 피어슨 부인, 우리 둘 모두와 관련된 개인적인 문제를 말씀드리기 위해 편지를 씁니다. 부인의 마음을 상하게 하려고 편지를 쓰는 것은 아닙니다. 저는 로즈 존슨입니다. 그리고 전쟁이 끝나기 전부터 2년 동안 부인의 남편과 사귀고 있습니다. 그 사람 말로는 자신과 부인이 별거하고 있는데, 부인이 이혼에 동의하지 않는다고 합니다. 저는 일을 바로잡고 싶습니다. 그래서 혹시 부인과 잠깐 이야기를 나눈다면 상황이 정리될지도 모른다는 생각을 했습니다. 지미는 내일 밤 10시경 집에 돌아올 겁니다. 만약 부인이 제 제안에 동의하신다면 그때 우리 셋이 한자리에 모여 이야기할 수 있을 것 같습니다. 제가 부인의 마음을 상하게 하거나 공연한 문제를 일으키려는 것이 아님을 믿어주시기 바랍니다.

로즈는 이 편지를 직접 그 집으로 들고 가서 편지함에 넣었다. 그러고 나니 그 자리를 떠날 수 없었다. 로즈는 죄책감을 느끼며 창문에 시선을 고정한 채 거리를 서성거렸다. 이곳에 **그 여자**가 살고 있었다. 질투와 사랑으로 가슴이 너무 무거워서, 마치 발에 무거운 추가 달린 것 같았다. 지미가 **그 여자**와 함께 살던 곳이 여기였다. 그의 아이들이 사는 곳이 여기였다. 로즈는 혹시라도 아이들을 볼 수 있을까 싶어서, 거리에서 노는 아이들을 살피며 그와 닮은 아이를 찾아보았다. 그의 아들처럼 보이는 사내아이가 눈에 들어오자 로즈는 자기도 모르게 그 아이에게 웃어 보였다. 눈에는 눈물이 차올랐다. 그러다 마침내 그 집 앞을 지나치면서 속으로 생각했다. '어떻게든 결말이 났으면 좋겠어. 더 이상

은 참을 수 없어. 더 이상은······.'

발소리가 들렸다. 로즈는 문을 열어주려고 반쯤 몸을 일으켰지만, 발소리는 로즈의 집을 그냥 지나쳐갔다. 시간이 더 흘러 로즈가 이미 기대를 접었을 때, 다시 발소리가 들리더니 로즈의 집 앞에서 멈췄다. 기다리던 순간이 온 것이다. 로즈는 긴장해서 머리가 혼미할 지경이라 문까지 걸어가기도 힘들었다. 그녀는 속으로 생각했다. '지미를 깨우면 안 돼. 굉장히 피곤해 보였어.' 로즈는 문을 열면서 본능적으로 자고 있는 지미를 가리키며 주의를 주듯 손을 움직였다. 피어슨 부인은 그를 흘깃 보고 입술을 굳게 다문 채 살짝 웃더니 안으로 들어왔다. 그녀의 신발 굽이 크게 딸깍거렸다. 로즈는 부러운 이 여자, 지미의 아내의 모습을 그동안 다양하게 상상해보았다. 이유는 잘 모르겠지만, 피부가 하얗고, 연약하고, 예쁜 여자, 그러니까 전에 거리에서 한 번 본 적이 있는 펄과 비슷한 여자일 것 같았다. 하지만 실물은 전혀 그렇지 않았다. 피어슨 부인은 덩치가 크고 묵직하며 어깨가 떡 벌어진 여자였다. 각진 얼굴에는 인정이 넘쳤고, 갈색 눈은 차분하고 곧았다. 하얗게 세기 시작한 머리는 뽀글뽀글하게 얼굴에 착 달라붙어 큼직큼직한 이목구비와 어울리지 않았다. 그녀가 로즈를 향해 기분 좋게 고개를 끄덕하며 평범한 목소리로 말했다. "음, 처형을 앞두고 잠든 죄수로군요."

"어머, 아니에요." 로즈는 당황했다. "전혀 아니에요."

피어슨 부인은 호기심 어린 얼굴로 로즈를 보며 어깨를 으쓱하고는 가방을 식탁 위에 내려놓았다. "편지 고마워요. 당신이 더 일찍 알아낼 줄 알았어요."

"알아내다니, 뭘요?" 로즈가 재빨리 물었다.

지미가 몸을 뒤척이다가 멍한 표정으로 두 여자를 보더니 허둥지둥 일어섰다. "이게 무슨……." 그가 자기도 모르게 말했다. 그리고 몹시 화를 내며 말을 이었다. "뭘 한다고 여길 기웃거려?"

"이 사람이 날 부른 거야." 그의 아내가 조용히 말하고 나서 의자에 앉았다. "와서 앉아, 지미. 다 같이 이야기를 해보자고."

지미는 상당히 당황한 기색이었다. 하지만 곧 부인과 마찬가지로 어깨를 으쓱하더니 담배를 피워 물고 식탁으로 왔다. "그래, 빨리 해치우지, 뭐." 그가 기운차게 말했다. 그리고 믿을 수 없다는 표정으로 로즈를 흘깃 보았다. 로즈가 그에게 이런 짓을 할 수 있는 여자였던가. 이렇게 뼛속까지 상처를 입히면서 날 사랑한다고 말하다니……. 지미는 로즈에게도, 아내에게도 마음이 단단히 굳어졌다……. 그래, 어디 마음대로 한번 해보라지.

"이제 잘 들어, 지미." 아내가 아이를 대하듯이 차분하게 말했다. "여기 이 가엾은 아가씨한테 당신이 그동안 거짓말을 잔뜩 한 것 같은데……." 지미는 딱딱하게 굳은 채 아무 말도 하지 않았다. 아내가 그의 반응을 기다리다가 로즈를 바라보며 말을 이었다. "지금부터 내가 하는 말은 사실이에요. 우린 10년 동안 결혼생활을 했고, 아이가 둘 있어요. 처음에는 행복했죠……. 뭐, 그건 누구나 그렇잖아요? 그러다 이 사람이 싫증을 내기 시작했어요. 그것 역시 평범한 일이죠. 어쨌든, 이 사람은 무엇이든 진득하게 오랫동안 할 수 있는 사람이 아니에요. 난 이 사람 때문에 불행해하다가 그냥 그런 생활에 익숙해졌어요. 사람이 타고난 본성은 바꿀 수 없지 않나 싶어서. 지미에게 악의는 없어요. 그냥 사방팔방 떠돌아다닐 뿐이에요. 그러다 전쟁이 터졌고, 그다음에 일이 어떻게 굴러갔는지는 당신도 알겠죠. 난 야간근무를 했고, 이 사람도 그랬어요. 그때 이 사람이 일하는 공장에서 어떤 아가씨랑 사귄 모양이에요." 아내는 말을 멈추고 재판장처럼 지미를 바라보았다. 하지만 지미는 아무 말도 하지 않고 담배를 피우며 식탁만 내려다보았다. 성난 미소를 살짝 짓고 있었다. "나도 진저리가 나서 우리가 헤어지는 게 낫겠다고 말했어요. 그랬더니 이 사람이 달려와서 다시는 그런 일이 없을 거라고 하더라고요. 이혼을 원하는 게 아니라고." 지미는 동요하며 뭔가 말을 하려는 듯 입을 벌렸다가 다시 닫았다. "뭐 할 말 있어?" 그의 아내가 유쾌하게 물었다. "아니. 계속해. 하고 싶은 대로 실컷."

"내 말이 사실 아냐?"

지미는 어깨를 으쓱했다. 아내는 잠시 기다리다가 말을 이었다. "그렇게 해서 한 달 정도는 아무 문제도 없었어요. 그러다 이 사람이 또 그 아가씨를 만나기 시작하면서⋯⋯"

"펄인가요?" 로즈가 불쑥 물었다.

지미가 콧방귀를 뀌었다. "펄이라. 항상 펄 생각뿐이지."

"펄이 누구예요?" 피어슨 부인이 놀라서 물었다. "난 처음 듣는 이름인데요."

"됐어요. 계속하세요." 로즈가 말했다.

"어쨌든 이번에는 나도 더 이상 참을 수가 없어서 나와 그 아가씨 중 하나를 택하라고 했어요." 아내는 지미를 무시한 채 로즈에게만 말했다. "그런데 이 사람은 뭐가 됐든 결단을 내릴 줄을 몰라요."

"맞아요." 로즈가 자기도 모르게 맞장구를 쳤다. 그러고는 얼굴을 붉히며 미안한 표정으로 지미를 바라보았다.

"계속해. 실컷 해봐." 지미가 빈정거리듯이 말했다.

"**우린** 실컷 즐긴 적이 없어. 즐긴 건 **당신**이지."

"그거야 당신 생각이지."

"아, 그래, 마음대로 생각해. 당신은 언제나 그런 식이지. 지금은 내가 로즈랑 얘기하는 중이니까 참견 마. 내가 나와 그 아가씨 중에서 택하라고 했더니 이 사람 반응이 아주 굉장했어요. 문제의 근원은 이 사람이 우리 둘을 모두 원한다는 거였어요. 남자들은 원래 여러 아내를 원하는 법이라면서."

"그렇군요." 로즈가 다시 재빨리 대답했다.

"아, 진짜, 두 사람 다 농담이 뭔지도 몰라? 그건 농담이었어. 당신 도대체 무슨 생각을 한 거야? 내가 아내를 둘이나 두고 싶다고? 하나도 충분해."

"당신 동시에 두 여자랑 결혼생활을 했잖아." 그의 아내가 신랄하게 말했다. "당신이 좋아하든 싫어하든, 그렇게 산 거나 마찬가지야." 두 여자는 서로를 바라보며 어두운 미소를 짓고 있었다. 지미는 두 사람을 흘깃 보더니 일어서서 창가로 갔다. "다 끝나면 말해줘." 그가 말했다.

로즈는 충동적으로 그를 향해 움직였다. "아, 그냥 앉아요. 당신은 저 사람한테 너무 무른 게 문제예요. 나도 옛날에는 그랬지만."

지미가 창가에서 말했다. "그러면 콘크리트도 무르겠네." 그리고 로즈를 바라보며 손짓으로 자기 아내를 가리켰다. "저 여자를 잘 봐. 무른 구석이 어디에 있는지." 로즈는 얼굴을 붉히며 지미의 아내를 바라본 뒤 말했다. "지미, 난 당신한테 고약한 짓을 할 생각이 없었어."

"없었다고?" 비꼬고 빈정거리는 말투였다.

"자." 피어슨 부인이 큰 소리로 두 사람의 대화에 끼어들었다. "난 결국 화가 나서 저 사람이랑 이혼했어요."

로즈는 흡 하고 숨을 들이쉬었다. 눈동자가 황망하게 움직였다. "**이혼했다고요**?" 로즈는 지미를 노려보며 그가 부정하기를 기다렸지만 그는 계속 등을 돌린 채였다. "지미, 이게 사실이야?"

피어슨 부인이 거칠지만 상냥한 목소리로 말했다. "흥분하지 말아요, 로즈. 이제 당신도 뭐가 어떻게 된 건지 알 때가 됐어요. 우린 3년 전에 이혼했어요. 내가 아이들을 맡고, 저 사람은 양육비로 일주일에 2파운드를 내게 주는 조건이었죠. 그럼 그때 사귀던 그 다른 아가씨가 과연 그 뒤에 저 사람과 결혼했을까요? 저 사람은 나한테 3년 동안 구애했어요. 난 단호하게 거절했고요. 저 사람은 나 없이는 살 수 없다고 하더니, 혼인신고를 할 때는 마치 사형수 같은 표정이더라고요."

지미가 차갑게 화를 내며 말했다. "사실이 뭔지 말해줘? 그 여자는 나랑 결혼할 생각이 없었어. 다른 사람이랑 결혼했거든."

"아마 로즈도 정신을 차린 것 같네. 당신은 유부남이라는 사실을 로즈에게 말하지 않았고, 로즈는 그 사실을 안 뒤 놀라서 정신을 차렸겠지."

"계속하세요." 로즈가 말했다. "난 끝까지 전부 듣고 싶어요."

"끝은 없어요. 그게 바로 요점이에요. 이혼한 뒤에 지미는 마치 자기 집처럼 우리 집에 불쑥불쑥 나타났어요. 나는 그때마다 우린 이혼했다고 말했죠. 하지만 지미는 잘 곳이 없다, 책을 읽을 곳이 필요하다, 위궤양이 심하게 도졌다면서 우리 집에 들러 식사를 하거나 소파를 차지했어요. 지금도 그러고 있고요." 그녀가 말을 맺었다.

이제 로즈는 울고 있었다. "왜 나한테 거짓말을 했어, 지미?" 그녀가 꿈쩍도 하지 않는 그의 등을 바라보며 애원하듯 물었다. "왜? **나한테** 거짓말을 할 필요는 없었잖아."

그가 비참한 표정으로 말했다. "왜 거짓말을 했을까, 로지? 난 저 사람한테 일주일에 2파운드를 줘야 해. 그 돈을 주면서 당신에게 제대로 가정을 만들어줄 수는 없었어."

로즈는 힘없이 손짓을 한 번 하고는 조용히 의자에 앉았다. 눈물이 계속 줄줄 흘러내렸다. 피어슨 부인은 다정한 얼굴로 그녀를 지켜보았다. "울어봤자 무슨 소용이에요? 당신한테 저 사람은 어울리지 않아요. 저 사람한테 다른 여자가 또 생겼다면서요! 그 펄이라는 여자는 누구예요?" 그녀가 물었다.

로즈가 말했다. "지미가 펄이랑 영화를 보러 다녀요. 펄은 저 사람이랑 결혼하고 싶어 하고요."

다른 여자 265

"그걸 당신이 어떻게 알아?" 지미가 비로소 몸을 돌려 두 사람을 마주보았다.

로즈는 애원하듯이 그를 바라보며 부드럽게 말했다. "지미, 모르는 사람이 없어."

"당신이 펄을 찾아가서 만난 모양이군." 지미가 경멸스럽다는 듯이 말했다. "여자들이란!"

"내가 그런 짓을 왜 해?" 로즈는 충격을 받았다. "난 그런 적 없어. 그냥 다른 사람들도 다 아는 얘기라니까."

"이번에는 그 다른 사람들이 누군데?"

"우선 저기 길모퉁이 가게에서 일하는 내 친구가 있지. 항상 비스킷이나 뭐 그런 게 생기면 내 몫을 빼놓는 사람이야. 펄이 당신한테 푹 빠져 있다는 말을 그 사람한테 들었어. 당신이 펄이랑 결혼할 거라고 사람들이 떠들어댄다는 이야기도."

"세상에." 지미는 침대에 앉으며 짧게 말했다. "여자들이란."

"딱 저 사람다운 짓이네요." 피어슨 부인이 건조한 표정으로 말했다. "저 사람은 항상 자기가 투명인간인 줄 알아요. 벌건 대낮에 멋대로 행동하고 돌아다니면서도 아무도 눈치채지 못할 거라고 생각한다니까요. 그래서 사람들이 알아차릴 때마다 저렇게 놀라요. 전에 공장에서 다른 여자랑 사귈 때도 몇 달 동안이나 둘이 데이트를 해서 공장 사람들이 다 알고 있었어요. 그런데 내가 그 얘기를 꺼내니까 나더러 탐정을 고용해서 자기한테 붙였느냐고 하더라고요."

"글쎄요." 로즈가 무기력하게 말했다. "난 모르겠어요. 정말로 모르겠어요."

피어슨 부인이 아까처럼 거칠지만 따뜻한 목소리로 다시 말했다. "너무 그렇게 마음 끓이지 말아요, 로지. 이제 당신은 거기서 벗어났으니 잘 된 일이에요."

로즈의 입술이 다시 파르르 떨렸다. 피어슨 부인이 일어나서 로즈 옆에 앉아 어깨를 토닥거렸다. "자, 자." 쓰러질 것 같은 로즈에게 그녀가 말했다. "흥분하지 말아요. 자, 자." 피어슨 부인은 로즈를 달래면서 그녀의 머리 너머로 보이는 남편에게 무서운 표정을 지었다. 지미는 침대에 걸터앉아 심하게 충격 받은 얼굴로 담배를 피우고 있었다. 그는 머릿속으로 이런 생각을 하고 있었다. '로즈가 나한테 이런 짓을 하다니…… 어떻게 로즈가 나한테 이런 짓을 하지?'

"난 아무것도 없어요." 로즈가 울부짖었다. "아무것도, 아무도 없어요."

피어슨 부인은 계속 토닥거렸다. 뭔가 생각에 잠긴 표정이었다. 그녀는 작은 소리로 로즈를 달래다가 갑자기 물었다. "로즈, 우리 집에 와서 나랑 같이 사는 건 어때요?"

로즈는 깜짝 놀라서 울음을 그치고 고개를 들었다. "뭐라고요?"

"놀라는 게 당연해요." 피어슨 부인 자신도 놀란 표정이었다. "그냥 생각한 건데…… 내가 다음 달에 케이크 가게를 새로 열 예정이거든요. 전쟁 중에 조금 모아둔 돈이 있어서. 그래서 가게 일을 도와줄 사람을 찾고 있었어요. 원한다면 우리 집에서 같이 살아도 돼요. 방 세 개에 주방이 있는 집이지만, 어떻게든 살 수는 있을 거예요."

"그 집은 당신 것이 아니잖아요."

피어슨 부인이 웃었다. "우리 주인 양반이 그 집이 자기 거라고 한 모양이죠? 천만에요. 지하는 내 것이에요."

"지하요." 로즈가 열렬히 말했다.

"따뜻하고, 습기도 없고, 부서진 데도 없어요. 대부분의 지하방보다는 나아요."

"더 안전하기도 하죠." 로즈가 느릿느릿 말했다.

"안전하다고요?"

"폭격이나 뭐 그런 일이 있을 때요."

"아마 그렇겠죠." 피어슨 부인은 조금 의아한 표정을 지었다. 로즈는 그녀의 얼굴을 열렬히 바라보았다. "당신은 아이들을 기르고 있잖아요." 로즈가 천천히 말했다.

"그건 걱정할 필요 없어요. 아이들이 학교에 다니니까."

"그런 뜻이 아니라…… 나도 아이를…… 아니, 내가 그 집에서 살게 되면 아이를 입양하고 싶어질 거예요. 당신과 함께 살게 되면 아이를 기르기에 적합한 자격을 갖춘 사람이 돼서 그 참견쟁이들한테 허락을 받을 수 있을 것 같거든요."

"아이를 입양하고 싶다고요?" 피어슨 부인은 조금 당황한 얼굴이었다. 그녀가 지미를 흘깃 보자, 지미가 말했다. "당신은 나를 가지고 이러쿵저러쿵 떠들어대지. 하지만 저 여자를 봐. 원래 약혼자가 있었는데, 그 친구가 죽었어. 그래서 저 여자 머릿속에는 온통 그 친구 아이에 대한 생각뿐이라고."

"지미······." 로즈가 반발하며 입을 열었다. 하지만 피어슨 부인이 끼어들었다. "그 아이한테 엄마가 없어요?"

"대공습 때문에요." 로즈가 짧게 대답했다.

잠시 침묵이 흐른 뒤 피어슨 부인이 생각에 잠긴 표정으로 말했다. "그럼 안 될 것도 없겠네요."

로즈의 얼굴이 밝아졌다. "피어슨 부인······ 피어슨 부인······ 내가 질을 키울 수만 있다면, 내가 질을 키울 수만 있다면······."

피어슨 부인이 건조한 목소리로 말했다. "난 꼭 필요할 때가 아니라면 아이들과 씨름할 생각이 없어요. 내가 과거로 돌아간다면 결혼해서 아이를 낳는 길은 선택하지 않을 거예요. 하지만 세상에는 다양한 사람들이 있는 법이니까요."

"그럼 괜찮은 건가요?"

피어슨 부인은 머뭇거리다가 말했다. "그래요. 안 될 것도 없죠."

지미가 짧게 웃었다. "여자들이란." 그가 말했다. "여자들이란."

"하여튼 하는 말하고는." 그의 아내가 말했다.

로즈가 수줍은 얼굴로 그를 바라보았다. "이제 당신은 어쩔 거야?"

"펄이랑 결혼할 것 같지는 않네요." 그의 아내가 말했다.

로즈가 천천히 말했다. "펄이랑 결혼해야지, 지미. 정말로 펄이랑 결혼해야 돼. 펄을 나처럼 불행하게 만들면 안 돼."

지미는 주머니에 손을 찔러 넣고 두 사람 앞에 서서 무심한 표정을 지으려고 애썼다. 그는 최악의 의심이 사실이었음을 확인한 사람처럼 천천히 고개를 끄덕이고 있었다. "그러니까 이젠 나를 다른 사람과 결혼시켜버리겠다?" 그가 사납게 말했다.

"지미." 로즈가 말했다. "펄은 당신을 사랑해. 그건 모두 아는 사실이야. 당신이 펄이랑 데이트를 하면서 희망을 줬잖아…… 그리고…… 그리고…… 이 아파트도 당신이 가져. 나한테는 필요 없으니까. 어쨌든 당신이 갖는 게 낫겠어. 전쟁이 끝났으니 당신 힘으로 아파트를 구하기 어렵잖아. 그러니까 펄이랑 같이 여기서 살아." 마치 로즈 자신을 위해 간청하는 듯한 목소리였다.

"세상에." 지미가 기가 막힌 얼굴로 로즈를 바라보았다.

피어슨 부인은 계산적인 얼굴로 그를 바라보았다. "나쁜 생각은 아니야, 지미. 로즈 말이 옳아."

"뭐, 뭐? 당신까지?"

"당신도 이제 허튼 짓을 하며 돌아다니는 건 그만둬. 여기 로즈한테도 그런 짓을 한 거잖아. 내가 몇 번이나 말했지. 로즈랑 결혼하든지 말든지 결정을 내리라고."

"나에 대해 **알고** 있었어요?" 로즈가 멍하니 물었다.

"걱정할 것 없어요." 피어슨 부인이 성급하게 말했다. "당연히 알고 있었죠. 저 사람이 집에 오면 내가 항상 말했어요. 그 가엾은 아가씨한테 잘하라고. 당신이 편안한 생활을 즐기면서 밤에 기분 좋게 놀러 다니는 동안 그 아가씨가 인생을 낭비하며 기회를 놓치는 꼴이 되면 안 되지 않겠느냐고."

"내가 로즈한테 말했어." 지미가 불쑥 끼어들었다. "나는 로즈한테 부족한 사람이라고 몇 번이나 말했다고."

"물론 그랬겠지." 그의 아내가 짧게 대꾸했다.

"내가 그랬지, 로즈?" 지미가 물었다.

로즈는 침묵하다가 어깨를 으쓱했다. "정말 이해가 안 가." 로즈는 이렇게 말하고 나서 또 잠시 침묵하다가 입을 열었다. "아무래도 당신은 원래 그런 사람인 것 같네." 로즈는 좀 더 오랫동안 침묵하다가 말을 이었다. "그래도 펄이랑 결혼해야 돼."

"순전히 당신 좋으라고?" 지미는 도전적인 표정으로 아내에게 시선을 돌렸다. "당신도 같은 생각이겠지? 당신은 내가 누군가에게 안전하게 묶이는 걸 보고 싶은 거지?"

"애가 둘이나 딸린 나랑 결혼하려는 사람은 없을 거야." 그의 아내가 말했다. "그런 식으로 보자면, 당신 역시 어딘가에 묶여도 상관없잖아."

"일주일에 2파운드씩 당신한테 줘야 하는 내가 펄이랑 결혼하면 안 되는 이유를 모르겠다고?"

피어슨 부인이 충동적으로 말했다. "당신이 펄이랑 결혼한다면, 그 2파운드를 면제해줄게. 케이크 가게가 잘 될 것 같으니까 당신 돈은 필요 없을 거야."

"그럼 내가 펄이랑 결혼하지 않으면, 계속 2파운드를 줘야 하는 거고?"

"공평하잖아." 피어슨 부인이 차분하게 말했다.

"이건 협박이야." 지미가 신랄하게 말했다. "협박이라고."

다른 여자　271

"마음대로 생각해." 피어슨 부인은 자리에서 일어나 식탁 위의 자기 가방을 들었다. "자, 로즈, 전부 순간적인 충동으로 정신없는 일들이 벌어진 것 같네요. 당신도 생각해볼 시간이 필요하겠죠? 나도 생각도 해보지 않고 다짜고짜 달려드는 성격은 아니에요. 당신이 우리 집에 살러 왔다가 나중에 후회하게 되는 건 싫어요."

로즈는 자기도 모르게 일어나서 피어슨 부인과 나란히 서 있었다. "괜찮다면 지금 같이 갈게요. 내 물건들은 내일 옮기고요. 오늘 밤에 여기 있고 싶지 않아요." 로즈는 지미를 흘깃 보고는 얼굴을 돌려버렸다.

"여기 나랑 같이 있는 게 무서우신 모양이군." 지미가 신랄하게 우쭐거리듯이 말했다.

"맞아. 당신이 어떤 사람인지 아니까." 피어슨 부인은 지미의 목소리를 흉내 내서 말을 이었다. **"날 배신하지 마, 로즈. 날 못 믿는 거야?"**

로즈는 움찔하며 중얼거렸다. "그러지 마세요."

"내가 저 사람을 잘 알죠. 잘 알고말고. 혼인신고를 하려면 저 사람을 사슬로 묶어서 질질 끌고 가야 돼요. 저 사람이 당신과 결혼하는 걸 싫어하지는 않아요. 아마 결혼할 마음은 있을 거예요. 다만 결단을 내리는 걸 죽기보다 싫어할 뿐이죠."

"나랑 같이 있어, 로지." 지미가 갑자기 말했다. 마지막 패를 내보이는 도박꾼 같았다. 그는 반짝이는 눈으로 로즈를 지켜보며 반응을 기다렸다. 자신의 힘으로 그녀의 마음을 돌릴 수 있다고 거의 확신하는 것 같았다.

로즈는 불행한 얼굴로 그와 피어슨 부인을 번갈아 바라봤다.

피어슨 부인은 웃는 듯 마는 듯한 얼굴로 로즈를 지켜보았다. 그 표정은 이렇게 말하는 것 같았다. '난 상관하기 싫으니까 당신이 직접 해결해요. 어느 쪽이든 나는 상관없어요.' 하지만 부인은 로즈를 향해 입을 열어 말했다. "여기 남는 건 바보짓이에요, 로지."

"로지한테 간섭하지 마." 지미가 조용히 말했다. 그는 이런 생각을 하고 있었다. '로지가 조금이라도 애정이 있다면 여기 남을 거야. 내 옆에 있을 거야.' 로즈는 지미를 안쓰럽게 바라보며 마음이 흔들렸다. 그때 퍼뜩 이런 생각이 들었다. '저 사람은 지금 자기 아내한테 뭔가를 증명하고 싶은 거야. 진심으로 나를 원하는 게 아니야.' 하지만 로즈는 그에게서 눈을 뗄 수 없었다. 그는 꼿꼿하지만 편안한 자세로 앉아 있었다. 머리카락이 이마 위에 가볍게 헝클어져 있고, 멋진 회색 눈이 그녀를 지켜보았다. 로즈는 황망하게 생각했다. '저 사람은 왜 저렇게 가만히 앉아서 기다리기만 하지? 날 사랑한다면 내게 다가와서 양팔로 나를 끌어안고 자기 옆에 있어달라고 제대로 부탁해야 하잖아. 그러면 나는…… 저 사람이 그렇게 해주기만 한다면…….'

하지만 지미는 가만히 앉아서 로즈에게 행동을 요구하고 있었다. 천천히 긴장이 풀리면서 로즈는 한숨과 함께 눈을 내리깔았다. 그리고 피어슨 부인에게 돌아섰다. 지미가 진심으로 로즈를 사랑한다면 저렇게 가만히 앉아 있을 리가 없었다. 로즈가 보기에는 그랬다.

"부인의 집으로 갈게요." 로즈가 무거운 목소리로 말했다.

"잘 생각했어요, 로즈."

로즈는 발을 질질 끌며 부인의 뒤를 따랐다.

"후회하지 않을 거예요." 피어슨 부인이 말했다. "남자들은…… 어느 모로 보나 좋을 때보다 귀찮을 때가 더 많아요. 요즘은 여자들이 스스로 살아가야 해요. 애당초 남자들은 스스로 살아갈 줄 모르니까요."

"그런 것 같아요." 로즈는 마지못해 대답했다. 그녀는 문간에서 머뭇거리며 혹시나 하는 희망을 안고 지미를 바라보았다. 지금이라도…… 지금이라도 지미가 한마디만 해주면 그에게 달려가 여기 머무를 텐데.

하지만 지미는 그 신랄하고 흐릿한 미소를 띤 채 여전히 꼼짝도 하지 않았다.

"가요, 로즈." 피어슨 부인이 말했다. "갈 거면 얼른 가요. 이러다 지하철을 놓치겠어요."

로즈는 부인의 뒤를 따라가며 생각했다. '이제 질을 기를 수 있을 거야. 그게 중요해. 질이 자라서 어른이 될 때쯤이면 전쟁도 폭탄도 없는 세상이 될지 몰라. 그때는 사람들도 어리석은 짓을 하지 않을 거야.'

낙원에 뜬
신의 눈

O__는 바이에른 알프스에 있는 아름답고 작은 마을이다. 하지만 여기만큼 아름다운 마을들이 만 개는 더 있다. 이곳을 아는 사람들이 놀라울 정도로 많지만, 개중에는 실제로 그 마을에 가본 사람도 있고 오로지 상상 속에서만 그 마을의 매력을 음미한 사람도 있다. 유흥지들은 인기 영화배우나 왕족과 비슷하다. 한 번도 만난 적이 없는 사람들의 공상 속에 자기들이 어떤 모습으로 등장하는지 안다면, 그들이 틀림없이 민망해할 것이라는 점에서. O__의 역사는 매혹적이다. 어느 마을에서나 볼 수 있는 역사이기 때문이다. 이 마을의 위치에도 이점이 아주 많은데, 국경과 아주 가깝다는 점을 특히 꼽을 수 있다. 그 덕분에 이 마을이 마침내 지도에 표기된 후, 신나는 휴가를 상상하던 사람들은 이 마을에서 돌을 던지면 오스트리아에 닿겠다는 생각을 하게 되었다. 물론 이것은 사실이 아니다. 산들이 우뚝 서서 그런 일을 막아주는 천연장벽 역할을 하고 있기 때문이다. 게다가 바로 이 산들 때문에 O__는 물론 그 위의 계곡에 있는 10여 곳의 마을

들은 모든 생필품을 반드시 독일에서 가져올 수밖에 없다. O__가 예전부터 줄곧 독일에 속해 있는 것도 바로 이 천연장벽 때문이다. 하지만 이곳 주민들은 오스트리아가 자신들의 정신적 고향이라는 믿음에서 위안을 얻는다. 적어도 그들이 여름과 겨울에 마을을 찾는 사람들에게 기회가 있을 때마다 들려주는 노래와 이야기를 보면 그런 것 같다. 그래서 두 나라의 매력을 한꺼번에 느낄 수 있을 것이라는 희망을 안고 이 마을에 휴가를 즐기러 오는 사람들의 생각이 그리 틀린 것은 아니다. 손님들 중에는 소박하고 온화한 이 마을의 이름, 그러니까 예를 들어 베르히테스가덴(바이에른 알프스의 작은 도시. 히틀러와 나치 고관들을 위한 휴양시설이 있던 곳) 같은 곳과는 전혀 닮은 구석이 없는 이름 때문에 오는 사람들도 있다. 물론 마음이 내킨다면 베르히테스가덴 같은 곳에서도 편안히 쉴 수는 있겠지만. O__는 한 번도 유명했던 적이 없다. 역사의 스포트라이트가 이곳을 비춘 적도 없다. 서울이나 비키니환초처럼, 또는 베르히테스가덴처럼 고통스러운 기억이 생긴 뒤에야 비로소 사람들이 알게 된 도시도 아니었다.

사람들의 주의를 끌기 위해 요란한 홍보를 해대는 수백 곳의 겨울 휴양지 중에서 O__를 휴가지로 선택한 두 사람이 저녁에 이곳에 도착해 고급스러운 거리에 서 있었다. 아름답고 작은 목조주택들 위에 눈이 무겁게 쌓여 있고 쾌적한 거리들은 무척 좁은데도 품위가 있어서, 반짝거리며 지나가는 커다란 자동차들이 이곳에 어울리지 않는 허세를 부리는 것처럼 보였다. 길고 검은 모직치마에 묵직한 나막신을 신은 나이 많은 주민들은 물론, 리본을 맨 말이 관광객들이 가득 탄 썰매를 끄는 것까지도 모두 매력적이었으며, 두 사람이 기대하던 모습 그대로였다. 특히 스키를 타기 좋은 비탈들이 사방에 뻗어 있는 것이 좋았다. 하지만 뭔가가 두 사람을 묵직하게 누르는 것 같아서 불편한 마음이 드는 것 또한 부정할 수 없었다. 무엇이 문제인지는 굳이 추측할 필요가 없었다. 두 사람이 도착한 순간부터 그 문제를 아주 열렬하게 줄곧 표현하고 있었기 때문이다.

이곳은 유흥지였다. 오로지 관광객들을 위해 존재하는 마을이라는 뜻이었다. 겨울이면 묵직하게 눈이 쌓인 풍경 속에서 관광객들이 스키를 타고 휙휙 공기를 가르며 지르는 소리가 울려 퍼졌다. 여름이면 꽃을 엮어 만든 꽃줄이 걸리고, 사방에서 소의 방울소리가 들려왔다. 언제나 똑같았다. 여름과 겨울의 다른 풍경은 이 마을이 관광객들을 제외하면 존재할 수 없다는 사실을 감춰주는 가면에 불과했다. 관광객들에게 갖가지 필수품과 식량을 공급해주는 것은 바이에른 저지대에서 올라오는 낡고 작은 기차 한 대뿐이었다. 관광객들은 나무를 깎아 만든 신발, 나무를 깎고 색칠해서 만든 병, 철 세공품, 자수를 놓은 앞치마, 스키바지와 스웨터, 땅을 밟고 살아가는 사람들이 눈 내리는 계절 내내 비탈길을 날아다닐 수 있게 해주는 날씬하고 휘어진 스키에 아낌없이 돈을 썼다.

사실 유흥지가 정말로 즐거운 곳이 되려면 합법적인 주민들과 소수의 관광객만 있어야 한다. 소수의 관광객들이 데려온 친구까지는 괜찮을지도 모른다. 모두들 이 사실을 아주 잘 알고 있다. 이것이야말로 관광업의 불가해한 모순이다. 만약 유럽 전역에 개발할 수 있는 작은 도시나 마을이 하나도 남지 않게 된다면, 바로 그 순간 관광업 전체가 무너질지도 모른다. 문명의 때가 묻지 않은 마을과 개울가의 고풍스러운 여관을 찾아 차를 몰고 산속으로 들어가는 일이 불가능해지기 때문이다. 모든 도시와 마을이 개발되고 나면, 차를 몰고 산으로 들어가봤자 손님접대가 직업인 직원이 서둘러 뛰어나와 직업적인 친절을 제공할 것이다. 그럼 어떻게 해야 할까? 모두 여행을 떠나지 말고 집에만 있어야 하나?

그럼 전쟁으로 삭막해진 가난한 유럽에서 여름과 겨울에 찾아오는 관광객들의 눈길을 받으며 아마도 조금은 뚱하게 살아가고 있는 주민들은 어떨까? 관광객들은 아마도 집에서는 맛볼 수 없는 좋은 것, 좋은 분위기를 여기서 찾으려고 할 것이다. 다른 사람들의 생활이나 구경하려고 굳이 이렇게 멀리까지 여행을 온 것은 아닐 테니 말이다.

우리의 두 여행자가 나누고 있던 이야기도 대략 이런 내용이었다(고백하건대, 참으로 진부한 이야기이기는 하다).

두 사람은 길가의 작은 노점인지 아니면 한 면이 트인 상점인지 언뜻 분간이 가지 않는 곳 앞에 서 있었다. 그 노점 또는 상점에서는 나무를 깎아 만든 병이나 가죽 앞치마가 아니라 진짜 채소와 버터와 치즈를 팔았다. 이곳에 점령군으로 주둔하고 있는 미군의 아내들이 그 물건들을 구입하고 있었다. 미국은 자국이 점령한 모든 지역에 주둔 중인 미군 병사들이 유럽에서 가장 매력적인 곳에서 쾌적한 휴가를 보낼 수 있게 해주는 시스템을 갖추고 있었다.

초록색으로 칠해진 작은 주택들 사이의 좁은 길에는 눈이 쌓여 있었다. 자동차의 바퀴자국을 따라 눈이 패여 있고, 사람들의 발자국을 따라 녹았던 눈이 다시 얼어 반들반들 빛났다. 군데군데 노랗게 얼룩이 지거나 검은 말똥이 쌓인 곳이 있었다. 겨울 양배추의 신선하고 알싸한 냄새에 지독한 지린내가 섞여 있어서, 역시 말보다 자동차가 훨씬 낫다는 생각을 하게 만들었다. 좁은 길보다 넓은 길이 더 낫다는 생각도 했을지 모른다. 두 여행자는 스키를 타고 즐겁게 지나가는 사람들에게 길을 비켜주기 위해 지독한 냄새를 풍기는 눈 속에 매번 발을 들여놓거나, 미군들이 아내나 여자친구와 함께 휴가를 즐기고 있는 대형호텔로 올라가는 자동차들을 위해 수시로 뒤로 물러나 기다려주어야 했다.

크고 힘센 차들이 아주 많았다. 그들이 미끄러운 눈길을 위험할 정도로 쌩쌩 달려 올라갔기 때문에, 문명의 때가 타지 않은 산속 마을이라는 환상을 유지하기가 힘들었다. 그래서 두 여행자는 시선을 들어 주위의 숲과 산을 바라보았다. 해는 벌써 산 너머로 사라졌지만, 눈밭은 아직 분홍색과 황금색으로 물들어 있었다. 파수병처럼 서 있는 소나무 숲은 점점 내려앉는 어둠 속에서 검고 불길하게 보였다. 늑대나 마녀처럼 이미 사라진 과거의 존재들을 필연적으로 떠올릴 수밖에 없는 풍경이었다. 하지만 값싼 감상도 살짝 느껴졌다. 저 힘센 자동차들을 만든 강력한 사람들이 늑대나 마녀 같은 존재를 대수롭지 않게 생각했음을 뻔히 알 수 있었으므로. 움직이는 새장처럼 생긴 케이블카의 기계적인 모습 앞에서도, 반짝거리는 매끈한 비탈길과 검게 물든 숲의 적막은 시대를 초월한 분위기를 빚어내리고 최선을 다했다. 케이블카가 계곡을 건너 닿은 또 다른 산에는 문명의 이기를 갖춘 호텔이 또 있었다. 하지만 집처럼 편안한 환경을 제공해주는 이런 문명의 이기들 앞에서도, 아주 순수하게 야생의 모습을 간직한 것처럼 보이는 숲과 산을 바라보면 조금 숨통이 트이는 것 같기는 했다. 지금은 1951년이었다. 마을 주민들은 태평하고 매력적인 모습을 연출하려고 거의 열광적으로 애쓰는 것 같았지만, 이 마을을 찾는 사람들이 발을 들여놓자마자 깨닫는 것은 거리를 돌아다니는 사람들 대부분이 6년 전의 군복 차림이며 가장 많이 들리는 언어가 미국 영어라는 사실이었다. 하지만 언제까지나 이렇게 길에 서서 계속 이리저리 길을 비켜주며 자연의 아름다움에만 시선을 고정하고 있을 수는 없었다. 어스름이 빠르게 짙어지고 있어서 주택과 상점과 호텔이 모두 하얗고 창백한 전깃불을 문틈과 창문으로 흩뿌리며 밤의 모습으로 변해갔다. 따스함과 즐거움을 약속하는 듯한 모습이었다. 산들도 아직 빛이 남은 하늘을 배경으로 검은 덩어리가 되었다. 산에서 느껴지던 생기가 그곳을 떠나 이제 마을에 집중되고 있었다. 사방에서 스키를 신은 사람들이 집으로 서둘러 돌아갔다. 첫눈에 미국인임을 알 수 있는 사람들이 아주 많았다. 왜지? 우리의 두 여행자는 거리에 서서 사람들의 얼굴을 차례로 바라보며, 미국인의 얼굴은 어디가 다른지 열심히 연구해보았다. 유럽의 새로운 경찰관이 된 미국인들은 인물이 좋았다. 영양상태도 좋고 옷차림도 좋았다……. 하지만 무엇보다도 두드러진 특징은 그들의 자신감인 것 같았다! 아니면 그들의 시끄럽고 유쾌한 모습은 내심 느끼고 있는 죄책감의 표현인 걸까? 경찰 노릇을 하며 질서를 유지하는 일을 한 덕분에 이렇게 즐거운 휴가를 얻은 것이 미안해서? 그렇다면 그것은 칭찬해줄 만한 일이었다.

하지만 채소와 유제품을 파는 상인과 흥정을 끝내고 물건이 가득한 장바구니 때문에 무거운 걸음으로 가파른 길을 올라가는 미군 아내 네 명의 모습은 너무나 압도적이었다. 재단이 잘 된 그들의 바지와 밝은색 재킷도. 그래서 농작물을 팔러 나온 여자들과 그 네 명이 흥정을 끝내기를 참을성 있게 기다리던 주민들은 거의 보잘것없는 존재 같았다. 〈알프스의 사랑〉이라거나 〈그들은 눈 속에서 만났다〉 같은 제목의 영화에서 군중 장면에 자발적으로 참여한 엑스트라와 거의 비슷했다.

이 마을의 독일인 주민들(거인이 돌을 던지면 닿을 곳에 오스트리아가 있었지만 그들은 독일인이었다)이 느낀 패배의 쓴맛을 가라앉히는 데 6년이 과연 충분한 세월이었을까? 그들은 이곳을 찾는 관광객들의 국적과 상관없이, 손님들에게 소박하고 그림 같은 풍경을 제공해주며 아주 기뻐했다. 미국인과 영국인이 손님들 중 대부분을 차지하고 있어도 상관없었다. 우리의 두 여행자는 책임감을 잊어버리지 않으려고, 미국인과 영국인이 아주 많다는 사실을 양심적으로 되새겼다. 하지만 속으로는 **자기네** 나라에서 온 관광객들이 천성적으로 겸손하고 재치가 있어서 단순히 이곳

낙원에 뜬 신의 눈 **283**

에 존재한다는 사실만으로 이곳의 풍경을 압도하지는 않는 것 같다고 생각했다.

믿기 힘든 현실이었다. 이곳 주민들, O__ 마을의 선량한 주민들 가슴속에서 아직도 분노가 불타고 있을 것이라는 확신, 최선의 경우라 해도 씁쓸한 인내심 정도는 품고 있을 것이라는 확신 때문에 두 사람의 불편한 마음이 더 깊어졌다. 죄책감과도 거의 비슷해서, 정정당당하게 얻은 휴가 때 느낄 감정으로는 확실히 적합하지 않았다(분명히 비합리적인 감정이기도 했다).

죄책감이라니, 무엇이 미안해서? 터무니없었다.

하지만 두 여행자는 전선(두 사람에게는 이 단어가 아직도 자연스러웠다), 그러니까 국경에 도착해 독일어 표지판들을 보고, 사방에서 독일어를 듣고, 10년 전 이름만 들어도 지독한 증오와 공포의 헤드라인이 연상되던 도시들을 통과하던 순간부터, 그 순간부터 복잡하고 불편한 기분을 느꼈다. 그리고 그 사실이 부끄러웠다. 두 사람 모두 상대방에게 말하지는 않았지만, 이곳에 온 것을 후회하고 있었다. 다음 휴가를 언제 얻을 수 있을지 모르는데, 이 귀한 휴가에서 왜 불쾌한 상황과 맞닥뜨려야 하는가. 두 사람 모두 이런 생각을 했다. 우리에게 독일은 독毒이라고 솔직히 말해버리면 안 될까. 다시는 이 나라에 발을 들여놓고 싶지도 않고, 독일어를 듣고 싶지도 않고, 독일어 표지판을 보고 싶지도 않다. 그냥 독일이라는 나라를 생각하기가 싫다. 이것이 부당하고 비인간적이고 비합리적이고 양식 없는 생각이라 해도, 안 될 것 없지 않은가. 사람이 모든 일에 항상 합리적인 반응만 보일 수는 없는 법이다.

하지만 두 사람은 지금 이 마을에 와 있었다.

오랜 침묵이 흐른 뒤 두 여행자 중 남자가 말했다. "내가 전에 왔을 때는 **저런 건** 전혀 없었어."

거리 맞은편에서 이 지역 농민들의 옷을 입은 젊은 여자 다섯 명이, 지나가는 대형 자동차를 피해 건물 벽에 바짝 붙어 서 있었다. 유럽 어디서나 젊은 여성들이 입을 법한 옷을 입고, 하루 종일 식당 등에서 손님들을 맞이하던 아가씨들이었다. 빳빳하게 풀을 먹인 크고 하얀 모자 때문에 각자의 얼굴을 구분하기가 힘들었다. 그들의 몸은 소매도 길고, 치마도 길고, 개성을 죽여버리는 검은 옷을 지탱하는 도구에 불과했다. 그들의 옷차림을 보면, 어느 교단 수녀들의 옷에 대한 새침한 환상이 연상되었다. 그들은 체념한 듯(어쨌든 이 옷을 입는 대가로 후한 보수를 받고 있었으니까) 눈길을 터벅터벅 걸어 큰 호텔로 향하고 있었다. 그곳에서 또 관광객들에게 민요를 불러주다가 집으로 돌아가 평소 입는 옷으로 갈아입고 남자친구와 한 시간쯤 함께 시간을 보낼 것이다.

"뭐, 신경 쓰지 마. 저런 건 다 좋아하지 않나?" 여자가 남자에게 팔짱을 꼈다.

"뭐, 그렇겠지."

두 사람은 바퀴자국과 발자국을 따라 홈이 파인 미끄러운 눈길에서 서로에게 몸을 기대고 걸었다.

어쩌면 두 사람 중 한 명의 입에서 이런 말이 나올 것 같았다. 만약 우리 모두 이곳에 발길을 끊는다면? 관광객이 전혀 오지

낙원에 뜬 신의 눈 **285**

않게 된다면? 그럼 여기 사람들도 그냥 존재하지 않게 되는 건가? 연기에 너무 몰두한 나머지 자신의 삶에 대해서는 아무런 감정도 품지 않은 채 오로지 자신이 맡은 역할 속에서만 존재하는 배우처럼…….

하지만 두 사람 모두 아무 말도 하지 않았다. 마을의 대로로 접어들자 큰 호텔과 식당 여러 곳이 보였다.

둘 중 한 명이 일부러 툴툴거리듯이 이렇게 말할 수도 있었을 것이다. 뭐, 다 좋아. 우리가 관광객이 어쩌고저쩌고 한참 떠들어 댔지만, 우리도 지금 관광객인걸.

그러면 상대는 이렇게 대답했을 것이다. 자, 자, 우리가 관광객이기는 해도, 다른 사람들보다는 한참 수준이 높다고!

그러고는 둘이 함께 웃음을 터뜨렸을 것이다.

하지만 지금 두 사람은 걸음을 딱 멈추고, 어두운 눈길을 이상하게 깡충깡충 뛰어오는 사람을 바라보았다. 두 사람은 펄쩍펄쩍 뛰면서 빠르게 다가오는 이 크고 검은 물체가 무엇인지 한순간 알아차리지 못했지만, 곧 정체를 알아차렸다. 그는 다리 한 짝이 없는 남자였다. 눈길에서 개구리처럼 폴짝폴짝 뛰면서 이동하고 있는 그의 상체가 묵직한 양팔 사이에서 흔들리는 모습이 무슨 곤충 같았다.

그 남자는 폴짝폴짝 두 사람을 지나쳐가면서 두 사람과 눈이 마주쳤다.

그날 두 사람이 역에 도착했을 때도 전쟁으로 인해 거의 인간의 모습을 잃어버리다시피 한 두 남자를 보았다. 한 명은 양팔과 무릎 아래 양다리가 모두 없었고, 다른 한 명은 눈이 없어 퀭한 얼굴에 커다란 흉터가 있었다. 그 두 남자는 기차에서 내리는 관광객들에게 구걸을 하고 있었다.

"세상에." 두 여행자 중 남자가 갑자기 말했다. 조금 전까지 하고 있던 이야기를 계속 이어가는 것 같았다. "세상에, 얼른 이 마을에서 벗어나야겠어."

"그래, **맞아**." 여자가 즉각 맞장구를 쳤다. 두 사람은 빙긋 웃으며 서로를 바라보았다. 그들이 그날 미처 입에 담지 않은 모든 것이 그 미소 속에 들어 있었다.

"돌아가자. 프랑스에서 어디 갈 곳을 찾아보지, 뭐."

"여기 오는 게 아니었어."

두 사람은 외다리 남자가 높은 현관 계단에서 양팔을 이용해 몸을 끌어올리는 모습을 지켜보았다. 그는 상체로 체중을 지탱하며 긴 팔을 뻗어 초인종을 눌렀다.

"돈이 모자라지 않을까?" 여자가 물었다.

"돈이 다 떨어지면 집으로 가지, 뭐."

"좋아. 내일 돌아가자."

두 사람은 금방 유쾌해졌다. 내일 이곳을 떠날 테니까.

두 사람은 거리를 걸으며 호텔 앞에 전시되어 있는 메뉴판들을 살폈다. 남자가 말했다. "여기 들어가자. 비싸지만, 오늘 밤만 여기 있으면 되잖아."

크고 탄탄해 보이는 이 갈색 건물은 '사자머리'라고 불리는 호텔이었다. 금박을 입힌 구식 간판에 사람들을 향해 포효하는 커다란 황금색 사자가 그려져 있었다.

 호텔 로비의 벽은 어둡게 반짝이는 나무로 마감되어 있었다. 등받이가 높고 꼿꼿한 검은색 나무의자들이 벽을 따라 놓여 있고, 육중한 놋쇠통에 꽃들이 잔뜩 꽂혀 있었다. 유리문을 통과하면 식당이었다. 길쭉한 모양을 한 이 식당의 벽 역시 어둡게 반짝이는 나무로 장식되었으며, 네 귀퉁이에는 로비에 있는 것보다 훨씬 더 큰 놋쇠통에 꽃이 잔뜩 꽂혀 있었다. 테이블보는 묵직한 흰색 능직이고, 그 위에 아낌없이 놓여 있는 식기와 유리잔이 빛을 받아 반짝였다. 중산층의 안락함을 그린 듯이 구현해낸 풍경이었다. 웨이터가 두 사람을 한쪽의 빈자리로 안내했다. 두 사람 사이에 메뉴판이 놓였다. 두 사람은 찡그린 얼굴로 시선을 교환했다. 음식 값이 감당하기 힘들 만큼 비싸기 때문이었다. 두 사람은 이곳을 떠나 프랑스로 갈 교통비를 생각해야 했다. 프랑스에서는 관광객이나 관광업에 대해 깔보고 조롱하는 말을 하고 싶은 충동이 생기지 않을 것이다.

 두 사람은 식사를 주문한 뒤, 음식을 기다리는 동안 다른 손님들을 살펴보았다. 이곳에 미국인은 없었다. 그들이 가는 곳은 마을에서 가장 높은 곳에 있는 크고 현대적인 신축호텔들이었다. 이곳의 손님들은 모두 독일인이었다. 그래서 영국인인 두 여행자는 내심 조금 부끄러워하며 불편한 마음이 들었다. 두 사람은 손님들의 얼굴을 한 명씩 차례로 바라보며 생각했다. '6년 전에 당신들은 뭘 하고 있었을까? 그때는 우리가 불구대천의 원수였는데, 지금은 이렇게 같은 공간에 앉아 식사를 하고 있네. 전쟁의

패배자는 당신들이었지.'

　이 마지막 말은 두 사람 자신의 생각을 일깨우기 위한 것이었다. 식당의 손님들이 패배자와는 거리가 먼 모습을 하고 있기 때문이었다. 그들은 세상에서 가장 안정적이고 편안하고 잘 차려입은 사람들처럼 보였다. 식사하는 모습만 봐도, 식량부족을 상상도 해본 적이 없다는 듯 편안하고 만족스러운 표정이었다. 하지만 6년 전에는······.

　웨이터가 수프 두 접시를 가져왔다. 사자머리 로고가 새겨진 아주 큰 접시였다. 그런데 수프의 양이 너무 많아서 두 사람은 웨이터에게 한 접시의 수프만 둘로 나눠주고 다른 한 접시는 그냥 가져가라고 말했다. 다른 손님들을 지켜본 결과, 요리의 종류를 막론하고 (커다란 금속 접시에 담겨 나오는) 1인분만으로도 영국인 두 사람이 먹기에 충분한 양임을 알게 되었기 때문이다. 물론 주위의 다른 손님들에게 지고 싶은 마음은 없었다. 이 패배자들의 식사량이 정말 믿을 수 없을 정도라고 해도. 하지만 이 대식가들의 나라에 온 지 고작 하루밖에 되지 않았으므로, 그들의 위는 아직 독일인의 위만큼 늘어나지 못했다. 게다가 내일 이곳을 떠나기로 했으니, 이제 와서 위장을 늘릴 필요는 없었다.

　두 사람은 아주 강한 냄새를 풍기는 고기수프 1인분을 절반씩 나눠 먹었다. 채소가 아주 많이 들어 있었다. 두 사람은 1인분을 반으로 나눴는데도 여전히 영국에서 먹던 1인분보다 두 배는 되는 것 같다고 서로 말했다. 그리고 신기함과 약간의 미안함을 담은 시선으로 다른 손님들을 계속 힐끔거렸다.

6년 전 이 사람들은 폐허에서, 지하실에서 살았다. 폭격에 부서지지 않은 담장이 한쪽만이라도 남아 있다면 다행이었다. 그들은 반쯤 기아상태였으며, 옷도 넝마나 다름없었다. 한 세대의 젊은 청년들이 모두 죽어버렸다. 그러고 나서 6년. 진정 놀라운 나라였다.

항아리에 넣어 삶은 토끼고기가 나오자 두 사람은 맛있게 먹었다.

그 뒤에 나올 음식은 크림이 들어간 페이스트리였지만, 불행히도 진한 커피 한 잔으로 속을 먼저 다스려야 했다.

프랑스에 가면 식탁에서도 정신적으로도 고향에 돌아온 것처럼 편안해질 것이라고 두 사람은 혼잣말로 되뇌고, 상대에게도 그렇게 말했다. 내일 이때쯤이면 두 사람은 프랑스에 있을 것이다. 이제 이곳에서 먹을 마지막 식사가 끝나고 값을 치를 때가 되자, 두 사람은 재빨리 가진 돈을 계산했다. 봉투 겉면을 이용해서 아주 빠르게.

프랑스 국경 안쪽의 알프스 마을 중 가장 가까운 곳까지 기차 삼등칸을 타고 가는 데만도 두 사람이 가진 돈의 절반이 필요했다. 그다음에는 그곳에서 꼬박 3주를 머무르며 하루에 한 끼만으로(그것도 여기에 비하면 훨씬 가벼운 한 끼만으로) 버틸 것인지 아니면 일주일만 휴가를 즐기다가 집으로 돌아갈지 결정해야 했다.

두 사람은 이 우울한 결론에 도달한 순간 서로의 얼굴을 바라보지 않았다. 이곳을 떠나는 것이 미친 짓이라는 생각을 당연히 하고 있었다. 애당초 독일로 온 것이 일종의 돈키호테 같은 공상의 결과이자 두 사람이 모두 경멸하는(그들은 그렇다고 확신했다) 자유주의 이상주의자들에게나 걸맞은 도덕적 박애의 증상이었다면, 이곳을 떠나는 것은 순전히 멍청한 짓이었다. 사실 두 사람이 지금 이렇게 의기소침한 것은 너무 지친 탓일 가능성이 높았다. 기차의 딱딱한 나무의자에 앉아 서로의 어깨에 고개를 기댄 채 이틀 밤 연속 선잠을 자며 이곳에 왔기 때문이었다.

그러니 이곳에 계속 있어야 할 것 같았다. 이런 결론에 이르고 나니 둘 다 우울해졌다. 두 사람은 주위의 부유한 독일인들을 바라보며 어두운 증오를 느꼈다. 상황이 조금 나았다면, 그런 감정 따위 철저히 부정했을 텐데.

바로 그때 웨이터가 다가왔다. 그의 뒤에는 하루 종일 스키를 타고 막 돌아온 것으로 보이는 청년이 기운차게 걸어오고 있었다. 헝클어진 모래빛깔 머리카락 아래의 얼굴이 진홍색으로 타오르는 듯했다. 두 사람은 그 청년과 합석하고 싶지 않았지만, 식당에 빈자리가 거의 없었다. 웨이터는 계산서를 식탁 위에 놓아두고 갔다. 두 사람이 동전까지 금액을 맞추느라 부산을 떠는 동안, 스키를 즐기고 온 청년은 흥미롭게 지켜보았다. 화폐와 팁에 대해 한마디 하고 싶은 기색이 역력했다. 두 사람은 그의 관심에 화가 나서 일부러 천천히 돈을 세기로 했다. 하지만 웨이터가 한동안 나타나지 않았다. 주위의 다른 손님들을 응대하느라 워낙 바쁜 탓이었다. 두 사람은 새로 도착한 일행이 근처에 미리 예약해둔 자리에 앉는 모습을 지켜보았다. 가장 먼저 눈에 들어온 사람은 이제 막 중년이 된 잘생긴 여성이었다. 그녀는 겨울 스포츠를 즐기거나 날씨가 나쁠 때 입는, 털이 수북하고 아주 튼튼해 보이는 모피외투를 벗고 있었다. 그녀는 외투를 의자에 걸쳐 일종의 둥지처럼 만든 뒤 그 자리에 앉아 외투로 다리를 꼼꼼히 덮었다. 외투 안에는 검은 모직 원피스를 입고 있었다. 치마폭이 넓고, 밝은색 자수가 놓인 옷으로, 순진한 농민의 모습을 표현한 것 같았다. 자리를 잡은 뒤 그녀는 고개를 들어 함께 온 식구들을 향해 빙긋 웃었다. 왜 빨리 자기를 따라 들어오지 못하고 꾸물거렸느냐고 놀리며 질책하는 듯한 미소였다. 그녀는 아주 잘생기고 멋진 여성이었다. 금발은 구불구불하고, 피부는 몇 주 동안 오일을 잘 바르고 겨울 스포츠를 즐긴 덕분에 진한 구릿빛으로 변해 있었다. 그다음에 들어온 사람은 그녀의 아들로 보이는 청년이었다. 키가 아주 크고 매력적인 미남인 그는 빨리 식사를 하자고 서두르는 어머니를 놀리기 시작했다. 그가 미소를 짓자 하얗고 튼튼한 이가 반짝였다. 젊고 푸른 눈도 반짝였다. 결국 어머니가 아들의 팔을 붙들고 장난스럽게 흔들어댔다. 아들은 반발했다. 그러고는 두 사람 모두 이곳이 공공장소임을 깨닫고 짐짓 걱정스러운 듯 목소리를 낮춰 웃었다. 그동안 열다섯 살쯤 되어 보이는 예쁜 딸과 묵직한 몸매에 인상이 좋아 보이는 아버지가 빈 의자 두 개를 차지했다. 가족이 모두 모였다. 웨이터는 그들의 주문에 열심히 귀를 기울였다. 그들은 먼저 큰 잔으로 맥주를 각각 한 잔씩 마신 뒤에야 음식을 주문할 정신이 들 것 같다고 주장했다. 웨이터는 서둘러 맥주를 가지러 갔고, 네 식구는 메뉴판을 열심히 살피기 시작했다. 저 식구들이 1인분을 반씩 나뉘 먹는 일은 절대 없을 것 같았다. 경제적인 이유로든 식욕부족 때문이든.

영국에서 온 남녀는 그 가족을 지켜보면서 자기들이 화가 난 것은 저 사람들이 육체적인 즐거움을 마음껏 누리고 있다는 점 때문인 것 같다는 뼈저린 깨달음을 얻었다. 그들과 비슷한 영국인들이 모두 그렇듯이, 그들도 즐거운 일을 즐겁게 누리지 못하는 영국인들의 기질에 대해 투덜거리는 데 감정적으로 많은 에너지를 쓰는 편이었으므로, 지금 여기서 화를 내는 것은 앞뒤도 맞지 않고 촌스러운 일이었다. 여자가 남자에게 달래듯이, 사과하듯이 말했다. 거의 체념한 것 같은 목소리였다. "저 사람들은 정말로 보기 좋네."

이 말에 남자는 냉소적으로 살짝 얼굴을 찌푸렸다. 그리고 다시 그 일가족에게 주의를 돌렸다.

어머니, 아버지, 아들이 어떤 농담에 웃음을 터뜨렸다. 딸은 아주 길고 끝이 점점 가늘어지는 모양의 맥주잔을 햇볕에 탄 가느다란 엄지와 검지로 빙빙 돌렸다. 잔 속의 맥주 거품이 반짝이며 빙글빙글 돌았다. 딸은 잠시 식구들과 동떨어진 존재가 된 것 같았다. 불규칙한 쐐기 모양의 작은 얼굴을 지닌 딸은 아직 꿈에 잠겨 있었다. 딸의 눈이 주위의 사람들을 바라보다가 두 영국인 여행자에게 이르러 순한 호기심을 노골적으로 드러내며 잠시 머물렀다. 솔직하고 꾸밈이 없어서 거의 순수하게 보이는 시선이었다. 자신이 혹시 멍청한 짓을 저지르더라도 식구들이 자신의 방패가 되어 보호해줄 것임을 알고 있는 아이의 시선이기도 했다. 하지만 지금 이 순간, 그 아이는 스스로 식구들과 거리를 두고 있었다. 아니, 적어도 열린 문을 통해 밖을 내다보듯이 식구들과는 다른 곳을 보고 있었다. 아이의 창백하고 예쁜 눈이 영국인 남녀에게서 보고 싶은 곳을 모두 본 뒤 다른 손님들을 향해 한가로이 움직였다. 그동안 내내 아이의 손가락은 날씬한 맥주잔의 차가운 겉면을 위아래로 천천히 쓰다듬고 있었다. 영국인 여자는 이 아이에게 이 식당을 가득 채운 둔감한 사람들과는 완전히 다른 시적인 면이 있음을 깨닫고 남자에게 이렇게 말했다. "매력적인 아이야." 이번에도 남자는 인상을 찌푸렸다. 마치 이렇게 말하는 것 같았다. 어린 여자아이들은 전부 시적이야. 10년만 지나면 제 엄마와 똑같아질 걸.

맞는 말이었다. 식구들은 벌써 막내가 딴짓을 하고 있음을 알아차렸다. 잘생긴 어머니가 딸을 향해 몸을 기울이고 어디에 정신을 팔고 있느냐며 놀렸다. 단호하면서도 반쯤은 쓰다듬는 것 같은 탄성으로 그 아이가 자기 식구임을 분명히 했다. 튼튼하고 다정한 아버지도 갈색으로 그을린 유능한 손으로 하얀 모직 옷을 입은 딸의 팔을 잡고 마치 아픈 아이를 대하듯이 걱정스럽게 몸을 기울였다. 아들은 포크로 고기를 잔뜩 찍어 입에 넣고 되새김질하듯이 씹으며, 여동생을 향해 무시하듯 씩 웃어 보였다. 그러고는 아들이 낮은 목소리로 몇 마디 말을 했는데, 둘이서 항상 다투던 일인 듯 여동생이 오빠를 향해 새침하게 턱을 치켜들며 질책과 분노가 섞인 말을 했다. 오빠는 계속 비웃듯이 씩 웃기만 했다. 아버지와 어머니는 아들딸의 다툼을 보며 애정 어린 표정으로 서로를 향해 빙긋 웃었다.

그래, 저 여자아이가 가족이라는 따뜻한 감옥에서 탈출할 가망은 전혀 없었다. 몇 년만 지나면 저 아이는 유능하고, 아름답고, 관능적인 여성이 되어 아버지가 신중하게 골라준 제조업 종사자와 결혼할 것이다. 그러니까, 전쟁이나 경제적 재앙이 또 발생해서 이 나라 사람들이 모두 얼마 전처럼 굶주림과 재앙 직전의 상태로 내몰리지만 않는다면 그렇게 될 것이라는 뜻이다. 물론 지금은 이 사람들에게서 그런 과거가 전혀 안 보이지만…….

이렇게 해서 이 나라 사람들에게 느끼는 복잡하고 비합리적인 반감이라는 문제로 다시 돌아온 영국인 남녀는 냉소적인 시선을 들어 서로를 바라보았다. 그리고 남자가 짧게 말했다. "금발 짐승들(나치의 관리였던 라인하르트 하이드리히의 별명)."

두 사람은 식당 안의 다른 사람들과 종류가 달랐다.

스코틀랜드 출신인 남자는 자그마한 몸집에 신경질적이고 정력적인 성격이었으며, 숱이 많은 검은 머리, 주근깨가 있는 흰 피부, 기민하고 깊이 있는 푸른 눈을 지니고 있었다. 그는 잉글랜드 출신들에 대해 냉소적이었는데, 물론 그가 지금까지 대부분의 시간을 함께 보낸 사람들이 바로 잉글랜드인이었다. 그는 열심히 분주하게 일했으며, 기본적으로 실용적이고 현실적이었다. 인도적인 면도 있었다. 하지만 놀라울 정도로 유용한 이런 특징들을 모두 눌러버리는 다른 면이 있었다. 인상을 살짝 찌푸리며 냉소적인 신랄함을 드러내는 특유의 표정에 그것이 드러났다. 그 표정은 마치 이렇게 말하는 것 같았다. 그래, 그래서 그다음은 뭐?

한편 여자는 작고 가무잡잡하고 조심스러운 모습이어서 유대인처럼 보였다. 실제로도 유대인 혈통이었다. 그녀의 증조할머니가 지난 세기에 유대인 학살이 벌어지던 폴란드에서 탈출해 영국인과 결혼한 유대인이었다. 하지만 유대인 증조할머니보다 더 강력한 영향을 미친 것은, 오스트리아에서 도망쳐온 피난민이자 의대생이었던 그녀의 약혼자가 전쟁 초기에 지금 두 사람이 휴가를 즐기러 와 있는 이 나라의 상공을 날다가 목숨을 잃었다는 사실이었다. 그녀 메리 패리시는 히틀러가 등장해 주의를 끈 뒤에야 비로소 자신의 유대인 혈통에 관심을 갖게 되었다.

그리고 지금은 이 식당에 앉아 잘생긴 독일인 가족을 바라보며 생각했다. '10년 전만 해도…….' 그 일가족이 사형집행인으로 보였다.

한편 남자의 이름 해미시는 그가 잉글랜드 이름이 일부 포함된 여러 이름들 중에서 민족적 자부심을 생각하며 고른 것이었다. 그는 전쟁이 끝난 뒤 유럽 전역에서 파괴된 인간애의 잔해를 구출하려고 애쓴 위원회 소속의 의사였다.

그가 그 위원회에서 일하게 된 것은 우연이 아니었다. 1939년 초 그는 영국에서 공부 중이던 독일인 여성, 아니 유대인 여성과 결혼했다. 그해 7월에 그녀는 아직 강제수용소로 끌려가지 않은 가족 몇 명을 구출하려고 용감하고 무모하게 나섰다가 소식이 끊어졌다. 그냥 종적이 사라져버렸다. 모르긴 몰라도, 그녀가 아직 어딘가에 살아 있을 가능성이 있었다. 어쩌면 바로 이 O__ 마을에 있을 수도 있었다. 메리는 독일 땅에 들어선 어제 아침부터 해미시가 불안하고 초조하고 성난 표정으로 마주치는 여자들의 얼굴을 살피느라 여념이 없는 것을 지켜보았다. 나이 많은 여자, 젊은 여자, 버스 안의 여자, 기차에 탄 여자, 플랫폼의 여자, 거리 저편 끝에 언뜻 보인 여자, 창가에 선 여자. 메리는 그가 무슨 생각을 하는지 알 것 같았다. '그녀를 보더라도 알아보지 못할 것 같아.'

그가 그렇게 한참 여자들의 얼굴을 살피다가 메리에게 눈을 돌리면 그녀는 빙긋 웃어주었다. 그러면 그는 씁쓸하고 냉소적으로 살짝 얼굴을 찌푸렸다.

두 사람 모두 의사였다. 성실하고 양심적이었으며 몹시 피곤했다. 비록 영국에 사는 데에는 좋은 점이 많이 있지만, 인생을 가치 있게 만들어주는, 그러니까 적어도 교양 있는 사람들에게는 그렇게 보이는 목적을 추구할 수 있을 만큼 여가를 누리면서 번듯한 생활수준을 유지하기는 몹시 힘든 법이다. 두 사람은 교양 있는 사람들이었으며, 앞으로도 그렇게 살아갈 작정이었다. 하지만 무엇보다도 피로가 앞섰다.

피곤을 풀기 위한 휴식이 필요했다. 지금 두 사람은 휴가 중이었다. 그런데 지금 두 사람은 이 식당에 앉아 아무 쓸모도 없고, 중요하지도 않고, 무엇보다 공정하지도 않은 감정에 기운을 쏟고 있었다. 본인들도 그 사실을 아주 잘 알았다.

여기서 '공정하지 않다'는 말은 냉소나 비아냥거림이 전혀 섞이지 않은 표현이었다.

메리가 말했다. "여기서 3주를 보내느니 프랑스에서 일주일만 보내는 편이 더 낫겠어. 떠나자. 떠나는 게 맞을 것 같아."

해미시가 말했다. "계곡을 더 올라가서 여기보다 더 작은 마을로 들어가자. 거기는 아마 평범한 산골마을일 거야. 여기처럼 화려하게 꾸며진 곳이 아니라."

"그래, 내일 떠나자." 메리는 안도한 표정으로 동의했다.

그때 합석한 청년이 두 사람을 지켜보고 있다는 사실에 이들의 신경이 쏠렸다. 청년은 음식을 잔뜩 입에 넣고 기운차게 씹으면서 대화에 끼어들 틈을 찾고 있었다. 그는 불쾌한 사람이었다. 키가 크고, 전체적으로 어수선하고 앙상한 모습이었다. 그의 푸른 눈은 두 사람이 자신에게 보일 반응에 대비해서 경계와 의심을 담고 흔들림 없이 두 사람을 쏘아보았다. 이목구비도 못생긴 편이고, 피부는 이상하게 거칠고 붉었다. 두 여행자는 그동안 자기도 모르게 이 눈에 띄는 진홍색 얼굴을 자꾸만 힐끔거리고 있었다. 그러면서 속으로는 자기들 직업에 걸맞은 생각을 했다. '반사광이 이렇게 강한 곳에서 피부를 저렇게 달구다니, 멍청하군.'

하지만 그와 동시에 두 의사는 또한 청년의 얼굴 피부가 이식한 것임을 깨달았다. 비록 엄청나게 숙련된 의사가 얼굴을 재건해놓았지만, 지나치게 색깔이 짙고 번들거리는 부분은 영락없이 가면 같았다. 원래 얼굴이 어땠는지는 그저 추측해볼 수밖에 없었다. 두 사람은 그가 청년이 아니라 자신들과 마찬가지로 중년에 갓 접어든 나이라는 사실도 알아차렸다. 그러자 연민의 감정이 순식간에 본능적인 혐오감과 힘을 겨루기 시작했다. 두 사람은 저 푸른 눈이 자신들을 공격적으로 쏘아보는 것은, 상처 입은 생물이 자신을 보호하기 위해 어쩔 수 없이 내보이는 가엾은 모습임을 속으로 되새겼다.

남자가 조금 어색하지만 그래도 훌륭한 영어, 아니 미국 영어로 말했다. "대화를 방해해서 죄송합니다만, 두 분과 인사를 하고 싶어서요. 저는 슈뢰더 박사입니다. 두 분을 도와드리고 싶습니다. 이 계곡을 잘 알고 있어서, 다른 마을들의 여러 호텔을 추천해드릴 수 있습니다."

남자는 처음 말을 시작할 때와 마찬가지로 해미시를 바라보았다. 메리 패리시가 이름을 밝히며 인사를 건넬 때 살짝 고개를 숙여 인사하는 시늉만 내고는 계속 해미시에게만 시선을 고정하고 있었다.

영국인 남녀는 불편해졌다. 하지만 저 남자가 동정을 사려고 하기 때문인지, 자신들이 저 남자에게 직업적으로 관심을 갖게 된 탓인지(이 관심은 반드시 감춰야 했다), 남자의 무례하고 고집스러운 태도 때문인지 잘 알 수 없었다.

"정말 친절한 말씀이네요." 해미시가 말했다. 메리도 친절하시다고 중얼거리듯이 말했다. 아까 해미시가 "금발 짐승들"이라고 말한 것을 저 남자가 들었는지 궁금했다. 그 밖에도 신중하지 못한 발언을 한 것 같았다.

슈뢰더 박사가 말했다. "사실 제 친한 친구 하나가 계곡 꼭대기에서 게스트하우스를 운영하고 있습니다. 오늘 아침에도 거기에 다녀왔는데, 아주 좋은 방이 비어 있더군요."

두 사람은 또다시 참으로 친절한 말씀이라고 대답했다.

"저는 내일 아침 9시 30분에 버스를 타고 그곳으로 올라가 스키를 탈 예정입니다. 이 시간이 두 분에게 너무 이르지 않다면, 제가 두 분을 기꺼이 도와드리겠습니다."

이제는 어떤 식으로든 답변을 분명히 할 필요가 있었다. 메리와 해미시는 의견을 묻듯이 서로를 바라보았다. 그러자 즉시 슈뢰더 박사가 말했다. 그가 조금 전보다 더욱더 긴장한 것이 느껴졌다. "아시다시피 이 시기에는 숙소를 찾기가 힘듭니다." 그는 잠시 말을 멈추고, 두 사람의 옷차림과 전체적인 모습을 재빨리 살폈다. 그리고 말을 이었다. "물론 큰 호텔에 들어가실 여유가 있다면 이야기가 다릅니다만, 그런 곳은 값이 싸지 않습니다."

"사실……" 메리는 아까 자신이 했던 발언, 저 남자도 틀림없이 들었을 그 발언을 단순한 변덕으로 돌리려고 시도했다. "사실 우리는 프랑스로 돌아갈까 생각 중이었어요. 우리 둘 다 프랑스를 아주 좋아하거든요."

하지만 슈뢰더 박사는 이런 말을 그대로 받아들일 생각이 없었다. "스키가 중요하다면, 오늘 일기예보에서 프랑스 쪽 알프스의 눈 상태가 우리 쪽만큼 좋지 않다고 했습니다. 그리고 물론 프랑스 쪽이 훨씬 더 비싸지요."

이 말에는 두 사람도 동의했다. 슈뢰더 박사는 이어서 자기 친구의 게스트하우스에 두 사람이 묵는다면, 프랑스의 펜션은 물론이고 독일 펜션에 비해서도 돈이 훨씬 덜 들 것이라고 말했다. 그는 두 사람의 옷차림을 다시 살펴본 뒤 입을 열었다. "물론 두 분이 준비한 여행비용에 한계가 있다는 점이 힘들 겁니다. 그래요, 짜증이 나겠죠. 돈도 잘 벌고 지위도 있는 분들에게는 틀림없이 짜증스러울 겁니다."

두 여행자가 준비한 여행비용에 한계가 있다는 것은 이미 확인된 사실이었다. 그들은 무슨 일이 있어도 그 액수 이상의 돈을 지출할 수 없었다. 두 사람은 슈뢰더 박사가 두 사람이 부자인데도 새 옷보다 낡은 옷을 더 좋아하는 괴팍한 영국인지 아니면 일부러 가난해 보이려고 애쓰는 부자인지, 아니면 그냥 가난한 사람인지 헷갈리고 있음을 깨달았다. 만약 두 사람이 앞의 두 경우 중 하나라면 슈뢰더 박사와 모종의 협상을 시도하려고 열심히 나설 수도 있을 것이다. 슈뢰더 박사는 그런 것을 원하는 걸까?

그런 것 같았다. 그는 즉시 말을 이었다. 자기가 기꺼이 소액의 돈을 빌려줄 테니, 나중에 자기가 런던에 갔을 때 두 분이 같은 호의를 베풀어주면 좋겠다고. 그는 곧 런던에 갈 예정이라고 말했다. 그리고 두 사람의 얼굴, 아니 해미시의 얼굴을 뚫어져라 바라보며 다시 입을 열었다. "물론 제가 믿을 만한 사람이라는 사실을 증명할 수 있습니다." 그는 S__라는 도시의 어떤 병원에 소속된 의사로 따박따박 월급을 받고 있다고 말했다. 이 말이 사실인지 조사하고 싶다면, 따로 알아보아도 상관없다고 했다.

이때 해미시가 끼어들었다. 이번 여행에 미리 준비한 금액 외에는 단 한 푼도 더 쓸 여유가 없다는 점을 분명히 밝히기 위해서였다. 슈뢰더 박사는 한참 동안 그의 말을 믿지 못하다가 다시 두 사람의 옷차림을 살펴보고는 노골적으로 고개를 끄덕였다.

자, 이번에야말로 저 사람이 가버릴까?

그렇지 않았다. 그는 영국에 대한 찬사를 장황하게 늘어놓기 시작했다. 영국 사람들 전체, 영국의 풍습, 고급스러운 취향, 스포츠 정신, 공정성을 사랑하는 마음, 역사, 예술 등에 대한 열정이 자신의 삶을 지배하고 있다고 말했다. 몇 분 동안 이어지는 그의 이야기를 들으며 영국인 남녀는 자기들도 그와 같은 일을 하고 있다고 고백해야 하는지 고민했다. 하지만 그랬다가는 슈뢰더 박사가 그들을 한층 더 가깝게 느끼게 될 것 같았다. 두 사람은 서로를 잘 아는 사람들끼리 나눌 수 있는 미세한 표현방법들을 수없이 동원해서, 앞에 앉은 이 남자가 너무나 싫다는 점과 빨리 가버렸으면 좋겠다는 뜻을 서로 나눴다.

그런데 이번에는 슈뢰더 박사가 새로운 친구인 우리 앤더슨 씨의 직업이 무엇이냐고 대놓고 물어보았다. 두 사람이 모두 의사이며 그도 이름을 아는 병원에서 일하고 있다는 대답을 듣고 그의 안색이 변했다. 아주 미묘하게 살짝. 놀란 표정이라기보다는, 변호인 측 증인을 심문하다가 마침내 원하는 답변을 얻어낸 검사의 표정 같았다.

영국인 남녀는 슈뢰더 박사가 두 사람에게 무엇을 원하는지 이제야 슬슬 이해가 갔다. 그는 독일 의사로서 자신의 지위와 전망에 대해 그동안 품고 있던 불만과 분노를 고집스럽게 털어놓았다. 그는 전문직에 종사하는 사람들에게 독일은 좋은 나라가 아니라고 말했다. 사업하는 사람들에게도, 기술자들에게도 마찬가지였다. 요즘은 노동자들이 모두 백만장자였다! 의사보다는 배관공이나 전기기술자가 되는 편이 훨씬 더 나았다. 그는 영국에 진출해서 존경도 받고 검사검사 돈도 많이 버는 의사가 되는 것이 평생의 꿈이라고 말했다.

그러자 앤더슨 박사와 패리시 박사는 영국이 외국인 의사들의 진료를 금하고 있다는 사실을 알려주었다. 강의나 연구는 할 수 있지만, 진료는 할 수 없었다. 패리시 박사는 추가정보를 덧붙였다. 아마도 슈뢰더 박사가 두 사람 모두 의사라서 자신에게 쓸모가 있을지도 모른다는 사실을 알게 되기 전까지 그녀에게 최소한의 예의만 간신히 보여준 탓인 듯했다. 패리시 박사는 난민이라면 상황이 조금 달라지지만, 그들 역시 영국의 자격시험을 치러야 한다고 알려주었다.

슈뢰더 박사는 '난민'이라는 말에 아무 반응을 보이지 않았다.

그는 다시 증인을 심문하는 검사 같은 자세로 돌아가 두 사람에게 봉급과 전망에 대해 묻기 시작했다. 먼저 메리에게 질문을 던진 뒤, 해미시에게 더 자세한 질문을 던지는 식이었다. 두 사람은 그에게 영국에서 의사가 되는 것이 생각보다 훨씬 더 힘들 수도 있다고 경고했다. 그러자 그는 이 세상의 모든 일은 연줄로 해결할 수 있다고 대꾸했다. 간단히 말해서, 두 사람이 그의 연줄이 되어주기를 바란다는 뜻이었다. 그가 이 저녁에 이곳에서 우연히 두 사람을 만난 것은 그의 인생에서 가장 큰 행운이었다. 무엇보다 행복하고 타이밍도 좋은…….

이 말을 듣고 영국인 남녀는 약간의 의심을 품은 시선으로 서로를 바라보았다. 10분쯤 더 이야기를 나누다 보니, 그가 두 사람이 방을 예약한 숙소의 여주인과 아는 사이임이 드러났다. 그 집에 영국인 의사가 투숙할 예정이라는 말을 그가 미리 들었을 가능성이 높다는 뜻이었다. 자신을 이 테이블에 앉혀달라고 웨이터에게 미리 손을 썼을 가능성도 아주 높았다. 어렸을 때부터 O__ 마을로 겨울 휴가를 즐기러 왔다고 하니, 이 마을 사람들과 그는 아주 잘 아는 사이일 터였다. 슈뢰더 박사는 테이블 아래로 손을 내려 요만했을 때부터 이 마을에 오기 시작했다고 두 사람에게 말했다. 그러니 그 오랜 세월 동안 O__ 마을의 사람들은 겨울마다 슈뢰더 박사를 만났다. 그가 나라를 위해 복무하던 전쟁기간만 빼고.

식당 안에 작은 동요가 일었다. 옆자리의 일가족이 소지품을 챙겨 일어나서 자리를 뜨고 있었다. 부인이 가장 먼저 움직였다. 털이 풍성한 갈색 외투를 멋진 어깨에 걸치고, 하얀 이로 장밋빛 아랫입술을 살짝 문 채로 그녀는 혹시 두고 가는 물건이 없는지 살펴보았다. 그러고 나서 깨끗한 갈색 피부 덕분에 새하얗게 보이는 미소를 지으며 아들을 기다렸다. 아들이 그녀의 어깨를 잡고 밀어대자 그녀는 반발하듯 웃어대며 문으로 향했다. 문이 열리자 그녀는 일부러 부르르 떠는 시늉을 했다. 문 뒤에 현관이 있는데도 그랬다. 그녀의 뒤에는 예쁘지만 늘쩍지근한 딸이 있었다. 그다음에는 몸이 탄탄하고 권위적인 인상의 아버지가 눈 내리는 추운 바깥으로 식구들을 몰고 나갔다. 그들이 사라진 식탁에는 빈 잔, 접시, 먹다 만 빵, 치즈, 과일, 와인이 어지러이 남았다. 웨이터가 아주 자랑스러운 일을 하는 사람처럼 테이블을 치웠다.

영국인 남녀도 자리에서 일어나 슈뢰더 박사에게 그의 제안을 생각해본 뒤 아마 아침쯤 연락을 드리게 될 것 같다고 말했다. 슈뢰더 박사는 피부가 얇고 번들거리는 얼굴을 위로 살짝 치켜 올리고 모욕을 당한 사람 같은 표정을 지으며 일어서서 말했다. "이미 이야기가 다 끝난 줄 알았습니다만."

상황이 어쩌다 이렇게 되었을까. 두 여행자가 선택의 자유를 행사하는 것이 도저히 호감을 느낄 수 없는 이 사람에게 화를 내는 빌미가 되다니. 두 사람은 이렇게 된 이유를 알고 있었다. 슈뢰더 박사가 부상으로 인해 장애인이 된 사람이라는 것. 그가 계속해서 공격적인 태도를 보이는 것은, 보는 사람이 충격을 받을 정도로 벌겋게 번들거리는 얼굴 피부 때문에 연민의 대상이 되어 소외당하는 상황을 결코 허락하지 않으려는 그의 단호한 의지의 표현이었다. 두 영국인은 의사인데도 그를 누구보다도 장애인으로 대했다. 두 사람이 피곤해서 일찍 잠자리에 들어야겠다고 말하자 슈뢰더 박사는 모욕감을 느끼며 즉시 대답했다. 아주 즐거운 유흥을 즐길 수 있는 장소로 기꺼이 안내해드리겠다고. 두 사람은 기껏해야 그런 곳에 갈 돈이 없다는 말 외에는 다른 핑계를 댈 수 없음을 깨달았다.

하지만 그러면 슈뢰더 박사가 두 사람을 대접하겠다고 곧장 나설 터였다. 실제로도 그랬다. 두 사람은 평범한 지인에게 하듯이 정중하게 그의 제안을 거절했다. 그러자 슈뢰더 박사는 거절을 절대 받아들이지 못하는 사람처럼 굴었다. 그가 일단 거절을 받아들이고 나면, 망가진 얼굴 때문에 평범한 인간관계에서 소외

되고 말았다는 사실을 스스로 인정하는 꼴이 되기 때문이었다.

평생 이 계곡에서 겨울 휴가를 보낸 슈뢰더 박사는 두 여행자에게 소개해주겠다고 말한 호텔의 주인과도 당연히 아는 사이였다. 그는 수상쩍은 증오를 담은 시선으로 두 사람을 이글이글 바라보며 유쾌하고 편안한 저녁시간을 보장하겠다고 말했다.

세 사람은 눈이 무겁게 쌓인 처마 아래를 걸었다. 하루 종일 커다란 미국 자동차들이 수백 대나 지나다닌 눈길에는 바퀴자국이 깊이 패여 있었다. 도로 끝에 있는 호텔은 두 사람이 아까 이미 외관을 살펴보고 틀림없이 너무 비쌀 것 같다는 이유로 퇴짜를 놓은 곳이었다. 호텔 바로 앞, 눈밭 위에 두 다리가 없는 남자가 앉아 있었다. 두 사람이 아까 본 적이 있는 그 사람이었다. 그는 사실 앉았다기보다 서 있는 상태였지만 머리가 두 사람의 엉덩이 높이에 있어서 마치 엉덩이까지 눈 속에 파묻힌 것 같았다. 그는 그런 모습으로 두 사람을 향해 천 모자를 내밀고 있었다. 그의 눈빛도 슈뢰더 박사처럼 경계심이 강하고 뻔뻔스러웠다.

슈뢰더 박사가 말했다. "이 사람들이 이런 식으로 구는 데도 내버려두는 건 창피한 일입니다. 이곳을 찾는 손님들에게 나쁜 인상을 남기고 있어요." 이 말을 하고 나서 그는 짜증스러운 표정으로 영국인 남녀를 데리고 그 장애인 남자 앞을 지나갔다.

안으로 들어가자 양면이 유리로 된 길쭉한 공간이 나왔다. 이곳의 따스함과 소란함과 이 안에 있는 사람들이 검은 덩어리처럼 뭉쳐 있는 어둠을 밀어낸 곳에서 눈이 노란 불빛을 받으며 휘돌아 떨어지고 있었다. 쾌적하고 분주한 이 커다란 공간에 들어와, 커다란 창문에서 새어나간 불빛 속에서만 모습을 드러내는 눈을 바라보는 것은 무척이나 유쾌한 일이었다. 야생의 모습을 그대로 간직한 계곡의 풍경이 손님들에게 대조적인 즐거움을 안겨줄 수 있는 한도 내에서만 허용되어 있어서, 손님들은 그 야생의 풍경을 하얀 눈송이들이 예쁘게 휘돌며 떨어지는 배경으로만 인식하는 것 같았다.

피아노, 클라리넷, 드럼으로 구성된 작은 밴드가 기분 좋게 박동하는 듯한 재즈를 연주하고 있었다. 그 음악소리가 사람들의 대화 뒤에 맥박처럼 깔렸다.

아까 식당에서 본 일가족이 이곳의 테이블로 자리를 옮겨 아까처럼 다닥다닥 붙어 앉아 있었다. 영국인 남녀는 그 사람들 가까이에 빈자리가 있는 것을 발견했다. 슈뢰더 박사도 고개를 끄덕였다. 웨이터가 왔을 때 두 사람은 아까 내린 판단이 옳았음을 알 수 있었다. 술값이 몹시 비쌌다. 돈 많은 사람들이 본격적으로 술을 마시는 옆에서 저녁 내내 술 한 잔만 시켜 놓고 가볍게 홀짝거릴 수 있는 곳도 아니었다. 이곳에서는 제대로 술을 마셔야 했다. 다른 사람들이 모두 그렇게 하고 있었다. 작은 맥주 한 잔 가격이 거의 10실링이나 되는데도. 두 사람은 또한 슈뢰더 박사가 이곳 주인과 친구 사이라서 특별한 서비스를 받을 수 있다고 자랑한 것이 진실이 아님을 알아차렸다. 다른 곳에서와 마찬가지로 이곳에서도 그의 통행권은 바로 벌겋게 번들거리는 얼굴이었다. 호텔 주인은 친절한 표정으로 손님들 사이를 돌아다니다가 슈뢰더 박사를 흘깃 보고는 미소를 지으며 고개를 끄덕했지만, 그것은 적의를 숨기기 위해 일부러 지나칠 정도로 상냥함을 꾸며낸 미소였다. 그의 시선이 영국인 남녀에게 잠시 머물렀다. 두 사람은 그 시선을 받은 뒤, 이곳에 있는 사람들이 모두 독일인임을 실감할 수밖에 없었다. 미국인들은 그들만의 호화로운 호텔에 있었다. 가난한 영국인들은 값싼 게스트하우스에 묵었다. 그리고 이 호텔은 부유한 독일인들이 오는 곳이었다. 영국인 남녀는 슈뢰더 박사가 왜 굳이 이곳을 고집했는지 궁금했다. 그가 정말로 이곳 주인의 특별한 호감을 샀다고 믿은 걸까? 그런 것 같았다. 그는 뚱뚱한 호텔 주인의 등을 향해 계속 미소를 지으며 고갯짓을 했다. 마치 "봤죠? 저 사람이랑 아는 사이라니까요"라고 말하는 것 같았다. 그러고 나서 그는 두 사람을 향해 자랑스럽게 웃어 보였다. 이 자리를 위해 그는 실제로 많은 돈을 지불할 준비가 되어 있었다. 그는 웨이터와 함께 동전 한 푼에 이르기까지 꼼꼼히 술값을 헤아렸다. 이 호의의 대가로 두 사람이 슈뢰더 박사에게 무엇을 줄 수 있을까? 이 사람이 이토록 절실히 원하는 것이 무엇인가? 정말로 영국에서 일자리를 구하는 것만이 그의 유일한 소망인가?

슈뢰더 박사가 다시 이야기를 시작했다. 이번에도 그는 테이블 위로 몸을 기울이고 두 사람의 얼굴을 바라보며 두 사람의 나라에 대한 찬사를 늘어놓았다. 마치 이것이 두 사람에게 가치를 헤아릴 수 없이 중요한 메시지라고 생각하는 것 같았다.

그때 클라리넷 연주자가 일어서서 잔잔히 박동하던 음악에서 음을 따와 자기만의 테마를 연주하기 시작했다. 커플들이 테이블이 놓이지 않은 작은 공간으로 나갔다. 바닥이 반짝거리는 그곳은 웨이터들이 술잔이 담긴 쟁반을 들고 수시로 바삐 지나가는 곳이었다. 커플들은 춤을 췄다. 몸을 움직이는 것이 좋아서가 아니라 접촉을 즐기기 위해서. 10여 명, 아니 20명쯤 되는 남녀가 주위에 앉아 있는 손님들의 압력 때문인 듯 허리를 꼿꼿이 세우고 함께 느릿느릿 움직였다. 서로를 느슨하게 붙들고 미소를 지으며. 회의적인 표정도 있었지만, 이 순간을 즐기고 있었다.

그런데 곧 민요가수들 무리가 커다란 유리문으로 들어오는 바람에 춤이 중단되었다. 점잖은 전통의상을 입은 그들이 밴드 옆에 서서 차례를 기다렸다.

옆 테이블의 여자가 즐거운 표정으로 크게 어깨를 으쓱하더니 이렇게 말했다. "이번이 다섯 번째예요. 고향에서 다섯 번째로 맞는 저녁이라고요." 사람들이 'heimat-abend'〔독일어로 '고향의 저녁'이라는 말〕라는 말을 듣고 웃는 얼굴로 그녀를 바라보았다. 멋진 여성이 자유롭게 즐거운 시간을 보내는 모습에 그들도 함께 즐거워했다. 벌써 민요가수 한 명이 사람들 사이를 돌아다니며 돈을 걷고 있었다. 공연료가 아주 비쌌다. 부자 아빠는 그 여자 가수에게 돈다발을 내밀면서 거스름돈 따위 가소롭다는 듯 고개를 저었다. 어차피 그 여자도 거스름돈을 서둘러 건넬 생각은 없는 모양이었다. 그녀가 영국인 남녀와 슈뢰더 박사가 앉아 있는 자리에 다다랐을 때, 해미시가 돈을 냈다. 그리 좋은 표정은 아니었다. 딱히 듣고 싶지도 않은 민요들을 더 듣겠다고 추가로 돈을 내지 않더라도, 이곳의 음식 값은 애당초 상당히 비싼 편이었다.

낙원에 뜬 신의 눈 309

여가수는 돈을 다 걷은 뒤 일행에게 돌아갔다. 민요가수들은 밴드 가까이에 자리를 잡고 서서 이 지방의 민요들을 차례로 불렀다. 요들송이 큰 소리로 자주 등장할 때마다 사람들은 갈채를 보냈다.

슈뢰더 박사가 진한 향수를 담은 얼굴로 노래에 귀를 기울이는 것을 보니, 가수들이 등장하는 바람에 자기 이야기가 끊긴 것을 전혀 짜증스럽게 생각하지 않는 모양이었다. 그는 민요라면 밤새 들을 수도 있는 사람 같았다. 그는 자주 박수를 치며, 자기가 데려온 손님들을 힐끔거렸다. 자기와 함께 감상적인 즐거움에 빠져보라고 재촉하는 듯했다.

마침내 가수들이 떠나자 클라리넷이 다시 작은 공간으로 사람들을 불러 모아 춤추게 했다. 슈뢰더 박사는 영국에 대한 사랑의 찬가를 다시 시작했다. 그는 몇 번이나 거듭 찬사를 되풀이한 뒤, 영국과 독일이 서로 싸워야 했다는 사실이 비극적이라고 말했다. 원래 친구가 되어야 마땅한 두 나라가 이득을 좇는 못된 집단의 수작에 넘어가 분열된 것이 비극적이라고. 영국인 남녀는 그가 말하지 않은 그 집단의 이름, 즉 전 세계에 퍼져 있는 유대인들을 떠올리며 얄궂은 표정으로 서로를 바라보았다. 너무한다는 생각까지는 하지 않았지만, 그래도 저 사람이 너무 잘난 척 떠들어댄다고 생각하면서. 하지만 슈뢰더 박사는 하고 싶은 말을 하지 않고 넘기는 사람이 아니었다. 그는 전 세계의 유대인들이 유럽의 타고난 지도자인 독일과 영국을 분열시켰다고 말했다. 미래에는 이 두 나라가 유럽을 위해, 그리고 당연히 전 세계를 위해 협력해야 한다는 것이 자신의 열정적인 신념이라는 말도 했다. 슈뢰더 박사는 형제처럼 친한 친구들을 전선에서 잃었다. 영국과 독일의 군대가 계략에 빠져 적대적인 행동을 하게 되었기 때문에. 그는 지금도 희생제물로 바쳐진 피해자들을 안타까워하듯, 그 친구들의 죽음을 슬퍼하고 있었다.

슈뢰더 박사는 잠시 말을 멈추고 그 특유의 이글거리는 시선으로 두 사람을 바라보다가 다시 입을 열었다. "이걸 두 분께 말씀드리고 싶습니다. 나 역시 부상을 입었어요. 두 분이 이미 알아차리셨는지 모르겠습니다만. 러시아 전선에서 부상을 입었습니다. 목숨을 포기해야 할 정도였죠. 하지만 우리 의사들의 뛰어난 솜씨 덕분에 목숨을 건졌습니다. 내 얼굴이 바로 독일 의사들의 놀라운 솜씨를 보여주는 증거입니다."

영국인 남녀는 서둘러 놀라움과 축하의 뜻을 표현했다. 사람들이 이상하다는 사실을 알아차리지 못할 만큼 자신의 얼굴이 거의 정상이라고 생각하는 슈뢰더 박사의 기괴하고 안타까운 믿음을 접하고 나니, 두 사람은 묘하게도 연민을 보여야 한다는 의무감이 더욱 줄어드는 것을 느꼈다. 슈뢰더 박사는 바로 옆에서 탱크가 산산이 폭발하면서 자신이 기름을 뒤집어쓰는 바람에 얼굴 피부가 타서 벗겨졌다고 말했다. 그는 영광스러운 조국의 군대와 함께 우크라이나 전역을 누비며 3년 동안 싸웠다. 그가 말하는 태도를 보면, 나폴레옹이 이끈 위대한 군대의 생존자가 동료들에게 공감과 축하를 기대하며 말하는 것 같았다. 그가 말했다. "러시아인들은 야만인입니다. 미개인들이에요. 놈들이 얼마나 잔혹한 짓을 저질렀는지 들어도 믿지 못할 겁니다. 직접 눈으로 보지 않는 한, 러시아인들이 얼마나 잔인한지 믿지 못할 거예요."

영국인 남녀는 기분이 가라앉아서 아무 말도 하지 않았다. 이제는 얄궂은 표정으로 서로를 바라보며 서로 기를 북돋워주는 일조차 할 수 없었다. 두 사람은 가만히 앉아서 느릿느릿 움직이며 춤추는 사람들을 지켜보았다.

슈뢰더 박사는 고집스럽게 말을 이었다. "러시아인들이 그냥 거리를 걷는 우리 병사들을 총으로 쏴버린 걸 압니까? 평범한 러시아 농부도 기회만 생기면 우리 병사들을 살육했어요. 심지어 여자들도…… 러시아 여자들이 우리 병사들에게 친근하게 다가와서 죽여버린 사례들을 내가 잘 압니다."

메리와 해미시는 계속 평온한 표정을 유지했다. 러시아에서 독일 군대가 자행한 집단처형, 교수형 등 여러 만행들을 슈뢰더 박사가 어떻게 인식하고 있는지 궁금했다. 하지만 두 사람의 궁금증은 금방 해결되었다. 슈뢰더 박사의 말이 이어졌기 때문이다. "우리는 어쩔 수 없이 방어에 나서야 했습니다. 그래요, 우리는 그 사람들의 만행에 맞서서 방어할 수밖에 없었습니다. 러시아인들은 괴물입니다."

메리 패리시는 더 이상 참지 못하고 입을 열었다. "그래도 유대인만큼 괴물은 아니었겠죠?" 그러고 나서 그녀는 슈뢰더 박사의 광적인 시선을 마주보았다. 그가 말했다. "아, 그럼요, 우리한테는 적이 많았으니까요." 해미시와 메리의 얼굴을 번갈아가며 바뻬 바라보던 그의 눈이 움직임을 멈추고 흔들렸다. 두 사람이 자신의 말에 전적으로 동의하지는 않는 것 같다는 생각이 문득 든 모양이었다. 물집이 잡힌 그의 추한 입술이 순간적으로 비틀어졌다. 의심을 품은 듯했다. 그가 곧 정중하게 말했다. "물론 우리 총통이 적을 퇴치하려는 열정이 지나쳐 너무 멀리 가긴 했지요. 하지만 총통은 우리나라에 무엇이 필요한지 알고 있었습니다."

"편협한 사람들에게 오해받는 것이 위대한 사람들의 숙명이죠." 해미시가 말했다. 지금까지 들어본 것 중에 가장 분노에 가까운 냉소적인 목소리였다.

슈뢰더 박사는 이제 확실히 미심쩍은 표정이었다. 그는 입을 다물고 두 사람의 얼굴을 유심히 살폈다. 그의 망가진 얼굴이 지을 수 있는 모든 표정이 눈에 집중되었다. 그동안 두 사람은 삶의 기반이 된 신념이 공격을 받을 때 발생하는 내적 혼란과 의기소침을 경험했다. 슈뢰더 박사가 광기의 목소리를 내고 있다는 생각이 어렴풋이 들었다. 영국인 중 그 누구도 그들의 생각이 틀렸다고 말하지 않을 것 같았다. 두 사람은 섬나라의 편협함과 자기만족에 빠져들지 않으려고 노력하는 영국인들 중에 자신들도 속한다고 생각했다. 자신들 같은 사람들이 10년이나 15년 전에 광기의 파도가 높아지는데도 점잖고 합리적인 사람들이 눈을 돌리는 것을 지켜보며 느꼈던 절망과 비슷한 것을 지금 자신들이 느끼고 있는 것 같았다. 그와 동시에 두 사람은 슈뢰더 박사 같은 생각을 하는 사람이 더 있을 것이라는 사실을 인정하고 싶지 않았다. 그래서 두 사람은 이 불행한 남자가 장애인이 되어서 신체뿐 아니라 정신에도 흉터가 남았으며, 지난 전쟁의 잔해에 불과하다고 속으로 되뇌었다.

이때 음악이 다시 멈췄다. 그리고 사방에서 불규칙하게 박수 소리가 들렸다. 사람들이 미리 알고 기대하던 어떤 행사가 있는 모양이었다.

피아노 옆에 자그마한 남자가 서서 미소를 지으며 손님들에게 고갯짓으로 인사하고 있었다. 가무잡잡하고 기민하고 유쾌해 보이는 남자였다. 영국인 남녀는 본능적으로 '세련되다'는 말을 떠올렸다. 그가 피아니스트에게 고갯짓을 하자, 피아니스트가 그의 연기에 맞춰 즉흥연주를 시작했다. 남자는 영국인 남녀가 알지 못하는 어떤 장군의 이야기를 다룬 노래의 가사를 반은 노래하듯이, 반은 이야기하듯이 풀어내고 있었다. 피아노 반주는 군대의 발소리처럼 규칙적으로 쿵쿵 울리는 느낌을 냈다. 피아니스트의 오른손은 이 리듬을 바탕으로 'Deutschland Uber Alles'('세계에서 으뜸가는 독일'이라는 뜻으로 독일 국가國歌의 가사 첫 부분)와 호르스트 베셀 노래(나치 당원 호르스트 베셀이 만든 나치 당가)의 일부 소절을 연주했다. 후렴구는 "그래서 이제 그는 본에 있네"였다.

다음 가사는 어떤 해군 제독에 관한 것이었는데, 그 역시 본에 있다는 말로 끝났다.

영국인 남녀는 그 남자가 충성스러운 독일 군인 10여 명의 이야기를 노래로 부르고 있음을 깨달았다. 모두들 총통에게 지나치게 열정적이고 헌신적인 군인이었으며, 나중에 연합군 법정에서 징역형이나 사형을 선고받은 사람들이었다. 그래서 이제 그들은 본에 있었다.

다 괜찮았다. 연합국이 독일에서 나치 정권의 살인자들에게 지나친 관용을 베푸는 듯한 정책(양심적인 우리의 두 남녀 모두 이 사실을 개탄했다)을 펼치는 것을 풍자하는 노래 같았다. 독일인 부자들이 찾는 이 안락한 휴양지에서 그들 자신의 생각을 듣는 것만큼 마음에 위안이 되는 일이 어디 있겠는가? 그리고 이보다 놀라운 일이 또 어디 있겠는가?

두 사람은 슈뢰더 박사를 보았다. 그의 눈이 기쁨으로 번들거리고 있었다. 두 사람은 세련된 얼굴로 풍자적인 노래를 부르는 가수를 다시 보았다. 그는 자신과 관객이 완전히 하나가 되었음을 자신하는 얼굴로 공연하고 있었다. 두 사람은 점령지 주민들이 정복자의 코밑에서 자신의 생각을 표현하기 위해 이런 형식의 노래를 교묘하게 발전시켰음을 깨달았다. 미군들이 지금 이 공간에 없는 것은 사실이었다. 하지만 설사 그들이 있었다 해도, 이 노래의 가사가 달라졌을까?

남자가 부르는 노래는 길었다. 노래가 끝난 뒤에도 박수를 치는 사람은 거의 없었다. 가수와 관객은 은밀하게 공감하며 서로 미소를 주고받았다. 자그마한 가수는 이쪽저쪽을 향해 허리 숙여 인사한 뒤 허리를 폈다가, 영국인 남녀를 바라보며 허리를 숙였다. 마치 이 공간 자체가 숨을 죽인 것 같았다. 두 사람은 등 뒤에서 선생님을 몰래 조롱하고 즐거워하는 아이처럼 사악한 기쁨이 있는 대로 드러난 슈뢰더 박사의 얼굴을 본 뒤에야 가수의 그 인사가 분노와 반항의 표현이었음을 깨달았다. 그들은 또한 이 부유한 시민들이 그런 사소한 동작 하나에도 엄청난 만족감을 느낄 만큼 지독한 분노와 굴욕감과 앙심을 품고 있다는 사실을 깨닫고 가슴이 철렁 내려앉았다. 이곳의 부유한 시민들은 자기들 가운데에 앉아 있는 두 정복자, 자기들보다 훨씬 더 추레하고, 훨씬 더 피곤해 보이는 정복자를 은밀히 힐끔거리며 살짝살짝 웃기만 하다가 시선을 돌려 자기들끼리 만족스러운 시선을 교환했다. 와인과 맥주가 담긴 유리잔들이 포대처럼 반짝였다.

메리와 해미시는 슈뢰더 박사가 십중팔구 공감하고 있을 뿐만 아니라 어쩌면 부추겼을 수도 있는 이 시위 덕분에 모든 의무감에서 해방되었다. 그들은 반감을 노골적으로 드러내며 그에게 이곳에서 나가고 싶다는 뜻을 전했다.

심지어 옆에 서 있는 웨이터조차 노골적으로 오만한 태도를 드러냈고, 잘생긴 부인과 그 남편과 아들은 그 모습을 보면서 감탄하는 표정을 지었다. 딸은 여전히 자기만의 꿈에 빠져서 딱히 누구에게도 시선을 주지 않았다. 웨이터가 두 사람을 향해 허리를 숙이고 아직 반쯤 남아 있는 잔을 손으로 잡으며 무엇을 주문하시겠느냐고 물었다.

해미시와 메리는 남아 있던 맥주를 모두 곧장 비우고 일어섰다. 슈뢰더 박사도 함께 일어섰다. 울퉁불퉁하고 볼품없는 그의 온몸에서 동요와 근심이 드러났다. 설마 벌써 가려고? 저녁은 이제부터 시작이고, 조금만 있으면 방금 물러간 그 재능 있는 가수가 다시 나와 노래를 부를 텐데. 그가 M__ 출신의 유명한 가수라는 사실을 모르는 건가? 밤에 자리를 가득 메운 관객들 앞에서 노래하는 그는 이 호텔의 경영진이 겨울에 고작 2주 동안의 계약으로 모셔온 사람이었다.

슈뢰더 박사의 말은 완전히 경지에 오른 오만의 표현이거나 아니면 또 다른 광기의 표현인 것 같았다. 영국인 남녀는 혹시 그 가수의 노래가 지닌 의미를 자신들이 오해한 건지 잠시 생각해보았다. 하지만 가까운 자리에 앉아 있는 사람들의 얼굴을 흘 깃 둘러보는 것만으로도 충분했다. 그들은 모두 혼란에 빠진 적을 향해 몰래 만족스러운 미소를 짓고 있었다. 가수도, 웨이터도 적에게 패배를 안겨주었다. 기꺼이 손님을 섬겨야 할 웨이터는 지금 이 순간 잘생긴 부인과 동등한 위치에서 민주적으로 기쁨의 미소를 교환하고 있었다.

슈뢰더 박사는 미쳤다. 그것이 전부였다. 그는 주위 사람들이 이렇게 살짝살짝 적의를 드러내는 광경을 보며 기뻐했다. 그리고 영국인 남녀도 그 기쁨을 함께하기를 바랐다. 그를 형제처럼 사랑하는 마음으로. 그런데 두 사람이 가겠다고 일어서자 그는 진심으로 상처를 받아 동요하고 있었다.

영국인 남녀는 빙긋 웃고 있는 밴드를 지나고, 의식 있는 웨이터를 지나 밖으로 나갔다. 슈뢰더 박사도 그 뒤를 따랐다. 그들은 얼어붙은 호텔 계단을 내려가 아직도 식물처럼 눈 속에 뿌리 박혀 있는, 다리 없는 남자 앞에서 걸음을 멈췄다. 해미시가 갖고 있는 잔돈을 모두 그에게 주었다. 저 크고 따뜻한 공간 안에 남아 있었다면, 각자 술을 한 잔씩 더 마실 수 있었을 만한 금액이었다.

슈뢰더 박사는 이 모습을 지켜보다가 화를 내며 질책하듯 말했다. "이러면 안 됩니다. 이건 뜻밖이네요. 이런 사람들은 가둬버려야 해요." 그의 의심이 다시 고개를 들었다. 이 영국인 남녀가 틀림없이 부자라는 의심. 두 사람은 계속 그에게 거짓말을 하고 있음이 분명했다.

메리와 해미시는 아무 말 없이 눈이 부드럽게 쌓여 있는 길을 걸었다. 하얀 눈이 가늘게 내리고 있었다. 슈뢰더 박사가 숨을 몰아쉬며 성큼성큼 그들을 따라왔다. 두 사람이 방을 예약해둔 작은 숙소 문 앞에 도착했을 때, 슈뢰더 박사가 앞으로 뛰어와 두 사람을 마주보고 서서 황급히 말했다. "그럼 내일 9시 30분에 버스 정류장에서 만나지요."

"나중에 연락하겠습니다." 해미시가 정중하게 말했다. 하지만 두 사람은 그의 주소를 모르고 물어본 적도 없으므로, 사실은 이만 가보라고 내치는 말이나 다름없었다.

슈뢰더 박사는 그들을 향해 몸을 기울여 의심으로 번들거리는 눈으로 두 사람의 얼굴을 유심히 살폈다. 그리고 입을 열었다. "아침에 내가 두 분을 모시겠습니다." 그러고는 가버렸다.

두 사람은 안으로 들어가 아무 말 없이 나지막한 나무계단을 올라가서 방으로 향했다. 방은 나지막하고 편안했으며, 나무로 된 부분에서는 반들반들 윤이 났다. 세면대에는 장미 무늬가 있는 구식 물병과 대야가 있고, 거대한 침대에는 두툼한 물오리 솜털이불이 덮여 있었다. 파란 타일로 장식된 커다란 화덕이 한쪽 벽 절반을 차지하고 반짝거렸다. 이 숙소의 주인이 남겨둔 메모가 두툼한 베개 하나에 핀으로 꽂혀 있었다. 몇 시에 아침식사 쟁반을 가져다주면 되는지 쪽지에 적어 방문 밖에 놓아두시기 바란다는 내용이었다. 그녀는 목사 남편과 사별한 여성이었다. 지금은 여름과 겨울에 찾아오는 관광객들에게 이 방을 빌려주는 것으로 생계를 해결했다. 그녀는 이 영국인 남녀가 결혼한 사이가 아니라는 사실을 알고 있었다. 규정대로 그들의 여권에 적힌 정보를 숙박부에 기재해야 했기 때문이다. 속으로는 어떤 생각을 했을지 몰라도, 겉으로는 마땅찮은 기색을 전혀 내비치지 않았다. 그녀가 개인적으로 어떤 편견을 갖고 있다 해도 관광업의 신들은 화를 내지 않을 것이다. 하기야 그녀는 하느님에게 봉사하는 남자의 아내였으니 이 영국인 남녀처럼 한눈에 봐도 점잖게 보이는 사람들에게조차 편견을 갖고 있지 않겠는가.

메리가 말했다. "차라리 여주인이 도덕을 들먹이고 화를 내면서 우리를 거절했다면 좋을 텐데. 이렇게 은근히 상처가 곪는 것 같은 분위기보다는 누구든 도덕을 내세워 불같이 화를 내는 편이 나을 것 같아."

이 말에 해미시는 현실적인 사람다운 차분한 표정으로 대답했다. "내일 새벽같이 일어나서 우리 파시스트 친구의 눈에 띄기 전에 여길 떠나는 거야. 그자와 한마디라도 더 말을 나누는 걸 내가 참을 수 있을 것 같지 않아." 해미시는 아침식사를 7시에 달라는 쪽지를 써서 문 앞에 놓았다. 이렇게 할 일을 마친 뒤 그는 메리에게 이제 걱정은 그만두고 와서 침대에 누우라고 말했다.

두 사람은 침대에 나란히 누웠다. 서로를 품에 안고 위안을 얻을 수 있는 밤이 아니었다. 두 사람이 커플이 아니라 별개의 인간으로 느껴지는 밤이었다. 이미 세상을 떠난 사람들이 이 방에 두 사람과 함께 있었다. 해미시의 아내인 리제를 죽었다고 표현해도 되는지는 모르겠지만. 그들이 어찌 알겠는가? 전쟁은 그 무엇보다도 환상적인 이야기를 만들어낸다. 두 사람은 절대로 불가능한 상황에서 탈출해 우연히 살아남은 사람들의 이야기를 들을 때마다 혹시 리제가 어디서 살아 있을지도 모른다고 생각했다. 해미시의 죽은 아내가 살아 있을지도 모른다는 이 가능성 때문에 아주 젊은 의대생이었던 누군가의 예전 모습 또한 계속 사라지지 않았다. 의대생이라서 공연히 공군에 입대해 위험을 무릅쓸 필요가 없는데도 그는 나치 때문에 분노에 차서 비행기에 올랐다가 1년 뒤 추락사고로 불길에 휩싸였다. 이 두 사람, 그러니까 예쁘고 명랑한 리제와 용감하게 전쟁에 나선 공군이 거대하고 무거운 물오리 솜털이불이 덮인 침대 옆에 서서 부드럽게 말했다. "우리도 끼워줘야지. 우리도 끼워줘야지."

그래서 메리와 해미시는 한참 만에야 간신히 잠이 들었다.

그리고 둘 다 밤중에 깨어났다. 눈에 반사된 빛이 유리창으로 들어오고, 타일로 장식된 커다란 화덕에서 나는 작은 소리는 마치 두 사람 옆에서 만족스럽게 숨을 내쉬는 짐승의 소리 같았다. 두 사람은 이곳을 떠나기로 결정한 이유를 이렇게 정리했다. 아무래도 두 사람 모두 타고난 것으로 보이는 여린 성격 때문에 더 높은 곳에서 새로운 숙소를 찾겠다고 나섰다가는 슈뢰더 박사가 골라준 방을 거절할 수 없을 것 같다고. 그의 흉터투성이 얼굴을 앞에 두고 단호하게 무례한 말을 내뱉는 짓을 차마 할 수 없을 것 같다고.

아니, 그보다는 슈뢰더 박사의 성격과 존재에 두 사람이 싫어하는 이 나라, 유럽의 커다란 촉매이자 거울인 독일의 모든 점이 요약되어 있다는 결론이 더 마음에 들었다. 그 모든 것이 아주 또렷하고 직접적으로 드러나 있었기 때문에 두 사람은 그것을 거부하는 것과 받아들이는 것, 둘 중 하나를 선택할 수밖에 없었다.

하지만 어떻게 그럴 수 있을까? 진지하고 양심적인 두 사람은 슈뢰더 박사 때문에 잠을 이루지 못하고 생각에 잠길 수밖에 없었다. '이 나라가 다른 나라와 그리 다른 것도 아니야……' 그다음에 논리적으로 따라 나오는 생각은 이거였다. 영국에서 슈뢰더 박사에 해당하는 것이 무엇일까? 지금 이 순간 우리나라의 영혼 속 시궁창에서 어떤 불쾌한 것들이 부글거리고 있을까? 그것들이 언젠가 슈뢰더 박사의 모습으로 갑자기 폭발하지 않을까? 그럼 그다음에는? 우리가 슈뢰더 박사에게 이토록 우월감을 느끼는 것을 보면 우리도 자기만족이라는 늪에 깊이 빠진 것이 분명하다. 우리는 그가 우리 눈앞에서 그냥 사라져버리기를 바라지 않았던가. 산 사람들이 가득한 집에서 시체를 밀어내듯이. 나쁜 냄새를 막으려는 것처럼 덮개를 씌우거나 악령처럼 쫓아내고 싶어 하지 않았던가.

지금 이것은 휴가인가 아닌가. 휴가였다. 따라서 두 사람은 잠을 이루지 못하고 누워서 지난 전쟁을 생각할 의무가 없었다. 잠을 이루지 못하고 누워서 혹시 또 전쟁이 발발할 가능성에 대해 걱정할 의무가 없었다. 잠을 이루지 못하고 누워서 도대체 무슨 변태 같은 생각으로 여기에 온 건지 모르겠다고 고민할 의무가 없었다.

죽은 듯이 조용한 4시. 마을 어디에서도 빛 한줄기 보이지 않는 시각에 두 사람은 커다란 깃털침대에 말똥말똥 누워 있었다. 나란히 누워 슈뢰더 박사에 대해 깊이 있는 논의를 했다. 두 사람은 그를 정치적으로, 심리적으로, 의학적으로(특히 의학적으로) 분석했다. 메이드가 아침식사를 가지고 들어왔을 때는 잠에서 깨고 싶지 않을 정도였다. 그래도 두 사람은 억지로 일어나 식사를 하고 옷을 갈아입은 뒤 아래층으로 내려갔다. 여주인이 부엌에서 커피를 마시고 있었다. 두 사람은 그녀에게 고민을 털어놓았다. 어제 두 사람은 이곳에 일주일 동안 머무르겠다고 말했다. 그런데 오늘은 이곳을 떠나고 싶었다. 지금은 성수기 중의 성수기니까 방을 구하는 사람이 오늘 중에 나타나지 않을까? 만약 나타나지 않는다면 두 사람은 자신들이 도덕적으로 지불해야 하는 금액을 기꺼이 지불할 작정이었다.

여주인인 슈토어 부인은 돈 문제는 생각할 필요 없다고 단언했다. 이맘때는 무작정 역에 도착해서 빈방을 찾는 지나치게 낙천적인 사람들의 전화가 하루에도 열두 번씩 걸려온다는 것이었다. 슈토어 부인은 두 손님이 떠나고 싶어 한다는 사실에 동요했다. 혹시 방이 편안하지 않았나? 서비스가 형편없었나?

두 사람은 이 숙소에 아무 문제가 없었다고 서둘러 말했다. 실제로도 그렇게 느끼고 있었다. 밤새 양심을 헤집으며 고민한 탓인지 이른 아침에 만난 슈토어 부인의 모습이 유쾌했다. 그녀는 마른 몸매의 노부인이었다. 흰머리는 뒤로 잡아당겨 단단히 묶어올린 뒤에 거의 뜨개질바늘만큼이나 커다랗고 실용적인 핀들을 꽂아두었다. 얼굴은 엄격하면서도 차분하고 상냥했다. 길고 풍성한 검은색 모직치마는 아마도 이 지역 농부들이 입는 커다란 모직치마의 실용적인 개량형 같았다. 줄무늬가 있는 긴소매의 모직블라우스는 목이 높이 올라오는 디자인이었는데, 황금 브로치로 옷깃을 묶어 고정하고 있었다.

두 사람은 이 계곡에 도착한 다음 날 바로 이곳을 떠나겠다는 말을 꺼내기가 쉽지 않았다. 이 노부인이 훌륭하고 성실한 사람이라서 더욱 그러했다. 그래서 두 사람은 스키 슬로프가 마을과 더 가까운 곳에 조성되어 있는 높은 곳에 숙소를 구하기로 했다고 말했다. 슈토어 부인의 애국심에 상처를 주고 싶지 않아서였다. 두 사람은 조용히 역으로 내려가서 첫 기차를 타고 독일을 떠나 프랑스로 갈 생각이었다.

슈토어 부인은 두 사람의 말을 듣자마자 맞장구를 쳤다. 스키를 제대로 즐기고 싶다면 더 높은 곳에 숙소를 잡는 편이 낫다는 생각을 자신도 옛날부터 하고 있었다고 했다. 하지만 이곳을 찾는 사람들 중에는 순수하게 겨울 스포츠를 즐기기보다는 겨울 스포츠의 분위기를 좋아하는 사람들이 있었다. 부인 역시 젊은 이들이 눈 위에서 재주를 부리는 모습을 아무리 봐도 싫증이 나지 않았다. 물론 부인이 젊은 아가씨였을 때는 그런 재주들이 존재하지 않았다. 스키는 원하는 장소로 빠르게 이동할 수 있는 수

단에 불과했다……. 하지만 지금은 모든 것이 바뀌었다. 부인을 포함해서 이 계곡의 모든 아이들은 사실상 날 때부터 스키를 탄 것이나 다름없지만, 스키를 신어도 점프나 회전 같은 재주를 보여줄 수 없다는 사실이 당황스러웠다. 물론 나이가 나이니만큼 부인은 거의 집에서만 시간을 보내기 때문에 그 모자란 부분을 남에게 드러낼 필요가 없었다. 하지만 이 두 손님은 제대로 스키를 즐기려다가 갑갑해졌음이 분명했다. 긴 슬로프와 커다란 리프트가 모두 계곡 꼭대기에 있기 때문이었다. 다행히 부인은 계곡 맨 위쪽 마을에 사는 부인과 아는 사이였다. 그 부인에게 남는 방이 있으니 두 손님을 잘 돌봐줄 터였다.

여기서 부인은 전날 밤 슈뢰더 박사가 말한 부인의 이름을 꺼냈다. 어제는 오로지 불쾌하게만 들리던 이름이 단순히 슈토어 부인의 입에서 나왔다는 이유만으로 매력적이고 안전하게 들린다는 사실이 놀라웠다.

메리와 해미시는 서로 시선을 교환한 뒤 아무 말 없이 결론을 내렸다. 이른 아침의 차분한 햇빛 속에서, 이 계곡을 떠나지 말아야 할 탄탄한 이유들이 모두 다시 떠올랐다. 게다가 슈뢰더 박사는 계곡 위쪽으로 30마일 떨어진 곳이 아니라 여기 O__에 머무를 터였다. 최악의 경우라고 해봐야 그가 두 사람을 찾아오는 정도였다.

슈토어 부인은 랭게 부인에게 전화를 걸어주겠다고 제안했다. 그녀는 좋은 여성이지만, 지난 전쟁에서 남편을 잃는 불행을 겪었다고 했다. 슈토어 부인은 나라들 간에 벌어진 전쟁 때문에 인간적인 마음과 이해심까지 망가지지는 않는다는 생각을 당연히 받아들이는 교양 있는 사람답게 온화하고 너그러운 미소를 지어 보였다. 그래, 남자들이 멍청하게 구는 한 전쟁은 앞으로도 있을 것이고, 전쟁이 끝난 뒤에는 남편뿐만 아니라 두 아들까지 잃고 딸과 단둘이 살고 있는 랭게 부인 같은 가엾은 부인들이 손님들에게 방을 빌려주는 일을 하게 될 것이다.

슈토어 부인과 영국인 남녀는 세계인의 공통된 인도주의적 양심이라는 토대 위에서 하나가 되어 서로에게 미소를 지으며, 랭게 부인을 안쓰럽게 생각했다. 그러고는 슈토어 부인이 전화를 걸어 두 손님을 위해 방을 잡아주었다. 게다가 자신이 직접 두 손님을 보증해주겠다고까지 말했다. 두 사람은 숙박비를 지불한 뒤 감사인사를 하고 부인과 헤어졌다. 메리와 해미시는 손에 가방을 들고 어깨에는 스키를 멘 모습으로 버스 정류장으로 향했고, 슈토어 부인은 크고 따뜻한 부엌에서 다시 커피를 마시며 뜨개질을 했다.

날씨가 맑았다. 눈 쌓인 능선 위에서 태양이 분홍색으로 반짝이고, 소나무들은 능선에 뻣뻣하고 검게 서 있었다. 첫 차가 막 출발하려는 참이었다. 두 사람은 그 버스에 올라 자리를 찾아 앉았다. 앞자리에 앉은 두 여자아이는 금발을 돼지꼬리처럼 하나로 묶은 모습으로 버스 안의 다른 사람들에게는 전혀 시선을 주지 않은 채 둘이서 손을 꼭 잡고 작고 또렷한 목소리로 계속 민요를 불렀다. 버스 안의 모든 승객들이 다정한 표정으로 그 아이들을 돌아보며 미소를 지었다. 버스는 눈 쌓인 계곡을 따라 천천히 위로, 위로 올라갔다. 스키 마을들이 차례로 시야에 들어올 때마다 버스가 멈추면 승객 몇 명이 내리고 새로운 승객이 올라탔다. 버스는 계속 만원이었다. 위로, 위로 올라가는 동안 두 여자아이는 손을 잡고 계속 노래하며 서로의 얼굴을 열심히 바라보았다. 서로 박자를 맞추고, 같은 노래를 다시 부르지 않기 위해서였다.

버스를 타고 가는 두 시간 내내 단 한 번도 같은 노래를 되풀이하지 않고 계속 노래할 수 있는 여자아이들을 영국에서는 찾기 힘들 것 같았다. 하기야 영국인들은 워낙 입이 무거워서 애당초 공공장소에서 입을 잘 열지도 않는다. 노래하는 두 아이의 모습에 메리와 해미시는 커다란 위안을 얻었다. 이것이 진짜 독일의 모습이었다. 다소 구식이고, 조금 감상적이고, 소박하고, 상냥한 모습. 슈뢰더 박사 때문에 겪은 일들은 단순한 불운이었으며, 별로 중요한 일도 아니었다. 두 사람이 어제 그런 기분을 느낀 것은 순전히 너무 피곤한 탓이었다. 이제 두 사람은 버스가 지나가는 쾌적한 마을들을 살펴보며, 자신들이 가려는 마을에도 이렇게 소박한 오두막과 별로 비싸 보이지 않는 식당이 많았으면 좋겠다고 기대를 품었다.

그들의 기대는 맞아떨어졌다. 인스브루크와의 경계선 역할을 하는 산이 높이 솟아 있는 정상에 작은 마을이 있었다. 다른 마을들만큼이나 아름다운 마을이었다. 여기 어딘가에 랭게 부인의 집이 있었다. 어떤 호텔에 들어가 물어보니 길을 가르쳐주었다. 마을에서 소나무들 사이로 1마일(약 1,600미터)쯤 비탈을 올라간

곳에 작은 집이 있었다. 영국인 남녀는 이렇게 외따로 떨어져 있는 집이 본능적으로 마음에 들었다. 두 사람은 푹신푹신하고 반짝거리는 눈길을 터벅터벅 걸으면서 슈토어 부인에게 감사했다. 길이 좁아서 밝은 옷을 입고 스키를 타는 사람들이 웃고 손을 흔들어대며 휙휙 지나갈 때마다 두 사람이 길을 비켜주어야 했다. 햇볕에 구릿빛으로 그을린 남녀가 신들처럼 능숙하게 스키를 타는 모습에 메리와 해미시는 기가 죽었다. 외딴집의 매력 중 절반은 비교적 사람이 없는 곳에서 둘이서만 얌전히 스키를 탈 수 있다는 점에 있는 것 같았다.

집은 나무로 지은 사각 모양의 작은 건물이었다. 눈으로 뒤덮인 나지막한 둔덕 위에 서 있는 집 주위 사방에는 소나무 숲이 있었다. 랭게 부인이 문 앞에서 웃는 얼굴로 두 사람을 기다리고 있었다. 두 사람은 랭게 부인이 왠지 슈토어 부인과 비슷하게 생겼을 것이라고 상상했지만, 실제로 본 랭게 보인은 슈토어 부인보다 족히 스무 살은 어리고 튼튼한 여성이었다. 머리는 밀짚 색깔이고, 뺨은 발그레했으며, 몸에는 꼭 끼는 진홍색 스웨터와 밝은 파란색 타이트스커트를 입고 있었다. 그녀의 뒤로 아무래도 딸인 듯싶은 아가씨가 보였다. 연한 갈색 머리카락의 건강한 여성이었다. 두 여자는 두 손님이 눈밭을 가로질러 집으로 다가오는 동안 솔직한 눈빛으로 열심히 두 사람을 살펴보았다. 두 여자가 내어준 방은 집 앞쪽에 있었다. 마을을 등지고 앞으로 작은 계곡이 보이는 방이었다. 두 사람이 슈토어 부인의 집에서 하룻밤을 보낸 방과도 비슷했다. 천장이 나지막하고, 공간이 넓고, 나무로 된 부분은 반들반들 윤이 나고, 타일로 장식된 커다란 화덕이 방을 덥힌다는 점이 그랬다. 랭게 부인은 두 사람에게서 여권을 받아 필요한 정보를 숙박부에 적었다. 그리고 조금 전과는 달라진 태도로 여권을 돌려주었다. 메리 패리시와 해미시 앤더슨은 여주인의 울타리 안으로 자신들이 받아들여졌음을 알 수 있었다. 랭게 부인은 솔직하고 세속적인 푸른 눈으로 두 손님의 차림새와 소지품을 계속 꼼꼼히 살피면서, 육촌 사이지만 나이도 있고 목사의 부인이었다는 점도 있어서 그냥 숙모님이라고 부르고 있는 슈토어 부인에게서 두 사람 이야기를 들었다고 말했다. 슈토어 부인이 추천한 사람이라면 철석같이 믿는다는 말도 했다. 자신의 오랜 친구인 슈뢰더 박사에게서도, 아, 정말 용감한 사람이지요. 그 사람 얼굴을 보셨나요? 네, 정말로요? 슈뢰더 박사가 허벅지 피부를 이식받아 새로운 얼굴을 얻을 때까지 2년 동안 병원에 누워 있었던 걸 아세요? 가엾은 사람이에요. 야만적인 러시아인들이 슈뢰더 박사의 얼굴을 그 지경으로 만들었답니다. 여기서 랭게 부인은 과장된 한숨과 함께 어깨를 으쓱하고는 자리를 떴다.

두 사람은 귀중한 휴가기간 중 사흘 동안 거의 잠을 자지 못했음을 되새겼다. 지금 스키를 신고 나가고 싶은 마음이 별로 들지 않는 것은 틀림없이 그 탓인 것 같았다. 두 사람은 그날 내내 잠을 잤다. 저녁에는 거실에서 랭게 부인이 직접 푸짐한 식사를 날라다주며 수다를 떨었다. 결국 두 사람이 부인에게 서 있지 말고 앉아서 얘기하시라고 말해야 할 정도였다. 부인은 자리에 앉아 영국 왕실에서 벌어지는 일들에 대해 두 사람을 상대로 교차심문을 하기 시작했다. 랭게 부인이 왕실 이야기를 하며 보인 열광과 흥분은 아무리 과장해도 부족할 정도였다. 부인은 10여 개의 신문을 통해 왕실에 속한 모든 사람들의 일거수일투족을 따라다녔다. 그들이 어떤 음식을 먹는지, 어떤 요리법을 좋아하는지 그녀는 모두 알고 있었다. 여왕이 좋아하는 코르셋의 종류, 여왕을 돌보는 의사들의 이름, 왕실 아이들의 양육방법, 엘리자베스라는 이름을 지닌 두 왕실 여성과 마거릿 공주가 좋아하는 색깔도 알고 있었다.

영국인 남녀는 기질적으로 공화주의자였지만, 그때는 그 단어가 좀 '시대에 뒤떨어진 것'으로 여겨지고 있었기 때문에 겉으로 드러내놓고 말하지는 않았다. 대신 '자기 나라'의 왕실에 대해 엄청난 양의 정보를 들으며 부족한 사람이 된 것 같은 기분을 느꼈다. 랭게 부인의 질문에 하나도 대답할 수 없었기 때문이다.

두 사람은 랭게 부인에게서 벗어나기 위해 방으로 돌아왔다. 알고 보니 이 집은 처음에 생각했던 것만큼 외딴집이 아니었다. 작은 계곡을 따라 더 높은 곳에 건물들이 있는데, 낮에는 소나무 숲이 그 건물들을 가리고 있었다. 나무들 사이에서 불빛들이 반짝였다. 적어도 대형 호텔 두 곳이 반 마일(약 800미터)도 안 되는 거리에 있는 것 같았다. 어두운 눈밭을 지나 두 사람의 방까지 음악소리가 들려왔다.

다음 날 아침 두 사람은 그곳에 미국 호텔 두 곳이 있음을 알게 되었다. 다시 말해서, 특히 미군들의 휴식을 위해 마련된 호텔이라는 뜻이었다. 랭게 부인은 '미국'이라는 말을 할 때 찬탄과 증오가 뒤섞인 표정을 지었다. 부인은 또한 미국이 패전국들의 관리를 맡았다는 점에서 미국(은 물론 러시아도)과 파트너 관계인 영국 출신의 두 사람도 당연히 자신과 같은 감정을 느낄 것이라고 생각하는 것 같았다. 두 사람과 랭게 부인 사이에는 부자가 아니라는 공통점이 있다는 것이 그 이유였다.

"아." 부인이 쾌활한 척 어깨를 으쓱하며, 거짓으로 겸손한 목소리를 꾸며냈다. "끔찍한 일이에요. 저 사람들이 마치 이 나라의 주인처럼 행동하다니." 부인은 창가로 가서 섰고, 영국인 남녀는 아침식사를 하며 미군 병사들이 아내나 여자친구와 함께 슬로프를 획획 내려가는 모습을 지켜보았다. 부인의 얼굴에는 씁쓸한 부러움, 찬탄과 뒤섞인 악의가 드러나 있었다. '그래? 어디 두고 보자고!'라고 말하는 것 같은 얼굴이었다.

그날 오후에 부인의 딸이 잘 재단된 스키바지와 스웨터를 입고 포스터 속 젊은 여성처럼 문간에 서서 미군들을 바라보고 있었다. 일행이 없는 남자가 지나갈 때마다 그녀는 이렇게 소리쳤다. "양키이. 양키이." 그러면 미군 병사가 시선을 들어 손을 흔들어주었다. 부인의 딸도 마주 손을 흔들며 소리쳤다. "사랑해요, 친구." 마침내 병사 한 명이 다가오자 부인의 딸은 그와 함께 스키를 타며 저 아래 마을로 내려갔다.

그 모습을 계속 지켜보던 두 손님에게 랭게 부인이 말했다. "아, 요즘 젊은 여자애들이란. 나도 저럴 때가 있었는데." 부인은 두 사람이 공범자처럼 너그럽게 미소를 지어줄 때까지 기다렸다.

여권의 정보로 판단하건대, 두 사람도 자신과 같은 기준을 갖고 있어야 마땅하기 때문에 적어도 그런 미소 정도는 지어주어야 한다고 생각하는 것 같았다. 결국 두 사람이 미소를 지어주자 부인이 말했다. "그렇죠, 젊을 때는 어리석어요. 나도 만나는 남자마다 사랑에 빠졌던 기억이 나네요. 아유, 그래요, 그랬어요. 젊었을 때 나는 뮌헨에 살았어요. 맞아요, 젊은 사람들은 상대를 가리지 않죠. 난 우리 총통을 사랑했어요. 네, 맞아요. 그전에는 우리 동네에 사는 공산당 지도자를 사랑했고요. 지금은 내 딸 릴리에게 미군을 사랑하는 것이 행운이라고 말해요. 그 애는 민주주의를 사랑하거든요." 랭게 부인이 쿡쿡 웃다가 한숨을 내쉬었다.

부인은 두 손님에게 푸짐한 식사(소시지와 사우어크라우트와 감자, 또는 사우어크라우트와 감자와 소고기 스튜)를 내놓을 때마다 옆에 서서 수다를 떨거나, 반짝거리는 나무식탁의 반대편 끝에 얌전히 앉아 통통한 팔 한 짝은 앞에 놓고 한 손으로 밝은 노란색 머리를 정리하면서 수다를 떨었다. 두 사람이 식사하는 동안 부인은 자신이 살아온 이야기를 했다. 부인의 어머니는 제1차 세계대전 때 굶어 죽었다. 아버지는 목수였다. 오빠는 정치운동을 하는 사회민주주의자였다. 그래서 부인도 사회민주주의자가 되었다. 그다음에 오빠가 공산주의자가 되자 부인도 공산당에 투표했다. 신이여 부인을 용서하소서. 그다음에 총통이 등장하자 오빠는 여동생에게 그가 좋은 사람이라고 말했다. 그래서 부인은 나치가 되었다. 물론 그때는 너무 어려서 어리석었다. 부인은 총통이 연설할 때 모여들어서 열광적으로 소리를 질러대던 군중

속에 자기도 있었다고 쿡쿡 웃으며 두 손님에게 말했다. "오빠는 제복을 입고 있었어요. 얼마나 미남이었는지 몰라요!"

영국인 남녀는 히스테리 환자 같고 드럼을 두드리는 것 같은 총통의 열정적인 목소리를 향해 군중이 포효하고 환호하는 소리를 라디오로 들은 적이 있었다. 두 사람은 랭게 부인을 지켜보면서 그녀의 젊은 시절 모습을 상상했다. 얼굴이 빨갛게 달아올라서 땀을 뻘뻘 흘리며 수많은 군중과 함께 소리지르는 모습. 그녀와 팔짱을 낀 여자 친구는 당연히 제복을 입은 그녀의 오빠를 사랑하고 있었다. 나중에 카페에 들러 맥주로 아픈 목을 달랜 뒤, 부인은 아마 분위기에 휩쓸려 흥분했던 기억을 떠올리며 그 여자 친구와 함께 쿡쿡 웃었을 것이다. 아니 웃지 않았을 수도 있다. 어쨌든 그 뒤 부인은 결혼해서 이 산골마을로 옮겨와 세 아이를 낳아 길렀다.

지금 남편은 세상에 없었다. 스탈린그라드 근처의 전선에서 사망했다. 두 아들도 북아프리카와 프랑스 아브랑슈에서 각각 목숨을 잃었다. 릴리가 창밖으로 몸을 내밀고 지나가는 미군 병사에게 손을 흔들며 쿡쿡 웃으면, 부인도 쿡쿡 웃으면서 영국인 남녀를 흘깃 바라보았다. "여기가 러시아 구역이 아닌 게 다행이에요. 그랬다면 릴리가 양키 대신 러스키를 사랑했을 테니까요." 그러면 릴리는 또 쿡쿡 웃으면서 창밖으로 더욱 몸을 내밀고 손을 흔들며 소리쳤다. "친구, 사랑해요."

랭게 부인은 영국인 손님들이 계속 예의 바르게 구는 것이 반드시 동의를 의미하지는 않는다는 사실을 의식했는지, 가끔 어깨를 똑바로 펴고 새침한 표정을 지으며 어색하게 눈을 내리깔고 중얼거리듯이 말하곤 했다. 충격을 받은 정직한 사람 같은 표정이었다. "그래, 릴리, 무슨 말을 해도 좋지만, 이번에 영국인이 손님으로 오신 것이 다행이다. 이분들도 우리처럼 끔찍한 전쟁으로 고생하셨어. 나중에 고향으로 돌아가면 우리나라가 분단되어서 우리가 괴로워하고 있다고 친구들에게 말해줄 거다. 두 분은 틀림없이 충격을 받으신 것 같아. 우리가 어떤 굴욕을 감내하고 있는지 미처 모르셨던 모양이다."

그러면 메리 패리시와 해미시 앤더슨은 아무 말 없이 서로에게 정중히 소금이나 만두를 건네곤 했다. 그러고는 곧 양해를 구하며 방으로 물러났다. 두 사람은 잠을 많이 잤다. 평소에 항상 잠이 모자라는 사람들이기 때문이었다. 식사 때에는 마음에 드는 음식이 아니더라도 맛있게 먹었다. 스키는 조금만 타고 햇볕을 받으며 누워 있을 때가 많았다. 덕분에 살갗이 갈색으로 변했지만, 런던으로 돌아간 뒤 일주일도 안 돼서 사라질 색이었다. 두 사람은 편안히 휴식을 취하고 있었다. 신체적으로 부족한 것이 하나도 없는 나른한 상태였다. 두 사람은 랭게 부인의 이야기에 귀를 기울이고, 유럽 왕실들의 예의와 습관을 너무 모른다는 그녀의 질책을 받아들였다. 부인의 딸이 이런저런 미군 병사와 함께 나가는 모습도 지켜보았다. 어느 날 오후 슈뢰더 박사가 랭게 부인과 커피를 한잔하려고 들렀을 때, 두 사람은 기꺼이 그 자리에 합류했다. 랭게 부인은 미국에 가는 것이 슈뢰더 박사의 필생의 꿈이라고 두 사람에게 설명해주었다. 그런데 안타깝게도 지금까지 미국에 가려는 그의 시도는 모두 실패하고 말았다. 혹시 두 분이 런던에서 슈뢰더 박사가 비자를 받을 수 있게 해줄 수는 없을까요? 안 되나요? 거기서도 힘들어요? 아, 만약 랭게 부인이 아직 젊었다면 역시 미국에 가려고 했을 것이다. 거기는 미래의 나라잖아요, 그렇죠? 부인은 어떻게든 미국에 가고 싶어 하는 슈뢰더 박사를 탓하지 않았다. 자신이 그를 도울 수만 있다면 도울 텐데. 친구란 원래 서로를 도와줘야 하는 법이니까.

두 사람은 랭게 부인이 릴리를 박사와 결혼시키려 하는 것 같다는 결론을 내렸다. 하지만 릴리의 생각은 다른 것 같았다. 그녀는 박사가 오기로 했다는 것을 알면서도 그날 저녁에 모습을 드러내지 않았다. 랭게 부인도 그리 아쉬워하는 것 같지 않았다. 이런 관계에는 구애라는 단어를 쓰기 힘들었다. 이것은 지극히 상냥한 관계였다. 랭게 부인은 한숨을 많이 쉬었다. 그녀의 어리석은 푸른 눈은 번들거리는 가면 같은 친구의 끔찍한 얼굴에 고정돼 있었다. "아이고, 하느님, 하느님, 하느님!" 슈뢰더 박사는 찬사에 싫증이 난 영화배우처럼 이 말을 받아들이며 한 손으로 정중하게 손사래를 쳤다. 다른 손으로는 음식을 먹었다. 박사는 이곳에서 밤을 보냈다. 부엌의 낡은 소파에서 잔 것 같았다.

아침 7시에 그가 메리와 해미시를 깨워, 병원 근무 때문에 아쉽게도 이 계곡을 떠나야 한다고 말했다. 두 사람에게 도움이 될 수 있어서 기쁘고, 두 사람이 돌아가는 길에 자기가 일하는 병원이 있는 도시에 들르면 좋겠다는 말도 했다. 그러고는 두 사람에게서 꼭 그러겠다는 확답을 얻어내려고 했다.

슈뢰더 박사가 떠나는 것을 보며 두 사람 또한 휴가가 일주일 뒤에 끝날 텐데 이미 지루하다는, 아니 지루해지기 직전이라는 사실을 절실히 되새겼다. 이제 정신을 차리고 눈 덮인 산을 떠나 저 아래의 도시들 중 한 곳으로 가서 싼 방을 잡은 뒤 평범한 사람들을 만나보는 편이 훨씬 나을 것 같았다. 여기서 평범한 사람들이란 이 계곡을 자주 찾는 부유한 사업가나 평화롭던 옛 시절의 잔재인 슈토어 부인 같은 사람이 아니었다. 랭게 부인이나 그녀의 딸 릴리 같은 사람도 아니고, 슈뢰더 박사 같은 사람도 아니었다. 랭게 부인과 작별인사를 하는 데에는 거의 문제가 없었다. 부인이 곧바로 말했듯이, 매일 방을 구하려고 문을 두드리는 사람들이 적어도 한 명은 있기 때문이었다. 그녀가 숙박비에 비해 좋은 서비스를 제공한다는 사실을 모두가 알았다. 맞는 말이었다. 랭게 부인은 이런 일에 타고난 재능을 갖고 있었다. 부인은 커피를 더 대접한다든지 특히 오랫동안 즐거운 대화를 나눈다든지 하는 식으로 두 사람에게 계약서에 명시된 것보다 훨씬 더 많은 것을 제공해주었다. 그리고 부인은 직업에 맞게 병원들을 둘러보고 다른 의사들을 만나보며 일주일을 보내고 싶다는 두 사람의 요청을 받아들였다. 부인이 즉시 말했다. "그렇다면 두 분이 슈뢰더 박사를 알고 계시는 게 다행이네요. 두 분이 보고 싶은 것들을 슈뢰더 박사만큼 잘 안내해줄 수 있는 사람이 없어요." 두 사람은 혹시 슈뢰더 박사가 있는 도시를 지나가게 되면 곧바로 그를 찾아보겠다고 말했다. 그리고 작별인사를 했다.

두 사람은 버스를 타고 길고 구불구불한 계곡을 내려가 ㅇ__

마을에서 작고 허름한 기차를 탔다. 그리고 또 기차의 딱딱한 나무의자에 나란히 꼿꼿이 앉아서 하룻밤을 보낸 뒤 마침내 Z──도시에 도착해 싸구려 호텔의 작은 방을 잡았다. 두 사람은 평범한 사람들을 만나 현재의 독일에 대한 시야를 넓히기로 다짐했으므로, 평범한 사람들이 가득한 거리를 잠시 산책하며 관광객답게 사람들의 얼굴을 살펴 마음대로 그들의 사정을 짐작해보았다. 그리고 서로 짧게 대화를 나누며 대략 전체적인 결론을 이끌어냈다. 그러고 나서 두 사람은 착실한 관광객들이 모두 그렇듯이, 거리에서 유쾌해 보이는 사람을 하나 붙들고 "우리는 평범한 사람들입니다. 우리나라 사람들을 완벽히 대표하는 사람들이지요. 당신도 평범한 사람으로 이 나라 국민들을 대표하는 것 같습니다. 당신이 어떤 사람인지 우리에게 모두 보여주지 않겠습니까? 우리도 그렇게 하겠습니다" 하고 말할 방법에 대해 갖가지 공상을 했다.

두 사람이 붙잡은 유쾌한 사람은 환성을 내지르고 자신의 이마를 주먹으로 찰싹 치며 이렇게 말할 것이다. "아이고, 친구들! 그거야말로 내가 하고 싶은 일입니다." 그리고 그는 두 사람을 자신의 집 또는 아파트로 데려갈 것이고, 그렇게 불후의 우정이 시작될 것이다. 국제적인 오해, 사고, 전쟁 등 양편의 평범한 사람들은 결코 원하지 않는 여러 가지 일들이 일어나더라도 계속 이어질 만큼 강력한 우정이.

두 사람은 슈뢰더 박사에게 연락하지 않았다. 그가 일하는 도시를 피하려고 일부러 주의를 기울였다. 하지만 슈뢰더 박사가 그렇게 구역질 나는 사람이 아니었다면 얼마나 좋았을까 하는 생각이 가끔 들었다. 그가 자기들처럼 근면하고 헌신적이고 이상적인 의사였다면 대화에 정치를 전혀 끌어들이지 않고 독일 의사들의 생활을, 아니 적어도 한 도시 의사들의 생활 정도는 소개해줄 수 있었을 텐데.

아쉬운 마음으로 이런 생각을 하다가 두 사람은 내성적인 원래 성격과는 다른 행동을 하게 되었다. 1년쯤 전에 앤더슨 박사가 Z── 도시 외곽의 병원에서 일하는 크롤 박사라는 사람에게서 편지를 받은 적이 있었다. 앤더슨 박사가 얼마 전에 발표한 논문에 찬사를 보내는 내용이었는데, 거기에 그의 연구와 밀접하게 관련된 분야를 다룬 크롤 박사 자신의 논문이 동봉되어 있었다. 해미시는 크롤 박사의 논문을 읽고, 의학 분야에서 독창적인 길을 개척할 능력은 이제 없지만 독창적인 연구에 대한 흥미를 모두 잃어버린 것처럼 보이고 싶지 않아서 가끔 다른 사람들의 연구에 대한 세련되고 무해한 논평을 담은 소논문을 발표하는 나이 많은 기성세대 의사들의 전형적인 논문이라는 결론을 내렸다. 간단히 말해서, 독일의 동료가 보내준 그 논문을 하찮게 보고 크롤 박사에게 짧은 감사편지만 한 통 보냈다는 얘기다. 그는 그 일을 다시 떠올리고 메리 패리시에게 이야기해주었다. 그리고 두 사람 모두 크롤 박사에게 지금 전화하면 어떨까 하는 생각을 했다. 결국 전화하기로 결정한 두 사람은, 확실히 패배를 인정하는 것 같은 기분이 들었다. 이제부터 두 사람은 완전히 전문 직업인이 될 터였다. '평범한 사람'을 만나는 데에는 완전히 실패했다. 노동자 세 명(버스에서), 가정주부 두 명(카페에서), 회사원 한 명(기차에서), 웨이트리스 두 명과 메이드 두 명(호텔에서)과의 대화는 만족스럽지 않았다. 그들 중 누구도 현대의 독일에 대해 두 사람이 그토록 원하던 단호하고 결정적인 말을 해주지 않았다. 영국에서 같은 위치에 있는 사람들이 했을 법한 말만 해주었을 뿐이었다. 그들이 해준 말 중에 그나마 가장 정치적인 발언은, 호텔 메이드 한 명이 봉급이 짜다고 불평하면서 자기가 알기로 임금이 훨씬 높은 영국으로 가고 싶다고 말한 것이었다.

그 옛날의 건강하던 진짜 독일, 그러니까 버스에서 노래를 부르던 두 어린 소녀가 상징적으로 보여준 그 독일과는 전혀 접촉하지 못했다. 하지만 그런 독일이 틀림없이 존재하고 있을 터였다. 두 사람이 모두 본 적 있는 난민들의 피로하고 냉소적인 모습, 베르톨트 브레히트의 노래에 담긴 쓸쓸한 긍정, 디미트로프(물론 디미트로프는 독일인이 아니었다)의 열정적인 투지, 어린 소녀들의 순수함, 베토벤 5번 교향곡의 강렬한 화음, 이 모든 것이 조합된 독일이 있을 것이다. 두 사람의 머릿속에서 이런 특징들이 하나로 융합되어 피곤하고, 회의적이고, 냉소적이지만 강인한 사람, 언제든 선한 것과 옳은 일과 진실을 위해 총을 들고 싸울 각오가 되어 있는 세련된 철학자 같은 이미지를 만들어냈다. 하지만 두 사람은 이런 이미지와 조금이라도 닮은 사람을 아직 만나지 못했다. 계곡에서 보낸 2주는 그냥 기억에서 지워버렸다. 사실 온전히 쾌락에만, 그것도 1년 내내 전념하는 듯한 그곳이 뭔가의 대표가 될 수는 없지 않겠는가.

두 사람은 간단히 실패를 인정하고 크롤 박사에게 전화를 걸어 남은 휴가기간 동안 의학에 관한 정보나 수집하며 보내기로 했다. 전화를 받은 크롤 박사는 놀랍게도 앤더슨 박사와 흥미로운 편지를 주고받은 것을 기억한다면서 다음 날 오전에 자신이 있는 곳으로 오라고 권유했다. 바쁜 병원장이라기보다는 숙박업소 주인 같은 목소리였다. 어쨌든 그와 약속을 잡은 패리시 박사와 앤더슨 박사는 밖에 나가서 좀 값싼 식당을 찾아볼 생각이었다. 남은 돈이 정말로 얼마 되지 않았기 때문이다. 그런데 그때 슈뢰더 박사가 왔다는 연락이 왔다. 친구인 랭게 부인에게서 두 사람이 여기에 있다는 말을 듣고 순전히 두 사람을 만나기 위해 그날 오후에 S__에서부터 여기까지 온 것이다. 랭게 부인은 혹시 두 사람에게 오는 우편물을 전달해주기 위해 두 사람의 새 숙소 주소를 갖고 있었다. 그는 S__에서부터 여기까지 일부러 올 만큼 두 사람을 꼭 만나야 했다면서, 돈이 많이 들었다고 서슴없이 털어놓았다.

슈뢰더 박사의 망가진 얼굴과 매서운 눈빛을 다시 마주한 영국인 남녀는 이번에도 역시 혐오감과 연민이 뒤섞인 감정을 느끼며 자신들이 S__가 아니라 이 도시를 선택한 이유에 대해 빈약한 핑계를 늘어놓았다. 그리고 슈뢰더 박사의 바람처럼 값비싼 식당에서 밤을 보낼 여유가 없다고 털어놓았다. 슈뢰더 박사가 두 사람을 손님으로 대접하겠다고 나섰지만, 이미 두 사람을 만나러 오느라고 많은 돈을 쓴 사람에게 또 대접받을 수는 없다고 거절했다. 결국 두 사람은 슈뢰더 박사와 맥주를 함께 마시는 선에서 타협했다. 그들은 예전에 총통의 지지자들이 자주 모이던 여러 맥줏집에서 술을 마셨다. 슈뢰더 박사가 맥줏집들에 대해 이런 설명을 할 때의 태도는 단순히 관광객들이 흥미를 가질 만한 곳을 소개해주는 것 같기도 하고, 사라진 과거의 영광을 자신과 함께 슬퍼할 기회를 주는 것 같기도 했다. 두 사람을 대하는 그의 태도는 적의와 자신을 낮추는 정중함 사이를 오갔다. 두 사람은 정중한 태도를 계속 유지하면서 맥주를 마시다가 가끔 눈을 마주쳤다. 슈뢰더 박사만 없었다면 아주 유쾌했을지도 모르는 저녁시간을 두 사람은 그렇게 견뎌냈다. 가끔 슈뢰더 박사는 자신이 영국에서 일할 수 있느냐는 이야기를 꺼냈다. 그러면 두 사람은 예전에 했던 경고를 되풀이했다. 그러다 나중에는 슈뢰더 박사가 미국 얘기를 꺼내지 않았는데도, 영국에서나 여기서나 미국 비자를 받기 어려운 건 마찬가지라고 설명해주었다. 슈뢰더 박사는 두 사람이 그의 진짜 목적지를 안다는 사실을 드러냈는데도 전혀 당황하지 않았다. 전혀. 그는 마치 처음부터 미국이 자신에게 이상적인 나라라고 두 사람에게 다 털어놓은 것처럼 굴었다. 마치 영국을 찬양하는 노래를 부른 적이 한 번도 없는 것처럼, 이제는 영국이 이미 죽어서 끝나버린 유럽의 일부이며 미국이라는 건강한 몸에 들러붙은 기생충이라고 헐뜯었다. 미래를 내다볼 줄 아는 사람이라면 누구나 반드시 미국으로 갈 것이라는 말도 했다. 그는 두 사람도 이 분명한 사실을 이미 알아차리고 혹시 이미 계획을 세워둔 것이 아니냐고 물었다. 물론 누구든 남보다 자기 일이 먼저인 것은 탓할 일이 아니었다. 그것이 자연의 법칙이었다. 하지만 친구라면 서로를 도와야 하는 법이었다. 게다가 일단 세 사람이 모두 미국에 도착한 뒤 슈뢰더 박사가 앤더슨 박사와 패리시 박사를 도울 수 있는 위치에 서게 될지 누가 알겠는가? 운명의 수레바퀴가 그런 결말을 가져올 가능성은 얼마든지 있었다. 그러니 지금 세상에서는 미리미리 계획을 세우는 것이 언제나 현명한 일이었다. 슈뢰더 박사 자신은 그것을 첫 번째 원칙으로 삼았다는 사실이 조금도 부끄럽지 않았다. 그래서 지금 여기 Z__ 도시에 와서 두 사람을 대접하고 있는 것이다. 그래서 그가 병원에 하루 휴가를 내고(그가 2주 동안의 휴가를 마치고 이제 막 일터로 돌아간 터라 또 휴가를 얻기는 쉽지 않았다) Z__의 병원들을 두 사람에게 안내해주겠다고 나선 것이다.

메리와 해미시는 기가 질려서 한참 동안 말이 없다가, 그의 친절에 몸 둘 바를 모르겠다고 말했다. 하지만 안타깝게도 이미 이러이러한 병원에 근무하는 크롤 박사와 내일 만나기로 약속했다고 밝혔다.

슈뢰더 박사의 눈이 갑자기 폭력적으로 살아났다. 피부를 쫙 잡아당겨서 만든 가면처럼 번들거리는 그의 얼굴이 더욱더 진홍색으로 변하고, 크롤이라는 이름에 성난 듯이 마구 깜박거리던 푸른 눈은 거의 고뇌에 찬 것 같은 눈빛으로 질문을 던지듯 두 사람을 노려보았다.

순전히 우연이지만, 두 사람이 슈뢰더 박사의 입을 막을 방법을 마침내 찾아낸 것 같았다.

"크롤 박사라고요." 슈뢰더 박사는 한참 여기저기 뒤진 끝에 간신히 열쇠를 찾은 사람처럼 한숨을 내쉬었다. "크롤 박사라. 그렇군요. 그래요."

마침내 그가 두 사람의 위치를 깨달았다. 크롤 박사의 지위가 아주 높은 모양이었다. 따라서 두 사람의 지위도 덩달아 높아졌다. 슈뢰더 박사가 감히 동등해지기를 바랄 수 없을 정도로. 크롤 박사와 친한 사이라면, 두 사람이 미국으로 이주할 생각이 없는 것도 당연했다. 슈뢰더 박사는 씁쓸하게 생각에 잠긴 듯하면서도 두 사람을 존중하는 태도를 취했다. 만약 두 사람이 거의 3주 전 O__에 처음 도착한 날 크롤 박사와 잘 아는 사이라고 말했다면, 그가 그동안 이렇게 고민하고 애쓰며 돈을 쓸 필요도 없었을 것이라고 말하는 것 같았다.

크롤 박사는 알고 보니 많은 찬사와 존중을 받으며 의료계의 정점에 있는 사람이었다. 물론 그런 사람이 그렇게 고생하는 것은 안타까운 일로……

그런데 크롤 박사가 고생한다니?

이런, 모르십니까? 어떻게 그걸 모르세요! 크롤 박사는 매년 6개월 동안 자신의 병원에 자발적으로 입원합니다. 그래요, 정말 우러러볼 일이 아닙니까? 그렇게 뛰어난 사람이 매년 아랫사람들에게 열쇠를 모두 넘겨주고 자신은 스스로 문 뒤에 갇힌다니요. 나머지 6개월 동안은 자신이 다른 사람들을 문 뒤에 가두는 일을 하면서요. 네, 정말 슬픈 일입니다. 하기야 두 분은 이미 다 잘 아시는 얘기겠지요. 무려 크롤 박사의 친구이시니까요.

메리와 해미시는 크롤 박사가 정신병원에서 일한다는 사실을 몰랐다고 말하고 싶지 않았다. 그 말을 한다면, 슈뢰더 박사에게 더 이상 시달리지 않아도 된다는 이점을 잃어버릴 터였다. 슈뢰더 박사는 이미 두 사람을 완전히 자기보다 높은 곳에 있는 사람으로 대하고 있었다. 어쨌든 오늘 저녁은 이미 허비한 것이나 마찬가지이고 남은 시간도 충분하니 그는 이야기를 하고 싶어 했다.

주위를 에워싼 커다란 나무통에서 거대한 잔에 직접 맥주를 받아 마시는 맥줏집(그야말로 이상적인 맥줏집이었다)에서 술자리가 끝나갈 무렵, 두 사람의 머릿속에서 크롤 박사는 아주 나이가 많은 리어 왕 같은 이미지로 자리 잡았다. 그는 자부심이 강해서 자신의 병을 품위 있게 받아들이며 씁쓸한 표정을 짓고 있을 것 같았다. 두 사람 모두 정신병에는 직접적인 관심이 없었다. 메리 패리시의 전공은 소아과였고, 해미시 앤더슨의 전공은 노인병이었다. 그래도 두 사람은 이 용감한 노인에게 연민을 느끼며, 그와의 만남을 고대하게 되었다.

눈에 보이지 않는 크롤 박사의 존재감 덕분에 그날 저녁은 불쾌하지 않게 마무리되었다. 슈뢰더 박사는 두 사람을 호텔 앞까지 바래다주고, 악수를 하며 휴가가 끝날 때까지 즐겁게 지내시기를 바란다고 말했다. 격렬한 불협화음을 내던 그의 성격은 자신을 낮추는 겸손함에 완전히 잡아먹혔다. 그는 그 겸손함으로 자신을 위안하고 있었다. 런던에 갈 일이 생기면 두 사람을 찾아가겠다고 말했지만, 그것은 그저 관습적인 인사에 불과했다. 그는 두 사람이 크롤 박사와 다시 만나 즐거운 시간을 보내시기 바란다고 말하고는, 기차역을 향해 어둡고 춥고 바람 부는 밤거리를 걸어갔다. 길고 호리호리한 다리로 검은 외투를 입은 메뚜기처럼 통통 튀듯이 걸었다. 두건을 쓰고 쓸쓸하지만 기운차게 걸어가는 그의 몸 주위에서 고운 눈송이들이 빙빙 소용돌이치며 가로등 불빛을 받아 반짝였다. 마치 바람에 날려 온 소금이나 모래 알갱이 같았다.

다음 날 아침에도 계속 눈이 내렸다. 영국인 남녀는 일찍 호텔을 나서서 버스 정류장을 찾아갔다. 정류장은 도시 반대편 끝의 가난한 근교에 있었다. 낮게 드리워진 회색 하늘에서 눈송이들이 힘없이 떨어지고, 검은 땅 위에는 더러워진 눈이 가늘게 조각난 채 듬성듬성 쌓여 있었다. 지난 전쟁 때의 폭격으로 인해 반경 몇 마일 이내의 거리들이 모두 평지가 되어버렸다. 거리마다 부서진 건물들의 윤곽이 새겨져 있고, 새로 깐 철로가 그 잔해들 사이를 깨끗하게 반짝이며 지나갔다. 기차역에도 폭탄이 떨어졌기 때문에, 새로운 역사가 지어질 때까지 목조 헛간이 임시 역사 역할을 하고 있었다. 어두운색 옷으로 몸을 감싼 사람들이 버스 정류장 주위에 삼삼오오 모여 있었다. 근처에서는 몇 마일 너머까지 펼쳐진 파괴된 주택들 위로 하얗고 깨끗하게 솟아오른 새 건물에서 인부들이 분주히 움직였다. 황량한 흰색 벽을 배경으로 활기차게 일하는 검은 곤충들 같았다. 영국인 남녀는 추워서 어깨를 움츠리고, 독일인 무리들과 함께 발을 동동 구르며 인부들을 지켜보았다. 이곳을 이런 난장판으로 만들어 놓은 것이 영국의 폭탄일 것 같았다. 두 사람은 지금 자기들과 어깨를 나란히 하고 서 있는 사람들의 폭탄이 자기 나라에 만들어 놓은 난장판을 떠올리고는, 멍하고 우울한 기분 속으로 다시 서서히 빠져 들어갔다. 버스는 한참 동안 오지 않았다. 날이 점점 더 추워지는 것 같았다. 가끔 새로운 사람들이 나타나 헛간 기차역으로 가거나 버스 정류장의 줄 뒤에 늘어섰다. 장바구니를 들고 지나가는 여자도 한 명 있었다. 부서진 건물들 뒤로 파괴된 도시의 윤곽과 재건될 도시의 윤곽이 솟아 있었다. 마치 두 사람이 죽은 도시와 아직 태어나지 않은 도시의 폐허와 유령들 사이에 서 있는 것 같았다. 해미시는 또 주위의 사람들의 얼굴을 살펴보다가 숄을 두르고 지나가는 노부인의 얼굴에 시선을 고정했다. 거리들과 마찬가지로 군중조차 투명한 액체로 변해버린 것 같았다. 옆에, 뒤에, 사방에 서 있는 것은 죽은 사람들이었다. 두 번의 전쟁에서 죽은 사람들이 폐허가 된 광장을 채우고, 눈에 발이 묶여 조용히 서 있는 산 자들을 밀쳐댔다.

침묵이 공기를 단단히 붙들었다. 땅속에서 낮고 묵직하게 쿵쿵거리는 소리가 올라오는 것 같았다. 사실은 건설현장에서 나는 기계소리였다. 더러운 눈 속에 깊이 파묻힌 기계가 레슬링 선수나 기도하는 사람처럼 검은 팔을 들어 올렸다. 그것이 힘을 쓰는 소리가 차가운 땅을 타고 흘러왔다. 마치 흙이 거칠게 숨을 쉬는 것 같았다. 인부들은 기계 주위와 신축건물의 가파른 측면 위에 잔뜩 몰려 있었다. 벽돌로 장난치는 아이들 같았다. 30분 전에 검은색 긴 장화를 신은 거인 같은 남자가 지나다가 아무렇게나 발길질을 한 곳에서 이제 아이들이 무너진 벽돌을 다시 올리는 중이었다. 검은 장화를 신고 성큼성큼 걸어다니는 거인족의 다리 밑에서. 쿵쿵거리는 검은 다리가 언제든 또 나타나 저 건물을 타고 앉으면, 건물은 무너져 폐허가 될 터였다. 우지끈 하는 천둥소리와 번개를 동반하고서. 환자가 된 유럽의 모든 땅, 몇 번이나 거듭 피로 흠뻑 적셔진 땅, 성난 금속들이 몇 번이나 거듭 부숴버린 땅 위에서 작은 인간들이 전쟁이 남긴 폐허와 껍데기 사이에 새 집을 짓느라 바삐 움직이고 있었다. 그들의 눈에는 장화를 신고 쿵쿵거리며 다가오는 거인의 발이 드리운 그림자가 깃들었다. 그리고 그들 각자 옆에는, 모든 사람 옆에는 눈에 보이지는 않지만 죽은 자들이 잔뜩 몰려들어서 죽음을 추모했다.

사람들은 계속 기다렸다. 기계는 계속 거친 숨을 내쉬었다. 가끔 추레한 버스가 와서 서면 사람 몇 명이 오르고, 버스가 다시 떠났다. 그리고 검은 옷을 입은 사람들이 가늘게 내리는 눈 속에서 새로 나타나 대열에 합류했다. 참을성 있게 규칙을 지키며 무던하게 기다린다는 점에서 영국인들과 몹시 흡사했다.

마침내 기다리던 버스가 오자 두 사람은 다른 사람 몇 명과 함께 버스에 올랐다. 버스 안은 절반쯤 비어 있었다. 버스는 즉시 도시를 뒤로하고 떠났다. 크롤 박사의 병원은 영국의 비슷한 병원들도 대개 그렇듯이, 도시에서 꽤 떨어진 곳에 지어져 있었다. 건강한 사람들이 높은 담장에 둘러싸인 병원으로 물러날 수밖에 없는 사람들을 생각하며 괴로워하는 일을 막기 위해서였다. 최근에 새로 건설한 좁은 도로가 검은 벌판 위로 곧게 뻗어 있었다. 벌판 곳곳에 눈이 줄무늬처럼 또는 점점이 쌓여 있었다. 바람한 점 없는 조용한 허공을 고운 눈송이가 가득 채우고 천천히 떨어지고 있어서 마치 하늘이 떨어지는 것 같았다. 천천히 내리는 눈의 무게가 검은 벌판을 덮은 회색 하늘을 땅으로 끌어내리고 있는 것 같았다. 버스는 색깔 없는 세상에서 앞으로 달려갔다.

크롤 박사의 병원은 멀리서도 잘 보였다. 10여 개의 검고 곧은 건물들이 서로 일정한 각도를 이루고 있어서, 전쟁 때의 강제수용소 작업장들을 연상시켰다. 사실 멀리서 보면 강제수용소와 아주 흡사했다. 하지만 버스가 점점 가까이 다가갈수록 건물들이 실제 크기로 커지면서 주위에 규칙적으로 자리 잡은 잔디밭과 덤불이 눈에 들어왔다.

버스는 묵직한 철문 앞에 두 사람을 내려주었다. 높고 각진 중앙 건물 입구에 의사가 한 명 나와 있었다. 위층에서 두 사람을 기다리고 있는 크롤 박사에게서 초조함이 옮았는지 그는 몹시 열정적으로 두 사람을 환영했다. 두 사람은 계단을 여러 번 오르고, 많은 복도를 걸었다. 밖에서 보았을 때는 황량해 보였지만, 안에서는 그 황량한 느낌을 없애보려고 사람들이 많은 노력을 기울인 듯했다. 벽에는 모두 밝은 그림들이 걸려 있었다. 하지만 두 사람은 바삐 걸어가는 의사를 서둘러 따라가느라 그림들을 자세히 살펴볼 시간이 없었다. 복도 모퉁이에는 언제나 높은 단위에 꽃이 꽂혀 있었다. 벽과 천장과 나무패널은 깨끗한 흰색과 파란색이었다. 두 사람은 이제 곧 만나게 될 크롤 박사, 그러니까 폭풍에 휘말린 리어 왕을 안쓰럽게 생각하며 이 인간적이고 쾌적한 복도를 걸었다. 심지어 정신병원에 환자로 입원했을 때의 기분을 잘 아는 사람이 이 병원의 병원장으로 일하는 것이 오히려 다행한 일인지도 모른다는 생각까지 들었다. 하지만 안내를 맡은 의사가 말했다. "여기는 물론 행정동과 의사 숙소입니다. 크롤 박사님이 나중에 병동을 직접 안내해주실 겁니다."

이 말과 함께 그는 두 사람과 악수하고, 고갯짓으로 작별인사를 한 뒤 가버렸다. 두 사람 앞에는 중산층의 거실과 비슷해 보이는 곳의 반쯤 열린 문이 있었다.

유쾌한 목소리가 두 사람에게 어서 들어오라고 말했다. 안으로 들어가니 두 방으로 이루어진 공간이 나왔다. 미닫이문처럼 생긴 유리가 그 공간을 반으로 나눴고, 조명은 환했으며, 가구들도 쾌적했다. 두 방 중 더 먼 곳에 있는 방 안의 작은 책상을 제외하면, 사무실 분위기를 풍기는 물건은 하나도 없었다. 그 책상 뒤에 중년의 끝을 앞둔 잘생긴 남자가 앉아 있다가 두 사람을 맞이하려고 일어서는 중이었다. 이 사람이 분명히 크롤 박사일 것이라는 생각을 두 사람은 너무 늦게 떠올렸다. 그래서 충격을 받은 나머지 크롤 박사보다 훨씬 덜 열정적인 인사를 건네고 말았다. 어차피 크롤 박사는 동료라기보다 손님을 맞는 주인처럼 굴었다. 그는 두 사람을 만난 것이 몹시 기쁜 듯, 서둘러 자리에 앉히고는 커피를 주문했다. 그러기 위해 그는 유리 미닫이문 뒤에 있는 책상에 가서 전화를 걸었다. 두 사람은 서로를 바라보며 처음에는 놀란 표정을 짓다가, 결국 기쁘게 시선을 교환했다.

크롤 박사는 애당초 몹시 유명한 인물이었다. 전날 밤 슈뢰더 박사에게서 그가 유서 깊고 존경받는 가문 출신이라는 말을 들은 것도 기억났다. 간단히 말해서 그가 귀족이라는 뜻이었다. 두 사람은 크롤 박사를 직접 만난 뒤 그 말을 인정할 수밖에 없었다. 그것이 슈뢰더 박사의 입에서 나온 말인데도 그랬다. 크롤 박사는 비교적 키가 큰 편이었으며, 무거움과 가벼움이 놀랍게 조화된 모습이었다. 저 사람이 저울 위에 서면 몸무게가 얼마나 나올지 본능적으로 생각해보게 만드는 몸매이긴 하지만, 그렇다고 뚱뚱하지는 않았다. 심지어 통통한 편도 아니었다. 그런데도 묵직했다. 뼈대가 강렬하게 드러난 얼굴에도, 모공이 큼직큼직한 살이 무겁게 붙어 있었다. 하지만 둥글게 튀어나온 창백한 이마와 크고 위엄 있는 코, 어둡고 깊숙하지만 생기 있는 눈 덕분에 날씬한 얼굴이라는 느낌이 들었다. 몸놀림도 전혀 무거워 보이지 않았다. 그의 몸짓은 빠르고 성급했으며, 큼직하고 잘생긴 손을 끊임없이 움직였다. 그가 커피 주문을 마치고 웃는 얼굴로 돌아와 두 영국인 의사 맞은편의 안락의자에 앉았다. 그리고 세상에서 가장 세련되고 기분 좋은 태도로 두 손님을 접대하기 시작했다.

그의 영어 실력은 감탄이 나올 정도였고, 영국에 대한 지식도 상당했다. 지금 그는 영국의 시국에 대해 자신 있게 이야기하는 중이었다.

영국에 대한 그의 찬사는 끝이 없었다. 이번에는 영국인 남녀도 아주 기분이 좋아졌다. 그 섬뜩한 슈뢰더 박사에게서 찬사를 들을 때와는 크게 달랐다. 커피가 올 때까지, 그리고 커피를 마시는 동안, 그리고 그 뒤로 다시 30분 동안 세 사람은 영국의 여러 제도에 대해 이야기했다. 영국인 남녀는 영국에 대한 크롤 박사의 견해에 마음속 깊이 동의하지 않았지만, 그렇다고 짜증이 나지는 않았다. 크롤 박사 같은 사람이 보수적인 태도를 취하는 것은 자연스러운 일이기 때문이었다. 크롤 박사는 제한적인 군주제가 무질서를 방지하는 가장 확실한 방법이며, 영국이 관용으로 유명해진 것도 그 군주제 덕분이라고 믿었다. 그는 영국의 관용에 그 무엇보다 감탄했다. 무정부 상태가 얼마나 위험한지 이야기할 수 있는 자격을 특별히 갖추고 있는 독일인으로서, 그는 연합군이 불행히도 시들시들 힘을 잃어가는 유럽 왕가들의 잔해를 긁어모아 필요하면 새로운 왕가를 창조해서라도 독일에 군주제를 만들어주었다면 가장 좋았을 것이라고 말했다. 또한 그는 제1차 세계대전이 끝난 뒤 베르사유 조약 때 이런 일이 이루어졌어야 한다고 믿었다. 이런 문제에서는 대개 통찰력이 있는 영국이 그때 왕실이라는 안전판을 독일에 만들어주지 않은 것이 영국 역사상 최악의 실수라는 것이었다. 왕실이 있었다면, 국가와 제도에 대한 존중과 도덕을 정착시켜 히틀러 같은 놈이 벼락출세하는 일은 일어나지 않았을 터였다.

이때 영국인 남녀가 짧게나마 다시 시선을 마주쳤다. 히틀러를 벼락출세한 놈으로 묘사하는 말을 들으니, 슈뢰더 박사나 랭게 부인의 말을 들으면서 느꼈던 감정이 되살아났다. 몇 초 뒤 크롤 박사가 히틀러를 벼락출세한 잡종이라고 말하자, 그들이 이곳 주인에게 느낀 호감과 맛있는 커피가 만들어낸 편안함 속에 확연히 불편한 분위기가 자리 잡았다.

크롤 박사는 자신의 주장을 조금 더 펼치면서 생기 있고 영리한 눈으로 두 사람을 정신없이 힐끔거리고, 커피를 더 권하고, 담배도 권하고, 영국의 보건체계에 대한 설명도 요구했다. 그는 사람들에게 공짜로 복지를 제공해주는 제도에 두 사람 모두 당연히 찬성하지 않을 것이라고 보고, 국가의 폭정에 복종할 수밖에 없는 두 사람에게 연민을 표했다. 두 사람은 그 제도에 몇 가지 장점이 있는 것 같기는 하다고 용기 내어 지적했다. 결국 크롤 박사는 고개를 끄덕이며, 영국처럼 질서가 잘 잡히고 안정적인 나라라면 그렇게 엄청난 돈이 드는 실험을 감당할 수 있겠지만 다른 나라, 예를 들어 독일 같은 나라가 그런 실험을 했다가는 초토화될 것이라고 말했다. 하지만 그는 유럽에서 사회주의 저항의 보루인 영국이 군중의 요구에 굴복하는 모습을 보면 마음이 좋지 않다는 말도 덧붙였다.

이제 두 사람은 크롤 박사가 그렇지 않아도 바쁠 텐데 시간을 너무 많이 빼앗는 것 같다고 말했다. 이렇게 큰 병원의 원장이라면 병원을 둘러보고 싶다고 찾아온 모든 외국인 의사에게 시간을 이렇게 많이 내줄 수는 없지 않겠는가. 아니면 혹시 영국에 대한 호감 때문에 두 사람에게 이렇게 기꺼이 시간을 내어준 걸까?

어쨌든 크롤 박사는 두 사람이 이곳에 찾아온 목적을 다시 듣고는 실망한 기색이었다. 심지어 한숨을 내쉬며 잠시 침묵을 지키기도 했다. 그래서 앤더슨 박사는 예의상 그가 편지로 받았던 논문 이야기를 꺼내며, 괜찮다면 자기들이 연구하고 있는 주제에 대해 이야기를 나눠도 되겠느냐고 물었다. 하지만 크롤 박사는 이번에도 한숨을 내쉬면서, 요즘은 독창적인 연구를 할 시간이 거의 없다고 말했다. 행정직이라는 짐을 떠맡은 이상 그런 대가를 감수할 수밖에 없다는 것이었다. 그는 생기가 모두 사라진 얼굴로 일어서서 두 사람에게 유리 미닫이문 뒤편에 열쇠가 있으니 함께 그쪽으로 가자고 말했다. 그래서 세 사람은 안쪽 방으로 들어갔다. 책상과 전화를 놓아 사무실로 쓰는 방이었다. 메리 패리시는 책상 위 벽에 걸린 그림에 시선이 끌렸다. 6피트나 8피트(1피트는 약 30센티미터)쯤 되는 거리에서 보았을 때, 그 그림은 뿌리 쪽에서, 또는 들쥐의 시각에서 본 옥수수밭을 그린 유쾌하고 신선한 작품이었다. 옥수수 다발들이 밝고 힘차게 우뚝 서 있는 가운데에 수레국화와 빨간 양귀비꽃이 섞여 있었다. 마치 보는 사람이 옥수수밭 한가운데에 웅크리고 있는 것 같은 느낌이 들었다. 하지만 가까이 다가가자 그런 느낌은 사라지고, 그림은 그냥 밝은 물감을 혼란스럽게 칠해놓은 것으로 변했다. 손가락으로 그린 그림이었다. 캔버스 표면은 쟁기질이 끝난 밭처럼 거칠었다. 메리 패리시는 그림으로 가까이 다가갔다가 몇 걸음 물러났다가 다시 몇 걸음 더 물러났다. 그러자 그림이 스스로를 재창조하는 광경이 눈에 들어왔다. 옥수수밭은 힘차고 순수했다. 르누아르의 그림과 같은 관능적인 순수함이 여기에도 있는 듯했다. 그림에 워낙 몰두한 탓에 그녀는 크롤 박사의 무거운 손이 자신의 어깨를 짚는 순간 화들짝 놀랐다. 박사는 그림을 좋아하느냐고 물었다. 그녀와 해미시 모두 그림에 아주 열광한다고 박사에게 즉시 말했다.

크롤 박사는 아주 깔끔한 책상에서 들어 올렸던 크고 검은 열쇠 꾸러미를 다시 책상에 내려놓았다. 책상은 너무 깨끗해서 박사가 저걸 제대로 사용하기는 하는지 의문이 들 정도였다. 박사는 메리의 어깨를 양손으로 짚고 옥수수밭 그림 앞에 섰다.

"내가 정말로 관심을 갖고 있는 것이 바로 이겁니다." 그가 말했다. "그래요, 그래요, 이거야말로 의학보다 더 흥미롭지요. 두 분도 같은 생각이실 겁니다."

두 사람은 그렇다고 말했다. 이 그림을 그린 화가가 바로 눈앞에 있음을 깨달았기 때문이다. 크롤 박사는 커다란 붙박이장에서 두툼한 그림 뭉치를 꺼냈다. 모두 손가락으로 그린 그림이고, 모두 두꺼운 물감 때문에 표면이 거칠었으며, 모두 열 걸음 떨어진 거리에서 보면 대단히 정돈되고 독창적인 그림으로 변했다.

곧 두 방에 그림이 가득해졌다. 의자에도, 탁자에도, 벽에도, 유리 미닫이문에도 그림이 기대어져 있었다. 크롤 박사는 두 사람이 어떤 반응을 보일지 조바심하며 멋진 양손을 맞잡고 그림을 하나씩 차례로 바라보는 두 사람의 뒤를 따랐다. 두 사람은 그림들을 두 종류로 분류할 수 있음을 깨달았다. 옥수수밭 그림처럼 밝고 선명한 색으로 그린 신선하고 서정적인 그림이 한 종류고, 다른 한 종류는 가까이에서 봤을 때 더러운 검은색, 회색, 하얀색, 우울한 초록색이 표면에 울퉁불퉁하게 덕지덕지 칠해져 있는 우울한 그림이었다. 이런 그림에는 우울한 빨간색이 여기저기 섞여 있는 것이 특징이었다. 오래된 핏자국처럼 어두운색, 녹슨 쇠 같은 빨간색이었다. 이 그림들은 모두 훌륭하고 우울했다. 묘지, 해골, 시체, 전쟁 장면, 폭격을 맞은 건물, 비명을 지르는 여자들, 불타는 집의 불타는 창문에서 불꽃 속으로 개미처럼 뛰어내리는 사람들이 거기에 있었다. 평범하고 예쁘던 두 방이 이 그림들로 인해서 겨우 몇 초 만에 잔인하고 무서운 전시장으로 변해버린 것이 놀라웠다. 그림에 묘사된 장면들이 크롤 박사가 멋진 손가락으로 캔버스에 물감을 1인치(약 2.5센티미터)쯤 되는 두께로 문지르거나 쌓아 올린 색깔들로 계속 변해버린다는 점이 더욱 그러했다. 크롤 박사의 그림을 감상하기에 가장 적절한 거리인 6피트 거리에서 두 사람이 어떤 그림을 바라보다가 자리를 옮기자, 그 그림은 의미를 잃어버리고 뒤죽박죽 문질러진 색깔들로 해체되었다. 두 사람은 계속 앞으로 다가가거나 뒤로 물러나면서 혼돈이 잠깐이나마 놀라울 정도로 선명한 그림으로 변하는 모습을 지켜보았다. 크롤 박사의 손가락 끝에 독특한 시각이 있어서 캔버스에 물감을 문지르며 처덕처덕 바를 때 자신의 작품이 지닌 형태를 **볼** 수 있는 재능을 타고난 건지 궁금해졌다. 심지어 크롤 박사가 양팔의 길이가 6피트나 되는 괴물의 모습으로 캔버스에서 어느 정도 거리를 두고 서서 그림을 그리는 모습이 머릿속에 떠오르기도 했다. 그림들을 살피다보니, 괴물 또는 광인 또는 재능 있는 곤충의 모습을 한 화가를 자꾸만 상상하게 되었다. 하지만 고개를 돌려보면, 잘생긴 크롤 박사가 서 있었다. 보수적이고 올바르고 세련된 모든 것의 정수만 뽑아놓은 것 같은 모습이었다.

적어도 메리는 조금 머리가 어지러웠다. 파트너인 해미시와 눈을 마주치고 싶었다. 그의 푸른 눈이 힘들어하는 것을 보니, 그도 자신과 같은 상태임을 알 수 있었다. 이것은 망가진 얼굴로 연민을 강요하던 슈뢰더 박사를 만났을 때와 정확히 똑같은 상황이었다. 크롤 박사에게 작품에 대한 감상을 이야기할 때, 두 사람은 아랫사람들에게 건강할 때 열쇠를 용감하게 자진해서 넘겨주고 1년에 6개월 동안 광기 속으로 자진해서 물러나는 사람을 상대하고 있다는 사실을 반드시 명심해야 했다. 아마도 그는 그 기간 동안 이 무시무시한 그림을 그리는 것 같았다. 그림의 표면들이 썩은 살에서 떨어져나오고 스며나온 조각들 같았다.

크롤 박사는 두 사람 옆에 서서 두 사람의 얼굴을 초조하게 살피고 있었다.

두 사람은 그의 호소에 부응하기 위해, 이 그림에서 진정하고 강렬한 재능을 분명히 볼 수 있다고 말했다. 그의 작품이 충격적이고 독창적이라고 말했다. 깊은 인상을 받았다고 말했다.

크롤 박사는 딱히 웃는다고 표현할 수 없는 표정으로 조용히 서 있었다. 하지만 섬세한 눈은 놀리는 듯한 표정을 짓고 두 사람을 평가하고 있었다. 두 사람이 지금 어떤 기분인지 알고 두 사람을 비난하고 있었다. 세상의 비밀을 아는 사람이 순진한 사람을 대할 때처럼.

앤더슨 박사는 이 그림들이 다소 강렬하다는 말을 하지 않을 수 없다고 말했다. 아무래도 모두가 좋아할 그림 같지는 않지요? 다소 사납다고 해도 될까요?

크롤 박사는 세련된 미소를 지으며, 살다보면 삶이 때로 사나

워지기도 한다고 대꾸했다. 그것은 그가 직접 겪은 일이기도 했다. 그는 더욱 진한 미소를 지으며, 책상 뒤 벽에 걸린 옥수수밭 그림을 가리켰다. 그리고 앤더슨 박사가 저런 그림을 더 좋아하는 것 같다고 말했다.

앤더슨 박사는 굴하지 않고, 지금까지 본 다른 그림들보다 그 그림이 더 좋다고 고집스럽게 말했다.

메리 패리시도 앤더슨 박사 옆으로 가서, 자신이 보기에도 이 그림이 다른 그림들보다 훨씬 더 뛰어난 것 같다고 말을 보탰다. 그녀는 밝은색이 칠해진 다른 그림들도 마음에 들었다. 그 그림들은 모두 순수한 기쁨, 관능적인 기쁨으로 가득한 것 같았다. 반면 다른 그림들은, 이런 말을 해도 되는지 모르겠지만, 그저 무섭기만 했다.

크롤 박사는 냉소적이고 어두운 시선으로 두 사람을 번갈아 바라보다가 입을 열었다. "그렇군요." 그러고는 두 사람의 형편없는 취향을 인정한다는 듯이 다시 말했다. "그렇군요."

그의 말이 이어졌다. "나는 가끔 우울증 발작을 일으킵니다. 그럴 때 그린 것이 당연히 이 그림들이지요." 그는 빛이라고는 하나도 없이 광기가 드러난 그림들을 가리켰다. "그러다 다시 행복해졌을 때 시간이 나면, 아까도 말했듯이 내가 워낙 바쁘니까요, 어쨌든 시간이 날 때 그리는 것이 이런 그림입니다……." 그는 성마르다 못해 거의 경멸하는 것 같은 태도로 옥수수밭 그림을 가리켰다. 그가 응접실 벽에 저 기분 좋은 옥수수밭 그림을 걸어둔 것은 자신을 찾아오는 손님이나 동료가 모두 취향이 형편없어서 그 그림을 더 좋아할 것이라고 판단한 탓이었다.

"그래요." 크롤 박사가 건조한 표정으로 빙긋 웃었다.

크롤 박사가 완전한 소외감을 표현하고 있었기 때문에 메리 패리시가 재빨리 말했다. "하지만 우리 둘 다 아주 흥미롭다고 생각하고 있습니다. 시간이 괜찮으시다면, 다른 그림들도 보고 싶어요."

이것이야말로 크롤 박사가 몹시 듣고 싶어 하던 말인 것 같았다. 그의 얼굴에서 냉소적인 비난의 기색이 사라지고, 작품에 대한 사랑을 갈망하며 초조와 불안을 드러내는 아마추어 예술가의 표정이 나타났다. 크롤 박사는 자신이 두 번 전시회를 열었는데 비평가들이 자신의 그림을 완전히 잘못 이해했다고 말했다. 자신이 별로 좋아하지 않는 그림들에 비평가들이 찬사를 보냈다는 것이다. 그래서 그는 멍청한 비평가들에게 다시는 자신을 공개하고 싶은 생각이 없었다. 대신 그는 자신을 이해해주는 소수에게 기대를 품었다. 그들 중에는 우연히 이 병원을 찾은 사람도 있고, 심지어 이 병원에 수용된 사람("이런 말을 해도 괜찮지요?")도 있었다. 영국에서 찾아온 반가운 두 손님들을 위해 더 많은 작품을 보여주는 것은 그에게 기쁜 일이었다.

크롤 박사는 사무실 뒤쪽의 복도로 함께 나가자고 두 사람에게 권유했다. 복도의 양쪽 벽은 바닥부터 천장까지 온통 그림으로 뒤덮여 있었다. 그 복도 뒤편의 다른 복도도 마찬가지였다.

이 사람이 '우울'할 때 이렇게나 어마어마한 에너지를 갖고 있다는 사실을 생각하니 무서웠다. 새로운 복도에 발을 들여놓을 때마다 물감이 두껍게 짓이겨진 캔버스들이 벽을 가득 뒤덮고 있었다. 어떤 복도는 좁아서 그림의 형태를 알아볼 수 있을 만큼 거리를 두고 설 수가 없었다. 하지만 크롤 박사는 캔버스 앞에 바짝 붙어 서 있을 때에도 자신의 손이 그려낸 그림을 알아볼 수 있는 모양이었다. 그는 물감이 두텁고 넓게 발라져 있는 캔버스를 향해 고개를 들이밀곤 했다. 폭탄을 맞은 나무나 부서진 뼈나 고통스러운 입술 같은 형태의 일부가 거기서 발작처럼 모습을 드러냈다. 그는 그 상태로 입을 열었다. "나는 이 그림에 '사랑'이라는 제목을 붙였습니다." 승리라는 제목도, 죽음이라는 제목도 있었다. 그가 이런 제목들을 좋아하기 때문이었다. "보이죠? 저기 저 집이 보입니까? 내가 교회를 그려 넣은 것이 보여요?" 그러면 두 손님은 짓이겨진 물감을 멍하니 바라보며 혹시 이 캔버스는 그의 광기가 미화된 공간일 뿐, 원래 형태 같은 건 그려져 있지 않은 건지도 모른다는 생각을 했다. 하지만 반대편 벽 쪽으로 최대한 멀리 떨어져서 고개를 뒤로 젖히고 조금이라도 거리를 벌려 그림을 바라보면, 정말로 집이나 교회가 보였다. 집은 또한 해골이기도 했다. 회색으로 죽어버린 교회의 벽에서 녹물 같은 피가 배어나오기도 하고, 창턱으로 핏방울이 흘러내리기도 하고, 사람이 기침을 하며 피를 토할 때처럼 문에서 피가 뿜어져 나오기도 했다.

우울이 또 두 사람을 짓눌렀다. 두 사람은 그림으로 뒤덮인 또 다른 복도로 앞장서 걸어가는 크롤 박사의 위엄 있는 등을 따라가며, 본능적으로 서로의 손을 향해 손을 뻗었다. 건강한 살의 따스함을 느끼고 싶었다.

곧 크롤 박사가 두 사람을 데리고 다시 사무실로 돌아와 커피를 더 권했다. 두 사람은 정중하게 거절하면서 병원을 둘러봐도 되느냐고 물었다. 크롤 박사는 무심하게 승낙했다. 그의 태도를 보니, 그가 이 병원을 그리 하찮게 생각하는 건 아닌 것 같았다. 하지만 자신에게 공감해주는 드문 손님들이 찾아온 만큼, 자신이 병원보다 훨씬 더 관심을 갖고 있는 주제, 즉 조국에 대한 사랑과 자신의 예술에 대해 더 이야기를 나누고 싶은 기색이었다. 그래도 그는 두 사람에게 병원을 안내해주겠다고 나섰다.

그는 커다란 검은색 열쇠 꾸러미를 다시 들고 앞장서서 복도로 나갔다. 두 사람이 처음 이 방으로 들어올 때 이용한 그 복도였다. 그때 보았던 그림들 또한 모두 크롤 박사의 작품임을 두 사람은 이제야 깨달았다. 그는 자신이 싫어하는 이 그림들을 일부러 누구나 볼 수 있는 이곳에 걸어두었다. 뒷문을 통과해서 마당으로 나간 크롤 박사가 걸음을 멈추고 미소를 지으며 열쇠를 쥔 손을 들어 문 옆의 작은 그림을 가리켰다. 열쇠를 그린 그림이었다. 흰색이 도는 회색 얼룩 속에서 아주 검고 단단하고 반짝이는 열쇠, 짤랑거리는 열쇠들의 커다란 꾸러미가 나타났다. 어딘지 종을 닮은 것 같은 열쇠들은 어떤 각도에서 보면 상대를 빤히 바라보는 눈처럼 보이기도 했다. 크롤 박사는 두 사람과 함께 빙긋 웃었다. 마치 '흥미로운가요?'라고 말하는 것 같았다.

세 의사는 뜰을 가로질러 첫 번째 블록으로 들어갔다. 평행으로 아주 길게 뻗은 병동 두 개가 있고, 각 병동에는 작고 깔끔한 하얀색 병상들이 가득했다. 병상 옆에는 의자 하나와 사물함 하나가 있었다. 병상 위에 환자들이 앉거나, 눕거나, 벽에 몸을 기대고 있었다. 그들이 멍하니 허공만 바라보는 경우가 많다는 점을 제외하면, 일반적인 공립병원과 이 병동이 전혀 달라 보이지 않았다. 크롤 박사는 환자 몇 명과 활발하게 인사말을 주고받았다. 어떤 노인이 지나가는 박사의 팔을 붙잡고, 바로 지금 자신의 개인 무선기지국을 통해 알게 된 엄청난 뉴스를 알려주겠다면서, 역사의 방향을 완전히 바꿔놓을 소식이라고 주장했을 때는 그 노인의 제의를 거절하고 계속 미소를 지으며 걸어가 다음 건물로 넘어갔다. 방금 지나온 건물과 특별히 다른 점이 없었다. 이번 블록도 조금 전의 그 블록과 마찬가지로, 수백 명의 사람들을 완전히 똑같은 모습으로 만들어버리는 데 최고의 솜씨를 발휘했다. 크롤 박사는 이런 병동은 한 곳만 봐도 전부 본 것이나 마찬가지라고 거의 짜증스럽게 말하고는 갑자기 방향을 바꿔 뜰을 가로질러서 역시 비슷하게 생긴 다른 블록으로 향했다. 그곳에는 여자들이 가득했다. 영국인 남녀는 뜰 맞은편의 두 건물이 남자 환자 전용임을 깨달았다. 두 사람은 크롤 박사에게 뜰을 경계로 남자와 여자가 다른 건물에 격리되어 있느냐고 물었다. 뜰에는 높은 철망 울타리가 있었고, 크롤 박사는 그 문을 열고 통과한 뒤 다시 자물쇠를 잠갔다. "네, 그렇습니다." 크롤 박사가 무심하게 대답했다.

"그럼 남녀 환자들이…… 혹시 저녁에 만나기도 합니까?"
"만나요? 아뇨."

"서로 사교적으로 어울리지 않아요? 함께 춤을 춘다거나. 아니면 평일에 함께 식사를 한다거나."

크롤 박사가 돌아서서 두 손님에게 너그러운 미소를 지었다. "여러분, 섹스는 갇혀 있는 사람에게도 대단히 파괴적인 영향을 미칠 수 있습니다. 그런데 우리더러 이런 곳에서 남녀를 한자리에 모아두라는 겁니까? 애당초 사람들이 흥분하지 않고 조용히 지내게 하는 것만으로도 힘든 일인데요?"

앤더슨 박사는 영국의 진보적인 정신병원에서는 남녀가 최대한 많이 어울리게 하는 방법을 쓰고 있다고 말했다. 이 사람들이 무슨 죄가 있다고, 마치 평생 독신을 지키겠다고 맹세한 사람 같은 대우를 받아야 합니까? 그가 열띤 목소리로 물었다.

패리시 박사는 지금 분위기에서 '진보적'이라는 단어가 아무런 영향도 미치지 못했음을 알아차렸다. 크롤 박사의 보수적인 면모가 워낙 강하게 드러나서, 그 단어가 거의 괴팍하게 들릴 정도였다.

"그래서요?" 크롤 박사가 말했다. "영국 병원의 행정 담당자들은 쓸데없이 수많은 문제를 겪을 각오가 되어 있답니까?"

"남녀 환자들이 만나는 일이 전혀 없습니까?" 패리시 박사가 고집스럽게 말했다.

크롤 박사는 밤에 환자들이 학교의 문제아들처럼 굴면서 철망 사이로 서로 쪽지를 주고받는다고 참을성 있게 말했다.

영국인 남녀는 어떤 상황에서도 깨지지 않는 예의 바른 태도로 돌아갔지만, 우울한 기분이 마음속에 안개처럼 자리를 잡았다. 밖에서는 회색으로 묵직하게 가라앉은 날씨 속에서 여전히 눈발이 가늘게 휘날리고 있었다.

다양한 연령대의 여성들이 아무것도 하지 않고 힘없이 늘어져서 누워 있거나 앉아 있는 건물 세 곳을 둘러본 뒤, 두 사람은 이만하면 충분하다는 크롤 박사의 말에 동의했다. 이제 병원 견학을 끝내도 될 것 같았다. 크롤 박사는 꼭 다시 자기 사무실로 함께 돌아가서 커피를 한잔 더 하자면서, 그전에 잠깐 들를 곳이 있는데 혹시 함께 가줄 수 있느냐고 물었다. 그리고 다른 건물들과 동떨어진 건물로 앞장서서 걸어갔다. 그는 열쇠 꾸러미에서 엄청나게 큰 열쇠를 골라 그 건물의 문을 열었다. 안으로 들어가자마자 이곳이 아동병동임을 분명히 알 수 있었다. 크롤 박사는 중앙 통로를 성큼성큼 걸으면서, 직원들을 큰 소리로 불렀다. 그들에게 모종의 지시를 내리고 있는 것 같았다.

한편 소아과 전공인 메리 패리시는 어떤 문 앞에서 안을 들여다본 뒤 앤더슨 박사에게도 한번 보라고 권유했다. 문 안쪽은 아주 커다란 방이었다. 몹시 깨끗하고 신선했지만, 창문에는 창살이 있었다. 그리고 작은 침상들이 가득했다. 방 한가운데에 다섯 살 아이가 침상 난간에 몸을 기대고 똑바로 서 있었다. 양팔이 구속복으로 묶인 상태였고, 자꾸만 넘어지는 탓에, 똑바로 선 자세로 침대 난간에 끈으로 묶여 있었다. 아이는 이글거리는 눈으로 방을 둘러보며 이를 갈았다. 메리는 이렇게 절망적이고 이글거리는 표정으로 고통받는 아이를 본 적이 없었다. 그 아이 바로 맞은편에는 연한 노란색 머리카락의 덩치 큰 여자가 앉아 있었다. 죄수복처럼 굵은 줄무늬가 있는 회색 옷을 입은 그녀는 마치 자기 집 부엌에 앉아 있는 사람처럼 편안한 표정으로 뜨개질을 했다.

메리는 이 광경을 보고 끔찍해서 말문이 막혔다. 옆에서 해미시도 화가 나서 온몸에 뻣뻣하게 힘을 주는 것이 느껴졌다.

크롤 박사가 복도를 걸어 다시 돌아와서 두 사람을 보고는 친절하게 말했다. "관심이 있습니까? 그래요? 아, 패리시 박사가 소아과 전공이라고 하셨죠? 들어오세요, 들어오세요." 그가 앞장서서 안으로 들어가자, 그 뚱뚱한 여자가 예의 바르게 일어섰다. 그는 구속복을 입은 아이를 흘깃 보고는 그 앞을 지나쳐 맞은편 벽으로 향했다. 머리와 발 부분이 서로 맞닿게 놓인 작은 침대들이 있었다. 그가 이불을 하나씩 차례로 젖히자, 한 살에서 여섯 살 사이의 아이들 10여 명의 모습이 드러났다. 팔이 없는 아이, 사지가 없는 아이, 형태가 뭉개지고 거대한 머리를 지닌 아이, 머리는 작고 몸은 괴물처럼 큰 아이. 그는 이불을 하나씩 차례로 젖혔다가, 메리 패리시와 해미시 앤더슨이 아이들을 보고 나면 곧바로 다시 이불을 덮었다. 그리고 이렇게 말했다. "현대 의약품은 무서운 물건입니다. 이런 끔찍한 몰골로도 살아 있게 해주니까요. 예전 같으면 폐렴으로 죽었을 겁니다."

해미시가 말했다. "이론상으로는, 의학의 발전 속도가 워낙 빠르기 때문에, 아무리 절망적으로 보이는 사람이라 해도 혹시 그들을 구할 방법이 발견될 때를 대비해서 살려두어야 하는 것 아닙니까?"

크롤 박사는 전에 지었던 그 냉소적인 미소를 다시 지으며 말했다. "그렇죠, 그렇죠, 그렇죠. 이론상으로는 그렇습니다. 하지만 나는……"

메리 패리시는 붉게 달아올라 이글거리는 얼굴로 주위를 둘러보며 두꺼운 구속복에 갇힌 작은 팔을 어떻게든 움직여보려고 애쓰는 아이를 지켜보면서 말했다. "영국에서는 구속복을 쓰는 경우가 거의 없어요. 아이들한테는 전혀 없고요."

"그렇습니까?" 크롤 박사가 말했다. "그래요? 하지만 때로는 환자 자신을 위해 필요합니다."

그는 그 아이에게 다가가 침대 난간 앞에 서서 아이를 바라보았다. 아이는 덩치 큰 의사의 눈을 야생짐승처럼 이글이글 노려보았다. "너무 가까이 다가가면 이 녀석한테 물립니다." 크롤 박사는 이렇게 말하고 나서 고갯짓으로 함께 나가자고 권유했다.

"그래요, 그래요." 그는 커다란 문의 자물쇠를 열고 통과한 뒤 다시 잠그면서 말했다. "우리가 대중에게 공개할 수 없는 일들이 있죠. 하지만 개인적인 자리에서는 이 병원에도 차라리 고통 없이 빨리 죽는 편이 더 나은 사람이 많이 있다는 말에 동의할 수도 있습니다."

그는 또다시 양해를 구하더니 성큼성큼 걸어가서 다른 의사와 이야기를 나눴다. 그 의사 역시 커다란 검은색 열쇠 꾸러미를 손에 들고 하얀 가운 차림으로 뜰을 가로지르고 있었다.

해미시가 말했다. "저 사람이 30년 동안 이 병원의 원장이었다고 했어."

"응, 그렇게 말했던 것 같아."

"그렇다면 히틀러 밑에서 일했다는 뜻이야."

"그 벼락출세한 잡종 밑에서."

"저 사람이 유대인, 심각한 정신병자, 공산주의자의 불임수술에 동의하지 않았다면 이 자리를 지킬 수 없었을 거야. 그거 기억하고 있었어?"

"아니, 잊어버렸어."

"나도야."

두 사람은 잠시 입을 다물고, 처음 보았을 때 크롤 박사의 인상이 좋았다는 사실, 지금도 여전히 좋다는 사실을 생각했다.

"운 나쁘게 크롤 박사의 손에 떨어진 유대인, 정신병자, 공산주의자는 강제로 불임수술을 받았을 거야. 중병 환자들은 그 자리에서 죽임을 당했을 거고."

"꼭 그렇지만은 않을 거야." 메리가 힘없이 반박했다. "어쩌면 저 사람이 거부했는지도 모르잖아. 거부할 만큼 힘이 있었을 수도 있어."

"그럴지도 모르지."

"아무리 사악한 정권이라도, 높은 자리에서 자신의 힘을 이용해서 약자를 보호해주는 사람들은 항상 있어."

"그럴지도 모르지."

"어쩌면 저 사람이 그런 사람이었을 수도 있어."

"아직 단정 지으면 안 된다고?" 해미시가 빈정거리듯이 물었다. 두 사람은 회색 뜰 귀퉁이에서 차가운 눈을 맞으며 바싹 붙어 서 있었다. 스무 걸음 떨어진 곳, 잠긴 문 뒤에는 구속복 외에는 아무것도 입지 않은 몸으로 짐승처럼 쇠막대에 묶여 뜨개질하는 뚱뚱한 여자를 노려보며 이를 갈아대는 어린 사내아이가 있었다.

메리 패리시가 비참한 표정으로 말했다. "우리는 아직 사실을 몰라. 아무것도 모르면서 남을 함부로 비난하면 안 돼. 어쩌면 저 사람이 수백 명의 목숨을 구했는지도 모르잖아."

이때 크롤 박사가 열쇠 꾸러미를 흔들어대며 돌아왔다.

해미시가 부드럽게 물었다. "히틀러 정권 때 당신이 직업적으로 다른 대우를 받았는지 무척 궁금합니다."

크롤 박사는 두 사람과 나란히 걸으면서 잠시 생각에 잠겼다. "그때는 누구나 힘들게 살았지요." 그가 말했다.

"그럼 의학 정책 면에서도?"

크롤 박사는 다시 진지하게 생각해보다가 대답했다. "아뇨, 그 정권은 우리에게 지나치게 간섭하지 않았습니다. 물론 나치 정권 인사들이 분별 있게 굴었던 부분도 있고요."

"이를 테면 어떤 부분입니까?"

"음, 위생문제? 그렇죠, 그걸 사회적인 위생문제라고 해도 될 겁니다." 그는 두 사람과 함께 본관 문 앞에 와 있었다. 그가 말을 이었다. "떠나기 전에 저랑 커피 한잔 더 하실 거죠? 혹시 조금 더 있다가 아예 우리와 함께 식사를 하시는 건 어떻습니까?"

"시내로 돌아가는 버스를 타야 해서요." 해미시가 두 사람을 대표해서 단호하게 말했다. 크롤 박사는 손목시계를 확인했다.

"버스는 20분 뒤에나 올 겁니다." 두 사람은 크롤 박사를 따라 그림들이 걸려 있는 복도를 걸어서 다시 그의 사무실로 향했다.

"두 분에게 이곳을 방문한 기념품도 꼭 드리고 싶습니다." 그가 두 사람을 향해 미소를 지었다. "네, 꼭 그러고 싶어요. 아니, 잠깐만요, 두 분께 보여드리고 싶은 것이 있습니다."

크롤 박사는 수납장으로 가서 빨간 비단으로 감싼 납작한 물건을 꺼냈다. 그가 비단을 벗기자 그림이 모습을 드러냈다. 크롤 박사는 이 그림을 책상 옆에 기대어 놓고, 두 사람에게 뒤로 물러나서 그림을 보라고 말했다. 두 사람은 그 그림에 감탄할 준비를 미리 갖추고 그가 시키는 대로 했다. 크롤 박사가 우울하지 않을 때 그린 그림이었기 때문이다. 아주 커다란 화폭에 선명한 파란색과 초록색으로 숲이 묘사되어 있었다. 맑은 개울이 흐르는 상상 속의 숲, 크롤 박사가 상상으로 창조해낸 식물들과 나무들이 가득하고 이 세상의 생물 같지 않게 눈부신 새들이 날아다니는 숲이었다. 기쁨과 고요함과 빛이 가득해서 아름다웠다. 하지만 하늘 한복판에 커다란 검은 눈 하나가 떠 있었다. 그림 전체와 동떨어진 분위기를 풍기는 것을 보니, 크롤 박사가 상상 속의 숲을 그리고 시간이 조금 흐른 뒤 발작 중에 이 그림을 다시 보고는 남을 비난하고 심판하는 검은 눈을 그려 넣었음이 분명했다.

메리 패리시가 그 눈을 마주 바라보며 말했다. "멋지네요. 낙원을 그린 그림이군요." 해미시 앞에서 '낙원'이라는 말을 쓰려니 마음이 불편했다. 해미시는 기질적으로 이런 단어들에 대해 비판적인 사람이었다.

하지만 크롤 박사는 기쁘게 웃으며 묵직한 손을 그녀의 어깨에 올려놓았다. "이해하시는군요. 네, 이해하시는군요. 이 그림의 제목은 〈낙원에 뜬 신의 눈〉이랍니다. 마음에 드세요?"

"아주 마음에 들어요." 메리는 크롤 박사가 이 그림을 선물로 주겠다고 할까 봐 걱정스러웠다. 이렇게 큰 그림을 영국까지 무슨 수로 운반하며, 그녀가 이 그림을 가지고 영국에서 뭘 할 수 있겠는가? 분노에 찬 저 검은 눈을 물감으로 지워버리는 것은 정직하지 못한 방법이었다. 설사 자신의 마음에 들지 않는다 해도, 예술가의 생각을 존중해줘야 하는 법이니까. 하지만 그림의 다른 부분이 아무리 마음에 든다 해도, 그녀는 저 눈을 보며 살아갈 자신이 없었다.

크롤 박사는 다행히 이 그림과 헤어질 생각이 없는지, 빨간 비단으로 다시 싸서 수납장에 숨겼다. 그리고 서랍에서 그 그림을 찍은 사진을 꺼내 메리에게 주며 말했다. "제 그림을 정말로 좋아하시는 것 같아서요…… 정말로 그림을 이해하시는 표정이었습니다……. 그러니 행복한 기억을 일깨워주는 기념품으로 이걸 가져가시겠습니까?"

메리는 고맙다고 말했다. 그리고 해미시와 함께 예의 바르게 고마운 표정을 지으며 사진을 바라보았다. 물론 사진은 원본인 그림과 느낌이 완전히 달랐다. 파란색과 초록색의 섬세하고 다양한 색조가 모두 사라져 짐작조차 할 수 없었다. 부드럽게 물결치는 잔디, 나무, 식물, 이파리도 온데간데없었다. 남은 것은 크롤 박사가 손가락으로 두껍게 짓이기듯이 발라놓은 물감의 느낌뿐이었다. 그 속에 가지나 꽃처럼 보이는 형태가 어렴풋이 드러나 있었다. 그리고 검게 이글거리는 눈. 분노에 차서 벌을 내리는 신의 눈. 그것은 아이의 그림처럼 거칠게 스케치한 눈을 찍은 사진이었다. 구속복을 입고 있던 그 가엾은 아이가 팔을 자유롭게 놀릴 수 있게 되어서 신의 눈이나 크롤 박사의 눈을 그렸다면 바로 이런 모양이었을 것이라고 메리는 자기도 모르게 생각했다.

그 아이를 생각하니 마음이 아팠다. 그녀 옆에 예의 바르게 서 있는 해미시도 괴로워하고 있었다. 이곳을 나가 버스가 달리는 대로로 나가는 순간이 바로 그녀의 인생에서 가장 행복한 순간이 될 터였다.

두 사람은 크롤 박사에게 친절에 깊이 감사한다고 말하고는, 버스를 놓칠까 걱정스럽다면서 작별인사를 했다. 그리고 세 사람이 모두 관심을 가질 만한 의학 논문과 편지를 주고받기로 약속했다. 간단히 말해서, 영원한 우정을 약속한 셈이었다.

그러고 나서 두 사람은 크롤 박사가 있는 그 커다란 건물에서 차가운 2월의 공기 속으로 나왔다. 곧 버스가 와서 두 사람을 태웠다. 두 사람은 평평하고 검은 벌판을 지나 시내의 버스 정류장으로 향했다.

정류장은 네댓 시간 전의 모습과 똑같았다. 낮게 드리워진 회색 하늘 밑에 검고 차가운 땅과 폐허가 된 거리, 벌써 가장자리가 부드럽게 무너지기 시작한 폭탄 구덩이, 활기차게 일하는 인부들로 뒤덮여 반짝거리는 하얀 신축건물이 펼쳐져 있었다. 버스를 기다리는 사람들도 어두운색의 두툼한 옷 뭉치처럼 웅크린 채 참을성 있게 줄을 서 있었다. 가느다란 눈발이 천천히, 거의 일직선으로 내려왔다. 마치 하늘이 통째로 천천히 내려앉고 있는 것 같았다.

메리 패리시가 그 사진을 꺼내 장갑 낀 차가운 손으로 잡았다. 성난 검은색 눈이 두 사람을 노려보았다.

"찢어버려." 해미시가 말했다.

"싫어." 메리가 말했다.

"왜? 그런 괴물 같은 물건을 갖고 있어서 뭘 하게?"

"찢어버리는 건 옳지 않아." 메리가 사진을 다시 가방에 넣으며 진지하게 말했다.

"**아, 옳지 않단 말이지?**" 해미시가 짜증스럽게 어깨를 으쓱하며 신랄하게 말했다.

두 사람은 호텔로 가는 버스가 서는 정류장으로 나란히 걸어갔다. 발이 단단한 땅을 밟을 때마다 날카롭게 바삭거리는 소리가 났다. 반쯤 지어진 건물에서 인부들이 작게 고함치는 소리, 기계가 숨 쉬는 소리만 빼면, 사방이 절대적으로 적막했다. 정류장에 줄 선 사람들은 광장 맞은편에 줄 서 있는 사람들과 똑같이 몸을 웅크리고 아무 말 없이 눈을 맞으며 하염없이 기다렸다. 행군하는 발소리, 무겁고 검은 군화를 신고 행군하는 발소리의 기억이 땅속 깊은 곳에서 박동하고 있는 것 같았다.

작품 해설

도리스 레싱의 1950년대 단편소설: 분열과 타성에 빠진 세계

민경숙[•]

전쟁의 상흔

이 책에 실린 단편소설들은 모두 1957년에 처음 출간된《사랑하는 습관 The Habit of Loving》에 실린 작품들이다. 이 작품들은 1979년《19호실로 가다 To Room Nineteen》라는 제목으로 다른 작품들과 재출간되었고 1994년 레싱이 직접 쓴 '서문'과 함께 또다시 출간되었는데, 이 책은 바로 이 1994년판을 번역한 것이다. 그러니까 여기에 실린 단편들은 1950년대 초반에 쓰인 작품들로 1940년대 말부터 1950년대 초반의 영국인들, 즉 제2차 세계

[•] 이화여자대학교 영어영문학과를 졸업하고 프랑스 파리 제3대학에서 비교문학(영문학과 불문학 비교)으로 DEA와 박사학위를 받았다. 이화여대, 한국외대, 경원대에서 강의했으며 현재 용인대학교 교수로 재직 중이다.

대전 직후의 영국인들, 더 나아가 당시의 유럽인들을 모델로 하고 있다.

그 당시 레싱은 유년기를 보냈던 남아프리카 로디지아(오늘날의 짐바브웨)에서 영국으로 막 이주한(1948년) 때라 외부자의 시각을 갖고, 어느 다른 작가보다도 객관적이고 날카롭게 영국인들을 관찰할 수 있었다. 〈동굴을 지나서〉는 어린 소년의 성년식으로 흔히 해석하지만 레싱이 영국으로 이주해 작가로서 홀로서기를 하는 과정을 축약하여 보여준 것으로도 해석이 가능하다.

〈다른 여자〉에서 잘 묘사되어 있듯 제2차 세계대전은 영국, 특히 런던을 폐허로 만들었다. 주인공 로즈가 평생 살던 집이 무너지고, 아버지는 길거리에서 흔적을 알아볼 수 없게 찢겨 사망한다. 질의 엄마는 옆방에 아이만 남겨놓은 채 사망한다. 많은 남자가 전쟁터에서 사망해 여자가 남아도는 상황 속에서 전쟁은 물리적 피해만 가져온 것이 아니라 가정 및 결혼생활의 파괴, 그에 따른 개인들의 정신적 파탄도 함께 가져왔다.

더욱이 19세기 말부터 자본주의의 폐해가 증가하고 있었기 때문에 그에 대한 반동으로 공산주의가 꾸준히 힘을 얻고 있었다. 남아프리카 로디지아에서 극심한 인종차별주의를 목격하며 살았던 레싱은 그 대안이 공산주의라 믿었기 때문에 영국으로 오기 전부터 공산주의 모임에 참여하고 있었다. 영국으로 이주해서도 영국 공산당에 입당하여 활동했는데, 1956년 스탈린이 반대파인 트로츠키를 몰아내고 소련 공산당의 서기장이 되어 반대파를 무자비하게 숙청한 사실이 드러나자 레싱은 공산당에 회의를 느끼고 탈퇴하게 된다. 당시 레싱의 심리는 〈스탈린이 죽은 날〉에 잘 나타나 있다. 작품에 등장한 골수 공산당원 진, 남아프리카 출신의 비어트리스와 같은 공산주의 동조자, 미국의 매카시 선풍을 피해 영국으로 도망 온 빌, 자본주의 지지자 사촌 제시와 에마 숙모까지, 당시 영국 사회는 짙은 빨강, 옅은 빨강, 분홍색, 옅은 파랑, 짙은 파랑 등 여러 색깔의 이념으로 분열되어 있었다.

이런 분열은 영국에서만의 문제가 아니었다. 분열상은 유럽 전역에서 나타났다. 가령 〈그 여자〉에서 서로 경쟁하는 영국인 대위와 독일인 사업가는 영국과 독일을 희화화하며 독자에게 가벼운 웃음거리를 제공하지만 〈낙원에 뜬 신의 눈〉에 나타난 미국인들의 번쩍거리는 자동차, 슈뢰더 박사의 화상 입은 얼굴, 팔다리가 없는 사람들, 독일 장군(나치 장교)들을 찬양하는 노래 등은 그 심각성을 깊게 각인시킨다.

즉, 레싱은 정치와 이념으로 분열된 1950년대의 세계와 사회, 이로 인해 와해되는 결혼생활과 정신분열을 앓는 개인을 예리하게 관찰하고 이를 소설 안에 옮겨 담아 나름의 해법을 제시하려 한 것이다.

분열되는 세계, 사회, 가정 그리고 개인

제2차 세계대전을 치른 유럽은 승리자와 패배자로 나뉘었다. 이는 〈낙원에 뜬 신의 눈〉에서 잘 나타난다. 세계대전의 패배자인 독일은 승리자인 연합국, 즉 영국과 미국에게 비굴할 정도로 굽신거리지만 (〈낙원에 뜬 신의 눈〉에서 영국인 관광객 주인공들은 허세에 찬 미국인들의 모습과 독일 주민들의 지나친 겸손함에 죄의식 같은 불편함을 느낀다) 여전히 히틀러를 숭배하며 자기들만의 파티를 즐긴다. 그 파티에서 독일인들은 전범인 히틀러를 비롯한 독일 장군들을 찬양하는 노래들을 부르는데, 독일인 슈뢰더 박사는 영국인 의사 커플을 이 파티에 초대함으로써 독일인의 자존감을 드러낸다. 이에 죄의식까지 느꼈던 영국인들은 두려움에 도망치듯이 그 휴양지를 떠난다. 그러나 근처 도시에서도 같은 두려움을 느낀다. 크롤 박사를 방문한 이들은 귀족 가문의 명망 있는 크롤 박사가 히틀러 통치 기간에 사회위생 측면에서 유대인, 정신병자, 공산주의자 들에게 불임수술을 하고 중병 환자들을 살해했을 가능성을 인지하게 된다. 아동병동에서는 묶여 있는 기형아들도 목격하게 된다. 예술가이기도 한 크롤 박사는 자신의 키마이라(그리스 신화의 기이한 짐승으로 머리는 사자, 몸통은 양, 꼬리는 뱀 또는 용의 모양을 하고 불을 뿜는다) 같은 이중적인 모습, 즉 최고의 지성인이자 히틀러에 동조한 사람이라는 이중적인 모습을 그림으로 구현하고 있다. 이 책의 '서문'에서 레싱이 "이 작품의 배경이 독일이라는 사실은 전혀 중요치 않다. 이 작품은 유럽 영혼의 이면, 전쟁과 살육과 타락을 배양해내는 어두운 면을 다루고 있다"고 썼듯이, 작가는 마치 빛과 그림자처럼 한 인간 속에도 두 세계가 공존하고 있음을 말하고 있다.

즉 레싱은 히틀러와 스탈린은 옳지 않고 처칠과 루스벨트는 옳다는 그런 이분법의 잣대로 세상을 보는 것이 아니다. 〈그 여자〉에서 예쁘고 젊은 웨이트리스를 놓고 경쟁하던 영국인 대위와 독일인 사업가는 똑같이 과거에 어떤 여자를 사귀었고 그 여자를 못 잊어 매해 스위스 휴양지를 찾아온다. 사실 여기에서 경쟁 대상인 웨이트리스나 과거 여자의 실체는 중요치 않다. 이들이 똑같이 가질 수 없는 것에 대해 탐욕을 부린다는 점이 중요할 뿐이다. 레싱은 이들이 제1차 세계대전 때에는 같은 전쟁터에서 적으로 싸웠다고 설정하고 심지어 앞으로는 같은 편에서 싸우기를 바란다고 소망까지 하게 만든다. 즉 과도하리만큼 똑같은 모습으로 남자들을 묘사하면서 미국, 영국, 독일, 소련, 어느 한편에 잘못이 있는 것이 아니라 모두에게 똑같이 잘못이 있다고 주장한다. 어떤 의도든 어떤 명분에서든 옳지 않은 것은 전쟁을 벌이는 일이다.

영국 사회 역시 노동당을 지지하는 진보주의자와 토리당을 지지하는 보수주의자로 이분되어 서로 대립하고 있다. 〈사랑하는 습관〉에서 조지의 활기찬 전 아내 몰리는 노동당에서 일하고 〈다른 여자〉의 주인공 로즈의 아버지는 노동조합 결성을 위해 열심히 일하며 아내와 딸이 노동당에 투표하도록 종용한다. 반면 〈스탈린이 죽은 날〉의 에마 숙모는 택시 기사나 버스 차장에게 무조건적으로 과도하게 엄격히 대한다. 진 동무는 남편이 공산당이 아닌 노동당에 가입하자 그 이유로 헤어진다. 전쟁만큼이나 정치적 이념이 인간들을 분열시켰던 것이다.

가정 또한 이런 분열상에서 예외가 아니다. 전쟁으로 인해 많은 남자가 사망하여 결혼생활이나 가정이 와해되었고 고아의 숫자도 늘어났다. 〈사랑하는 습관〉에서처럼 전쟁에 나가지 않은 연로한 조지조차 전쟁을 피해 호주로 간 마이러에게서 이별 통지를 받으며 전쟁의 영향에서 벗어날 수 없다. 한편 이런 시기에도 남자들은 다른 여자와 바람을 피며 가정을 파괴한다. 〈사랑하는 습관〉의 조지가 아내와 이혼한 것도 그가 바람을 피웠기 때문이고, 〈그 남자〉의 주인공 애니의 남편은 다른 여자와 동거 중이며, 〈다른 여자〉에서 지미의 결혼생활이 파탄 난 것도 그가 바람을 피웠기 때문이다. 지미는 주인공 로즈에게 결혼하여 아이가 있다는 이야기를 하지 않은 채 동거를 시작하고 나중에는 이미 이혼한 상태임이 드러나도 어쩔 수 없었다고 말하며 무책임의 극치를 드러낸다. 지미는 심지어 남자에게는 일부다처제가 맞는다고까지 주장한다. 물론 레싱이 페미니즘의 일환으로 이런 작품을 쓴 것은 아니다. 레싱은 단지 남녀관계에 대해 본능적으로 꿰뚫고 있었을 뿐이다. 가령 페미니스트들에게 많은 비난을 받았던 〈그 남자〉에서는 주인공 애니가 다른 여자와 바람난 남편을 용서할 수 없다고 되뇌면서도 한편으로는 용서할 생각을 하고 있다. 즉 레싱은 '가부장제 속에서 억압받는 여성 고유의 경험'을 고발한 작가이지만 이와 동시에 이 두 성性은 서로 돕고 보완해야 하는 관계임을 평생 주장했다.

분열된 사회와 가정이 만연할수록 개인이 정신분열을 겪는 것은 당연한 일이다. 레싱은 정신분석학에도 깊은 조예가 있어 작품에 로널드 랭이나 칼 융의 이론을 반영하기도 했지만 1950년대 작품에서는 이러한 특징이 드러나지 않는다. 다만 〈낙원에 뜬 신의 눈〉에서 크롤 박사를 조울증을 앓는 환자로 그리며 조증이 발현될 때에는 밝은 그림을, 우울증에 빠져 있을 때에는 어두운 그림을 그리는 것으로 설정하고 있다. 이러한 크롤 박사는 분열된 유럽을 단적으로 보여주는 인물이기도 하다.

타성에서 벗어나 도전하고 변화를 모색하라

레싱은 전 생애에 걸쳐 현실에 안주하거나 관습이나 관례에 굴복하지 말고 꾸준히 도전하고 변화할 것을 주장한 작가이다. 〈사랑하는 습관〉의 조지는 사랑이나 결혼이 습관이 되어버려 아내와 애인을 잃었으며, 새 부인인 보비도 젊은 배우와의 사랑이 이뤄질 수 없음을 깨닫자 결혼을 습관으로 받아들이게 된다. 〈즐거움〉의 메리는 유행에 젖은 여자로 여름휴가와 크리스마스를 위해 1년을 준비하고 휴가는 프랑스 남부 해변에서 보내야 한다고 생각한다. 그러나 자신과 똑같은 유행을 따르는 베티를 보자 격이 안 맞는다며 베티 부부와의 인연을 끝낸다.

반면 〈와인〉에서는 무기력한 남녀, 사랑이 습관이 된 연인이 와인을 시키고 그 와인으로 인해 남자가 과거에 한 여자를 거절했던 일을 털어놓는다. 여자 또한 15년 전 열대 풍경 속에서 비슷하게 거절당했던 아픈 상처를 떠올리며 그 여자에게 잔인했다고 남자에게 화를 내지만, 그 과정 속에서 슬픔이 자연스럽게 치유된다. 이 작품에서 와인은 무기력한 이들에게 대화를 통해 소통의 기회를 만들어주는 활력소 역할을 한다. 〈다른 여자〉에서 유부남 지미에게 속은 로즈는 과거 약혼자였던 조지의 딸 질을 입양해 키우기로 결심한다. 질은 전쟁터에서 아빠가 사망하고 폭격으로 엄마를 잃은 고아다. 그러나 가정이 없는 로즈에게 질의 입양은 불가능한 일이었다. 로즈는 지미의 아내에게 직접 편지를 써서 지미와 이혼해줄 것을 부탁하고 결국 이미 이혼해 있던 지미의 아내와 합세하여 함께 살기로 한다. 여자들과의 연대로 로즈는 질과의 행복한 가정을 꿈꾼다. 혈연이 아닌 사람들이 모여 만드는 가족관계는 레싱이 제안하는 새로운 가정의 모델이다. 〈동굴을 지나서〉 역시 도전과 변화를 모색할 것을 주장하는 이야기이다. 엄마와 함께 해변에서 일광욕을 하며 지루한 하루를 보내기보다 인적이 드물고 조금은 위험할 것 같은 곳에서 모험을 하고 새로운 경험 속에서 성장하는 제리, 이것이 레싱이 제안하는 바람직한 인간상이다.

레싱은 2013년 사망하였고 2008년, 즉 만 89세까지 새 작품을 출간한 작가이다. 고령의 노인이 되어서 쓴 작품들, 2005년에 출간한 《장군 댄과 마라의 딸, 그리오와 백구에 대한 이야기》, 2007년의 《클레프트》도 새 이야기를 새 장르와 형식을 이용하여 훌륭하게 창조해냈다. 즉 레싱은 분열되고 와해된 세계에 변화와 도전이라는 해법을 제시했을 뿐 아니라, 평생 도전하고 변화를 모색한 모범이었다.

도리스 레싱 연보

1919년 페르시아 커먼샤(지금의 이란, 바흐타란)의 영국인인 아버지 알프레드 테일러와 어머니 에밀리 모드 테일러 사이에서 출생.
1925년 영국령 남아프리카 로디지아(지금의 짐바브웨)로 가족이 이주하여 식민지 원주민들의 삶을 목격하며 유년기를 보냄.
1934년 도미니칸 수도원 고등학교를 중퇴한 뒤 독학으로 학업을 마쳤으며, 15세부터 집에서 독립해 베이비시터, 타이피스트, 전화교환원 등으로 일하며 소설을 쓰기 시작.
1939년 프랭크 위즈덤과 결혼.
1943년 두 아이를 출산하고 프랭크 위즈덤과 이혼.
1945년 공산주의자들의 독서모임인 '좌파 북클럽'에서 만난 고트프리트 안톤 레싱과 재혼하고 아들 피터를 출산.
1949년 두 번째로 이혼하고 영국 런던으로 이주해 본격적으로 창작활동에 돌입.
1950년 자신의 유년기를 바탕으로 남아프리카의 식민지 사회를 비판한 첫 소설 《풀잎은 노래한다》 출간.
1951년 아프리카 이야기를 모은 단편집 《이곳은 늙은 추장의 나라였다》출간.

1952년　5부작 시리즈 소설인《폭력의 아이들》의 1권《마사 퀘스트》를 출간했으며, 같은 해 영국 공산당에 가입함.

1953년　중편소설《다섯》출간.

1954년　《폭력의 아이들》2권《어울리는 결혼》출간.
　　　　중편소설《다섯》으로 서머싯 몸 상을 받음.

1956년　소설《순수로의 피정》출간.
　　　　소련의 헝가리 침공으로 공산당에 대해 환멸을 느끼고 탈당함.

1957년　단편집《사랑하는 습관》과 회고록《귀가》출간.

1958년　《폭력의 아이들》3권《폭풍의 여파》출간.

1960년　자서전《영국식 따르기》출간.

1962년　소설《황금 노트북》출간.

1963년　단편집《한 남자와 두 여자》출간.

1964년　단편집《아프리카 이야기》출간.

1965년　《폭력의 아이들》4권《육지에 갇혀서》출간.

1966년　단편집《블랙 마돈나》출간.

1967년　자서전《특별히 고양이에 대하여》출간.

1969년　《폭력의 아이들》5권《네 개의 문이 있는 도시》출간.

1971년　소설《지옥으로 떨어지는 것에 관한 요약 보고서》출간.

1972년　단편집《잭 올크니의 유혹》출간.

1973년　소설《어둠이 오기 전의 여름》출간.

1974년　소설《생존자의 회고록》출간.

1976년　《생존자의 회고록》으로 프랑스 문학계에서 가장 영예로운 메디치 상 수상.

1979년   공상과학 소설 5부작《아르고스의 카노푸스》의 1권《시카스타》출간.

1980년   《아르고스의 카노푸스》의 2권《제3, 4, 5지대 사이의 결혼》출간.

1981년   《아르고스의 카노푸스》의 3권《시리우스의 실험》을 출간했으며, 같은 해 오스트리아의 유럽문학상을 수상.

1982년   《아르고스의 카노푸스》의 4권《제8행성의 대표자 만들기》출간. 이는 미국의 작곡가 필립 글래스에 의해 동명의 오페라로 각색되기도 함.
독일의 셰익스피어 상 수상.

1983년   《아르고스의 카노푸스》의 5권《볼린 제국의 감상적인 조원에 관한 서류들》출간.
제인 서머스라는 필명으로 소설《어느 좋은 이웃의 일기》출간.

1984년   《만약 노인이 할 수 있다면…》도 마찬가지로 제인 서머스라는 이름으로 출간(제인 서머스라는 필명으로 발표한 작품들은 영국 출판사에서 거절당하고 미국에서 먼저 출간되었으나, 이후 도리스 레싱의 작품임이 밝혀져 영국에서 다시 출간됨).

1985년   소설《선한 테러리스트》출간. 이 소설로 영국에서 WH 스미스 문학상을 수상.

1987년   에세이집《우리가 갇혀 살기로 선택한 감옥들》과《바람이 날려버린 우리의 말》출간.

1988년   소설《다섯째 아이》출간.

1989년   이탈리아의 그린차네 카보르 상 수상.

1992년   회고록《아프리카의 웃음: 네 번의 짐바브웨 방문》출간.

	단편 연작집《런던 스케치》출간.
1994년	자서전《나의 속마음》출간.
1995년	단편집《내가 알던 스파이들》출간.
1996년	소설《다시 사랑에 빠지다》출간.
1997년	자서전《그늘 밑을 걷다》출간.
1999년	소설《마라와 댄》출간. 영국 정부의 명예 훈장을 받음.
2000년	소설《세상 속의 벤》출간.
2001년	소설《가장 달콤한 꿈》출간. 같은 해 데이비드 코헨 문학상과 스페인 최고 권위의 문학상인 아스투리아스 왕세자상 수상.
2003년	단편집《그랜드마더스》출간.
2004년	에세이집《시간이 깨문다》출간.
2005년	소설《장군 댄과 마라의 딸, 그리오와 백구에 대한 이야기》출간.
2007년	소설《클레프트》출간. 노벨문학상 수상.
2008년	소설《알프레드와 에밀리》출간.
2013년	11월 17일 뇌졸중으로 투병하던 끝에 94세의 나이로 사망.

옮긴이 **김승욱**

성균관대학교 영문학과를 졸업하고 뉴욕시립대학교에서 여성학을 공부했다. 〈동아일보〉문화부 기자로 근무했으며, 현재 전문 번역가로 활동하고 있다. 옮긴 책으로는 《19호실로 가다》, 《사형집행인의 딸(시리즈)》, 《먼 북으로 가는 좁은 길》, 《이 얼마나 천국 같은가》, 《50억 년 동안의 고독》, 《스토너》, 《듄》, 《너의 문화지도》, 《소크라테스의 재판》, 《톨킨》, 《퓰리처》, 《다이아몬드 잔혹사》, 《살인자들의 섬》, 《파리의 연인들》, 《포스트모던 신화 마돈나》, 《영원한 어린아이, 인간》, 《진화하는 결혼》, 《킨제이와 20세기 성 연구》, 《누가 큐피드의 동생을 쏘았는가》, 《금, 인간의 영혼을 소유하다》, 《자전거로 얼음 위를 건너는 법》, 《신 없는 사회》, 《우아한 연인》, 《신을 찾아 떠난 여행》, 《푸줏간 소년》, 《그들》 등이 있다.

도리스 레싱 단편선

사랑하는 습관

1판 1쇄 발행 2018년 8월 30일
1판 2쇄 발행 2018년 9월 30일

지은이 도리스 레싱 | **옮긴이** 김승욱
펴낸곳 (주)문예출판사 | **펴낸이** 전준배
출판등록 1966. 12. 2. 제1-134호
주소 03992 서울시 마포구 월드컵북로 6길 30
전화 393-5681 | **팩스** 393-5685
홈페이지 www.moonye.com | **블로그** blog.naver.com/imoonye
페이스북 www.facebook.com/moonyepublishing | **이메일** info@moonye.com

ISBN 978-89-310-1111-1 04840
    978-89-310-1100-5 (세트)

이 도서의 국립중앙도서관 출판시도서목록(CIP)은 서지정보유통지원시스템
(http://seoji.nl.go.kr)과 국가자료공동목록시스템(http://www.nl.go.kr/kolisnet)에서
이용하실 수 있습니다. (CIP제어번호 CIP2018024891)